IVY LEAGH

WHERE *Spring* HIDES

CARLSEN

Wir produzieren nachhaltig
• Klimaneutrales Produkt
• Papiere aus nachhaltigen und kontrollierten Quellen
• Hergestellt in Europa

Dieses Werk wurde vermittelt durch die
Michael Meller Literary Agency GmbH, München.
Die Autorin bezieht sich in den Kapitelüberschriften der Leni-Kapitel auf Zeilen aus Songs aus der Playlist.
Umschlaggestaltung: ZERO Werbeagentur
Umschlagbilder: Collage unter Verwendung von Motiven von shutterstock.com / © tomertu / © Bokeh Blur Background / © Chinnapong / © SOBOLEV NIK / © Satika / © Maria Cicanci
Abbildungen Innenklappen: shutterstock.com / © Cesare Andrea Ferrari / © TanitaKo / © Maria Markevich / © Photoschmidt / © CKYN stock photo / © Media whale stock / © 271 EAK MOTO / © FLeiphoto.de; © Caroline Zimmermann
Satz: Pinkuin Satz und Datentechnik, Berlin
Produktionsmanagement: Gunta Lauck
Litho: Margit Dittes Media, Hamburg
ISBN 978-3-551-58507-3

FSC www.fsc.org
MIX
Papier | Fördert gute Waldnutzung
FSC® C014496

Für alle, die sich ihre eigenen Träume verbieten.
You are second to none!

VORBEMERKUNG FÜR DIE LESER*INNEN

Liebe*r Leser*in,

dieser Roman enthält potenziell triggernde Inhalte. Aus diesem Grund befindet sich hier eine Triggerwarnung. Am Romanende findest du eine Themenübersicht, die demzufolge Spoiler für den Roman enthält.

Entscheide bitte für dich selbst, ob du diese Warnung liest. Gehe während des Lesens achtsam mit dir um. Falls du während des Lesens auf Probleme stößt und / oder betroffen bist, bleib damit nicht allein. Wende dich an deine Familie, Freunde oder auch professionelle Hilfestellen.

Wir wünschen dir alles Gute und das bestmögliche Erlebnis beim Lesen dieser besonderen Geschichte.

Ivy Leagh und das Carlsen-Team

LENIS »DON'T BREAK MY ART«-PLAYLIST

Tarzan – So ein Mann
Der König der Löwen – Hakuna Matata
Die Eiskönigin – Du bist alles
High School Musical – We're All In This Together
Der König der Löwen – Kann es wirklich Liebe sein
Tanz der Vampire – Totale Finsternis
Mamma Mia! – Mamma Mia
Hercules – In Sekunden auf 100
Cats – Erinnerungen
La Cage aux Folles – Ich bin, was ich bin
Wicked – Tanz durch die Welt
Dirty Dancing – (I've Had) The Time of My Life
Aladdin – Ein Traum wird wahr
West Side Story – Somewhere
The Rocky Horror Show – Time Warp
Hamilton – Es ist ruhiger Uptown
Dear Evan Hansen – Nur uns zwei
Bonustracks: Taylor Swift – Love Story
Luke Bryan – Sunrise, Sunburn, Sunset

Die »Deutschland ist nicht nur Berlin« – Rundreise mit Lück Reisen

04.–12. APRIL: STÜRZE DICH IN MITTELALTERLICHES TREIBEN, FORDERE EINEN PIRATEN ZUM DUELL HERAUS UND TANZE ZU DEUTSCHER COUNTRYMUSIK DURCH DIE NACHT – DEUTSCHLAND IST NICHT NUR BERLIN.

NEU: Der »Deutschland ist nicht nur Berlin«-Roadtrip. Die Kunst-und-Kultur-Rundreise abseits der deutschen Hauptstadt ist einmalig. Auf Ihrer 9-tägigen Tour durch das Herz Europas erwarten Sie wildromantische Landschaften, imposante Schlösser, eine pulsierende Musicalmetropole, schroffe Küsten und endlose Weiten. Deutschland hat alles zu bieten. Steigen Sie ein!

Nutzen Sie das Angebot der bequemen, individuellen Anreise per Flugzeug und treffen Sie Ihren Guide in Frankfurt, von wo aus Sie an einem geführten Reiseprogramm teilnehmen. Das Lück-Reiseteam ist noch vor Reiseantritt rund um die Uhr für Sie da. Wir bieten eine Rundreise, auf der Sie die spannende Geschichte, vielfältige Kultur und aufregende Architektur Deutschlands im Rahmen mitreißender Kunstfestivals intensiv kennenlernen. Erleben Sie ein bunt zusammengestelltes Programm, das Sie quer durch Deutschland führt. Eine Reise, die Sie nie vergessen werden.

Die An- und Abreise von ausgewählten Flughäfen, 8 Hotelübernachtungen, Vollpension und alle Eintritte sind im Endpreis enthalten. Die Teilnehmeranzahl ist auf 5 begrenzt.

Ihr Reiseunternehmen Lück

EIN JAHR ZUVOR

Leni

Ich habe einige Drinks intus und Edward Meyer auf Tinder gematcht. Jetzt bin ich mit ihm verabredet.

Es könnte sein, dass mir das zum Verhängnis wird. Denn ich treffe nicht irgendeinen Edward. Es ist Edward aus San Diego.

Die Erinnerungen an ihn sind so präsent, als wären die vergangenen drei Jahre ausgelöscht. Als hätte er mich erst heute Morgen am San Diego Beach angesprochen und auf ein spontanes Date eingeladen. Ich hatte immer darauf gehofft, dass wir uns irgendwo noch einmal über den Weg laufen werden. Doch dass Edward nun ausgerechnet auf einem deutschen Rockfestival auftaucht, stand dabei nicht auf meiner Liste möglicher Wiedersehensorte, aber ich schätze, es geht schon irgendwie in Ordnung.

Ich kann mich wegen der Umgebung eh kaum auf mein Vorhaben konzentrieren. Überall stehen Zelte. Lichter in Rot- und Blautönen zucken von einem Van über den trockenen Boden. Ein professioneller DJ legt auf einem Campingtisch Musik auf. Er macht seine Sache richtig gut. Zu den Beats bewegen sich schweißüberströmte Körper im flackernden Licht und immer wieder muss ich hochgerissenen Armen ausweichen.

Eine junge Frau reicht mir beim Vorbeitanzen ein Bier, das ich in einem Zug leere. Festivals fühlen sich an wie der in Alkohol getränkte verschrobene Zwilling einer noblen High-Society-Party, zu der hundert teils wildfremde Leute eingeladen werden, die ohne einen Gedanken an morgen heftig eskalieren. Die Atmosphäre verleitet dazu, Konsequenzen einfach auszublenden und sich in den

Moment fallen zu lassen. Aus diesem Grund bin ich auf dem Weg zum Festival-Supermarkt, um dort Edward zu treffen.

Ob er sich überhaupt an mich erinnert?

Ach, egal. Ich lege ein wenig Tempo zu, weil ich mich lieber an diesem Wort festhalten und nicht aus Angst und Überforderung kneifen will. Egal. Egal. Egal.

Meine Gedanken führen mich bis in die Nähe des Supermarkts. Einige Leute stehen davor, die meisten von ihnen tragen schwarze Tanktops und kurze Jeans-Shorts. Während sie sich miteinander unterhalten, suche ich die Umgebung nach Edward ab, kann ihn aber nirgendwo erkennen.

»Hey, willst du ein Bier?«

»Klar.«

Ich grinse den Typen neben mir an und schaue dabei zu, wie er seinem verblüfften Kumpel die Bierdose aus den Händen reißt und sie an mich weitergibt. Als ich seinen Blick auffange, zwinkert er mir zu und wendet sich an seinen Freund. »Entspann dich! Ich kauf uns gleich einen Sixer im Supermarkt.«

Der Supermarkt.

Aufs Stichwort zuckt mein Blick dorthin und ... vor dem Eingang steht Edward. O Gott. Er ist es. Der Mann vor dem Supermarktzelt ist mein San-Diego-Edward.

Aber ... ich erkenne ihn kaum wieder. Seine braun gebrannte Haut ist glatt rasiert. In San Diego hatte er einen Bart. Er trägt ein kurzärmliges Shirt, weshalb ich dabei zusehen kann, wie sich die Muskeln seiner Oberarme wölben, während er die Arme verschränkt. Macht er mittlerweile Kraftsport? Seine Schultern wirken auf jeden Fall viel breiter, definierter. Und als er den Kopf suchend nach links und rechts dreht, fällt ihm das länger gewordene dunkle Haar in die Stirn.

Das war eine richtig blöde Idee. Ich weiß nicht, ob das Hüpfen in meinem Brustkorb von der Musik provoziert wird, die in meinem

Rücken auf maximale Lautstärke gedreht wurde, oder ob ich kurz davor bin, in Panik zu geraten.

Das Blut rauscht mir in den Ohren, als Edwards Blick in meine Richtung wandert. Die letzten Jahre habe ich mir in Gedanken oft ausgemalt, wie unser Wiedersehen wohl ablaufen würde. Das klare Bild von ihm, das ich dabei vor meinem inneren Auge hatte, ist mit dem Mann, der noch immer zu mir schaut, nicht zu vergleichen. Inmitten der Menschenmenge kann er mich vermutlich eh nicht sehen, aber ich weiß, dass *er* kein Problem damit hätte, mich wiederzuerkennen. Denn ich habe mich kaum verändert. Und das gibt mir ein richtig beschissenes Gefühl.

Ich habe nur schöne Erinnerungen an unser Date in San Diego, aber vielleicht hat Edward ganz andere. Womöglich keine guten?

Wir haben meiner Meinung nach eine großartige Zeit miteinander verbracht. Edward hat mich ständig zum Lachen gebracht. Ich weiß gar nicht mehr warum. Aber ich erinnere mich noch daran, dass er sich sein Lachen ständig verkniffen hat. Als würde nur der Gedanke daran bereits Schuldgefühle in ihm auslösen. Trotzdem war unsere gemeinsame Zeit einmalig und wunderschön. Edward hat ein befreites Gefühl in mir ausgelöst, das mir in den Wochen zuvor niemand in ganz Kalifornien entlocken konnte.

Aber jetzt überkommen mich immer mehr Zweifel.

»Ich kann das nicht.« Ich weiß erst, dass ich den Gedanken laut ausgesprochen habe, als sich der Typ mit dem Bier neben mir räuspert.

»Ist okay, sorry.« Er nimmt seine Hand von meiner Hüfte und wendet sich ab. Ich habe gar nicht mitbekommen, dass er sie dorthin gelegt, dass er mit mir geredet hat. Aber ich merke gerade sehr wohl, wie mir Panik nun doch die Kehle zuschnürt.

Edward hat seinen Blick längst wieder abgewandt. Der Ausdruck auf seinem Gesicht ist verändert. Sicher überlegt er, ob ich ihn verarscht habe, während er die Hände an seinen Seiten zu Fäusten ballt. Ich spüre mein Herz wieder schneller schlagen, ehe ich mich umdrehe und ... vor Edward wegrenne.

LEAVE IT WITH ME

(ACRYLIC ON CANVAS, 2019)

Edward

Sitzreihe 24 ist die letzte, die zwischen einem vegetarischen Curry und Lasagne mit Rind wählen darf. Ich sitze in Reihe 25.

Die Flugbegleiterin mit einem senfgelben Tuch um den Hals beugt sich zu mir herunter. »Für Sie die Lasagne mit Hackfleisch?« Sie lächelt freundlich, aber bestimmt. Damit steht fest, dass ich auf dem Flug nach Frankfurt verhungern werde.

»Ich bin Vegetarier.«

Sie nickt bedauernd. »Darf ich Ihnen vielleicht als Entschädigu–«

»Ich würde seine Lasagne nehmen.« Meine Rückenlehne bekommt erst einen Tritt ab und dann schiebt sich ein Männerkopf mit einer Kappe auf den roten Haaren durch den Spalt zwischen meinem Sitz und dem der älteren Dame neben mir. Der Schirm seiner Mütze drückt gegen meinen Oberarm. »Wenn's okay ist.«

»Von mir aus gern.« Ich zucke mit den Schultern und bedanke mich still bei mir selbst dafür, dass ein mit weißer Schokolade überzogener Hafermüsliriegel in meiner Jackentasche steckt, den ich vor Nervosität und Anspannung vor dem Abflug nicht runterbekommen habe.

»Ich müsste erst abklären lassen, ob ich Ihnen zwei Mahlzeiten aushändigen kann«, erklärt die Flugbegleiterin dem Rotschopf neben meiner linken Schulter und zwingt ihr Lächeln über die Mundwinkel hinaus. »Eigentlich dürfen wir nicht –«

»Liam?« Hinter mir räuspert sich vorsichtig eine Frauenstimme. »Lass es doch bitte einfach gut sein.«

»Wenn er sie doch nicht will. Bevor die im Müll landet.«

»Wir werfen nichts weg.«

Das würde mich wundern. Im Studium wurde uns beigebracht, dass noch immer über die Hälfte übrig gebliebenen Flugzeugessens verbrannt wird. Die Versorgung an Bord ist eine Gratwanderung. Essensreste werden nach dem Flug in riesigen Lastwägen ins Produktionsgebäude des Versorgungslieferanten gebracht, wo mittlerweile zumindest darauf geachtet wird, davon so viel wie möglich zu recyceln. Ungeöffnete Marmeladengläser und Flaschen sowie luftdicht verpackte Snacks sind wiederverwendbar. Der Rest landet im Müll. Deshalb sind einige Airlines darauf umgestiegen, das Essen kurz vor der Landung zum halben Preis anzubieten. Das nachhaltige Ressourcenmanagement kennt weitaus mehr Lösungen als einen Preisnachlass, aber die meisten davon sind für die großen Airlines unrentabel.

»Uns reichen zwei Portionen«, unterbricht Liams Begleitung meine Gedanken und versucht ihn so unauffällig wie möglich an den Schultern zurückzuziehen. Liams Antwort ist ein weiterer Tritt gegen meinen Sitz.

Ich schließe die Augen und seufze leise. Zwei Atemzüge später öffne ich sie wieder. Ich habe mich für eine neuntägige geführte Gruppenrundreise durch Deutschland angemeldet. Bei Lenis Reiseunternehmen. Die Frau, die ich vor knapp vier Jahren auf ein spontanes Date eingeladen und danach nicht mehr wiedergesehen habe.

Ich hätte meinen Hintern darauf verwettet, dass sie die Tour nicht fährt, sobald sie meinen Namen unter den Anmeldungen entdeckt. Das ist aber nicht passiert. Leni wird die Tour als einziger Guide begleiten. Und genau deshalb befürchte ich, jede Sekunde den Verstand zu verlieren. »Entschuldigung, darf ich mal kurz durch? Bevor das Essen kommt, muss ich noch mal.« Die ältere Dame neben mir gibt sich keine Mühe, ihre Stimme zu senken, und deutet nach hinten, während sie sich mit einem lautstarken Ächzen erhebt. Ich ziehe meine Beine ein und sie quetscht sich fluchend an mir vorbei. Im Gang bleibt sie stehen, ihre schwarzen Westernstiefel klackern einmal, als die Absätze aneinanderschlagen. »Wie eng sie mittlerweile die Sitze bauen, das ist ja nicht auszuhalten«, beschwert sie sich und blickt dabei auf die Reihe hinter mir. »Sag mal, du hast doch eben Liam gesagt, oder?«

»Jep.«

»Und Olivia aus Santa Barbara«, ergänzt seine Freundin.

»Maria aus Houston.«

Ich sage nichts.

»Ihr macht auch die Tour durch Deutschland, richtig?«, hakt Maria nach.

»Genau.«

Lachend beugt sie sich über meinen Sitz zu den beiden. »Hab ich mir doch gedacht, dass ich eure Namen auf der Teilnehmerliste gesehen habe. Schön, dass wir uns schon auf dem Flug kennenlernen. Ich hab was für euch.«

»Wir freuen uns auch.« Ich kann das Lächeln in Olivias Stimme deutlich hören. »Oh, wow! Danke schön, die sehen ja aus wie Taylor-Swift-Perlenbänder.«

»Taylor wer?«

»Die weltbekannte Sängerin? Es gibt eine Songzeile auf dem Album *Midnights*, in der Taylor dazu aufruft, Freundschaftsarmbänder zu basteln, die symbolisch dafür stehen, im Moment zu leben. Daran erinnert mich dein Geschenk. Danke!«

»›Carpe diem‹ hätten wir damals dazu gesagt.« Dem Geräusch nach zu urteilen, reicht Maria gerade auch Liam ein Armband.

»Lück 2024«, liest er vor und Maria ergänzt: »Es ist ein wenig kitschig, aber so wissen wir immer, dass wir eine Gruppe sind.«

Wir und seit ein paar Minuten leider auch alle anderen im Flieger. Zur Sicherheit rutsche ich tiefer in meinen Sitz. Niemand wird mich dazu bringen, ein Taylor-Swift-Perlenarmband zu tragen oder mich sonst irgendwie zum Affen zu machen. Ganz. Sicher. Nicht. Aber Maria erinnert sich gerade zum Glück wieder an den Grund, weshalb sie ursprünglich aufgestanden ist.

»Ich verschwinde schnell auf Toilette, bevor die Lasagne kommt«, sagt sie. »Die Lasagne schlägt mir bestimmt auf den Magen.« Mit der flachen Hand reibt sie sich über den Bauch und läuft unter verständnisvollem Gemurmel des Pärchens hinter mir in Richtung der Toiletten.

Ich ziehe unauffällig den Reiseprospekt aus meinem Handgepäck. Weiter als bis zur ersten Seite habe ich es noch nicht geschafft. Aber die klingt richtig gut. Ein stimmungsvolles Mittelalterfestival wird dort beschrieben, das unweit des Schlosses Neuschwanstein stattfindet. Die prachtvolle Burg hebt sich gestochen scharf vom rosafarbenen Sonnenuntergang ab, eine Zeichnung von zwei Rittern auf Pferden ergänzt das beeindruckende Panorama. Von traditionellem »Speis und Trank« ist die Rede, während man den Klängen historischer Instrumente lauschen kann.

»Da bin ich auch schon wieder und ihr erratet nicht, wen ich bei den Toiletten getroffen habe«, verkündet Maria, als hätte sie dort Barack Obama persönlich die Hand geschüttelt. »Die Imogen. Fehlt also nur noch …«

»Edward«, ergänze ich unwillig und reiche Maria meine Hand, die sie fast zerdrückt. »Edward Meyer, Los Angeles.«

»Da sitzen wir seit Stunden fast alle nebeneinander und wissen nichts von unserem Glück.« Ehe ich michs versehe, überreicht Maria auch mir ein buntes Perlenarmband. »Das ist ja verrückt.«

Zögernd stehe ich auf, lasse das Armband dabei in meiner Jackentasche verschwinden, wo es bis zum Rückflug auch bleiben wird, und gebe ein zustimmendes »Absolut« von mir, ehe ich auch dem Pärchen in der Reihe hinter mir freundlich zunicke. Sie sind etwa in meinem Alter, Olivia wirkt zwei, drei Jahre älter als Liam, was aber an dessen Sommersprossen liegen könnte. Ein dunkler Bob umrahmt ihr herzförmiges Gesicht. Nur die Haarspitzen sind blondiert.

Erst erwidert sie mein Lächeln, doch dann verkrampft sich ihr Gesichtsausdruck. Ihr leises »Liam« klingt wie eine Warnung, als sie sich zu ihrem Freund beugt, dessen Pupillen sich vor Aufregung weiten. Olivia schlägt ihm mit den Fingerspitzen drohend auf den Schirm seiner Kappe, auf dem ich erst beim zweiten Hinsehen ein mir bekanntes Logo identifiziere. Und schon in der nächsten Sekunde wird klar, woher Olivias plötzlicher Stimmungswechsel kommt. Liam ist Fan des Collegeteams, das ich jedes Spiel als Kapitän auf den Platz führe.

»Spielst du zufällig Basketball?«, fragt er, während sich seine Freundin stöhnend zurücklehnt.

»Ja«, antworte ich. »Seit vorletztem Semester bin ich im Team der Los Angeles Squirrels.«

»Echt krass, ich hatte es so gehofft, als ich deinen Namen auf der Liste gesehen habe! Der *Big Dance* letzten Monat lief ja leider beschissen …« An unsere haushohe Niederlage gegen Missouri vor drei Wochen will ich jetzt ganz bestimmt nicht erinnert werden. Auf mein Schulterzucken hin ergänzt Liam mit einem breiten Grinsen: »Wird schon wieder. Dein Interview vor dem Spiel war jedenfalls ziemlich beeindruckend. Ich glaube, die meisten Amerikaner wissen gar nicht, was im Collegesport alles schiefläuft. Und die Sache mit deinen Eltern … sorry, Mann. Klingt echt hart.«

»Liam! Nicht hier …«

Olivias erneute Ermahnung verhindert nicht, dass die Erinnerung ungebremst wie ein Meteorit in meinen Verstand einschlägt. Das Interview war mein erstes überhaupt und prompt wurde ich auf meine Familie angesprochen. Obwohl ich nur vage geblieben bin, bereue ich es mittlerweile, denn jedes Wort in Bezug auf meine Familie ist eines zu viel. Es ist Jahre her, doch in diesem Moment kommt es mir vor, als wäre alles erst gestern zersplittert.

»Wir haben einen erfolgreichen Basketballprofi in der Gruppe?«, blockt Maria erfolgreich meinen gedanklichen Eigenkorb ab, während sie sich ein zweites Mal an mir vorbeiquetscht und auf ihren Sitz fallen lässt. »Nicht schlecht.«

»Collegebasketball«, verbessere ich und bevor ich die Nachfrage, was denn beim Collegesport nicht funktioniere, beantworten kann, bittet mich eine zweite Flugbegleiterin, mich wieder hinzusetzen, damit sie den Trolley neben mir positionieren kann.

Collegeathleten verdienen keinen Cent für ihre wöchentliche Leistung auf dem Platz, während die Fernsehanstalten und Colleges mit uns Millionen umsetzen. Entschädigt werden wir von der Uni in der Regel mit Stipendien, freier Kost und Logis sowie kostenlosem Zugang zu Lehrmaterial und Tutoren. Dass das nicht immer ausreicht, weiß ich wohl besser als viele andere. Meinem Ärger habe ich während des jährlich stattfindenden Collegebasketballtourniers – des *Big Dance* – in einem Interview Luft gemacht, ehe die Reporterin mich mit einer Frage zu meinen Eltern aus dem Konzept gebracht hat.

Ich drehe mich zurück nach vorn, klappe meinen Tisch herunter und schaue stumpf auf den Apfel, der statt eines voll beladenen Tabletts darauf abgelegt wird. Wunderbar.

»Darf ich Ihnen noch etwas anderes anbieten? Einen Joghurt vielleicht? Oder nicht doch die Lasagne?«

»Schon in Ordnung.« Ich greife nach dem Obst und beiße ein Stück ab, womit die Flugbegleiterin nicht besänftigt ist.

Ich habe einen festen Ernährungs- und Trainingsplan, an den ich mich normalerweise strikt halte. Nur nichts zu essen ist noch schlimmer als eine falsche Ernährung. Aber ich würde eher meinem alten Basketballteam eine hübsche Urlaubskarte nach San Diego schicken, als freiwillig wieder zu Fleisch zu greifen. Ich halte mich an eine vegetarische Ernährung und das erkläre ich der Dame gerade zum dritten Mal.

»Geben Sie mir einfach noch einen Apfel und dazu einen Orangensaft.«

Mit einem entschuldigenden Lächeln stellt die Flugbegleiterin die übrigen Tabletts in meiner Reihe ab, reicht mir zwei Äpfel, einen Müsliriegel und gleich drei kleine Glasflaschen mit Orangensaft, ehe sie den Trolley zur nächsten Reihe weiterschiebt.

Während des Essens ist es zu still in der Flugzeugkabine. Die Gedanken surren durch mein Hirn wie eine aggressive Mücke. Seit meinem Neustart am College in Los Angeles habe ich mich verändert. Dass Leni mich auf dem Festival letztes Jahr überhaupt auf Tinder wiedererkannt hat, ist mir ein Rätsel. Wieso sie mich um ein Treffen bittet, dann aber versetzt, begreife ich erst recht nicht.

Davor hatten wir drei Jahre lang keinen Kontakt. Und in San Diego waren es nur wenige Stunden, die wir zusammen verbracht haben. Ich hätte nie gedacht, dass mich Leni länger beschäftigen wird als ein paar Tage.

Ich meine: Was um alles in der Welt hat sie damals in mir ausgelöst, das mich monatelang an das unsichere Mädchen aus Deutschland denken ließ und mir bis heute Herzklopfen beschert?

Immer mal wieder habe ich überlegt, ob ich nach ihr suchen soll, die Idee aber schnell wieder verworfen, weil sie mir in San Diego eine falsche Handynummer gegeben hat. Sie wollte nicht von mir gefunden werden. Und dann matchen wir ausgerechnet auf einem Rockfestival in Deutschland, das ich nur meinen Mannschaftskollegen zuliebe besucht habe.

Schicksal, könnte man meinen. Alles kommt, wie es kommen soll. Doch fürs Erste bekam ich auf dem Festival lediglich einen weiteren Korb. Trotzdem bin ich jetzt auf dem Weg zurück zu Leni. Und das ist die vielleicht dümmste Entscheidung meines Lebens.

»Möchtest du ganz sicher nichts von der Lasagne?«

Kurz bin ich von dem tropfenden Haufen Nudeln mit winzigen Fleischkrümeln in Tomatensauce auf Marias Gabel abgelenkt, dann schüttle ich den Kopf. »Schon in Ordnung. Ich habe noch einen weiteren Müsliriegel im Rucksack.«

»Davon wird man doch nicht satt.«

»Es ist wirklich okay.«

Maria schnalzt mit der Zunge und schiebt sich die Gabel in den Mund. »Ich frag ja nur.«

Um einem weiteren Bemutterungsversuch zu entgehen, ziehe ich mein Handy aus der Hosentasche und scrolle mich durch den Chatverlauf mit Simon, bis ich die Bleistiftskizze einer Mülltonne finde, die mir mein Kommilitone und Mannschaftskollege für ein gemeinsames Uniprojekt geschickt hat.

Simon ist drei Jahre jünger als ich und superzuverlässig. Im Gegensatz zu mir nimmt er sich nach dem *Big Dance* keine Auszeit von der Uni, sondern arbeitet weiter an unserer gemeinsamen Hausarbeit in *Public Space and Landscape*.

Seine enthusiastische Art erinnert mich an meine Eltern.

Dad arbeitete bis zu seinem Tod bei der städtischen Müllentsorgung und Mom verbrachte die meisten Sommer als Aushilfsrangerin in einem Nationalpark. Sicher wären beide stolz, wenn sie wüssten, dass ich im Hauptfach mittlerweile nachhaltiges Ressourcenmanagement an der UCLA studiere.

Ich hebe den Blick, wische mir unbemerkt über die Augen und stecke mein Handy zurück in den Rucksack. So allmählich ist der perfekte Moment für dramatische Filmmusik. Denn dass ich in einem Flieger nach Deutschland sitze, kommt mir mit jeder Meile, die wir uns Frankfurt nähern, absurder vor. Und wenn ich in neun Tagen auf dem Rückweg nach Los Angeles bin, wird mein Leben ziemlich sicher verändert sein.

Nur weiß ich noch nicht, ob das gut oder schlecht ist.

**STEHST AM ANFANG DEINER REISE.
DU WEISST NICHT, WAS VOR DIR LIEGT,
ABER DU WIRST DICH BEWEISEN,
AUCH WENN ES FRAGEN GIBT.**

Leni

Leni: Du bist suspendiert worden?!?! Weißt du, was das bedeutet???

Leni: Jakob? Ist das dein Ernst?! Antworte mir oder geh an dein Handy, wenn ich dich anrufe! Du kannst mich nicht einfach so ignorieren.

Ich stecke das Handy zurück in meine Jackentasche. Die erste Mitteilung an meinen jüngeren Bruder ist seit Samstag unbeantwortet. Meine letzte Nachricht ging raus, unmittelbar nachdem ich das Flughafengebäude in Frankfurt betreten hatte. Keine zehn Minuten sind seitdem vergangen und trotzdem habe ich schon dreimal daran gedacht, zurück nach Berlin zu fahren, um Jakob dort zu erwürgen.

Die Ankunftshalle ist für einen Dienstagmittag ungewöhnlich voll. Neben mir wippt eine junge Frau mit Blumen und einem Willkommensplakat auf und ab. Zweifelnd streiche ich die Kanten des Papiers in meiner Hand glatt und fahre mit dem Zeigefinger entlang des schwarzen Aufdrucks darauf.

Travel Group Lück steht auf dem schlichten Zettel. Jedes Mal

*UND DAVON GIBT ES WÄHREND EINER RUNDREISE VIELE, SO VIEL STEHT FEST.

komme ich mir unfassbar blöd vor, wildfremde Menschen damit vom Flughafen abzuholen. Okay, das ist gelogen. Diesmal kenne ich einen der fünf angemeldeten Teilnehmer: Edward Meyer.

Als ich erfahren habe, dass ausgerechnet er sich für die Tour angemeldet hat, dachte ich, das müsse ein besonders schlechter Witz sein.

Ist es ganz sicher auch, aber einer, der schon vergangenen Sommer auf dem Rockfestival begann. Ich war mir sicher, dass meine abrupte Flucht unsere einzige Chance auf ein Wiedersehen zerstört hat, aber in wenigen Minuten könnte ich eines Besseren belehrt werden.

Laut Anzeigetafel ist der Flieger gerade gelandet. Edward ist zurück in Deutschland. Und diesmal kann ich nicht vor ihm wegrennen.

Ich verlagere mein Gewicht auf mein anderes Bein, atme tief durch und versuche zu verdrängen, dass mir seit dem Aufstehen eine nervöse Anspannung durch den Bauch rumort, die mich dazu zwingt, fast durchgehend an Edward zu denken. Er hat ohne einen weiteren Kommentar ausgerechnet bei dem Reiseunternehmen *meiner* Eltern eine nicht gerade günstige Reise gebucht, obwohl ich ihn auf dem Festival versetzt habe. Sein Selbstbewusstsein hätte ich gerne.

Dann würde ich jetzt nicht noch ein drittes Mal die Teilnehmerliste und Reisedokumente durchgehen und einen letzten Blick über die Schulter in Richtung Flughafenparkplatz werfen, wo Johann in unserem reichlich abgenutzten Mercedes-Minibus auf die Reisetruppe und mich wartet. Das Willkommensschild halte ich auf Brusthöhe, die Dokumente klemmen unter meiner Achsel.

Ich habe mir vorgenommen, Edward wie alle anderen Teilnehmer zu behandeln. Obwohl er etwas über mich weiß, das mir bis heute Unwohlsein beschert. Weil ich es anders nicht aushalte, hole ich zur Beruhigung wieder mein Handy aus der Hosentasche und nutze die letzte Gelegenheit, um einen kurzen Blick darauf zu werfen. Von Jakob kam immer noch nichts, aber Papa hat mir geschrieben.

> **Papa:** Seid ihr schon in Frankfurt? Ist alles gut gelaufen? Mama fragt, ob du etwas von Jakob gehört hast. Dein Bruder reagiert auf keine Nachricht, Anrufe drückt er weg. Kannst du versuchen, zu ihm durchzudringen? Vermutlich hört er im Moment nur auf dich …

Das bezweifle ich. Ich schlucke hart, als ich das Handy wieder wegpacke. Es ist das erste Mal, dass Jakob mich ignoriert. Mein kleiner Bruder ist niemand, der Streit sucht. Trotzdem hat ihn sein Verein mit dieser Begründung bis auf Weiteres suspendiert. Damit riskiert er eine vielversprechende Karriere als Profifußballer, für die meine Familie seit Jahren alles hintanstellt.

Jakobs Talent ist der Grund, weshalb unser Vater die Zukunft des Reiseunternehmens automatisch immer in meine Hände gelegt hat. Wegen Jakob sind mir meine eigenen Träume nicht wichtig. Für ihn tue ich alles. Manchmal mehr, als gut für mich ist, und jetzt …

»Holst du auch deinen Freund ab?«

Lächelnd mustert mich die Frau neben mir, den Blumenstrauß und ihr Plakat hat sie zwischen ihre Beine geklemmt, um sich die Haare zurückzubinden. An ihrem hellen Haaransatz bilden sich feine Schweißperlen.

Es ist recht warm heute, der erste frühlingshafte Tag des Jahres – Anfang April –, weshalb ich ein kurzärmeliges Shirt zu meiner Jeans trage und die Winterjacke bei Johann im Reisebus liegt. Die gefütterten Ankle-Boots habe ich gegen sommerliche Sneaker getauscht.

Die junge Frau trägt Reiterstiefel. Sofort bildet sich ein Kloß in meinem Hals. Ich versuche ihn hinunterzuschlucken, was mir nur mühsam gelingt.

»Nein, ich warte auf eine Reisegruppe aus Amerika«, stoße ich hervor.

Kaum habe ich die Worte ausgesprochen, ziehen sich ganz automatisch ihre Augenbrauen zusammen. »Hä? Wer schaut sich denn freiwillig Deutschland an?«

»Na, ganz offensichtlich ich.« Ehrlicherweise übernehme ich die meisten Touren nicht freiwillig, aber ich kann keine Fahrt ablehnen.

Unser Reiseunternehmen ist winzig. Früher hat mein Vater jeden Mitarbeiter überdurchschnittlich bezahlt und ausreichend Urlaub und Freizeit gewährt. Doch mittlerweile ist das finanziell nicht mehr drin und deshalb laufen uns die Leute weg. An allen Ecken muss gespart werden. Im Moment arbeiten nur noch drei festangestellte Busfahrer für unsere Firma. Meine Mutter kümmert sich gemeinsam mit Jakob um die Administration und mein Vater und ich arbeiten als Guides, gelegentlich unterstützt von studentischen Aushilfen oder Jakob. Mein Urgroßvater hat das Reiseunternehmen vor mehr als neunzig Jahren gegründet, Papa hat es weitergeführt, und in wenigen Jahren soll ich die Firma übernehmen, obwohl es schon länger nicht mehr rundläuft. Papa würde diese Tatsache gerne vor uns geheim halten, aber ich kenne die Zahlen.

»Viel Glück, dass sie Deutschland und deine Tour mögen«, sagt die junge Frau jetzt und greift seufzend nach Plakat und Blumen. Ich nicke, weil ich bei jeder Rundreise tatsächlich am meisten Angst davor habe, dass irgendjemand dem Reiseunternehmen im Nachhinein eine miese Onlinebewertung gibt. Eine schlechte Rezension kann bei einem Kleinunternehmen einen großen Schaden anrichten.

Da stößt die Frau mit den Reiterstiefeln plötzlich einen freudigen Ausruf aus und rennt auf einen Mann zu, der mit seinem Designeranzug und den glatt gegelten Haaren wie jemand aussieht, der eine Bankfiliale leitet. Er nimmt seine Freundin in den Arm, während ich mein Willkommensschild an den Brustkorb drücke, in dem mein Herz losgaloppiert, als wäre das hier der Moment in einem Horrorfilm, kurz bevor die Musik anschwillt und der Mörder sein Opfer in der Dunkelheit überrascht.

Ich bin immer noch damit beschäftigt, meine Gedanken zu sortieren, als mehr Menschen von der Kofferausgabe in die Halle strömen. Um mich herum wird es unruhig, Leute recken ihre Hälse und winken. Nur ich weiß nicht wohin mit mir. Mein Blick sucht automatisch nach Edward, während ich meine Puddingbeine gleichzeitig mit aller Kraft auf den Boden pressen muss, um nicht wegzurennen.

Ein weiteres Mal glätte ich das Willkommensschild, halte mich an dessen Kanten fest und starre für ein paar Sekunden auf die blaurosa Schnürsenkel meiner Sneaker, ehe ...

»Sorry ... äh, Leni?«

Mein Kopf zuckt so heftig nach oben, dass die ältere Dame mit rot-weiß karierter Bluse, kurz geschnittenem ergrautem Haar, einer khakifarbenen Wanderhose und schwarzen Westernstiefeln, zu der die freundliche Stimme gehört, ein Stück zurückweicht.

»Ist das die Deutschland-Tour mit Lück?«, hakt sie in fast akzentfreiem Deutsch nach und schielt auf das Willkommensschild in meiner Hand. »Sorry, da steht es ja ... ich bin die Maria. Meine Großmutter kommt aus Recklinghausen und meinem verstorbenen Mann gehörte ein Finanzunternehmen in Houston. Wir waren früher oft gemeinsam in Frankfurt.«

Ich ergreife ihre Hand und sehe einem bunten Perlenarmband dabei zu, wie es an Marias Arm nach unten rutscht. »Leni«, stelle ich mich unnötigerweise vor und streiche Marias Namen von meiner Liste. Mein entschuldigendes Lächeln sieht sie nicht, da ihr Blick gerade zu einem jungen Paar wandert, das Händchen haltend auf uns zukommt. Selbst aus der Distanz erkenne ich, dass auch sie bunte Perlenarmbänder tragen. Und ich bin fast ein wenig erleichtert, als Maria die beiden mit einem »Liam, Olivia!« begrüßt, sodass ich noch kurz Zeit habe, um mich zu sammeln.

»Hey, ihr zwei«, begrüße ich das Pärchen auf Englisch. »Setzt euch gerne, solange wir noch auf die anderen Teilnehmer warten.«

Liam nickt, stellt einen riesigen roten Koffer zur Seite und hockt sich mit einem breiten Grinsen neben seine Freundin. »Hast du dir Deutschland so vorgestellt?«, fragt er und legt einen Arm um Olivia. Sie zwinkert mir unter ihrem blondierten Pony erst zu, dann nickt sie mit einem Schmunzeln in Liams Richtung. »Noch habe ich ja nicht viel davon gesehen.«

»Ich war ein einziges Mal als Kind hier«, erklärt Liam und dreht den Schirm seiner Baseballkappe nach vorn. Auf der Mütze prangt ein Logo mit einem Eichhörnchen und einem Basketball. »Mein Opa war Soldat in Friedberg. Wenn alles stimmt, was er erzählt hat, muss das Leben in Deutschland irre schön sein.«

»Deutschland ist wunderbar.« Maria ist zurück ins Englische gewechselt. Sie wuchtet einen bunten Trekkingrucksack von ihren Schultern und setzt sich auf den freien Platz neben Liam. »Mein Mann und ich waren immer nur zum Arbeiten hier. Da sieht man bis auf Hotels und Messegelände ja kaum etwas. Joseph hat mir versprochen, dass wir irgendwann im Alter einen langen Urlaub machen, uns ganz Deutschland zusammen anschauen. Dann ist er plötzlich verstorben.« Sie seufzt leise. »Wir haben keine Kinder. Also wurde ich das Finanzunternehmen irgendwie los und nun bin ich eben alleine zurückgekommen. Ich hab ja Zeit.«

»Es ist schön, dass du hier bist, Maria«, erwidere ich mit einem Lächeln, das sich kurz darauf zu meiner Erleichterung auch auf ihrem Gesicht ausbreitet, ehe sie anfügt: »Ist schon ein paar Jahre her, alles gut. Ich freu mich auf die Rundreise und ich weiß, dass Joseph mir zuschaut.«

»Ganz bestimmt.«

Kurz ist es still, dann räuspert sich Olivia leise. »Ich war noch nie in meinem Leben außerhalb der Vereinigten Staaten.« Sie presst die Lippen zusammen und es dauert einen Moment, bis ich begreife, dass ihr diese Tatsache unangenehm ist. Sie dreht sich eine der blondierten Haarspitzen um den Finger. »Ich kenne eigentlich nur Berlin, weshalb wir uns auch die ›Deutschland ist mehr als Berlin‹-Tour ausgesucht haben. Sorry, wenn ich damit alle Klischees einer Amerikanerin erfülle.«

»Keine Sorge.« Mit der flachen Hand klopft Maria auf ihre schwarzen Westernstiefel. Das Perlenarmband klimpert leise. »Den Job übernehme ich für dich.«

Die drei lachen, während ich mich umdrehe und mein Blick auf der Suche nach Edward über die Menschen hinweggleitet. Ich kann ihn nirgendwo entdecken. Vielleicht kommt er ja nicht?

»Imogen, hier!« Maria hebt eine Hand und winkt einem Mädchen mit riesigen Kopfhörern um den Hals und einer Bauchtasche zu. Sie ist ganz in Schwarz gekleidet, wodurch das bunte Armband um ihr Handgelenk deutlich hervorsticht. Imogen bleibt erst ruckartig stehen und läuft dann mit einem erleichterten Gesichtsausdruck auf uns zu.

»Wir haben uns schon alle im Flieger kennengelernt und Maria hat uns Armbänder geschenkt«, erklärt Olivia lächelnd und als würden meine Gedanken von meinem Kopf in ihren transportiert werden, fügt sie an: »Jetzt fehlt eigentlich nur noch Edward.«

In meinem Brustkorb zieht es und ich gebe Imogen mit einem Nicken zu verstehen, dass sie neben den anderen Platz nehmen soll.

»Ich kann echt nicht mehr sitzen!« Mit einem tiefen Ausatmen legt Imogen ihren Rucksack auf einen freien Metallstuhl und öffnet den Reißverschluss ihrer Bauchtasche. »Noch jemand Kaffee?«

Liam, Olivia und ich nicken, Maria lehnt dankend ab und tippt schnell eine Nachricht auf ihrem Handy, als Imogen in Richtung

Starbucks geht. Beim Gehen reckt sie kurz den Hals und plötzlich winkt sie.

»Edward!«

O mein Gott. Mein Herz beginnt zu rasen. Wahrscheinlich starre ich ihn an wie einen Fremden. Er trägt kein Armband, das fällt mir als Erstes auf. Wie in Zeitlupe wandert mein Blick von dem sportlichen Typen mit einschüchternd selbstbewusstem Gang zu dem schwarzen Schalenkoffer, den er locker mit dem Fuß neben sich herschiebt. Ich kann den Gedanken nicht verhindern. Wie schon auf dem Festival ploppt er ungebremst auf: *Edward sieht so verändert aus.*

Krampfhaft überkreuze ich meine Beine, weil es nicht mehr ausreicht, nur die Füße auf den Boden zu pressen.

Edward wirkt älter und viel selbstbewusster, irgendwie glücklicher als in San Diego. Sosehr es mich freut, dass er mit sich im Reinen zu sein scheint, der Gedanke, dass ich hingegen noch immer am liebsten vor ihm fliehen will, lässt mich innerlich ganz klein werden. Jahrelang hatte ich das Bild eines blassen, schlaksigen Typen im Kopf, mit dunklen Schatten unter den Augen und einer unerklärlichen Hilflosigkeit im Blick. Nun steht er in der Realität vor mir und sieht aus wie ... mir fällt ja noch nicht einmal etwas Passendes ein, außer: Edward hat die letzten Jahre offenbar in vollen Zügen genossen und sich weiterentwickelt, und mein Leben befindet sich noch immer im Stillstand.

»Äh, Leute«, sagt Edward und ich dränge mit aller Kraft das Brennen in meinen Augen zurück, weil seine tiefe, kontrollierte Stimme mich gewaltig einschüchtert. »Ich dachte, die haben meinen Koffer verloren.«

Wie in Trance warte ich darauf, dass er sich zu den anderen setzt. Doch er bleibt neben mir stehen. Und allmählich frage ich mich, wieso ich die Augen zwar vor einer Sache verschließen kann, vor meinen wirren Dauerschleife-Gedanken hingegen nicht.

»Dann sind wir ja endlich vollzählig«, presse ich hervor und schlucke erneut. Klang das patzig? Nach einem ungerechtfertigten Vorwurf? Ich räuspere mich und richte den Blick zur Sicherheit auf Liam, Maria und Olivia. »Herzlich willkommen in Frankfurt! Mein Name ist Leni Lück und ich bin eure Tourbegleitung, was ja bereits allen bekannt sein sollte. Ihr könnt euch bei Fragen jederzeit an mich wenden. Ich freue mich darauf, euch in den kommenden Tagen durch Deutschland zu begleiten.«

Beim Reden schaue ich kein einziges Mal zu Edward und beuge mich so weit es geht von ihm weg, weil ich befürchte, dass allein sein Geruch meinen emotionalen Notstand noch weiter verschlimmert. Ob irgendwem aufgefallen ist, dass ich nur ihn nicht mit einem freundlichen Lächeln begrüßt habe? Dass ich ihn übergehe? Ich hoffe nicht.

Ich will verhindern, dass seine Anwesenheit etwas an meiner Professionalität ändert. Ich werde nicht vor ihm und dem Geheimnis, das er über mich kennt, weglaufen. Denn Ellas Lieblingssänger Louis Tomlinson hat eben nicht recht: *It's NOT bigger than me.*

Zum Glück legt Maria in genau dieser Sekunde ihre Hand auf meine Schulter. Ihre Nachfrage bremst mein Gedankenkarussell. »Wie ist das denn jetzt vom Programm her? Fahren wir gemeinsam ins Hotel?«

»Wenn Imogen zurück ist, gehen wir nach draußen zum Bus, in den ihr eure Koffer laden könnt. Dann fährt euch Johann für heute ins Hotel, damit ihr euch vom Flug erholen könnt, ehe es morgen nach Bayern geht.«

»Oktoberfest!«, grölt Liam und hält Edward seine Faust hin, eine Geste, die nur zögernd erwidert wird. »Ich weiß gar nicht, ob ich so viel Bier auf einmal trinken kann.«

»Das Oktoberfest ist im September. In der Broschüre steht, dass wir morgen Abend ein Mittelalterfestival in der Nähe von Schloss Neuschwanstein besuchen werden.« Edward wartet auf meine Bestätigung, doch mein Blick weicht ihm automatisch aus und landet auf Imogen, die auf uns zukommt.

»Genau, ja. Danke für den Kaffee.« Der Becher, den Imogen eben noch zusammen mit den anderen dreien irgendwie auf ihren Händen balanciert hat, wandert zu mir. »Wir können los.«

Ich komme mir so falsch dabei vor, in möglichst großem Abstand zu Edward und der Gruppe zum Bus zu laufen. Normalerweise nutze ich die ersten Minuten dazu, einen Draht zur Reisegruppe zu finden. Das kann ich im Moment vergessen. Immer wieder wallt Überforderung in mir auf. Vielleicht muss ich mich nur an die seltsame Situation gewöhnen?

»Hey ...« An meiner Schulter spüre ich eine Hand und zucke heftig zusammen. »Sorry!« Edward lässt mich ruckartig los und weicht zurück. »Das war total unüberlegt. Sorry«, sagt er wieder. »Ich hab nicht nachgedacht, entschuldige. Aber ... ist alles okay bei dir?«

Ich würde lachen, wenn es nicht so unfassbar traurig wäre. Geradezu entwaffnend im Hinblick auf meine Gedanken vor wenigen Minuten. Die Sache ist also keine Nummer zu groß für mich? Vielleicht überlege ich mir das noch mal, denn ... Es ist dieselbe Frage, die ich Edward vor über vier Jahren in San Diego gestellt habe. *Ist alles okay bei dir?* Die ersten Worte, die wir ausgetauscht haben, bevor er mich auf ein Date eingeladen hat. Und die mich jetzt endgültig durcheinanderbringen.

Nein, will ich ihm entgegenbrüllen, *nichts ist in Ordnung*. Weil ich mir nun zu einhundert Prozent sicher sein kann.

Edward hat mein Geheimnis nicht vergessen.

HAKUNA MATATA, DIESEN SPRUCH SAG ICH GERN. HAKUNA MATATA, GILT STETS ALS MODERN. ES HEISST: »DIE SORGEN BLEIBEN DIR IMMER FERN.« KEINER NIMMT UNS DIE PHILOSOPHIE. HAKUNA MATATA.

Leni

»Natürlich.« Mein Blick klebt förmlich am Exit-Schild, während ich Edward mit zitternder Stimme antworte. »Es ist alles in Ordnung, danke. Wenn du mich entschuldigst, ich muss noch ein paar Dinge mit unserem Busfahrer klären, damit wir schnellstmöglich loskönnen. Ihr seid sicher alle erschöpft.«

Ich gehe mit einem dicken Kloß im Hals voraus. Edward wartet, bis die anderen zu ihm aufgeschlossen haben. Erst dann laufen sie mir hinterher. Sobald wir den Vorplatz betreten, knallt uns die Frühlingssonne direkt auf die Gesichter. Irgendwo mäht jemand Rasen. Unter den Geruch mischen sich eine erdige Note aus den frisch bepflanzten Blumenbeeten neben uns und Kerosin.

»Hier ist es ja heißer als in Texas«, scherzt Maria, ehe sie lachend zu mir aufschließt. »Ich dachte, dass es in Deutschland Anfang April kühler wäre.«

»Normalerweise ist es um diese Jahreszeit auch noch nicht so warm. An den Alpen haben sie für morgen sogar Schneefall vorhergesagt.« Ich schirme mein Gesicht mit der Hand ab und blicke dabei über Menschentrauben und hupende Taxis hinweg auf der Suche nach unserem Kleinbus. Ein paar Meter entfernt entdecke ich den in die Jahre gekommenen Wagen. Während Maria mir von ihrer An-

*ICH BEFÜRCHTE, DIE SORGEN FANGEN GERADE ERST AN.

reise erzählt, laufen wir über den Parkplatz auf unseren Busfahrer zu, der mit seiner typischen gebückten Haltung neben der halb geöffneten Kofferraumklappe im Halbschatten lehnt.

Zur Begrüßung bekommen wir nur ein Nicken, denn Johann redet nie viel. Eigentlich muss ich mich an Gesten, Mimik und seinen gemurmelten Kurzantworten orientieren. Seit ich denken kann, arbeitet er für unser Reiseunternehmen. Er fährt die meisten meiner Touren und wahrscheinlich verstehe ich ihn deshalb auch ohne große Worte. Die anstehende Reise bestreiten wir ebenfalls nur zu zweit, obwohl wir damit eine Strafe wegen überschrittener Fahrzeiten riskieren. Es geht einfach nicht anders.

Johanns Autoschlüssel stoßen klirrend gegen die Metallkante der Kofferraumtür, als er sie, so weit es geht, nach oben drückt, damit er die Gepäckstücke im Inneren des Kleinbusses verstauen kann. Er nickt Maria aufmunternd zu, die ihm daraufhin ihren vollgepackten Reiserucksack entgegenstemmt. Ächzend wuchtet Johann das Gepäckstück in den Kofferraum. Bei den Schalenkoffern greifen ihm Edward und Liam unter die Arme, während Olivia und Imogen ihren Kaffee austrinken.

Unfreiwillig ruht mein Blick auf Edward. Ich sehe einem durchtrainierten Mann dabei zu, wie er das Gepäck problemlos in den Kofferraum wuchtet, ehe er die Kofferraumklappe genauso lässig ins Schloss fallen lässt. Ehrlich? Das ist doch nicht Edward. Nicht der Edward, mit dem ich einen Tag in San Diego verbracht habe. Nicht der Mann, dem ich unüberlegt –

»Imogen?« Maria stößt Imogen mit dem Ellbogen an, als die gerade zusammen mit Olivia die Kaffeebecher entsorgt. »Der Name ist doch aus Shakespeare?«

»Ich glaube schon«, antwortet Imogen. »Aber mir ist Imo sowieso lieber, wenn das okay für alle wäre.«

Ich nicke ihr aufmunternd zu, weil ich ihr zögerliches Verhalten gut verstehe. Es ist mutig, ganz alleine in ein fremdes Land zu fliegen. Und meistens steckt eine Geschichte dahinter. Oftmals keine gute.

In meinem Brustkorb zieht es, weil ich jetzt an den Vorfall denken muss, der schuld daran ist, dass ich damals Hals über Kopf nach San Diego geflohen bin. Wenn dieser grauenhafte Vormittag nicht gewesen wäre, hätte ich Edward niemals kennengelernt und wahrscheinlich würde ich gerade auch nicht die Türen des Kleinbusses aufschieben, sondern für, keine Ahnung, einen Gesangsauftritt proben.

Ich schlucke die Erinnerung hinunter. Eine, die Edward kennt und die, wenn ich seine übervorsichtige Reaktion auf die Berührung richtig deute, in seinem Kopf festklebt. Allerdings sind seitdem fast vier Jahre vergangen. Wir befinden uns nicht mehr in San Diego, sondern in Deutschland, wo es in den kommenden Tagen ausschließlich darum gehen wird, die Gruppe – also alle, nicht nur Edward – zufriedenzustellen. Vielleicht sollte ich *zufrieden* präzisieren. Kultur-zufrieden, Kunst-zufrieden, kulinarisch-zufrieden. Von dieser Art von zufrieden spreche ich.

»Braucht noch jemand irgendetwas?«, frage ich daher direkt in die Runde, um sicherzugehen, dass wir auf der Fahrt zu unserer Unterkunft nirgendwo anhalten müssen. »Abendessen gibt es direkt nach unserer Ankunft im Hotel. Wenn ich mich richtig erinnere, dann isst jemand von euch nur vegetarisch.« Ich spüre Hitze in mir aufsteigen. Als ob ich mir nicht ganz genau gemerkt habe, dass Edward auf seinem Anmeldebogen die vegetarische Option angekreuzt hat. »Jedenfalls haben alle gebuchten Restaurants und Unterkünfte bestätigt, dass sie eine fleischlose Alternative anbieten können.«

»Danke für deine Mühe.« Ich kann das Lächeln in Edwards Stimme hören und es sorgt für eine Gänsehaut an meinen Armen.

»Kein Problem. Ich gebe es an meinen Bruder weiter. Er klärt solche Angelegenheiten mit den jeweiligen Ansprechpartnern.«

Ich räuspere mich leise, damit mich der Gedanke an Jakob nicht noch zusätzlich verunsichern kann, und setze mich auf den Beifahrersitz neben Johann, dem ich mit einem Tippen auf das Navigationssystem zu verstehen gebe, dass wir ohne Umwege ins Hotel fahren.

Während die anderen hinten einsteigen, sortiere ich die Reisedokumente und reiche die Papiere schließlich über meine Rückenlehne an Maria weiter, die sie mit einem undeutbaren Gesichtsausdruck erst nach rechts und links und dann zu Olivia und Liam nach hinten verteilt. Die Falten auf ihrer Stirn vertiefen sich, als sie mit zitternden Fingern nach dem Anschnallgurt tastet. Täusche ich mich oder wirkt ihr Gesicht blasser als vor ein paar Minuten?

»Ist alles in Ordnung bei dir, Maria?«

»Es ist mir ein wenig unangenehm, aber wenn ich auf der Rückbank sitze, wird mir ganz oft schlecht. Und jetzt schlägt mir auch noch die Lasagne auf den Magen – ich habe es schon befürchtet.« Die Hand, mit der Maria die Gurtschnalle verkrampft festhält, verharrt in der Luft und als ich ihr anbiete, die Plätze zu tauschen, lässt Maria sie begleitet von einem erleichterten »Danke, das ist sehr nett« runter aufs schwarze Sitzpolster sinken. Es kommt immer mal wieder vor, dass ich Teilnehmern den Vordersitz überlasse, um zu verhindern, dass sich irgendjemand im Bus übergibt, aber noch nie hatte ich dabei so viel Herzklopfen wie in diesem Augenblick.

Schnell schiebt Edward die Tür auf und steigt aus, damit Maria an ihm vorbei nach vorne gehen kann. Zufrieden lächelnd nimmt sie neben Johann auf dem Beifahrersitz Platz, womit ich nun zwangsläufig mit Edward hinten einsteigen muss.

Als ich mich neben Imogen auf den Mittelsitz setze, sackt mir das Herz in die Hose. Es dauert kurz, bis Edward mir nachfolgt. Unauffällig schiele ich zu ihm, während ich auswendig gelernte Infos über Frankfurt herunterrattere. Üblicherweise lasse ich den

Gästen ein paar Minuten Zeit, um durchzuatmen, bevor ich sie mit Fakten überschütte, aber in der Regel macht mich auch keiner der Teilnehmer so nervös.

»Frankfurt ist die Heimat eines bekannten amerikanischen Snacks«, erzähle ich viel zu schnell. »Im Englischen wird der Hotdog oft auch als Frankfurter bezeichnet. Vermutlich geht das darauf zurück, dass zu besonderen Anlässen wie Krönungszeremonien Würstchen an die Bevölkerung verteilt wurden.«

Edward hat sich weiterentwickelt ... und wenn schon? Ich bin der letzte Mensch, der anderen eine Veränderung missgönnt. Ich stelle seit Jahren mein gesamtes Leben für den Traum meines Bruders zurück. Ich bin nicht neidisch. Es macht mir nur ein wenig Angst, weil der Mann von damals mir das Gefühl gab, mein Geheimnis sei bei ihm sicher. Ich frage mich, ob das auch noch für den Edward gilt, der sich gerade neben mir anschnallt. Mir ist bewusst, dass er niemandem in meinem Umfeld etwas verraten kann, aber darum geht es mir auch nicht. Mein Geheimnis muss vor *mir* sicher sein. Ich will nicht darüber reden. Nie mehr wieder.

»Frankfurt ist die fünftgrößte Stadt Deutschlands und wird häufig Mainhattan genannt, da sie am Fluss Main liegt und wie New York einige markante Wolkenkratzer hat«, rattere ich runter, als wir das Flughafengelände in Richtung Hotel verlassen.

Falls Edward sich überhaupt wirklich an mein Geheimnis erinnert und seine abrupte Reaktion vorhin kein Zufall war. Um das herauszufinden, müsste ich ihn unmittelbar darauf ansprechen. Gut möglich, dass ich genau das in den kommenden Tagen *nicht* tun werde. Denn wenn ich über den Vorfall rede, wird er nur wieder real, noch realer, als er es bereits seit Jakobs Suspendierung ist. *Es ist alles okay*, ermahne ich mich in Gedanken. *Tief durchatmen.* Ich habe mit mir selbst vereinbart, nie wieder mit jemandem darüber zu sprechen, weil ein Gespräch nichts ändern würde. Anfangs habe ich noch versucht, mir einzureden, dass alles gar nicht so schlimm ist, bis ich begriffen habe, wie viel leichter es ist, so zu tun, als hätte es niemals stattgefunden.

»Außerdem sind die Brüder Grimm in der Nähe von Frankfurt geboren. Sie schrieben weltweit bekannte Märchen wie Aschenputtel, Dornröschen und Rapunzel.«

Wären meine besten Freundinnen Charlie und Ella jetzt hier, sie würden mich beide mit den Ellbogen anstoßen und leise beschwichtigen, dass ich mir umsonst Sorgen mache. Edward wirkt total entspannt. Gerade nickt er und schaut an mir vorbei aus dem Fenster. Es ist offensichtlich, dass ihm weniger Sorgen durch den Kopf gehen als mir. Ich stimme meinen Freundinnen gedanklich zu und mache aus einer Mücke nicht weiter einen Elefanten.

Entschlossen straffe ich die Schultern und greife zu meinem Anschnallgurt. Das uralte Ding ist eigentlich total ausgeleiert und trotzdem schneidet es mir gerade ins Fleisch, weshalb ich das Band lockern muss. Im selben Moment bewegt sich auch Edward.

Nur meine Fingerkuppe stößt deshalb gegen seinen Körper, doch ihn zu berühren lässt mein Herz schneller schlagen. Er zuckt nicht vor meiner Nähe zurück und weil mein Blick noch immer auf ihm ruht, sehe ich das Lächeln überdeutlich, das sich auf seine Lippen legt. Ein paar Sekunden später zucken auch meine Mundwinkel, ehe Edward sagt: »Du hast dich kaum verändert.«

Ich ziehe meine Hand zurück und schaue schnell an Imogen vorbei aus dem Fenster. Nachdenklich fasse ich mir an die feinen Härchen in meinem Nacken, die sich unterhalb meines schwarzen, zu einem Choppy Bob geschnittenen Haars zur Gänsehaut aufstellen.

Ich schlucke und zwinge mich dazu, Edward erneut anzusehen. Sein Blick ist offener als damals. Wie ein klarer See spiegelt er seinen Horizont wider, der sich ganz sicher in den vergangenen Jahren geweitet hat. Er erzählt von Abenteuern, von denen ich hier in Deutschland nur träumen konnte. Edward ist an den Herausforderungen im Leben gewachsen und die Tatsache, dass ich in fast vier

Jahren nichts, aber auch gar nichts aus meinen Träumen gemacht habe, fühlt sich grausam an.

Edward hat recht.

Ich habe mich nicht verändert.

VIER JAHRE ZUVOR, SAN DIEGO

Edward

Simon: Achtung, Kontrollnachricht! Warst du heute schon an der frischen Luft? Hast du gefrühstückt? Und mindestens zweimal gelächelt? Wassertrinken nicht vergessen!

Simons Überfürsorge nervt mich. Gott, er lebt mittlerweile in Los Angeles, drei Autostunden von hier. Man könnte meinen, die Distanz würde ausreichen, damit er mich in Ruhe lässt. Meine aktuelle Situation mag meinem besten Freund etwas anderes vermitteln, aber ich brauche seine Unterstützung nicht. Und sein Mitleid noch weniger.

Ich stöpsle meine Kopfhörer ein, ehe ich den Link antippe, den Simon mitgeschickt hat. Es lädt eine gefühlte Ewigkeit.

Erst als der Bus ruckelnd auf die Strandpromenade abbiegt, wird endlich ein Video abgespielt, in dem jemand eine junge Frau darum bittet, für einen Tag seine Freundin zu spielen. Ein Fake-Date? Begleitet von den unverkennbaren Klängen meines Lieblingssongs – *Mr. Brightside* – erkundet das *Paar* in der nächsten Aufnahme erst auf einem Roller die Stadt, tanzt lachend am Strand und lässt den gemeinsamen Tag schließlich im Belmont Park ausklingen, einem Vergnügungspark hier am San Diego Beach. Als Erinnerung schenkt der Typ ihr ein T-Shirt, ehe sie sich noch gemeinsam den Sonnenuntergang anschauen und danach wieder getrennte Wege gehen. Wie un-fucking-fassbar romantisch. Und inszeniert.

Edward: Ob du es glaubst oder nicht, ich hocke nicht in meinem Zimmer, sondern bin exakt in dieser Sekunde unterwegs ...

Wenn Simon den Grund dafür wüsste und nur den Hauch von gesundem Menschenverstand besäße, würde er unsere Freundschaft sofort beenden. Wegen der Sache habe ich nach dem Aufstehen keinen Bissen runterbekommen und die ganze Hinfahrt über mit den Tränen gekämpft. Immerhin trinke ich ausreichend, wenn auch kein Wasser. Lächeln werde ich die nächsten zehn Jahre ganz bestimmt nicht mehr. Sorry, Simon, aber dafür sorge ich wenn nötig gewaltsam.

Ich schlucke und dränge den Schluchzer zurück, der sich seinen Weg bis hoch in meine Kehle gebahnt hat. Meine Augen brennen. Ich will losheulen, aber mein Sitznachbar mustert mich schon eine Weile, weshalb ich den Blick starr aus dem Fenster aufs Meer richte und mir jede Regung verkneife, ehe ich mich wieder unter Kontrolle habe und Simon antworte.

... und das Video ist gestellt. Die Frau lungert einfach so am Strand rum, hat zufällig einen Tag lang nichts zu tun und lässt sich ohne Zögern von irgendeinem dahergelaufenen Weirdo zu einem Fake-Date überreden? Lol. Als ob ...

Simon: Probieren geht über Studieren ... ich will dir nur helfen.

Mit einem Seufzen werfe ich einen schnellen Blick auf die Uhrzeit auf meinem Handy und hätte beinahe über mich selbst gelacht. Ich habe keine Termine. Keine Freunde. Keine Familie. Ich bin alleine.

Der Bus stoppt an einer bei Touristen beliebten Haltestelle. Ich könnte hier aussteigen und den Rest des Tages wie die Frau im Video am Strand verbringen. Sollte mich ein Weirdo auf ein Fake-Date einladen, sage ich ja vielleicht sogar zu. Oder ich suche mir irgendwo eine ruhige Ecke, in der ich ungestört zusammenbrechen kann. Wie auch immer ... ich folge einer Gruppe Touristen aus dem Bus. Und als sich die Menschentraube vor mir aufgeregt schnatternd in alle Richtungen auflöst, sehe ich sie. Eine junge Frau hockt im Schneidersitz auf der Steinmauer, die die Promenade vom Strand abgrenzt. Neben ihr steht ein gelber Trekkingrucksack. Ihr schwarzes Haar ist zu einem unordentlichen Knoten hochgebunden, über ihrem T-Shirt trägt sie wegen der typischen Morgenfrische eine College-Jacke. Unfreiwillig überprüfe ich das Emblem auf den Ärmeln und bin erleichtert, als ich einen *California*-Schriftzug identifiziere. Ziemlich sicher eine Touristin. Unter der Schrift prangt unverkennbar *Monarch*, der letzte in Kalifornien gefangene Grizzlybär, der als Vorlage für das Motiv unserer Staatsflagge dient. An der Promenade verkaufen sie überall Souvenirs mit dem Bären darauf. Meine Schwester besitzt eine ähnliche Jacke. Hannah. Fuck.

Ich wünschte, ich könnte die Zeit für ein paar Stunden zurückdrehen. Oder dass es heute Morgen wie in einer Liebeskomödie abgelaufen wäre und mich in letzter Sekunde irgendjemand abgehalten hätte. Dann würde mir diese Person sagen, wie dumm ich mich benehme, und mir versprechen, dass es einen anderen Weg gibt. Leider passiert so etwas nur in Filmen. Besser, ich begreife endlich, dass das meine neue Realität ist. Eine, in der ich meine Schwester verraten habe.

»Ist alles okay bei dir?«, fragt die junge Frau mit Akzent, die sich unbemerkt zu mir gedreht hat. »Du starrst mich an.«

Ich lasse die Hand mit dem Smartphone sinken und stecke es zurück in die Hosentasche, während sie die Arme in die Hüften stemmt und das Kinn nach vorn reckt. Ich könnte mir selbst eine verpassen, wie interessant ich sie finde.

»Ich wollte nur …«

»Ja?«

Mit beiden Händen rubble ich mir über meine unrasierten Wangen. Mein Kurzhaartrimmer ist uralt und eines der wenigen Überbleibsel meines Dads. Bisher hat er immer funktioniert, doch gestern Abend gab er erst seltsame Geräusche von sich und nach zwei Versuchen endgültig den Geist auf. Für eine neue Maschine fehlte mir bis vor wenigen Stunden das Geld, weshalb ich bei einem Termin, von dem mein ganzes zukünftiges Leben abhing, unrasiert aufgetaucht bin.

Ich hole tief Luft und streiche meinen schwarzen Pullover glatt. Er ist viel zu warm, der Stoff klebt mir am Rücken, weil im Bus die Klimaanlage ausgefallen ist. Aber ich besitze nichts Schickeres. Automatisch senke ich den Blick auf meine ausgefransten Chucks, die ich gestern Abend notdürftig gestopft habe. Ich kann froh sein, dass der Käufer sich nicht an meinem Aussehen gestört hat.

»Ich …« Mein Kopf ist eine Blackbox. Nur das Video schießt wie ein uralter Windows-Bildschirmschoner von einer Ecke in die andere. Ich erinnere mich daran, was der Typ im Clip gesagt hat, und ehe ich die Worte zurückhalten kann, frage ich nach ihrem Namen.

»Leni …« Ihre Augen weiten sich überrascht. »Wieso?«

»Leni?« Schöner Name. »Kurze Frage: Hättest du Lust, mir bei einer Wette mit meinem besten Kumpel zu helfen und für einen Tag meine Freundin zu spielen?«

»Eh?«

»Wir können mit dem Bus rüber zum Belmont Park fahren, gemeinsam abhängen – na ja …« Der Mann im Video hatte wenigstens einen eigenen Roller und ich schlage ihr vor, sie mit meiner Buskarte mitzunehmen? Wie erbärmlich. Ich sollte die Nummer beenden, bevor es richtig peinlich wird. »Sorry. Vermutlich hast du eh keine

Zeit und eigentlich ist es auch total übergriffig, dich um ein, äh, Fake-Date zu bitten, erst recht, nachdem ich dich angestarrt habe.«

»Ein Fake-Date?«, wiederholt Leni langsam. »Ich kenne ja noch nicht einmal deinen Namen.«

»Edward ... Edward Meyer. Edward reicht.«

Sie sieht irritiert aus. »Okay, Edward Meyer, also, ein Fake-Date, ja? Du und ich? Jetzt und hier?«

Ich kann nichts tun, außer zu nicken und mir vorzustellen, wie es wäre, mit ihr ausgerechnet den Tag zu verbringen, den ich am liebsten für immer vergessen will.

Es dauert eine halbe Ewigkeit, ehe Leni mit den Schultern zuckt. »Du hast Glück«, sagt sie, »heute ist mein letzter Tag in Amerika. In knapp zehn Stunden geht es zurück nach Deutschland ... wo im Übrigen eine Familie auf mich wartet, die sofort das FBI einschaltet, wenn ich nicht wie erwartet aus dem Flieger steige.« Sie lacht leise, während ihre ganz sicher nicht ernst gemeinte Drohung sich schmerzhaft in meinem Verstand einnistet.

Der Tod meiner Eltern ist Jahre her. Autounfall. Das Wort beschreibt nicht annähernd die Finsternis, die dadurch über meine Schwester und mich hereingebrochen ist. Hannah und ich waren von einer Sekunde auf die andere auf uns allein gestellt und hatten nach Abzug der Krankenhaus- und Beerdigungskosten kaum mehr Geld. Damit ich in der Schule nicht absackte, hat sie alles getan, um mich zu unterstützen. Sie hat für mich gekocht, mit mir für die Prüfungen gelernt, meine Basketballtrikots gestopft, Weihnachten und Geburtstage mit mir gefeiert, und nach meinem Schulabschluss hat sie zwei zusätzliche Jobs angenommen, damit ich meinen Traum leben konnte. Weil ein Sportstipendium eben nicht alle Probleme löst ...

»Hey? Das war ein Witz!«, sagt Leni und nimmt einen winzigen Anhänger an ihrem Perlenarmband zwischen die Finger. »Tut mir leid, wenn es zu grob klang. D-du hast mich einfach ein wenig überrumpelt und …« Sie lässt den Anhänger los, wodurch ich ihn als Pferd erkenne. »Ich mag es nicht, überrascht zu werden. Aber um auf deine Frage zurückzukommen: Warum nicht?«

Ich brauche einen Moment, bis ich begreife, dass Leni damit meine Einladung annimmt. »Dein Ernst?«

»Jep.« Wieder lacht sie, wieder klingt es leise und irgendwie zerbrechlich. »Herzlichen Glückwunsch – du hast jetzt eine Freundin.«

LIFE'S A RAINBOW

(GLAZED CERAMIC COIL VASE, 2019)

Edward

Der Jetlag ist eine Bitch.

Ich nehme mein Handy vom Nachttisch, um nach der Uhr zu sehen, und dabei fällt mir auf, dass mir Simon in der Nacht eine Nachricht geschickt hat. Er fragt, ob ich gut in Deutschland angekommen bin. Ich tippe ein knappes *Alles okay* zurück. Zehn Sekunden später ist die Nachricht gelesen und kurz darauf vibriert mein Handy von seinem Anruf.

»Und?«, fragt er ohne Begrüßung. »Wie läuft's?«

»Es ist fünf Uhr morgens, Simon!« Stöhnend rolle ich mich auf die Seite. »Da läuft für gewöhnlich noch nicht viel.«

»Fairer Punkt.« Simon lacht laut, was ich mit einem zweiten, lauteren Stöhnen beantworte. »Ist also schiefgegangen«, schlussfolgert er, noch bevor ich etwas dazu sagen kann. »Ich hab mich schon gewundert, weshalb du mir keine Nachricht mehr geschickt hast. Hat Leni dich wieder versetzt?«

Ich schiele zu meiner Jacke, die ich gestern über die Stuhllehne geworfen habe, nachdem ich nach dem Abendessen Olivias Bitte nachgekommen bin und mit ihr und Liam Zimmer getauscht habe, weil das Bett in diesem hier winzig ist. Kein Plan, ob mich nur das Zimmer stört oder die Tatsache, dass Leni während des Essens in größtmöglicher Entfernung zu mir saß. »Wir hatten noch keine Möglichkeit, länger miteinander zu reden«, gestehe ich Simon. »Womöglich bin ich aber schon am Flughafen übers Ziel hinausgeschossen ...«

Ich halte inne, weil sich Simon in den letzten Wochen so viel über das Leni-Thema anhören musste, dass es mir mittlerweile nur noch unangenehm ist.

»... Leni ist jedenfalls superprofessionell geblieben. Wir sind danach direkt ins Hotel gefahren, haben gemeinsam gegessen und in zweieinhalb Stunden trifft sich die Gruppe zum Frühstück. Das war's.«

»Oh, verdammt ... Was ist am Flughafen passiert?«

»War nicht so dramatisch«, sage ich schnell. »Ich hatte nur das Gefühl, dass sie meine Anwesenheit irgendwie unter Druck setzt.«

»Hast du die Reise deswegen sofort wieder infrage gestellt?«

»Ja ... und ich habe bei ihr nachgefragt, ob alles okay ist.«

»Um von deiner Panik abzulenken?«

»Mh.«

»Und? War alles okay?«

Ich seufze. »Ich denke schon.«

»Wo liegt dann das Problem?«

»Ich bin das Problem, Simon. Wieso hast du mich nicht davon abgehalten, nach Deutschland zu fliegen? Du bist mein bester Freund. Ist Vor-der-dämlichsten-Aktion-aller-Zeiten-Bewahren nicht dein Job?«

»Du schmetterst seit Wochen jedes Argument ab, das gegen ein Wiedersehen spricht.«

»Mh«, mache ich wieder.

»Leni hat dir in San Diego angeboten, dass du dich jederzeit für eine Tour bei ihrem Reiseunternehmen anmelden kannst, ja?«

»Das war bestimmt nur ein Witz.«

»Drei Jahre später matcht sie dich auf Tinder«, übergeht Simon mich einfach, sein Tonfall sachlich wie bei der Spielanalyse. »Damit macht Leni sogar den ersten Schritt. Eine bessere Ausgangslage gibt es doch gar nicht.«

»Falls sie die Frau auf dem Festival war, wäre das korrekt.«

»Dann solltest du das zuerst rausfinden.«

Ich seufze. »Was ist, wenn das Tinder-Match nur ein Versehen war, so wie du es am Anfang gesagt hast? Dann denkt Leni, dass ich ein widerlicher Stalker bin.« Wenn es dafür nicht bereits zu spät ist.

»Kommando zurück – ich habe es schon ordentlich verbockt. Auf der Fahrt zum Hotel musste ich ihr ja unbedingt sagen, dass sie sich kaum verändert hat, und sie fand meinen Kommentar so richtig, richtig scheiße. Ich glaube, wenn die anderen nicht dabei gewesen wären, hätte sie mir eine geknallt.« Allein von der Erinnerung bricht mir schon wieder der Schweiß aus.

»Du steigerst dich da in etwas rein.«

Finde ich nicht. »Vielleicht hatte Leni gar keine andere Wahl? Ich weiß nicht, wie groß das Unternehmen ihrer Eltern ist. Möglicherweise ist sie ja die einzige Reisebegleitung?«

»Wärmen wir wieder alte Argumente auf, die gegen oder für ein Wiedersehen sprechen? Dann wird mein Totschlagargument wie immer das Ass in deinem Ärmel sein ... oder in deinem Fall das in deinem Reisegepäck.«

»Mh.« Mein Blick fällt auf die Fronttasche meines Koffers, die ich mit einem Schloss gesichert habe, weil sich etwas Unersetzbares darin befindet.

»Hör zu, Edward. Du bist in den Flieger gestiegen. Nur dein Herz weiß warum. Jetzt bist du jedenfalls in Deutschland. Zieh es einfach durch!«

Simons Forderung tue ich mit einem Kopfschütteln ab. »Was du sagst, ist doch Bullshit. Ich soll etwas tun, das nur mein Herz begreift, der Verstand jedoch nicht? Ich bin mir sicher, dass jeder verdammte Hugh-Grant-Film zu dieser Erkenntnis kommt, aber mein Leben ist kein Film. Ich bin total durcheinander. Weißt du was? Ich buche jetzt sofort einen Flug zurück nach Los Angeles. Es ist besser so.«

»Vielleicht atmest du auch erst mal durch und wartest ein paar

Tage ab. Sendet sie dir weiterhin eindeutige Abwehrsignale, dann verpisst du dich eben vorzeitig.«

»Was zur Hölle sind eindeutige Abwehrsignale? Gott verdammt! Du hilfst mir kein bisschen, mich zu beruhigen.«

Simon holt tief Luft. »Notfalls hast du immer noch –«

»Das Ass im Ärmel, ich weiß.« Mein Blick geht zurück zum Koffer und ich seufze wieder.

»Weshalb bist du in Deutschland, Edward?«

»Ich will herausfinden, ob ich Leni genauso viel bedeute wie sie mir.«

»Dann tu genau das! Dass wir von unserer Berliner Partneruni eingeladen wurden und mit den deutschen Jungs ausgerechnet das Festival besucht haben, bei dem Leni auftaucht, die dir dann auch noch aus heiterem Himmel auf Tinder angezeigt wird ... Das alles ist –«

»Sag es nicht.«

Am anderen Ende der Leitung ist es kurz still, dann höre ich Simon lachen. »Schicksal.«

Wie sehr ich dieses Wort hasse. Ich atme murrend ein und stoße einen Fluch aus.

Nach dem Tod meiner Eltern gaben Rituale meiner Schwester eine gewisse Orientierung. Hannah trug immer diesen kleinen Glücksbringer bei sich – ein Armband mit einem silbernen Eichhörnchen-Anhänger – und sie hat sich darauf verlassen, dass das Leben es trotz aller Rückschläge gut mit uns meint. Alles kommt, wie es kommen soll. Doch was dann passiert ist, konnte sich selbst meine Schwester nicht mehr schönreden.

»Ist ja gut«, brummt Simon.

»Ich will da auch gar nicht mehr drüber reden. Was gibt es bei dir Neues?«

»Das Übliche. Die Dozenten ziehen wieder voll durch. Ich schick dir alles, was du verpasst. Im Team hallt noch immer der *Big Dance* nach … aber so allmählich bereiten sich alle gedanklich auf das Spiel gegen San Diego vor.«

»Dieses Scheißspiel.«

Der Fluch gilt meiner alten Collegemannschaft, nicht der national organisierten Hochschulmeisterschaft, bei der wir haushoch gegen Missouri verloren haben. Mein College hat dadurch den einzigen Sponsor verloren.

San Diego hat den *Big Dance* gewonnen. Wie jedes Jahr spielt der Sieger nun für einen guten Zweck gegen eines der 64 Teams, die am Turnier teilgenommen haben. Der Kontrahent wird per Losverfahren ausgewählt und wie es mein bester Freund, das Schicksal, wollte, hat es die Los Angeles Squirrels getroffen. Das Benefizspiel findet in knapp drei Wochen an einem Sonntag statt. Der Kontrahent bestimmt den Spendenzweck. Ich habe *Betterplace* vorgeschlagen, eine Institution, die sich gegen Mobbing einsetzt.

»Gab es irgendwelche Vorkommnisse?«

»Noch nicht. Aber Coach Stevenson rechnet damit, dass spätestens am Wochenende die Rivalitäten beginnen.«

»Ich habe keinen Bock, dass es unter die Gürtellinie geht.«

»Deshalb schirmen wir Winston jetzt schon von den sozialen Medien ab.« Winston ist seit dem Missouri-Debakel Ziel der Fan-Wut. Er hat sich gleich zu Beginn des Spiels einen Fehlwurf geleistet, der uns aus dem Takt gebracht hat, weshalb wir letztendlich krachend verloren haben.

Das Team ahnt nicht, dass ich im Hinblick auf das anstehende Benefizspiel die tickende Zeitbombe bin. Indem ich *Betterplace* vorschlage, gebe ich meiner alten Mannschaft leichtfertig den Zünder in die Hand.

»Vielleicht wird es nicht so schlimm.« Womöglich steht uns aber auch eine Schmutzkampagne bevor, die das Zeug dazu haben könnte, mich in die Knie zu zwingen und den Rest der Mannschaft gleich mit dazu.

»Hoffen wir es.« Simon klingt nachdenklich, aber bevor er noch etwas dazu sagen kann, unterbricht ihn mein Gähnen. »Also, Kapitän, was steht heute so in Deutschland an?«

»Mittelalterfestival.« Ich ziehe die Bettdecke bis hoch zum Kinn und warte darauf, dass er etwas antwortet, doch es bleibt still. »Mit Rittern und Musik und ... keine Ahnung.«

»Ritter, tss. Schick mir eine Nachricht, sobald du wieder im Hotel bist.«

»Mach ich.« Ich klemme mir das Handy zwischen Ohr und Schulter, schlage die Decke zur Seite und setze mich auf. »Denkst du an das Müll-Projekt?«

»Ja, logisch. Wie wäre es mit Mülleimern, die CO_2 einsparen? Eingebaute Solarkollektoren produzieren nachhaltigen Strom, der für die eingebaute Presse benötigt wird, die den Müll ab einer bestimmten Füllmenge zusammendrückt.«

»Damit müssten die Eimer seltener geleert werden«, schlussfolgere ich, »was zusätzlich CO_2 spart. Wow.« Die Idee hätte meinen Vater begeistert.

»Ich schreibe ein paar größere nachhaltige Unternehmen in L. A. und Umgebung an und bitte sie um eine Einschätzung der Idee. Das würde die Hausarbeit auf ein besseres Level bringen und meine Chancen auf ein Praktikum erhöhen.« Nach seinem Studium möchte Simon als Landschaftsarchitekt arbeiten, für mich hingegen zählt nur, so schnell wie möglich in ein NBA-Team aufgenommen zu werden. »Darf ich deinen Namen in den E-Mails mit angeben?«

»Logisch. Danke, Mann!« Mit der linken Hand nehme ich das Handy und hole tief Luft. »Ich setze mich in den nächsten Tagen auch an den Laptop.«

»Wenn du Zeit dafür hast.«

»Wir hören uns.«

»Viel Erfolg mit Leni.«

Nachdem ich aufgelegt habe, kann ich an nichts anderes denken als an Leni und unser Wiedersehen. Vor dieser Begegnung habe ich seit Wochen den größten Horror und gleichzeitig hätte ich die Reise um nichts auf der Welt abgesagt. Den Grund dafür kenne ich selbst nicht.

Nur dein Herz weiß warum. Sein Ernst? *Halt die Fresse, Simon.*

Was ich jetzt brauche, ist ein hartes Work-out.

Mit zusammengebissenen Zähnen stecke ich mir Kopfhörer ins Ohr und drehe die Lautstärke der Musik hoch, bis sie meine Gedanken übertönt. Sport. Ich muss meinen Körper dringend über sein Limit pushen, damit ich meine Gedanken und Gefühle wieder unter Kontrolle kriege. Zum Glück weiß ich, dass das funktioniert. Seit Jahren verhindert Anstrengung, dass ich die Fassung verliere. Sobald mir eine Situation über den Kopf wächst, trainiere ich so lange, bis ich schweißgebadet auf dem Boden zusammenbreche. Und die letzten vierundzwanzig Stunden haben mich gewaltig überfordert. Ich springe aus dem Bett, reiße die Vorhänge auf und stütze mich auf den kratzigen Teppich, wo ich mit Liegestützen beginne, bei denen ich bis vierzig zähle und dann noch mal bis zwanzig, weil meine Muskeln noch nicht genug brennen. Ich kneife die Augen gegen die aufgehende Sonne zusammen, die meine Haut zusätzlich erhitzt, und unterbreche die Übung mit je zwanzig Squats.

Bis ich schließlich nach dem letzten Liegestütz heftig keuchend auf den Bauch falle, habe ich die Gedanken fast vollständig zum Schweigen gebracht.

Langsam stöpsle ich die Kopfhörer aus, und als ich ein paar Minuten später aus der Dusche trete und mich umgeben von Dampfwolken anziehe, geht es mir besser.

Ich schnappe mir mein Handy und die Zimmerkarte und trete in den Flur, der momentan menschenleer ist, weil die meisten Gäste wohl schon beim Frühstück sind oder ausschlafen.

Mein Zimmer befindet sich auf einer nicht ganz so schönen

Etage. Es gibt keine Bilder an den eierschalenfarbenen Wänden, dafür einen grauen Teppich mit zig undefinierbaren Verfärbungen und flackernde Neonleuchten an der Decke. Ein handbeschriftetes Schild weist auf die Funktionsunfähigkeit des Aufzugs hin.

Ich jogge die Treppe runter Richtung Frühstückssaal, sprinte zwischendurch immer wieder ein paar Stufen zurück, bis ich spüre, wie sich mein Körper wieder aufwärmt. Kurz spiele ich mit dem Gedanken, einfach wortlos am Frühstückssaal vorbeizulaufen, um zusätzlich noch ein paar Kilometer zu joggen, aber kaum dass ich mich dem Stimmengewirr nähere, werde ich auf dem Flur abgefangen.

»Edward«, ruft Maria durch den halben Raum und weil ich nicht sofort reagiere, trällert sie mir vom Gruppentisch aus noch ein bisschen lauter ein freudetrunkenes »Huhuuuuu! Hier!« zu. Obwohl die Abfahrt auf sieben angesetzt ist, haben schon alle leer gegessene Teller vor sich stehen. Der Platz neben Maria ist noch frei, Leni ist nicht da. Liegt bestimmt nicht an mir.

Zögernd gehe ich auf den Tisch zu. Liam erwidert mein »Guten Morgen« mit einem schiefen Lächeln.

»Na? Schon ein paar Körbe geworfen?«

»Noch nicht«, murmle ich und bemerke, dass auch Olivias Blick auf mich gerichtet ist, als ich neben Maria Platz nehme, die mir freudig Kaffee einschenkt.

»Habt ihr gut geschlafen?«

»Ja, wie ein Stein«, antwortet Liam, bevor seine Freundin etwas sagen kann, die mich dann wiederum mit einem entschuldigenden Lächeln anschaut.

»Danke noch mal. Ich hoffe, das Bett war okay für dich?« Sie krallt die Finger in den Stoff ihrer übergroßen Strickjacke, was ich als Zeichen interpretiere, dass ihr das Gespräch genauso unangenehm ist wie mir.

»Natürlich! Mach dir keine Gedanken.« Ich nehme mir ein Brot und nicke Maria zu, die mir ein halb volles Marmeladenglas zuschiebt. Kirsche. Ich mag keine Kirschmarmelade. Eigentlich habe ich morgens sowieso keinen großen Hunger. Trotzdem löffle ich die Marmelade brav auf mein Brot.

»Hat von euch zufällig jemand einen Adapter …«, setzt Imogen schräg gegenüber ein paar Minuten später an, da schlägt ihr direkt Marias »Ich hab immer vier dabei!« ins Gesicht. Lächelnd überreicht sie Imogen einen Stecker, den sie zur Verwunderung aller aus ihrer Handtasche zieht. »Den kannst du gern die Reise über behalten.«

Imogen wirkt beruhigt. »Das ist lieb. Meiner ist anscheinend kaputt und ich muss unbedingt mein Handy aufladen, um meinen Stipendienstatus zu prüfen.«

»Was willst du denn studieren?«

Imogen zieht ihre Hände vom Tisch auf den Schoß. »Ich habe mich schon im vergangenen Jahr auf einen Platz an einer Kunsthochschule in New York beworben, aber dann hat mein Vater seinen Job verloren und ich habe das Stipendium abgesagt, um meiner Familie unter die Arme zu greifen. Jetzt hoffe ich, dass man am College Verständnis für meine Situation hat und mir ein weiteres Mal Unterstützung anbietet. Vor dem Abflug hatte ich ein Gespräch mit der Beraterin der Zulassungsstelle und nun heißt es Beten.«

»Aber es ist doch ganz logisch, dass die Familie vorgeht!«

Olivia, verdammt. Das ist genau der Satz, den ich gerade nicht im Kopf haben sollte. Ich stoße die angestaute Luft so leise aus wie möglich und hoffe, dass ich den unangenehmen Druck auf meiner Brust auch ohne Sport unter Kontrolle kriege.

»Kunsthochschule?«, fragt Liam. »Für was?«

»Fine Arts, also Zeichnen und Malerei.«

Ich ringe nach Luft. Ich hoffe, niemand kann an meinem Gesichtsausdruck erkennen, wie heftig Imogens Worte stechen.

Anscheinend habe ich Glück, denn Olivia beugt sich interessiert über den Tisch. »Wie aufregend! Ich überlege auch, ob ich etwas in die Richtung studieren soll. Die Reise ist bestimmt eine super Inspiration, oder?«

»Ja, auf jeden Fall. Kunst ist mein Ventil für so ziemlich alles im Leben.« Es kann eigentlich nicht sein, dass ein simples Gespräch so viel in mir entfacht und ich mich gleichzeitig wie gelähmt fühle. Für einen Augenblick kriege ich es nicht mehr verdrängt. Alles. Was passiert ist. Dass ich Hannahs Kunst verkauft habe, obwohl sie es ganz sicher nicht gewollt hätte. Dass ich deswegen noch einsamer bin als davor. Und dass das alles an exakt dem Tag passiert ist, an dem ich Leni traf.

Ich dachte, es würde mich nach vier Jahren nicht mehr so heftig durcheinanderbringen. Eigentlich war ich über diesen Punkt hinaus. Sonst wäre ich niemals zurück nach Deutschland gekommen. Das glaube ich zumindest. Ich muss mich zwingen wieder dem Gespräch zu folgen.

»Ich hab ja gar kein Auge für so was«, erklärt Maria gerade mit einem Seufzen, während ich noch immer mit meiner Atmung und den Erinnerungen kämpfe. Sie schiebt sich ihr Perlenarmband vom Handgelenk. »Das hier ist das Einzige, was ich mit meinen zwei linken Händen gerade so hinbekommen habe.«

»Ich liebe das Armband und das Wichtigste ist, dass Kunst Spaß macht«, muntert Imogen sie auf. »Die größte Hemmschwelle ist unsere kritische innere Stimme, die selten mit dem zufrieden ist, was wir tun. Aber wenn wir immer auf sie hören, dann kriegen wir gar nichts auf die Reihe. Also, sei nicht so kritisch mit dir! Kunst erlaubt alles. Geh eine Sache an und zieh sie durch, ohne dabei an irgendein Ergebnis zu denken. Hab ... einfach Spaß!« Imogen lacht.

»Beim Sport ist es dasselbe«, dringt meine eigene Stimme durch das schmerzhafte Piepen in meinen Ohren.

»Das kann ich mir vorstellen.« Sie scheint meine gepresste Stimme nicht beachten zu wollen. »Ich bin aber leider superunsportlich.«

»Oh, das kenne ich.« Olivia verdreht die Augen, während sie aufsteht und die benutzten Teller aufeinanderstapelt. »Anderes Thema, wie findet ihr eigentlich unsere Tourbegleitung?«

»Leni ist klasse!« Liam steht ebenfalls auf und schiebt seinen Stuhl an den Tisch. »So, so nett, kompetent, lustig und ... hübsch.«

»Das dachte ich mir.« Olivia verpasst ihm einen gespielten Schlag auf die Schulter, ehe auch sie ihren Stuhl an den Tisch rückt und sich streckt. »Aber sie ist wirklich süß.«

»Absolut.« Maria schielt aus den Augenwinkeln zu mir. Ich bilde mir ein, dass ihr Blick zig Fragen transportiert, weshalb ich schnell wegsehe.

»Ja. Leni ist nett.« Mehr sage ich nicht, sondern stehe auf und bedeute den anderen mit einem Fingerzeig auf die Uhr über der Tür, dass wir spät dran sind. »Was sich ganz schnell ändern könnte, wenn wir uns nicht beeilen.«

Ihre Zustimmung murmelnd folgen sie mir nach draußen. Und ich bin kurz davor, abermals das Schicksal dafür verantwortlich zu machen, dass es noch immer so sehr schmerzt. Ich weiß doch, dass meine Schwester nie mehr zurückkehren wird. Hannah ist tot. Und ich habe seitdem ein ganz neues Leben begonnen und mit dem Verlust abgeschlossen.

Oder?

**DU BIST ALLES, ICH UND DU.
ICH KANN ES NICHT ÄNDERN, EGAL WAS ICH TU.
ES IST EGAL, WAS ICH TU.**

Leni

Ich sitze auf dem Beifahrersitz des Minibusses, während Johann draußen den Wagen überprüft. Die Gruppe ist noch beim Frühstück, das ich absichtlich auslasse, um Edward noch nicht zu begegnen. Peinlich. Zum Glück kriege ich morgens bis auf Kaffee eh nichts runter und den hole ich mir einfach bei einer Raststätte.

Im Wageninneren riecht es nach Kiefern und Wald, was zum leichten Nebel passt, der heute Morgen noch über dem feuchten Gras wabert. Anscheinend hat Johann meinen Ratschlag befolgt und gestern Abend im Supermarkt einen neuen Lufterfrischer für den Reisebus besorgt. Meine Hilfe beim Wagencheck hat er wie jedes Mal mit einem winzigen Lächeln abgelehnt. Also gebe ich nun schon einmal die Route nach Bayern in das Navigationssystem ein und ergänze sie um einige Raststätten und ein Restaurant, wo wir zum Mittagessen stoppen werden. Danach werfe ich einen Blick auf mein Handy. Charlie hat eine Nachricht in unseren Beste-Freundinnen-Gruppenchat geschrieben.

Charlie: Na? Wie läuft es denn bis jetzt?
Hatte die UNO-Karte schon
ihren Einsatz?

*ODER UM ES IN SHAKESPEARES WORTEN ZU SAGEN:
»DER KUMMER, DER NICHT SPRICHT, NAGT AM HERZEN, BIS ES BRICHT.«

Edwards UNO-Karte.

Während unseres Fake-Dates haben wir am Strand eine Runde UNO gespielt und irgendwann hat mir Edward eine rote Reverse-Karte rübergeschoben und mich so dazu gebracht, eine Sache über mich zu erzählen, die sonst niemand über mich weiß. Er hat mir kurz davor ebenfalls etwas über sich gesagt, ich habe nicht damit gerechnet, ihn jemals wiederzusehen, und deshalb ist es einfach so aus mir herausgeplatzt. Ich habe Edward mein Geheimnis anvertraut.

Charlie ist zwar darüber informiert, dass Edward mir mit der Karte eine Kleinigkeit über mich entlocken konnte, den Inhalt des Geheimnisses kennt sie jedoch, wie alle anderen, nicht. Und genauso wie Ella hat sie auf meine Offenheit ziemlich … schockiert reagiert. An manchen Tagen frage ich mich selbst, wie ich so naiv sein konnte, einem völlig Fremden etwas zu erzählen, das nicht einmal meine besten Freundinnen oder die Familie wissen. Aber ich schätze, ich habe keine ausreichend gute Erklärung dafür. Man versteht es vielleicht auch nur, wenn man dabei war.

Ich habe Charlie die UNO-Karte auf dem Rockfestival jedenfalls ausgeliehen und ihr die Hintergrundgeschichte erzählt, damit sie sich ein Herz fasst und einen Schritt auf ihren Schwarm Levy zugeht. Die beiden sind mittlerweile fast ein Jahr zusammen und verbringen seit vergangenem Herbst die meiste Zeit auf einer Farm in Irland. Wir sehen uns deswegen zwar selten, aber wir telefonieren und schreiben regelmäßig, und in wenigen Wochen ziehen die zwei zurück in eine kleine gemeinsame Wohnung am Stadtrand, weil Charlie in Berlin eine Ausbildung zur Mediengestalterin anfängt.

Als sie das letzte Mal zu Besuch war, hat sie mir Edwards Karte zurückgegeben und seitdem bewahre ich sie wieder in meiner Handyhülle auf. Schnell packe ich mein Smartphone zur Seite, weil es mir plötzlich so vorkommt, als würde es hundert Kilo mehr wiegen. Es ist doch nur eine alberne Spielkarte.

In der Nacht habe ich kaum geschlafen. Ich musste die ganze Zeit an die Fahrt vom Flughafen zu unserem Hotel denken. Es ist mir unendlich peinlich, wie lange ich Edward nach unserer Berührung still in die Augen geschaut habe. Als wäre er eine gottverdammte Erscheinung.

Du hast dich kaum verändert. Dieser Satz ist der Grund für mein Fernbleiben vom Frühstück. Am liebsten hätte ich Edward angebrüllt, dass das nicht stimmt und er sich irren muss. Ist es denn wirklich so offensichtlich?

Um mich abzulenken, greife ich wieder zu meinem Handy, doch noch bevor ich Charlie antworten kann, kommt schon eine Nachricht von Ella.

Ella: Wer schweigt, genießt … oder wie war das?

Leni: Leute?! Das alte Problem ist noch immer nicht behoben. Ich erkenne Edward kaum wieder … am liebsten will ich vor ihm weglaufen, was diesmal aber nicht geht.

Ella: Ich weiß, dass dir das Sorgen macht. Aber Edward ist deshalb doch ganz bestimmt kein völlig anderer Mensch. Wenn dich seine körperliche Veränderung so sehr stört, dann solltest du mit ihm darüber sprechen.

Leni: Ich kann doch nicht einfach sagen: *Hey, Edward, in San Diego warst du ziemlich fertig und jetzt bist du total glücklich. Leider habe ich von dieser Veränderung nichts mitbekommen und außerdem schüchtert sie mich total* *ein. Kannst du mir das nächste Mal vorher Bescheid sagen? Danke!*

Prompt folgt Charlies Antwort.

Charlie: Jetzt übertreibst du. Da kannst du ihn ja auch gleich fragen, ob sein Vorname ein Hinweis auf ein übernatürliches Wesen ist. Wobei … Die Vampire in *Twilight* verändern sich ja eigentlich gar nicht. Edward ist wohl eher ein Shape Shifter.

Dazu schickt sie ein lachendes Emoji und einen Wolf.

Ich überlege kurz, die beiden anzurufen und sie um Hilfe zu bitten. Aber es ist ihnen durchaus zuzutrauen, dass sie kurzerhand in den nächsten Flieger nach Frankfurt steigen, nur weil sie glauben, dass ich dringend Beste-Freundinnen-Unterstützung benötige. Aber die brauche ich nicht. Erst recht nicht, wenn ich weiß, dass Ella, ihr Freund Otis, Levy und Charlie gerade ein paar gemeinsame Pärchen-Tage in Irland verbringen. Wahrscheinlich hätten die Jungs nichts dagegen, aber ich kriege die Situation schon irgendwie alleine geklärt.

Während sich Johann mit einem »Alles abfahrbereit«-Grunzen auf den Fahrersitz hockt, tippe ich eine Antwort.

Leni: Jaja … ich hasse es einfach, dass ich seit fast vier Jahren dieselbe öde Langweilerin bin, die ich in seinen Augen bestimmt schon in San Diego war.

Charlie: Öde Langweilerin? Soll ich dich heute Abend anrufen und wir reden darüber? Oder ist es dir lieber, wenn wir zu dir kommen?

Leni: Das ist lieb, danke, aber ich schaffe das schon irgendwie alleine. Seid ihr denn bis übernächstes Wochenende wieder zurück in Berlin?

Ella: Definitiv. Otis hat nur zehn Tage freibekommen. Und ich hab einen Gig in Kreuzberg. Außerdem: Edward zahlt keine zweitausend Euro, um eine öde Langweilerin zu besuchen … just saying.

Charlie: Das ist genau das Wochenende, an dem wir die Schlüssel für unsere Wohnung kriegen. Wir sind also da! Und Ella hat recht! Eine öde Langweilerin sucht man noch nicht mal auf Facebook.

Leni: Auf Facebook sucht eh schon lange niemand mehr nach irgendetwas, Charlie. Freut mich mit der Wohnung. Einweihungsparty?

Charlie: Schauen wir mal … Ella? Seid ihr so weit? Die Tour nach Howth geht gleich los.

Ella: Wir ziehen uns nur noch schnell an … ;)

Charlie: Ein Ja wäre ausreichend gewesen! Die Wände sind saudünn, nur zu deiner Information! Und Leni: Du schaffst das. Ich glaube an dich. *Twilight*-Expertinnen-Tipp: Bevor sich Jacob in einen Werwolf verwandelt, wird er aus dem Nichts total muskulös und aggressiv … wenn du die ersten Anzeichen richtig deutest, kann dir nichts passieren. Bis bald. Hab dich lieb!

Ella: Ein Festival ist übrigens der beste Ort, um sich an jemanden ranzuschmeißen. Hat bei Otis ja auch geklappt!

Leni: Du hast Otis das erste Mal vor unserer WG geküsst, Ella. Außerdem besuchen wir kein Musikfestival, sondern Kulturfestivals. Mittelalter, Piraten, Wilder Westen …

Ella: Der edle Ritter rettet seine Prinzessin? Oder nein, lieber eine durchtriebene Seeräuberin, die den unschuldigen Bürger um ihren Finger wickelt! Charlie hat recht. Es wird schon alles. Kuss!

Meine Mundwinkel zucken. Aber das drückende Gefühl, das durch den Chat und Jakobs Namen in meinem Magen ausgelöst wurde, kann ich nicht einfach so weglächeln. Was ich geschrieben habe, ist alles wahr. Selbst im Vergleich zu meinen Freunden habe ich in den vergangenen Jahren kaum etwas erlebt. Ich bin doch eigentlich nur Tour um Tour durch Deutschland gefahren. Was Ella und Charlie währenddessen passiert ist, davon kann ich nur träumen. Ella legt neben ihrem Job als Erzieherin mittlerweile gemeinsam mit Juan regelmäßig in Berliner Clubs als DJ auf, Charlie lebt seit Monaten in einem anderen Land und behauptet sich vor ihren Eltern. Und ich? Nichts. Nichts. Nichts. Das ist so frustrierend.

Doch in dem Moment, in dem die Reisegruppe durch den Hoteleingang nach draußen tritt, schlucke ich alles runter, was mich quält. Jeden einzelnen Gedanken. Und die ganze Angst.

Zehn Sekunden später brennen meine Augen allerdings noch immer. Also entschuldige ich mich bei Johann und steige aus. So unauffällig wie möglich schleiche ich um den Bus herum und gehe daneben in die Hocke. Mit tiefen Atemzügen zwinge ich meine Atmung auf eine normale Frequenz. Das ist jetzt nicht mein verdammter Ernst?!

Die Stimmen der Reiseteilnehmer werden lauter. Ich werfe einen Blick auf die Uhrzeit auf meinem Handy und fluche leise. Wir wollen in fünf Minuten losfahren. Johann wird stinksauer sein, wenn wir wegen meinem Selbstmitleid in den Frankfurter Berufsverkehr geraten. Ausgerechnet heute, am ersten Reisetag, wo Edward mit im Bus sitzt.

Mit beiden Händen stemme ich mich vom Boden ab, drücke den Rücken durch und wische mir zur Sicherheit über die Augen. Mehrmals streiche ich meinen dick gefütterten Oversize-Pullover und die Leggins, die ich darunter trage, glatt. Gerade als ich die Gäste über das Dach des Kleinbusses hinweg begrüßen will, vibriert mein Handy. Das Foto meines Vaters ist auf dem Display zu sehen, als ich es aus der Hosentasche hole.

Ich lächle Johann durch das Fensterglas an, woraufhin er seine Sonnenbrille abnimmt und den linken Bügel zwischen seine Finger klemmt. Ich bin froh, dass mich diese Geste kurz ablenkt und ich deshalb keine Zeit habe, die gegenteiligen Gefühle abzuwägen, die gerade in meinem Inneren miteinander kämpfen. Ich entscheide aus dem Bauch heraus und mit dem nächsten Vibrieren gehe ich ein paar Schritte zur Seite und nehme den Anruf an.

»Papa? Alles okay? Ist ... etwas mit Jakob?«

»Seid ihr noch gar nicht unterwegs? Es ist kurz nach sieben!« An Papas Stimme höre ich, dass er am liebsten herkommen will, um die Tour selbst zu fahren. Immerhin scheint mit meinem Bruder alles okay zu sein, denn er fügt eine weitere Frage an. »Denkt ihr an den Berufsverkehr? Spätestens in einer halben Stunde sind die Straßen dicht.«

»Johann musste noch etwas am Bus überprüfen«, lüge ich, was meinem Vater ein tiefes Seufzen entlockt.

»Wir brauchen dringend einen neuen, aber die Monatsbilanz raubt mir jetzt schon jeden Nerv. Weil Jakob ausfällt, kümmere ich mich parallel auch noch um die Administration.« Er hält kurz inne, dann räuspert er sich. »Entschuldige bitte. Wir haben nichts von Jakob gehört, nein. Also hat er sich bei dir auch nicht gemeldet …«

»Leider nicht«, bestätige ich und fahre zur Beruhigung am Saum meines Pullovers entlang. »Aber du hast recht, wir müssen dringend los. Weshalb rufst du an?«

»Stimmt, ja. Dein Bruder lenkt mich im Moment von allem ab.« Papas Lachen klingt heiser. »Die Pension in Bayern hat sich telefonisch bei mir gemeldet. Sie wollen die Buchung noch mal durchgehen. Anscheinend gab es da einen Systemausfall und jetzt sind die Daten alle weg. Wie auch immer, ich habe ihnen versprochen, dass du dich meldest. Schaffst du das?«

Papa weiß, wie sehr ich Telefonieren hasse. Deshalb erledigt normalerweise Jakob solche Angelegenheiten. Was natürlich nicht geht, wenn er schmollt, womit das wohl nun auch noch an mir hängen bleibt. Ärgerlich. Trotzdem werde ich mich nicht beschweren.

»Oder soll ich mich darum kümmern?«, fragt Papa nach. »Ich habe auf dem Handy nur leider keinen Zugriff auf die Anmeldelisten und komme so schnell nicht ins Büro –«

»Schon gut.« Mit dem Zeigefinger zerre ich so lange an einem kleinen Loch im Stoff meiner Leggins, bis es doppelt so groß ist wie vorher. Großartig. Aber wenn ich mich nicht mit irgendetwas ablenke, verliere ich die Kontrolle. Das darf nicht passieren. Erst recht nicht vor Edward. Dem superperfekten, durchtrainierten Edward, der –

»Wirklich? Bist du sicher, dass ich nicht –«

»Ja!« Ich senke meine Stimme, weil mir erst jetzt bewusst wird, dass ich keine fünf Meter von unserem Kleinbus entfernt stehe und es sein kann, dass Edward und die anderen das ganze Gespräch mitbekommen haben. »Du kannst dich auf mich verlassen«

»Mach ich immer, Krabbe.«

Johann hupt und ich zucke zusammen. Überrascht lasse ich beinahe das Handy fallen. »Das war Johann. Ich kriege das hin«, versichere ich noch mal, weil ich es auf einmal nicht ertragen kann, wie sehr Papa mir vertraut.

Er stößt geräuschvoll den Atem aus. »Und, Leni? Denkst du an deinen Bruder?«

Immer. »Ich schau, was ich machen kann.«

»Danke.« Die Erleichterung in seiner Stimme ist nicht zu überhören. »Sag ihm, dass wir dringend mit ihm reden müssen. Niemand ist nachtragend, erst recht nicht Thomas.«

Als Papa die Jugendleitung des Vereins erwähnt, wallt ein beklemmendes Gefühl in mir auf, das ich kaum zurückdrängen kann. »I-ich rede mit Jakob. Versprochen.«

»Danke. Hab dich lieb. Bis dann.«

»Bis dann.« Ich lege auf und stecke das Handy zurück in die Hosentasche.

Dann straffe ich meine Schultern. »Morgen«, rufe ich ein klein wenig zu gut gelaunt vor allem Maria zu, die mit einem verlegenen Lächeln auf den Lippen vor dem Bus wartet. »Möchtest du wieder vorne sitzen?«

»Wenn es für dich denn in Ordnung ist?«

Natürlich macht es mir etwas aus, über fünf Stunden neben Edward auf dem Rücksitz verbringen zu müssen. Aber ich bin eine erwachsene Frau, eine zuverlässige Tochter und ein professioneller Tourguide. Deshalb nicke ich Maria aufmunternd zu.

»Gar kein Problem«, versichere ich, was ich ganz bestimmt in weniger als einer Minute bereuen werde. Den Grund dafür kann ich durch das getönte Glas der hinteren Fensterscheiben nur schemenhaft erkennen.

Ich atme tief durch, umklammere den Türgriff und mein Herz galoppiert wie wild los. Überrascht ziehe ich die Luft durch die Zähne. Meine Güte, es ist doch nur Edward! Wahrscheinlich muss ich mich nur wieder an ihn gewöhnen, dann wird auch das Herzklopfen besser werden. Wobei ... gerade sieht er mich ja noch nicht einmal an und trotzdem ist da verdammt viel Herzklopfen.

Er hat seine Hände locker auf den Oberschenkeln abgelegt und unterhält sich, den Kopf von mir abgewandt, mit Imogen, die heute links von ihm sitzt. Das bedeutet wiederum, dass ich gleich rechts von Edward Platz nehmen werde.

Wegen eines Gastes den Verstand zu verlieren ist das Letzte, was ich zu Beginn einer Tour tun möchte, aber das könnte ein unerfüllter Wunsch bleiben, denn ich kann meinen Blick nicht von Edward lösen. Er trägt eine kurze Trainingshose, ein hellblaues T-Shirt und eine Kappe auf den dunkelbraunen Haaren. Die Wangen sind gerötet und die Haare zerzaust, was aussieht, als käme er gerade vom Joggen.

Es kommt mir vor wie Minuten, doch wahrscheinlich sind es nur Sekunden, bis Johann von innen gegen die Fensterscheibe klopft. Endlich reiße ich mich von Edwards Anblick los, schiebe die Tür ganz auf und wende mich nach einem knappen »Sorry« beim Einsteigen an Liam und Olivia, die auch heute wieder hinter uns sitzen. »Habt ihr gut geschlafen?«

»Ja, total gut.« Olivias Blick wandert von mir zu Edward und mit einem dankbaren Lächeln sagt sie: »Edward hat uns sein Zimmer angeboten, weil das Bett bei ihm doppelt so groß war wie unseres. Anscheinend hat das Hotel die Zimmernummern vertauscht. Danke noch mal!«

»Kein Problem.«

Ich schiele zu Edward und sehe, wie sich seine Lippen zu einem Ich-tue-ständig-nette-Dinge-so-bin-ich-eben-Lächeln kräuseln.

Weil seine Augenbrauen dabei unfreiwillig wackeln, muss ich grinsen. »Leider verteile ich während der Tour keine Fleißsternchen, sonst hätte Edward sich hiermit eines verdient.«

Ich kann nämlich auch locker und lustig sein. Ich weiß genau, wie ich die Gäste zum Lachen bringe und wann ich mich um ihre Probleme kümmern muss. Nur fühle ich mich in Edwards Nähe total verunsichert und außerdem bin ich jetzt wegen der Bettensache gestresst, weil mir wieder einfällt, dass es im nächsten Hotel anscheinend auch schon wieder irgendein Problem gibt. Aber ich kriege das alles hin.

Als wir losfahren, setze ich also abermals ein besonders freundliches Lächeln auf und drehe mich noch mal zu Olivia und Liam. »Die Sache mit den Betten tut mir wirklich leid. Ich gebe euch beiden beim ersten Halt einen Kaffee aus, einverstanden?«

»Klasse!«, ruft Liam im selben Augenblick, in dem Olivia den Kopf schüttelt und mein Angebot ablehnt.

»Schon in Ordnung«, sagt sie und verhindert mit einem warnenden Blick in seine Richtung, dass Liam noch etwas anfügt.

»Das ist doch selbstverständlich«, halte ich dagegen und vielleicht will ich, dass Edward weiß, wie professionell und erwachsen ich die Tour durchziehen werde, als ich hinterherschiebe: »Wenn noch mal irgendetwas auf der Tour sein sollte, könnt ihr direkt zu mir kommen. Ihr habt ja alle meine Handynummer. Ich schlafe in denselben Hotels wie ihr und bin immer sofort da, wenn ihr mich braucht. Hier muss niemand sein Zimmer tauschen, außer es handelt sich dabei um mich.« Ich kann nicht verhindern, dass mein

Blick zu Edward schießt, der den Kopf zurücklehnt und eine vage Zustimmung murmelt.

Ich mache meinen Job ordentlich, ist, was ich damit sagen will. Ich stehe über den Dingen und spreche Probleme unvermittelt an. Und es ist mir völlig egal, ob Edward das zu würdigen weiß. Der Rest der Gruppe nickt zufrieden. Das reicht mir als Bestätigung. Zumindest rede ich mir das erfolgreich ein.

Gespielt geschäftig ziehe ich mein Handy aus der Hosentasche. Am besten bringe ich das Telefonat direkt hinter mich, auch wenn mir mein Herz allein bei der Vorstellung in die Hose sackt. Vielleicht kann ich ja doch meinen Vater bitten, die Angelegenheit zu lösen? Ich öffne den Chat mit ihm und sehe, dass er eine Story hochgeladen hat. Neugierig tippe ich sein Profilbild an.

Sie baut sich auf und ... meine Kehle schnürt sich zu.

O Shit. Die Aufnahme ist leicht verschwommen, aber ich erkenne auf ihr die Jugendleitung des Vereins, in dem Jakob, zumindest bis zu seiner Suspendierung, als Toptalent gehandelt wurde. Neben seiner Tätigkeit als Zahnarzt arbeitet Thomas ehrenamtlich im Fußballverein. Locker legt er einen Arm um meinen Vater. Die beiden sind seit der Uni beste Freunde. Als Jakob und ich kleiner waren, sprang Thomas oft als Babysitter ein und begleitete uns manchmal mit in den Familienurlaub. Ich kann mich erinnern, dass Jakob ihn sogar mal aus Versehen *Papa* genannt hat. Thomas war immer für uns da, wenn es unsere Eltern wegen des Reiseunternehmens nicht sein konnten. Etwas, das ständig vorkam.

Niemand ist nachtragend, erst recht nicht Thomas.

Einhundert Euro wette ich darauf, dass meine Mutter das Foto gemacht hat. Denn die uralte Eiche im Hintergrund steht in *unserem* Garten. Er war bei meinen Eltern zu Hause. In mir drin verkrampft sich alles. Ich schlucke. *Es ist gut, dass es anscheinend ein Gespräch zwischen meinen Eltern und ihm gegeben hat*, erinnere ich mich in Gedanken. Darüber will mein Vater sicher mit Jakob reden. Wenn die

Suspendierung damit aufgehoben wird, ist alles andere egal. Alles, was passiert ist. Doch mein Körper sieht das anders. Mir wird speiübel. Zur Sicherheit schlinge ich den freien Arm um meinen Oberkörper und presse die Beine gegen den Sitz. Meine Atmung geht flach und zu laut. Dadurch kriegt Edward meine Anspannung mit. Natürlich tut er das. Er dreht sich zu mir. Sein Knie streift meinen Oberschenkel. Und ich ... schrecke vor der ungeplanten Berührung abermals heftig zurück.

IF IT'S MEANT TO BE, IT'LL BE

(ACRYLIC GOUACHE ON CANVAS, 2010)

Edward

Shit, Shit, Shit.

Ich habe Leni schon wieder ungefragt berührt, obwohl ich es besser weiß. Es besser wissen *muss*. Sie mag es nicht, überrascht zu werden. Daran hat sich offensichtlich nichts geändert. Das beweist ihre heftige Reaktion.

»Entschuldigung«, murmle ich, woraufhin Leni nichts erwidert. Sie starrt noch immer auf das Display ihres Smartphones, das schon vor ein paar Sekunden dunkel geworden ist, was mich einmal mehr gewaltig verunsichert.

»Sollen wir dem Tourguide melden, dass es ein Problem gibt?«

Ich merke selbst, dass ein Witz gerade nicht die allerbeste Idee ist. Deshalb suche ich erfolglos nach besseren Worten, um die Situation zu entschärfen. Leni steckt im selben Moment ihr Handy weg und greift nach dem Anschnallgurt, um sich das Band zwischen der Plastikhalterung und dem Einstecker um die Hand zu wickeln. Das hat sie gestern auch schon gemacht. Ich glaube, damit versucht sie sich zu beruhigen.

»Alles okay.« Leni weicht so weit es geht vor meiner Nähe zurück. »I-ich habe kein Problem mehr mit, also ...«, stammelt sie. »Es ist nicht schlimm, mach dir keinen Kopf. Wir sind ja nicht mehr in –« Sie unterbricht sich mitten im Satz, als wäre ihr plötzlich eingefallen, dass im Bus niemand sonst weiß, dass wir uns schon kennen.

Jetzt holt sie tief Luft und klatscht mit einem gezwungenen Lächeln in die Hände. Von wegen es gibt kein Problem. Es ist nicht zu übersehen, dass ihre Hand sich sofort wieder um den Anschnallgurt verkrampft.

»So«, sagt sie nun. »Maria hat mich gestern beim Abendessen nach unserer Flagge gefragt.«

Maria dreht sich zu uns um und an ihrem überraschten Blick bemerke ich, dass Leni lügt, um einem Gespräch mit mir zu entkommen. Bevor Maria etwas sagen kann, fährt sie fort. »Die Farbkombination Schwarz, Rot, Gold entstand vor ungefähr zweihundert Jahren eher zufällig. Angeblich war das Schwarz am Anfang ein Symbol für die Schwärze der Knechtschaft, die Farbe Rot spiegelte blutige Schlachten wider und Gold stand für das goldene Licht der Freiheit, für das die Soldaten kämpften. Nun, mit der Zeit veränderte sich die Bedeutung, sodass die Flagge heute ein Symbol für Freiheit und Gerechtigkeit ist.«

»Interessant!« Maria nickt und macht sich eine Notiz in ihr Handy, ehe sie sich Kopfhörer aufsetzt und den Kopf zurücklehnt. Imogen tut es ihr nach, Liam und Olivia sind anscheinend schon eingeschlafen.

»Leni?«

Sie dreht sich nicht zu mir, aber dass ihr Blick kurz zur Seite zuckt, reicht mir. »Hast du gerade gelogen, um nicht mit mir reden zu müssen?«

»Es fragt immer irgendjemand, was die Flagge bedeutet. Und ich erkläre es dann.« Ihr Tonfall ist widerwillig, aber sachlich.

»Dann werde ich erraten, was du mir vor dem Flaggenexkurs sagen wolltest«, flüstere ich, weil nun auch Imogen neben mir eingenickt ist. »Es war gestern sehr übergriffig, mir leichtfertig ein Urteil über dich zu erlauben, ohne auch nur eine Stunde mit dir verbracht zu haben.« Was sagst du dazu, Schicksal? Damit mache ich dir einen Strich durch die Rechnung. Das Sternzeichen Waage ist nämlich konfliktscheu und harmoniesüchtig. Was ich hier aber gerade tue, ist, die Dinge direkt anzusprechen. Hat das Schicksal überhaupt etwas mit Horoskopen zu tun? Ach, egal. Anti-Waage-Verhalten – daran orientiere ich mich fürs Erste. »Das war nicht in Ordnung, es tut mir leid. Wenn du willst, dann reden wir einfach nicht mehr über die Vergangenheit, okay?«

»Okay.« Leni nickt, wirft einen prüfenden Blick auf unsere schlafenden Beifahrer und lässt dann den Anschnallgurt los, der so ausgeleiert ist, dass er nicht zurück in die Halterung saust. »Dann verrate mir doch mal, was dich in der Gegenwart dazu gebracht hat, nach Deutschland zu fliegen und ausgerechnet an meiner Tour teilzunehmen?«

Was soll ich darauf sagen? Anti-Waage-Rückzug. Ich hasse Konflikte. Ich räuspere mich, weil meine Antwort unsicher klingen könnte. Aber leider fühle ich noch immer Unsicherheit, und das kann ich nicht verstecken. »Ich habe mir geschworen, ehrlich zu dir zu sein, also bin ich es jetzt auch. Du hast mir in San Diego eine falsche Handynummer gegeben, was vermutlich ein sehr eindeutiges Signal war, dass ich dich in Ruhe lassen soll. Spätestens nach dem Korb auf dem Festival wäre es wohl für jeden normal denkenden Menschen eindeutig gewesen. Aber wie du siehst, bin ich nicht besonders gut darin, Zeichen richtig zu deuten.« Ich halte kurz inne, doch Leni lacht nicht über meinen, zugegeben, echt miesen Witz. »Immerhin habe ich eine einmalige, wildromantische und imposante Deutschlandreise bei dir gebucht«, zitiere ich aus dem Reiseprospekt.

»Du hast sauteuer vergessen.« Leni wartet kurz, ehe sie sich wieder ganz zu mir dreht. »Du hast eine *sauteure* Deutschlandreise bei mir gebucht.«

»*Sauteuer* stand nicht im Prospekt.«

Ihre Mundwinkel zucken. »Was macht dich eigentlich so sicher, dass ich die Person bin, die dir auf dem Festival einen Korb gegeben hat?« Sie schaut mir direkt in die Augen. »Wir haben uns ja offensichtlich nicht gesehen.« Das Ocker ihrer Pupillen wird zu einem tiefen Braun. Ihr intensiver Blick ist wie ein Abgrund, in den ich mich mit Anlauf fallen lassen will, weshalb ich ihr die Wahrheit sage.

»Nicht viel. Eigentlich gar nichts. Ich bin extrem unsicher.«

»Unsicher?« Leni grinst. Noch immer bringen mich ihre Augen ganz durcheinander. Als ob mein Gedanke plötzlich in ihrem Kopf aufploppt, senkt sie den Blick und rückt zu mir auf. Dabei spreizt sie ihre Finger, sodass sie mich ganz leicht berührt, was mich bis in den Magen trifft. Selbst jetzt noch, in einem engen Minibus, mit dem Schnarchen vier fremder Menschen in meinen Ohren, Jahre nach unserer ersten Berührung. Ich will nicht beeindruckt von Lenis Präsenz sein, aber das entzieht sich gerade meiner Kontrolle.

»Kommentarlos einen Haufen Geld für ein Wiedersehen auszugeben, obwohl ich dich auf dem Festival versetzt habe, bezeichnest du also als *extrem unsicher*?«

»Hah!« Der Ausruf entweicht mir, ehe ich überhaupt gemerkt habe, dass er meine Kehle emporsteigt. Neben mir murmelt Imogen etwas im Halbschlaf und dreht ihren Kopf auf die andere Seite.

»Psst«, macht Leni, weshalb ich mich näher zu ihr beuge.

»Du warst also auf dem Festival.«

»Jep.« Sie weicht diesmal nicht vor meiner Nähe zurück, was mich absurd freut. »Gut erkannt, Sherlock.«

»Und du hast mich dort versetzt?«

»Sie befinden sich auf der richtigen Spur, Detektiv Meyer.«

»Meine Recherchen ergeben jedoch einige Ungereimtheiten«, spiele ich ihr Spiel einfach mit, »wieso schlägst du ein Wiedersehen vor und lässt mich dann stundenlang vor dem Supermarkt warten?«

Sie schmunzelt. »Es waren ganz sicher nur ein paar Minuten, die du dort gestanden bist.«

»Woher willst du das wissen?«

»Nur eine Vermutung ...« Leni zuckt mit den Schultern, aber ich kann dabei zusehen, wie ihre Wangen erröten. »Die ehrliche Antwort ist: Ich war genauso unsicher wie du. Als ich dich am Supermarkt wiedererkannt habe, bin ich weggerannt.«

»Okay. Aber nur um sicherzugehen ...« Ich muss schlucken. »Du warst diejenige, die mir in San Diego angeboten hat, mich jederzeit bei einer deiner Touren anzumelden. Das habe ich gemacht und du kannst mir nicht erzählen, dass du meinen Namen vorab nicht erkannt hast. Ich meine ... du fährst die Tour nicht, weil du dich zu irgendetwas verpflichtet fühlst, oder? Das wäre mir unangenehm.«

»Nun ... Wir sind ein kleines Familienunternehmen. Ich kann Touren nicht nach Belieben absagen.«

»Autsch.«

Leni kichert leise. »Sorry.«

»Mir hätte eine Ausgangsbasis, auf der wir uns beide gerne wiedersehen wollen, besser gefallen als ... das.«

Findet wohl auch Leni, denn sie grinst schon wieder und diesmal lenkt sie nicht noch einmal ab, sondern schaut mir direkt in die Augen. »Und ich *wollte* diese Tour auch nicht absagen. Wegen dir. Dass ich auf dem Festival gekniffen habe, tut mir leid. Es ist schön, dich wiederzusehen.«

Ihre Antwort verändert die Atmosphäre im Wagen. Ich spüre meinen Herzschlag an meinen Rippen und ein warmes Kribbeln im Magen. Fühlt sich an wie Vorfreude. Auf das, was ich alles in den kommenden Tagen mit Leni erleben werde.

Der Frau, der ich gestern vollkommen unrecht getan habe.

Leni hat sich verändert.

Und Scheiße, es ist ein Klischee, aber: Das macht mich total an.

VIER JAHRE ZUVOR, SAN DIEGO

Edward

»Edward?« Leni beugt sich nach vorn, ehe sie zweimal auf die blaue Karte vor sich tippt. »Du musst zwei ziehen.«

»Sorry«, murmle ich und schaue über ihre Schulter aufs Meer, ehe ich mir zwei Karten vom Stapel nehme.

»Gib es schon zu, du würdest gerade lieber in einer Achterbahn sitzen, als dich von mir im UNO-Spielen abzocken zu lassen.«

Ach so. Leni hasst Freizeitparks. Das geht in Ordnung, die Preise im Belmont Park übersteigen eh mein Budget. Rollerfahren mit dem unhandlichen Trekkingrucksack auf dem Rücken kam für sie auch nicht infrage, was mir ebenfalls gut passt, weil ich keine Kohle für einen Roller habe. Noch nicht einmal für einen gemieteten. Also hat Leni ein Picknick am Strand vorgeschlagen. Aber selbst eine Picknickdecke, Spielkarten, Falafeln und zwei Dosen Pepsi fallen finanziell ganz schön ins Gewicht. Zumindest wäre das gestern noch so gewesen.

Sorry, so schnell gewöhnt man sich nicht an unerwarteten Reichtum. Ich habe heute Morgen meine Seele verkauft und die meiner Schwester gleich mit dazu. Sollte der Käufer mich nicht über den Tisch gezogen haben – vom Kunstmarkt habe ich nämlich keinen blassen Schimmer –, geht am Ende der Woche eine fünfstellige Summe auf meinem Konto ein. Davon kann ich mir einen Neustart locker leisten. Nur dass ich den kein bisschen verdiene.

Ich muss ziemlich verzweifelt aussehen, weil Leni die Karten verdeckt ablegt und grinst. »Ich hab dir gesagt, wie gut ich im UNO-Spielen bin.«

Es ist doch völlig absurd, dass mein Herz einen Hüpfer macht, nur weil Leni während unseres Gesprächs ständig lächelt. Weil ich mir einbilde, dass ich der Grund für ihre gute Laune bin. Ausgerechnet der Typ, der vor ein paar Stunden seine Schwester verraten hat. Ich sollte gar nicht hier sein. Verbrecher wie mich steckt man für gewöhnlich ins San Diego Central Jail.

Ich schüttle den Gedanken irgendwie ab. »Stimmt, das hast du.« Für einen Moment halte ich die Luft an, dann zwinge ich mich dazu, mich zu entspannen. »Immerhin verstehe ich jetzt, wieso du dir ausgerechnet dieses Kartenspiel ausgesucht hast. Du hast mich zusätzlich noch verarscht. Wahrscheinlich bist du in Wirklichkeit deutsche Meisterin im UNO. Und mit dir habe ich mein Lieblingsessen geteilt.«

Meines und das meiner Schwester. Der Stand an der Promenade ist der einzige, der Falafeln seit Jahren für unter drei Dollar pro Tüte anbietet. Sie sind der billigste Snack in ganz San Diego Beach. Deshalb kaufte uns Hannah hin und wieder eine Portion zum Teilen. Ich verbinde nur schöne Erinnerungen mit den dazugehörigen Strandtagen. Und jetzt habe ich mit Leni eine zusätzliche geschaffen.

»UNO-Meisterin? Was für ein Quatsch! So etwas gibt es doch gar nicht. Da ist ja mein Traum, Sängerin zu werden, realistischer!« Leni hebt abwehrend die Hände. Dabei lacht sie so laut, dass mir ganz warm ums Herz wird. »Aber ich bin sehr froh, dass du die Falafeln mit mir geteilt hast. Die waren unfassbar gut.«

»Weil sie in Fett ersaufen. Das ist der Trick. Nur so schmecken sie.« Oder kosten unter drei Dollar. Wie auch immer. »Was machst du denn stattdessen nach dem Abi? Studieren?«

»Ich arbeite wohl erst mal als Tourguide für das Reiseunternehmen meiner Eltern. Wir bieten auch Touren durch ganz Deutschland an, falls du Interesse hast.« Sie verdreht die Augen, aber sie kann nicht wissen, dass meine Antwort lautet: *Ja, wenn du die Tour führst*. Mein Blick klammert sich an ihr fest, als wäre Leni der letzte Atemzug in einer Taucherglocke, ehe der Sauerstoff für immer ausgeht. Und ich schäme mich noch nicht einmal für diesen Gedanken. Oder dafür, dass ich schon wieder für zwei Minuten verdrängt habe, was heute Morgen passiert ist.

»Bist du deshalb in San Diego? Um arme Kalifornier wie mich zu einer sündhaft teuren Deutschlandreise zu überreden?«

»Edward Meyer, was unterstellst du mir denn da?«

Wie selbstverständlich sie meinen Nachnamen sagt, als wäre ich trotz allem noch immer Teil meiner Familie. Als hätte ich heute nicht den zweitgrößten Fehler meines Lebens begangenen. Schlimmer war nur noch der vor acht Wochen.

Ehe ich mich erinnern kann, dass Leni eine Frage gestellt hat, bläst sie den Atem aus. »Ich bin nach San Diego gekommen, weil ... ach, ist doch egal.« Leni schließt die Augen und sieht gleichzeitig verletzt und entschlossen aus. »Lass uns lieber zu Ende spielen.«

Ich seufze. »Du hast doch eh schon halb gewonnen. Das macht so keinen Spaß.«

»Mein Bruder kann auch nicht gut verlieren«, sagt sie. »Er wird jedes Mal superwütend.« Mir fällt auf, dass sie beinahe genauso oft über ihre Familie spricht, wie ich es vermeide, über meine zu reden. »Hast du eigentlich Geschwister?«

Scheiße. Jetzt fühlt es sich an, als wäre der Sauerstoff in der Taucherglocke endgültig ausgegangen. Mein Magen krampft sich zusammen und ich ringe nach Luft. Leni kann es nicht wissen. Aber ihre Frage hört sich an, als wäre sie noch da. Als wäre meine Schwester nicht vor acht Wochen ... O Gott. »Ja, ich ... meine Eltern sind tot«, krächze ich.

»Oh.« Sie beugt sich zu mir. »Hey, das ... shit. Sorry.«

»Ist schon gut«, unterbreche ich sie. Ich verdiene Lenis Mitgefühl nicht. Kein bisschen. Auch wenn sie es nur nett meint und ich für den Tod meiner Eltern nichts kann, presse ich meinen nächsten

Satz nur mühsam heraus. »Was macht dein Bruder denn, wenn er sauer wird?«

»Ich mag eigentlich nicht über Jakob reden.« Sie hebt ihre Hände und es ist nicht zu übersehen, dass Leni sie so vors Gesicht zu halten versucht, dass ich ihren Ausdruck nicht erkennen kann. Ihre Finger schließen sich um den Anhänger an ihrem Perlenarmband. Und ich begehe den womöglich drittgrößten Fehler meines Lebens. Weil ich eine Entscheidung treffe, die ganz sicher total egoistisch ist. Obwohl Leni mich um etwas gebeten hat, regt sich in mir der dumme Wunsch, ihr mehr Infos über ihren Bruder zu entlocken. Das ist doch scheiße. Es wird mir nicht besser gehen, nur weil ich weiß, dass auch andere ihre Geschwister enttäuschen. Aber ich kann mich nicht zurückhalten.

Ich schlucke, ziehe eine rote Reverse-Karte aus meinem Deck und lege sie vor Leni ab. »Du kannst jetzt entweder zwei ziehen oder du erzählst mir von Jakob.« Wieso tue ich das? Eine Wahrheit für die andere, oder was? Weil ich ihr vor ein paar Minuten anvertraut habe, dass meine Eltern gestorben sind? Wahrscheinlich würde Leni das sogar gelten lassen. Aber wenn sie wüsste, was ich meiner Schwester angetan habe, würde sie aufstehen und vor mir weglaufen. Ich hätte nicht einmal Zeit, ihr zu erzählen, was genau passiert ist. Ich bin ein rückgratloser Typ, der gerade dabei ist, eine fremde Frau anzubetteln, ihm das Gegenteil zu bestätigen.

Aber Leni lässt sich kein bisschen von mir provozieren, sie hebt nur eine Braue an. »Erstens hat die Karte die falsche Farbe und zweitens … ist mit Jakob alles wieder okay.«

»Und bei dir?«, platzt es aus mir heraus. Wenn ich mich gefragt habe, ob noch ein bisschen Restwürde in mir übrig ist, dann habe ich nun die Antwort. Nein. »Ist denn bei *dir* alles okay?«

Leni öffnet den Mund, aber dann schiebt ihr Hirn anscheinend eine Floskel zur Seite, mit der man auf so eine Frage eben antwortet, und jetzt sieht es so aus, als wolle sie mir an die Gurgel springen. Fair, weil man so unsensibel wie ich gar nicht sein kann. »Vergiss das. Du musst mir –«

»Nein.« Sie blinzelt und ich kriege eine Gänsehaut. »Es ... nichts ist okay. Ich bin hier in San Diego, weil ich dringend aus Berlin wegwollte.«

»Okay.« Erst jetzt wird mir bewusst, dass sie auf meine Frage nach ihrem Reisegrund beim ersten Mal unmittelbar auf ihren Bruder gelenkt hat. Das Gehirn tut manchmal solche Dinge, wenn man nicht anders kann, als über alles zu reden. Deshalb habe ich Leni vom Tod meiner Eltern erzählt, während meine Gedanken ausschließlich bei Hannah waren.

Als ich mich zu Leni vorbeuge, rückt sie nicht von mir ab. Sie sieht so mitgenommen aus und daran ist allein mein Egoismus schuld. Ganz automatisch will ich sie in den Arm nehmen, aber ich rühre mich keinen Zentimeter. Sogar meine Atmung versuche ich so ruhig wie möglich zu halten, bis Leni irgendwann leise schluchzt.

»Mein kleiner Bruder hat Mist gebaut und ich ... habe daraufhin einen noch viel größeren Fehler gemacht.«

»Leni«, flüstere ich und spüre, dass ich mich nach ihren Worten voll und ganz auf sie konzentriere. Meine wirren Gedanken sind ausgelöscht. Ich will für diese Frau da sein. Ihr helfen. Sie beschützen. »Willst du es mir sagen? Ich schwöre dir, dass es niemand erfährt.«

Sie lächelt. »Wem solltest du es auch erzählen?«

»Du hast dennoch mein Wort.«

»Ich ... ich habe etwas getan, das ... das ...« Leni sieht aus, als würde sie jeden Moment in sich zusammenfallen. Eine unüberlegte Berührung wäre das Letzte, was sie jetzt will – zumindest glaube ich das. Sie möchte nicht überrascht werden, hat sie vorhin gesagt. Deshalb schaue ich sie nur an und warte. Warte, warte, warte. Was sie sagen will, muss ihr ziemliche Schmerzen bereiten, denn sie verzieht immer wieder gequält das Gesicht. »Ich habe ... verdammt.

Ich wollte Jakob beschützen und habe dafür eine Grenze überschritten.« Sie zittert.

Ich muss nicht fragen, was passiert ist, ich glaube, ich begreife es auch so. Leni will nicht ungefragt berührt werden. Sie schreckt vor Nähe zurück. Leni hat eine Grenze überschritten. Ihr Körper zittert und in mir wallt das brennende Gefühl auf, denjenigen, der dafür verantwortlich ist, leiden zu lassen.

WE'RE ALL IN THIS TOGETHER ONCE WE KNOW THAT WE'RE ALL STARS

Leni

»Danke. Das ist genau das, was ich jetzt brauche. Ich liebe weiße Schokolade.« Seit wir vor drei Stunden bei der familiengeführten Pension in Füssen angekommen sind, brauche ich ganz dringend etwas Süßes gegen meine Gereiztheit. Daran ist allein die Unterkunft schuld. Wie leid es ihnen tut, dass sie die Anzahl der benötigten Zimmer falsch notiert haben und wegen des Mittelalterfestivals nun keines mehr frei ist, haben sie mir schon am Telefon erklärt. Nur tröstet mich das kein bisschen. Denn dank einer Internetrecherche während der Fahrt vom Hotel zu besagtem Festival weiß ich, dass Letzteres für jede Unterkunft im Umkreis von fünfzig Kilometern gilt.

Johann zu bitten, mir sein Zimmer zu geben, kommt nicht infrage. Er hat schon genug Stress. Mir bleibt also nichts anderes übrig, als die kommenden beiden Nächte im Reisebus zu übernachten, was meine Laune gerade heftig runterzieht. Aber ein veganer Müsliriegel mit weißer Schokolade? Die Gefahr, dass ich dem Hotel vor dem Schlafengehen eine 1-Stern-Bewertung reindrücke, sinkt damit um ein paar Prozent.

Ich hole tief Luft. »Ihr habt alle mitbekommen, was am Empfang abging, oder?« Ich greife nach dem Müsliriegel, den mir Edward entgegenstreckt, während sich die Gruppe auf dem zu einem Parkplatz umfunktionierten Feld am Rande eines Waldstücks sammelt.

*DAS OBEN GENANNTE VERSPRECHEN BEINHALTET EINSCHRÄNKUNGEN, DIE IN KRAFT TRETEN, INSOFERN DER TOURGUIDE KEIN EIGENES ZIMMER HAT. DANN IST ALLEIN DER TOURGUIDE DAFÜR VERANTWORTLICH.

Edward schaut dabei zu, wie ich den Riegel mit einem genüsslichen Seufzen auspacke. Dann nickt er. »Wir haben kein Wort verstanden, aber Maria hat euer Gespräch simultan übersetzt.«

»Mist«, sage ich, breche den Riegel in der Mitte und stecke mir eine Hälfte am Stück in den Mund.

»Es wird doch sicher eine Unterkunft in der Nähe geben, oder? Haben sie dir das am Empfang nicht bestätigt?«

Ich halte im Kauen inne, weil mir ein ganzer Steinhaufen vom Herzen fällt. Wenigstens hat die Gruppe nichts von meiner hektischen Suche nach einem Ersatzhotel mitbekommen. Wenn ich es clever anstelle, bemerken sie auch nicht, dass ich im Reisebus schlafe. Nur dass ich mich gerade wenig intelligent benehme, indem ich zu lange mit einer Antwort warte. »Äh ...« Ich schlucke. »Klar, ich hab auf dem Weg hierher schnell etwas anderes gebucht.«

»Das freut mich.« Edward will definitiv etwas anderes sagen. Aber er hält sich zum Glück zurück. Das Letzte, was ich brauche, ist Edward, der mir sein Bett anbietet, während er die Nacht auf dem Fußboden verbringt. Es fällt mir in seiner Nähe schon jetzt schwer genug, so zu tun, als würde ich mit seiner Anwesenheit problemlos klarkommen. Da muss ich mir nicht auch noch das Zimmer mit ihm teilen. Echt nicht.

»Da sollen wir rein?« Olivia nickt mit zusammengekniffenen Augen zu den Bäumen, kaum steht sie neben mir. »Sorry, wenn es ein Klischee ist, aber gehen genau so nicht ständig irgendwelche Leute in Horrorfilmen drauf?«

»Nur die ohne Leni als Reisebegleitung«, erwidert Imogen, woraufhin wir ein paar anderen Festivalbesuchern zu einem Pfad hinterherlaufen, der sich zwischen den Bäumen hindurchschlängelt und an den Seiten mit Laternen beleuchtet ist. Der Weg ist mit einer Schicht Kies bestreut, weshalb unsere Schritte Staub und Dreck aufwirbeln. In regelmäßigen Abständen hängen bunte Fahnen mit mittelalterlichen Motiven in den Baumkronen. Und obwohl ich

Olivias Horrorvorstellungen sehr gut nachvollziehen kann, führe ich die Reisegruppe in den Wald. Was bleibt mir als Tourguide auch anderes übrig? Wenn hier gleich ein Serienkiller mit Gruselmaske hinter einem der Bäume hervorspringt, muss ich trotzdem professionell bleiben. Gehört zu meinem Job.

Aber zum Glück öffnet sich der Pfad beinahe sofort zu einer großen Lichtung, von der wiederum weitere Wege in alle Richtungen abzweigen. Da wir nur zwei Nächte in Bayern bleiben können und für morgen ein Besuch im Schloss Neuschwanstein geplant ist, bleibt nur heute Abend Zeit für einen Festivalbesuch.

»Ach du Scheiße!«, ruft Olivia in diesem Augenblick mit dem Tonfall eines aufgeregten Kindes. »Was ist denn hier los?«

»Abgefahren!«, entschlüpft es darauf auch Liam, der vom Rest der Gruppe zustimmendes Gemurmel erhält.

Ich folge seinem Blick zu einem an einen Baum genagelten Schild. *Taverne* steht darauf, ein Pfeil zeigt nach links. Aber ich erkenne keine Taverne. Denn um uns und die anderen Besucher herum herrscht reges Treiben. Es kommt mir vor, als wären wir in eine ganz andere Zivilisation gesprungen, die sich hier auf der Lichtung versammelt. Als ich über die Schulter zurückschaue, ist der Parkplatz durch das Dickicht der Bäume nicht mehr zu sehen.

Ein Minnesänger in originalgetreuen Gewändern zupft vor uns an den Saiten seines Instruments und nun beginnt er zu singen.

»Was singt er denn da?«, will Maria sofort wissen.

»Das kann ich dir leider nicht sagen.« Ich versuche irgendetwas von dem zu verstehen, über was der Mann zu klagen scheint, aber nach ein paar Sekunden gebe ich auf. »Ich schätze, das ist sehr, sehr altes Deutsch.«

»Wahnsinn! Und ist das da ein echter Schmied?« Liam deutet auf einen Holztisch neben einer hölzernen Konstruktion, an dem ein Mann mit Schieberkappe und krummem Rücken sitzt, der mithilfe eines Hammers Silberschmuck zurechtklopft. Ich unterdrücke ein

Grinsen – wie zur Hölle stellt sich Liam den Alltag in Deutschland vor? – und schüttle den Kopf.

Links vom Silberschmuckstand ist ein weiterer riesiger Stand aufgebaut, an dem eine junge Frau aufwendig ein Korsett bestickt, und daneben gibt es eine Bühne, wo im Moment nur Instrumente abgelegt sind. Ich kneife die Augen zusammen, um irgendwo im schummrigen Licht moderne Technik zu entdecken, doch auf die Schnelle finde ich kein Sound-Equipment. Vermutlich hängt es gut versteckt unter dem offenen Zelt, das der Bühne als eine Art Dach dient.

»Gibt es hier auch Bier?«, will Liam wissen, woraufhin ich auf das Schild zeige.

»Zur Taverne geht's wohl dort lang.« Nach einer kurzen Abstimmung führe ich die Gruppe auf einem Seitenweg wieder zurück in den Wald, bis wir an den Rand einer viel kleineren Lichtung kommen, die nur von der Taverne, oder eher gesagt einem Ausschank, eingenommen wird. Hier zieren moderne Lichterketten die umstehenden Bäume. Einige Bedienungen kümmern sich hektisch um die Besucher. Sie tragen eng geschnürte Mieder über ihren Kleidern, die farblich zu ihren kornblumenblauen Röcken passen.

»Was schenken die denn hier aus?«, fragt Liam skeptisch. »Es gibt doch sicher auch strenge Gesetze, oder?«

»Bier, Schnaps, Wein«, übersetze ich von der Tafel, während mein Blick zwischendurch zu den Tischen und Bänken wandert, die voll besetzt sind. Überall stehen Bierkrüge neben Laternen mit echten Kerzen, aber Teller erkenne ich keine. »Essen müssen wir aber anscheinend woanders holen. Wollen wir erst mal hierbleiben und etwas trinken?«

Nur ein Teil der Gruppe gibt mir seine Zustimmung und nachdem Maria, Imogen, Liam und Johann zum Essensbereich aufgebrochen sind, setze ich mich Olivia und Edward gegenüber an einen der langen Holztische. Das Klirren aneinanderschlagender

Gläser dringt gefiltert durch das Stimmengewirr an unseren Tisch und mischt sich wie Hintergrundmusik unter zig andere Geräusche und den Gesang eines weiteren Lautenspielers neben dem Ausschank.

Ich summe die unbekannte Melodie automatisch mit. Was würde ich dafür tun, an seiner Stelle zu sein. Es ist mir so was von egal, ob ich eine fremde Sprache lernen müsste oder in lustige Kleidung gesteckt werden würde. Ob mich jemand für meinen Auftritt ausreichend bezahlt oder ich fünf Nebenjobs bräuchte, um neben dem Singen zu überleben. Ich möchte in einer Welt leben, in der ich diejenige bin, die andere mit ihrer Stimme begeistert.

Kurz vor Weihnachten stand ich letztes Jahr vor den Türen einer Musicalhochschule in Hamburg, um vorzusingen. Aber noch bevor es überhaupt losging, habe ich gekniffen und bin zurück nach Berlin gefahren. Ich muss erst mit meinen Eltern klären, wie ich das mit den Touren vereinbart kriege. Vermutlich gar nicht.

Es ist ein offenes Geheimnis innerhalb meiner Familie, dass einige Touren während meines Aufenthalts in San Diego ausgefallen sind, weil sich meine Eltern keinen Ersatz für mich leisten konnten. Ich kann sie nicht noch einmal im Stich lassen. Erst recht nicht, wenn Jakob ihnen zusätzliche Kopfschmerzen bereitet. Auch wenn ich riesige Angst habe, dass mit dieser Entscheidung viel mehr in mir drin kaputtgeht als nur der Traum, Sängerin zu werden.

»Könnt ihr mit der Bestellung kurz warten?«, bittet Olivia und steht auf. »Ich muss schnell aufs Klo.«

»Ja, äh, klar.« Ich war so abgelenkt, dass ich fast vergessen habe, dass es als Tourguide mein Job ist, mich um die Getränke zu kümmern. Mit einem zögerlichen »Ich beeile mich« schaut Olivia in Richtung eines Seitenpfades, der sich in den Wald hineinwindet. »Falls sich kein Axtmörder hinter einem der Bäume versteckt.«

»Bestimmt nicht«, beschwichtige ich, aber ein nicht gerade kleiner Teil von mir teilt weiterhin ihre Befürchtungen. Kurz darauf verschwindet sie mit den Händen in ihren Jackentaschen im Wald.

»Hast du keinen Hunger?«, frage ich Edward, als mir die Stille nach ein paar Sekunden unangenehm wird. »Ich hätte den Müsliriegel mit dir teilen sollen. Aber wie gesagt: Ich habe eine Schwäche für weiße Schokolade.«

»Schon okay.« Er hat sich extra für den Abend umgezogen und trägt jetzt ein schwarzes Hemd. Die Haare sind ordentlich zurückgegelt und die Haut an seinen Wangen wirkt weich und glatt. Bestimmt riecht er frisch geduscht, vielleicht nach herbem Aftershave. Bei seinem Anblick kommen mir automatisch Strand, Surfen und das Meer in den Sinn, was so gar nicht zu der mittelalterlichen Kulisse passt. Außer Edward möchte gerne als zwielichtiger Pirat fragwürdigen Ruhm erlangen. Sein verkniffener Gesichtsausdruck ist schon recht überzeugend, auch wenn ich den Grund für seinen Stimmungswechsel nicht verstehe. War es auf der Herfahrt auch schon so? »Es freut mich, dass es dir geschmeckt hat.«

»Sorry noch mal wegen des Mittagessens. Ich bin mir sehr sicher, dass ich bei der Auswahl der Raststätten auf eine vegetarische Option geachtet habe.«

Edward sieht mich mit skeptischem Blick an. »Ich dachte, dein Bruder kümmert sich um *solche Angelegenheiten*?«

Ertappt gebe ich einen undefinierbaren Laut von mir. »Mein Bruder ist im Moment …«, beginne ich und stoppe mich sofort, denn Jakob ist in Edwards Gegenwart vor allem eines: ein Tabuthema. »… vergiss es. Das kommt nicht wieder vor, versprochen. Aber nächstes Mal verschenkst du deine Müsliriegel auch bitte nicht so leichtfertig, okay?«

»Alles okay, Leni. Versprich mir lieber, heute nicht noch mal nachzufragen.« Edwards Stimme klingt rau und ein wenig so, als würde er ihr nicht ganz vertrauen. Oder bilde ich mir das nur ein, weil ich ihm gerade förmlich dabei zusehen kann, wie er sich zu einem Lächeln zwingt? Seine Augen wirken gerötet.

»Hey«, sage ich, um ihn aufzuheitern. »Ich bin der Tourguide, was mich sogar dazu verpflichtet, mich in regelmäßigen Abständen nach deinem Wohlbefinden zu erkundigen. Vor allem dann, wenn ich dir deine Müsliriegel wegesse.« Aus irgendeinem Grund möchte ich, dass Edward weiß, dass er mit allem zu mir kommen kann. Vielleicht damit er merkt, wie viel mir unser Wiedersehen bedeutet, und er sich dann nicht weiter unsicher fühlen muss, so wie er es im Bus behauptet hat. »Und wenn du genauso mitgenommen wirkst wie Maria gestern, dann –«

»Ich habe nur eine Allergie.«

Jetzt schnieft er und dabei wandert sein Blick hoch zu den Bäumen. »Ich reagiere auf Erle und Haselnuss, aber nicht darauf, dass du einen Müsliriegel isst, den ich dir freiwillig angeboten habe.« Jetzt lächelt er richtig, was mich erleichtert. Seine Stimmung hat rein gar nichts mit mir zu tun und es ist mir ein wenig peinlich, dass ich es sofort auf mich bezogen habe.

»Bist du dir da sicher?«

Edward grinst breit und ich bin froh, dass mein schräger Humor wirkt. »Arbeitest du eigentlich Vollzeit als Tourguide oder ...« Er schnieft wieder und weil ich seinen dunklen Augen ausweiche, wirft er einen Blick auf den Lautenspieler. »Bist du mittlerweile erfolgreiche Sängerin?«

Edward hat es sich also gemerkt. Mein Puls schnellt in die Höhe, daran ändert auch sein Sarkasmus nichts. Das muss der Grund sein, warum mein Verstand kurz aussetzt und ich ihn einen zu langen Moment dämlich grinsend anstarre. »Das weißt du noch?«

»Was dich anbetrifft, habe ich mir jede Kleinigkeit gemerkt.«

Oh. Das umfasst auch mein Geheimnis. Oder? Definitiv ja.

Ich versuche mich an einem Lachen, das auf halbem Weg erstickt und als Röcheln aus meiner Kehle kommt. »Gruselig, sehr, sehr gruselig.«

»Passt ja hierher.« Er räuspert sich. »Also ... was ist? Sitze ich gerade der deutschen Taylor Swift gegenüber?«

»Pah!« Ich stoße einen absichtlich empörten Seufzer aus. »Ich habe mittlerweile viermal Platin gewonnen und drei Nummer-eins-Alben aufgenommen, aber von meinen Eltern lasse ich mich gern trotzdem weiterhin einspannen.«

Edwards Augen werden wieder schmal. Seine Augenbrauen heben sich Sekunden später.

»Nur ein Witz«, sage ich schnell. »Ich stand seit San Diego auf keiner einzigen Bühne.« Ich nicke in Richtung des Lautenspielers, der sich vor ein paar Minuten an einen der Tische gesetzt hat und gerade an einem Bierkrug nippt. »Obwohl ich sogar das lieber machen würde als ...«

Ich habe mich kaum unterbrochen, da bin ich über mich selbst erschrocken, weil es sich nicht nur so anhören muss, als wäre ich unzufrieden mit meinem Job als Tourguide ... ich habe mich auch über einen Künstler lustig gemacht.

»Das sollte nicht herabwürdigend klingen. Der Lautenspieler macht seine Sache super! Ich bin natürlich nicht in der Position, das zu beurteilen. Wir müssten vermutlich seinen Chef fragen. Da wir auf einem Mittelalterfest sind, wäre das wohl der König.« Ich halte mir eine Hand vor die Augen, weil meine Erklärung alles nur noch peinlicher macht. »Ich mag meinen Job und arbeite Vollzeit für das Reiseunternehmen. Ich unterstütze meine Familie so gut, wie es eben geht. Kannst du bitte nur das abspeichern und den Rest vergessen?«

»Was vergessen?«

»Dass ich ... ah, ich verstehe. Danke.« Ich bin froh, dass Edward lacht, und habe gleichzeitig Panik, dass wir als Nächstes erneut auf meinen Bruder zu sprechen kommen.

»Und bei dir?«, lenke ich deshalb auf ihn, senke aber zur Sicherheit den Blick, damit er nicht mitbekommt, wie aufgewühlt ich gerade bin.

Doch sobald ich aufschaue, merke ich, dass etwas nicht stimmt, weil sich Edwards Lippen kräuseln. Seine Kiefer spannen sich an. Als sich unsere Blicke treffen, schüttelt er den Kopf und sagt betont sachlich: »Ich studiere.«

Meine Nachfrage war wohl eine ziemlich blöde Idee, doch mir will nicht einfallen, wo das Problem liegt. Ich habe ihm erzählt, dass ich meine Eltern mit aller Kraft unterstütze, und er ... O nein. Edwards Eltern sind tot. Wie unsensibel von mir. Er könnte meine Nachfrage auf seine Familie bezogen haben. Ganz bestimmt habe ich ihn damit gekränkt.

Edward beobachtet mich. Er hat den Kopf leicht in den Nacken gelegt, als lausche er meinen Gedanken. »Worüber denkst du nach?«

»Ich ... frage mich gerade, wieso ich nicht einfach den Mund halten kann.« Ich hebe eine Hand, um mich selbst am Weiterreden zu hindern, und schaffe es ja doch nicht. »Es tut mir leid. Das war unüberlegt. Vielleicht, also ... soll ich uns lieber zwei Bier holen und den Rest der Reise schweigen?«

»Ich trinke nicht«, sagt er. »Und da du unser einziger Tourguide bist, wäre ich gegen ein Redeverbot. Ansonsten könnten die kommenden Tage sehr unangenehm werden.«

Das sollte bestimmt nur ein Scherz sein, aber ich bilde mir ein, einen ernsten Ausdruck über Edwards Gesicht huschen zu sehen. Aber wegen der Allergiesache eben verbiete ich mir jeden weiteren Gedanken dazu.

»Was studierst du denn?«, frage ich stattdessen.

»Nachhaltiges Ressourcenmanagement und Englisch.«

»Das klingt total spannend! Und tausendmal vernünftiger, als für ein Reiseunternehmen zu arbeiten.«

Edward zieht die Unterlippe zwischen die Zähne. »Na ja«, sagt er, »eigentlich müsste ich gerade im Vorlesungssaal sitzen und lernen. Stattdessen lasse ich es mir in Deutschland gut gehen und meinen Kommilitonen für mich an unserer gemeinsamen Hausarbeit arbeiten. Zu meiner Verteidigung: Collegesportlern wird eh ständig nachgesagt, sie seien faul und unvernünftig. Ich erfülle also nur ein Klischee.« Er grinst wieder.

»Gut zu wissen. Welchen Sport machst du denn?«

Meine Nachfrage führt dazu, dass Edward seinen Oberkörper entspannt. Ich will mir ja eigentlich jegliche Spekulation verbieten, aber er wirkt so, als würde er sich mit diesem Thema wohler fühlen. »Ich spiele Collegebasketball.«

»Echt …?« Ich habe keine Ahnung von Basketball und erinnere mich auch nicht daran, dass Edward mir in San Diego etwas über seine Leidenschaft zum Ballsport erzählt hat. »Ich kenne die Kombination Schule und Basketball nur aus *High School Musical*.«

»Oh, bitte nicht!« Er lacht. »Denkst du, dass ich während der Spiele singe und tanze?«

»Natürlich nicht.«

»Na ja, so beschissen, wie wir im Moment spielen, könnten wir es auch einfach versuchen und unseren nächsten Gegner in die Knie jaulen.« Was er sagt, klingt lustig und locker, wozu diesmal immerhin auch sein Gesichtsausdruck passt. Aber in seinen Augen blitzt kein Humor auf. »Soll ich dir mein nicht vorhandenes Talent beweisen?«

Ich schüttle den Kopf. »Schon okay, ich glaube dir.«

»Leute!«, ruft da plötzlich Olivia hinter mir. »Schaut mal, was ich hier habe!« Sie setzt sich neben mich und legt einen braunen Lederbeutel vor uns auf den Tisch. »Edelsteine.« Aufgeregt wackelt sie auf der Bank hin und her, während sie die schwarze Schnur aufknotet. »Wie bei Taylor und Travis Kelce. Ich konnte auf dem Rückweg nicht daran vorbeigehen.«

Edward starrt die kleinen, bunten Steine an, die klirrend aus dem Beutel auf das geschliffene Holz purzeln. »Was zur Hölle?«

»Ich komm gerade auch nicht mit. Wer ist dieser Travis-Typ?«

»Tight End bei den Chiefs«, kommt es trocken von Edward, was mich nur noch mehr verwirrt. Tight was? »Die Frage ist eher, wer ist diese Taylor?«

»Swift. Taylor Swift? Wir haben uns im Flieger über sie unterhalten?« Olivia fällt beinahe die Kinnlade runter. »Leben hier alle hinterm Mond, oder so?«

Ich muss mir ein Lachen verkneifen. »Ich glaube, Edward macht nur Witze.«

»Jep.«

»Ach so«, sagt Olivia. »Kurzer Swiftie-Gossip: Als noch nicht sicher war, ob Taylor Travis datet, wurde sie mit einem besonderen Schmuckstück erwischt. Es handelt sich um eine Kette mit einem Opal. Das ist der Geburtsstein des Monats Oktober. Ihr eigener Geburtstag kann es nicht sein, weil ja jeder weiß, dass Taylor am dreizehnten Dezember geboren ist.«

»Klar, ist Allgemeinwissen.«

»Edward Meyer!« Ich pruste los und beuge mich im selben Moment über den Tisch, um Edward einen gespielten Schlag zu verpassen. Olivia lässt sich davon nicht beirren.

»Aber ratet mal, wer am fünften Oktober Geburtstag hat!«

»Travis?«

»Exakt! Travis fucking Kelce!« Olivia ist noch immer nicht zu bremsen. »Sucht euch einen Stein aus, wenn ihr wollt. Leider weiß ich nicht, wie ein Opal aussieht, aber –«

»Der hier ist einer«, unterbricht Edward sie und greift nach dem einzigen bunten Stein. »Erkennt man an der Oberfläche.«

»Ooookay«, sage ich gedehnt, woraufhin Olivia einen ähnlich irritierten Laut ausstößt.

»Bist du ein Edelstein-Experte?«

»Nein, aber meine Schwester war ...« Edward stoppt sich und legt den Opal zurück auf den Tisch, ohne dabei den Blick von dem Stein abzuwenden.

War. Vergangenheit.

Ich muss mich am Stoff meiner Leggins festhalten, um meine Hände nicht erschrocken vor den Mund zu schlagen. Mein Herz rast. Warum bin ich mir plötzlich so sicher, dass auch Edwards Schwester verstorben ist? In meinem Kopf ploppen gleichzeitig eine Million unangebrachte Fragen auf. Wann ist es passiert? Vor unserem Treffen in San Diego? Danach? Wie ist es passiert? Habe ich mich an irgendeiner Stelle unpassend verhalten? Etwas Unangebrachtes gesagt? Oder überinterpretiere ich die Situation?

»Leni? Was sagst du dazu?« Olivias Hand taucht in meinem Sichtfeld auf. Sie scheint über Edwards Worte weniger irritiert zu sein.

»Entschuldige. Was?«

»Ob ich uns drei Bier holen soll?«, fragt Edward, und das anscheinend nicht zum ersten Mal.

»Äh, ja, also ... klar. Wenn du ... magst?« Perplex ziehe ich meinen Geldbeutel aus meiner Tasche und gebe Edward die Geschäftskreditkarte. Ich dachte, er trinkt keinen Alkohol?

Ich suche nach seinem Blick, doch er weicht mir aus und schaut stattdessen zu Olivia. »Zu Lenis Verteidigung: Die Taylor-Swift-Geschichte hat mich eben auch kurz sprachlos gemacht.«

Und weil ich nicht weiß, was ich darauf sagen soll, nehme ich unter Olivias Gelächter den Opal zwischen zwei Finger und betrachte die warmen Lichtschimmer, die auf seiner Oberfläche um die Wette tanzen.

War.

Vergangenheit.

YOSEMITE I

(PILEA PRINT, 2015)

Edward

Der Vormittag stand zur freien Verfügung. Nach einem ausgiebigen Work-out, Jogging und einem Abstecher zu einem kleinen Supermarkt im Dorf habe ich auf einem öffentlich zugänglichen Basketballplatz neben einer Schule ein paar Körbe geworfen und mich nach dem Mittagessen schließlich für ein paar Stunden ins Hotelzimmer zurückgezogen.

War. War. War.

Ich höre meine eigene Stimme seit gestern Abend auf Dauerschleife in meinen Ohren, obwohl ich nach dem Aufstehen mit lauter Musik dagegen ankämpfe. Ich wollte aus einem mir unbekannten Drang heraus über Hannah sprechen und das ist der Grund, warum ich am liebsten aufspringen und noch vier weitere Runden joggen würde.

Lenis Nähe gibt mir ein warmes Gefühl. Es kommt direkt aus meinem Brustkorb, schwappt dabei aber offensichtlich über und erreicht unbekannte Stellen in meinem Inneren, die so eiskalt sind, dass die wohlige Wärme auf ihnen wie Feuer brennt. Und wehtut.

Ich presse die Schuhe auf die Fußmatte, atme kontrolliert und konzentriert, weil ich mir den Gefühlsausbruch, dem ich nur mit Sport entgegenwirken kann, im Reisebus nicht erlauben darf.

Wir sind in Richtung Schloss Neuschwanstein unterwegs. Bei Nieselregen schlängelt sich unser Bus durch die engen Gassen des malerischen Ortes vor dem Hintergrund schneebedeckter Bergebenen. Die Strecke führt vom Dorf auf eine Landstraße bis zu einem Parkplatz, wo wir in einen Shuttlebus umsteigen, und dann ein gutes Stück weiter durch einen Wald Richtung Schloss. Die Bäume verschwimmen zu einem grünen Band, das immer wieder von Lichtungen unterbrochen wird. Und als der Nieselregen nachlässt, öffnet Maria neben mir ein kleines Fenster, wodurch kühler Wind durchs Innere des Busses weht. Er riecht hier im Wald ganz anders. Ich atme tief durch und blase mir so den Kopf frei.

Knapp zehn Minuten ist der Bus schon unterwegs, als Leni der Gruppe erzählt, dass das Schloss der idealisierten Vorstellung einer mittelalterlichen Burg irgendeines übergeschnappten bayerischen Königs entspringt. Zustimmende *Ohs* und *Ahs* hallen durch den Shuttlebus, ehe wir eine Abfahrt passieren, die zur Burg führt. Oder viel mehr zu einem gigantischen Prachtbau, der mir den Atem verschlägt.

Ich bin kein großer Fan von Erinnerungsfotos, aber beim Aussteigen verhalte ich mich wie jeder andere Fahrgast, zücke mein Handy und knipse ein paar Bilder, von denen ich heute Abend – peinlicher Touri hin oder her – eines in meine Instagram-Story stelle.

»Schloss Neuschwanstein kann nur im Rahmen einer geführten Tour besichtigt werden. Ihr werdet vierzehn Räume sehen, die Führung dauert dreißig Minuten.« Leni wirft beim Gehen einen Blick auf die Uhr und beschleunigt ihre Schritte. »Ein englischsprachiger Tourguide erwartet uns am Eingang.«

Während die anderen mit Lenis Tempo mithalten, laufe ich etwas abseits der Reisegruppe. Mir ist aufgefallen, dass Leni beim Sprechen immer wieder das Gesicht zu einer Grimasse verzogen hat, sobald sie sich zu ruckartig bewegt. Während der Busfahrt war das auch schon so. Wenn es nicht total abwegig wäre, würde ich meinen, dass sie seit der Nacht plötzlich Schmerzen quälen. Auch jetzt wandert ihre Hand automatisch an ihre Hüfte, während sie auf den Schlosseingang zusprintet. Vor einem Mann mit Mikrofon und roter Weste bleibt sie stehen. Ich schaue dabei zu, wie sie scharf die Luft einzieht und dann die Kiefer aufeinanderpresst.

Moment, bemerkt denn sonst niemand, dass mit Leni etwas nicht stimmt? Oder beobachtet sie keiner der anderen so genau wie ich? Peinlich. Könnte sein, dass ihre Nacht wegen des Zimmerproblems ziemlich beschissen war. Bestimmt hatten sie nur noch in einer billigen Absteige etwas frei. Vielleicht teilt sie sich einen Schlafsaal mit zig anderen Touristen. Kann ich etwas sagen? Ihr etwas anbieten? Einen Zimmertausch? Nur dass ich damit ihre Professionalität untergraben würde und die ist Leni wichtig, das hat sie schon am ersten Tag deutlich gemacht.

»So, ihr könnt reingehen. Wir treffen uns in einer halben Stunde wieder hier.«

Ich schlucke. »Kommst du nicht mit?«

Sie schüttelt den Kopf und deutet über ihre Schulter. »Ich muss zurück zum Bus. Johann braucht mich für ... etwas.« Mir kommt es vor, als unterdrücke sie beim Sprechen ein schmerzgeplagtes Stöhnen, ehe sie sich mit einem »Bis später!« umdreht und geht. Wahrscheinlich, damit ich mir keine unnötigen Sorgen mache. Was sehr professionell ist. Heute trägt sie eine gefütterte Winterjacke und ich zwinge mich, meinen Blick weg von ihren zu Fäusten geballten Händen zu lenken. *Es geht mich nichts an*, hämmere ich mir in den Kopf, als Maria meinen Namen ruft und ich mich nun ganz von Leni wegdrehe und zu den anderen aufschließe.

Schloss Neuschwanstein ist trotz unzähliger Besucher, die sich mit uns durch die Räume quetschen, seltsam still. Der Ort sperrt den Alltag vor den Toren von jetzt auf gleich aus. Auf einigen Böden liegen rote Teppiche, antike Möbelstücke und beladene Tapeten füllen die Räume, hin und wieder wurden ganze Kunstwerke an die Wände gemalt. Von den Decken baumeln monströse Kronleuchter. Der Guide erzählt, die Gruppe lacht, staunt und fragt nach. So geht das Raum für Raum weiter. Nur ich bin nicht ganz bei der Sache.

Ich denke an Leni. In San Diego war sie viel schüchterner. Ihre gesamte Präsenz hat sich seitdem verändert. Ich bin mir sicher, dass sie mir heute nichts mehr über sich verraten würde, nur weil ich sie mit einer UNO-Karte dazu auffordere. Es ist ein seltsames Gefühl, wenn sich jemand verändert und man selbst nichts, aber auch rein gar nichts mit dieser Entwicklung zu tun hat.

Die darauffolgenden dreißig Minuten werde ich den albernen Gedanken nicht los. Daher bin ich froh, als die Führung endet und Leni uns wieder begrüßt. Wie ferngesteuert bleibe ich auf dem Rückweg zum Bus wieder in ihrer Nähe, als ob eine genauere Beobachtung alte, bekanntere Züge an ihr hervorbringen würde.

»Ist bei dir alles in Ordnung?«, fragt Imogen in diesem Moment an Leni gewandt, die sofort abwinkt und dabei nur schwer verhindern kann, dass sich ihre Gesichtszüge verhärten. Um ihre Antwort zu verstehen, gehe ich unauffällig schneller.

»Klar.« Sofort schießt Lenis Hand in Richtung ihres linken Fußes, erstarrt aber auf halbem Weg und landet stattdessen wieder auf der Hüfte. »Ich habe mir heute Morgen den Zeh gestoßen«, presst sie hervor, worauf Imogen ein verständnisvolles »Du Arme« erwidert.

»Schon okay«, platzt es erleichtert und gleichzeitig zu laut aus Leni heraus, nur um im nächsten Moment von sich auf Maria zu lenken, weil jetzt auch Imogen skeptisch schaut. »Maria, wolltest du nicht noch Erinnerungsfotos auf der Brücke mit dem Schloss im Hintergrund machen? Jetzt wäre der perfekte Moment dafür. Bis zum Abendessen haben wir ja noch ein bisschen Zeit.«

Damit steht für mich fest, dass Leni irgendetwas vor der Gruppe verheimlicht. Etwas, das mich noch immer rein gar nichts angeht.

»O ja!«, jauchzt Maria. »Mit den schneebedeckten Gipfeln ist das sicher superromantisch.«

Aber mit der Romantik ist das gar nicht so einfach, wenn zeitgleich über zwei Dutzend Touristen dieselbe Idee haben. Als wir auf der Marienbrücke ankommen, tummeln sich dort neben unserer

Reisegruppe noch zig andere Leute. Und wo auch immer Leni uns hinbringt, andere Touristen folgen ihr aus Sorge, sie würden sonst womöglich ein besonders tolles Fotomotiv verpassen. Sie knipsen sich beinahe gegenseitig über den Haufen, lachen und quatschen alle durcheinander. Direkt vor mir posieren Liam und Olivia für ein Selfie und daneben hantiert Maria an ihrem Fotoapparat herum. Nur Imogen sitzt, den Blick auf das Panorama vor uns gerichtet, alleine abseits auf einem Felsen. Die Erinnerung an meine Schwester kommt dabei so überraschend in mir hoch, dass sie mich beinahe umreißt.

Vor dem Tod unserer Eltern waren wir oft campen. Mom arbeitete in den Sommermonaten aushilfsweise als Rangerin in einem Nationalpark nahe ihrer alten Heimat Los Angeles, den Dad deswegen fast jedes Wochenende mit uns besuchte. Während ich mit ihm Holz für ein Lagerfeuer sammelte, angelte, das Zelt aufbaute und so ständig in Bewegung war, hockte Hannah meist am Ufer des Merced River und malte.

Meine Schwester liebte den Platz unter einer Hängebrücke, vor der ich, vor allem wenn es windig war, höllische Angst hatte. Hannah hat dann jedes Mal meine Hand genommen und mich sicher über diese Brücke geleitet. Sie hat alles für mich getan. Und nur ein einziges Mal hätte sie meine Hilfe gebraucht, so wie Hannah mein ganzes Leben lang mich unterstützt hat. Doch genau dann war ich vollkommen unzurechnungsfähig.

»Edward?«, fragt Leni in diesem Moment. »Soll ich vielleicht ein Bild von dir vor dem Schloss machen?«

»Schon okay.«

Leni schaut zu Imogen und nickt. »Imo habe ich auch schon gefragt. Sie will auch lieber ihre Ruhe.« Leni lächelt halb. »Sag Bescheid, wenn du etwas brauchst.«

Ich nicke und als Leni sich Maria zuwendet, die gerade fast zwei Touristen über den Haufen gerannt hätte, blicke ich über die mit

Tannen bedeckte, tiefe Schlucht. Dahinter ragt das Schloss wie eine Boje aus dem Tal. In der Ferne erkenne ich eine kleinere Bergkette.

»Äh, Leni? Kannst du vielleicht doch ein Foto machen?«

Ihr Kopf schießt nach oben. Anscheinend war sie so auf Marias Fotoapparat konzentriert, dass sie ihr Angebot schon wieder vergessen hat. »Ja«, sagt sie schnell. »Natürlich, klar.«

Ich krame mein Handy aus der Tasche, entsperre den Bildschirm und reiche es Leni, die mich daraufhin mit einem Fingerdeut an den Rand dirigiert. Der Regen ist mittlerweile stärker geworden, weshalb die Brücke rutschig ist. Ich schlittere ein Stück und dabei fällt mein Blick automatisch in den Abgrund, der ... Oh Gott, ist das tief! Von weiter hinten sah das noch nicht derart bedrohlich aus. Und es wackelt. Wieso wird die Brücke denn genau jetzt von einem Sturm erwischt? Oder sind das meine Beine? Ich zittere am ganzen Körper, bin völlig unfähig mich auch nur einen weiteren Millimeter nach vorn zu bewegen.

»Alles gut?«, fragt Leni mit einem warmen Ton in der Stimme. Weil ich nicht antworte, wiederholt sie meinen Namen und kurz darauf spüre ich sie neben mir. Sehen kann ich sie nicht, weil ich vor zehn Sekunden panisch die Augen geschlossen habe.

»Hast du Höhenangst?« Leni legt eine Hand an meine Schulter, und ich Angsthase schmiege mich ungefragt an sie. Ich nehme wahr, dass sie näher an mich rückt, und jetzt rutscht ihr Arm runter an meine Hüfte. Sie drückt ihren warmen Körper an mich, was sich durch den eiskalten Regen, der in mein Gesicht peitscht, irre anfühlt. Als würde ich außen frieren und innen brennen. Es ist ein peinlicher Gedanke, aber genauso ist es schön. Ich brenne, doch der kühle Regen sorgt dafür, dass ich nicht verbrenne.

»Du kannst die Augen aufmachen«, höre ich Lenis Stimme. Sie lässt mich noch immer nicht los.

»O-okay«, flüstere ich und blinzle. Um uns herum herrscht noch immer Chaos, von dem ich erst jetzt wieder etwas wahrnehme.

Und es sofort wieder verdränge, weil ich merke, dass Leni mich anschaut. »Ich hab dich, ja?«

»Okay«, wiederhole ich erneut.

Mit einem aufmunternden Lächeln dreht Leni uns, sodass wir mit dem Rücken zum Tal stehen. Dann hält sie mein Smartphone zu einem Selfie hoch. Der Bildschirm ist klitschnass, aber ich kann trotzdem darauf erkennen, dass Lenis Gesicht nur Zentimeter von meinem entfernt ist. »Lächeln!«, fordert sie mich auf und ich grinse schief in die Kamera, ehe Leni mir mein Handy zurückgibt.

»Ich glaube, es ist ganz schön geworden.«

Aber ich höre sie gar nicht richtig. Ich bin auf unser Bild fixiert. Die Aufnahme ist verwackelt. Doch das ist ganz egal. Denn sie und die ganze Situation rufen mir etwas in Erinnerung. Es ist dasselbe Gefühl, das mich wochenlang nach unserem Aufeinandertreffen in San Diego nicht loslassen wollte und das mit einem Mal zurück ist. Dass ich gemocht werde, wenn auch nur von einer fremden Frau aus Deutschland. Dass ich noch immer Glück und Hoffnung spüren kann, auch wenn ich ganz alleine bin. Und dass ich lachen will. Weil Hannah mein Lachen liebte und Leni das ... auch tut.

* * *

Nach dem Abendessen, bei dem Nudeln mit Tomatensauce als einzige vegetarische Option auf der Speisekarte standen, versammelt sich die Gruppe im Kaminzimmer der Pension, ehe es morgen weiter nach Leipzig geht. Im Halbkreis sitzen wir auf mit rotem Samtstoff überzogenen Sesseln um ein knisterndes Kaminfeuer.

»Darf ich euch zum Abschluss des Tages noch auf etwas von der Bar einladen?«, fragt Leni, nachdem sich alle überschwänglich bei ihr für die letzten zwei Tage bedankt haben. Mir fällt auf, dass sie sich noch immer vorsichtig bewegt. Aber ich vergesse es sofort wieder. Denn in meinem Kopf surren noch immer die Gedanken an unser Selfie. Ich wusste nicht, dass es möglich ist, ein uraltes Gefühl in gleichbleibender Intensität hervorzurufen. Das ist gruselig. Sollte es nicht eher ein hohles Echo sein? Wie verblasste Trauer und löchrige Erinnerungen?

Keine Ahnung, ob Leni sich auch nur ansatzweise vorstellen konnte, was in mir vorging, aber sie hat etwas bemerkt, da bin ich mir sicher. Sonst hätte sie mich auf der Rückfahrt und während des Abendessens nicht so neugierig beäugt. Was sie jetzt schon wieder tut, weil ich mir mit meiner Antwort viel zu viel Zeit lasse.

»Für mich ein Wasser«, sage ich, woraufhin Imogen mit einem »Ich helf dir tragen!« aufspringt und beide aus dem kleinen Zimmer gehen. Ich bilde mir ein, ein Klimpern zu hören, und denke an Imogens Edelsteine. Beinahe hätte ich mich gestern verplappert, was mich mittlerweile kaum mehr stört. Will ich mit Leni über alles reden? Dass sie weiß, in welchem kaputten Zustand sie mich in San Diego kennengelernt hat. Dass ich es in den letzten vier Jahren irgendwie hinbekommen habe. Die Sache mit dem Heilen. Aber nie richtig. Dass es noch immer wehtut. Und dass es vielleicht nie mehr wieder gut wird.

Es wird sich ein Leben lang so anfühlen, als wären sie alle morgen nach dem Aufstehen wieder da. Jeden Tag lernt man aufs Neue, dass es nicht so ist. Meistens komme ich damit klar, aber manchmal holt mich die Trauer dann doch ein, oft durch ein Erlebnis, ein Detail, das die Erinnerung weckt. Und manchmal auch einfach ohne Grund.

Wie gestern, als ich mich vor dem Mittelalterfest im Hotelbadezimmer im Spiegel betrachtet habe und es mich aus dem Nichts traf. Es gab keinen konkreten Auslöser. Ich klammerte mich mit den Händen am Waschbecken fest und heulte, bis meine Augen verquollen und gerötet waren. Diese Momente sind die schlimmsten. Weil sie eine Mischung aus Erkenntnis und Wut sind. Erkenntnis, dass sie nie mehr wiederkommen. Wut, weil mein Scheißhirn mich in diesem Augenblick ein weiteres Mal durch ihren Verlust schickt.

Bis Leni und Imogen mit den Getränken zurückkommen, versuche ich mir nichts anmerken zu lassen. Zum Glück ist die Gruppe nicht so aufmerksam wie Leni gestern auf dem Festival. Ich bin mir nicht sicher, ob sie mir die Sache mit der Allergie abgekauft hat. Bestimmt nicht. Trotzdem bin ich erst wieder so richtig im Raum anwesend, als ein Glas Wasser von Lenis Händen in meine wandert und ich mich damit an etwas festhalten kann.

Wir stoßen auf die ersten beiden Reisetage an. Ich mit Wasser, alle anderen mit Wein. »Habt ihr alle Rotwein bestellt?«, frage ich und trinke einen Schluck, ehe ich Marias Glas beäuge. »Der ist doch sicher staubtrocken, so dunkel, wie er aussieht. Wirkt ja fast wie Blut.«

Leni lacht los und ich frage mich, was daran so witzig ist, als ich es selbst bemerke. »Wegen Edward, richtig? Edward der Glitzervampir, ich verstehe.«

»S-sorry«, kichert sie. »Ich hab nur mit meinen Freun–«

»Der schmeckt aber ganz hervorragend«, unterbricht sie Maria, der ich einen schnellen Seitenblick zuwerfe. Was zur Hölle wollte Leni da gerade sagen? Dass sie ihren Freundinnen von mir erzählt hat? Und die haben mich mit diesem schrecklichen Vampir verglichen, oder was? Klasse.

»Das freut mich, Maria. An der Bar meinten sie, er sei von einem regionalen Weingut.« Leni gähnt und stellt ihr halb volles Weinglas zur Seite. »Lasst uns nicht mehr zu lange machen, okay? Wir müssen morgen früh los. Es ist ein gutes Stück bis nach Leipzig.« Leni klingt erleichtert darüber, das Edward-Thema nicht weiter vertiefen zu müssen.

»Was ist denn eigentlich mit Johann?« Maria trinkt ihr Glas aus und stellt es zurück auf den Beistelltisch neben ihrem Sessel. »Setzt er sich denn nicht auch mal zu uns?«

»Er hat ganz gern seine Ruhe«, antwortet Leni. »Und weil ich ja die Nächte … äh …« Hektisch nestelt sie an ihrem Pullover und zu meiner Überraschung höre ich meinen Namen. »Edward? Wirst du eigentlich oft auf *Twilight* angesprochen?«, fragt sie, aber schaut mich dabei nicht an.

Was geht hier gerade ab? Wenn Leni ausgerechnet auf dieses Thema zurückkommt, stimmt doch etwas nicht. Verbringt sie ihre Nächte im Reisebus und will nicht, dass jemand davon erfährt, oder was? Jedenfalls will sie mich noch immer nicht ansehen, als sie anfügt: »Wegen deines Vornamens, meine ich.«

»Dachte ich mir fast. Es passiert schon hin und wieder.«

Meine Worte schweben mitten im Raum. Leni schaut so hastig zu Boden, dass sie sich dabei sicher einen Muskel zerrt. Liam und Olivia lachen und Maria stöhnt: »So ein schlechter Film.« Nur Imogen schaut mich interessiert an.

»Ernsthaft?«, fragt sie. »Die Filme sind doch uralt.«

»Kennt ihr die Instagram-Seite, auf der sie die Reihe durch den Dreck ziehen?« Liam trinkt einen Schluck. »Es gibt doch diesen Werwolf, wie heißt er?«

»Jacob.«

»Er ist kein Werwolf.« Leni steht auf, geht wie ferngesteuert zu einem Karton, in dem Holzscheite aufgestapelt sind, und wirft einen ins Feuer. Wollte sie den Abend nicht eigentlich beenden? »Jacob wechselt ja nur seine Erscheinung. Er könnte sich genauso gut in ein … Kaninchen verwandeln.«

Maria zieht neben mir die Beine aufs Polster. »Dieser Jacob ist kein echter Werwolf und der Edward, der ist kein glaubwürdiger Vampir, das sag ich euch. Wenn ihr mich fragt, dann sind heutzutage eh alle Vampire Weicheier.«

»Kennst du denn den Grafen aus *Tanz der Vampire*?«

»Aus was?«

»Ein deutsches Musical, das vor Jahren auch am Broadway aufgeführt wurde, aber dort leider gefloppt ist«, erklärt Leni weiter und setzt sich wieder. Für einige Sekunden schaut sie mich an. Ihre Augen funkeln im Schein des Feuers.

Ich kann ihre Mimik nicht deuten und hoffe, dass sie in meiner sieht, wie sehr es mich freut, dass sie zumindest ihre Leidenschaft fürs Singen nicht aufgegeben hat. »Wie heißt das Lied?«

Wieder lächelt sie und sagt dann: »*Totale Finsternis*, aber ich glaube, ihr kennt es eher unter *Total Eclipse of the Heart* von –«

»Bonnie Tyler«, seufzt Maria im selben Moment, als Imogen »One Direction« sagt und entschuldigend die Schultern hebt.

»Der Song wurde richtig oft gecovert.« Maria beugt sich zu Imogen und tätschelt ihr die Schulter, bevor sie sich Leni zuwendet. »Mach das Lied doch mal auf Deutsch an, dann kann ich schauen, wie viel ich verstehe.«

»Wenn der Rest nichts dagegen hat?« Leni deutet auf ihr Smartphone, das sie aus ihrer Hosentasche gezogen hat.

»Überhaupt nicht.« Liam lächelt aufmunternd. »Zeig her!«

Leni tippt ein paarmal auf das Display ihres Telefons. Bevor sie das Lied startet, erklärt sie: »Ihr müsst euch dazu natürlich eine Bühne vorstellen mit atemberaubender Kulisse und krasser Choreografie. Die Wirtstochter Sarah ist hin- und hergerissen zwischen ihrer berechtigten Angst vor dem Vampirgrafen und der Leidenschaft, die in ihrem Inneren für ihn entfacht ist. Sie freut sich, dass sie sich nähergekommen sind, und gleichzeitig macht es ihr nur noch mehr Angst.« Leni beißt sich auf die Lippe. Lange kann ich nicht über die offensichtlichen Parallelen zwischen ihr und mir nachgrübeln, denn ... die Musik setzt ein. Und ein paar Sekunden später auch der deutsche Gesang.

Maria lauscht dem Songtext gespannt und ergänzt ihn hin und wieder um ein »Das hab ich nicht verstanden«, woraufhin ihr Leni erklärt, dass der deutsche Text, bis auf ein paar Ausnahmen, eine Übertragung aus dem Englischen ist.

Als ich zu Maria schaue, sehe ich, dass sie die Stirn gerunzelt hat. Zumindest so lange, bis der Refrain erklingt und sie freudig aufschreit. »Da, jetzt! Das kenne ich.«

Maria singt fröhlich mit und das ermutigt Olivia und Liam ebenso dazu auf Englisch einzusteigen. Selbst Imogen summt im Takt der Melodie.

Ich schaue zu Leni und die Blicke, die wir uns gefühlt eine halbe Ewigkeit lang zuwerfen, ermutigen mich miteinzustimmen. Ich sehe, wie sie sich bei der schiefen Tonlage, in der ich losträllere, ein Lachen verkneift. Sie zieht hörbar den Atem ein und dann ... singt Leni.

Innerhalb von Sekunden erfüllt ihre ausdrucksstarke Stimme das kleine Kaminzimmer. Und wir anderen werden mucksmäuschenstill. Ich spüre mein Herz pochen. Es hämmert hinter meinen Rippen und wummert mir bis in den Kopf. Ich würde meinem Herzen gerne mitteilen, dass es leiser sein soll, weil alles, was ich gerade hören will, Lenis Stimme ist. Sie hat beim Singen die Augen geschlossen und trotzdem kommt es mir vor, als würden sie lachen. Sie wirkt glücklich. Richtig, richtig glücklich. Und frei.

Irgendjemand könnte wieder mit in das Lied einsteigen. Aber jetzt schnippt Leni rhythmisch mit den Fingern und steht im nächsten Augenblick auf, und ganz ehrlich, so klingt ihre Stimme noch krasser, weil nun die Tiefe darin dominiert. Ich komme mir vor, als säßen wir in der Kirche. Atmet überhaupt jemand? Lenis Gesang ist wie eine Erscheinung. Sie singen zu hören ... ich mag es, wie sie manche Töne so lang zieht, bis sie in der Luft zerreißen. Ich habe keine Ahnung von Musik, aber so fühlt es sich für mich an. Als würde Leni einzelne Töne absichtlich durch den Raum tragen, bis sie explodieren und sich die Haare auf meinen Armen zur Gänsehaut aufstellen.

Am liebsten will ich ihr die ganze Nacht zuhören. Wobei, das stimmt nicht ganz. Eigentlich würde ich jetzt viel lieber aufstehen und mit ihr die nächste Stelle im Duett singen. Und als Lenis Stimme leiser wird, tue ich es einfach. Wenn ich den Tyler-Song richtig in Erinnerung habe, kommt jetzt ein etwas ruhigerer Part, den ich mir zumindest textlich zutraue mitzusingen.

»Once upon a time there was light in my life. But now there's only love in the dark. Nothing I can say. A total eclipse of the heart …«

Dieser winzige Moment ist wie anschwellende Musik in einem Thriller. Jede Sekunde werde ich kapieren, dass ich mich Leni während der ersten Zeile angenähert habe und dass sie es zugelassen hat, dass ich ihre Hand ergreife. Sie an mich ziehe und erst wieder loslasse, als die Musik mit dem Hintergrund verschwimmt und nur noch Leni ganz leise das bassige Outro des Vampirgrafen mit ihrer klaren Stimme begleitet.

O Gott, ich kann nicht glauben, dass wir gerade ein Liebesduett gesungen haben. Ein Vampir-Liebesduett. Verdammt. Das ist eigentlich ziemlich witzig, oder? Aber statt eines Lachens bildet sich ein Kloß in meinem Hals. Ich versuche mir zu sagen, dass wir hier nur gemeinsame Zeit in der Gruppe genießen. Gedankenleere Abende, lustige Gespräche, nichts Tiefgründiges. Es kann nicht die Realität sein, dass Leni und ich uns irgendwelche unausgesprochenen Gefühle über einen Vampir-Song mitteilen. Ganz sicher nicht.

»Ja, das war ja mal eine Show«, sagt Maria, die sich als Erste wieder fängt und beim Aufstehen freudig in die Hände klatscht.

»Huiuiui!« Mit einem Grinsen schaut Imogen zu Leni, die beide Brauen hebt und dabei kein bisschen bei sich wirkt. Es scheint, als würde sie erst jetzt merken, dass es keine gute Idee war, ein Liebesduett zu singen. Mit mir. Vor Menschen, die wir erst seit wenigen Tagen kennen.

»Kannst du uns den deutschen Text übersetzen?« Olivia greift nach ihrem Handy und kurz darauf liest sie eine Zeile aus dem Lied auf Deutsch vor.

Leni erwidert nichts. Niemand sagt etwas. Bis auf die Melodie eines anderen Liedes aus dem Musical ist es unerträglich still.

»Es bedeutet … also …«, setzt Leni dann doch stammelnd an, »dass man sich in einem Meer voller Gefühle befindet und einfach kein Land sieht.«

»Eine tolle Metapher«, sagt Maria, »und am Ende singt er, dass mit jeder Stunde des Wartens die Lust zwischen ihm und Sarah mehr entfacht wird.«

Ich schlucke. Ich schlucke so hart, dass meine Kehle schmerzt, und daran ist ganz sicher nicht das Singen schuld.

DIE ZÄRTLICHE BEGEGNUNG IST WIE EIN ZAUBERBANN. ES IST JA SO ROMANTISCH, ABER DAS DESASTER FÄNGT ERST AN.

Leni

Ich sitze in eine Decke eingehüllt mit eingeschalteter Handytaschenlampe, Schal und Mütze in der Tür des Reisebusses. Bis auf die kleinen Lichtkegel, die von den wenigen noch beleuchteten Zimmern im Hotel ausgehen, ist es stockdunkel und arschkalt. Wolken bedecken den Sternenhimmel über mir. Hin und wieder rascheln die Baumwipfel im angrenzenden Wald, wenn eine Windböe über den einsamen Hotelparkplatz fährt, auf dem Johann den Bus abgestellt hat.

In Frankfurt stand ich vorgestern im T-Shirt am Flughafen, jetzt kratzt mein Hals wegen der Kälte. Verfluchter April.

Gestern Nacht war es im Wageninneren definitiv wärmer. Da ließ es sich auf der steinharten Rückbank ja noch irgendwie aushalten, obwohl mich schon den ganzen Tag über schlimme Rückenschmerzen plagen. Deswegen musste ich mir eine Paracetamol aus der Reiseapotheke nehmen, während die Gruppe im Schloss Neuschwanstein war. Heute habe ich nun die zusätzliche Befürchtung, in der Nacht zu erfrieren. Nur das peinliche Gesangsduett mit Edward ist noch schlimmer. Was zur Hölle habe ich mir bloß dabei gedacht?

Dieses blöde Lied. Jedes Mal reißt es mich einfach komplett mit, was aber keine Erklärung für mein Verhalten ist. Wieso erlaube ich Edward, meine Hand zu nehmen, lasse mich an ihn ziehen? Es war

*NIEMAND SOLLTE ELTON JOHN KRITISIEREN.

ein Fehler, diese Tour zu fahren. Ich hätte Nein sagen sollen. Weil mich anscheinend noch immer viel zu viel mit Edward verbindet. Er übt eine unerklärliche Anziehung auf mich aus, wegen der ich mich völlig unprofessionell verhalte. Es ist ja beinahe wirklich wie mit diesem schrecklichen Vampir. Ich komme nicht von Edward los, fühle mich in seiner Nähe ganz berauscht. Immerhin ist er nicht scharf auf mein Blut, aber er weiß, dass ich für Jakob eine Grenze überschritten habe, und er könnte mich jederzeit danach fragen. Keine Ahnung, was von beidem schlimmer ist.

Heute hat er mich den ganzen Tag über beobachtet, was ganz bestimmt am Mittelalterfest liegt. Ich glaube, ich bin der schrecklichste Mensch der Welt, dass ich Edward aus Angst, wir könnten auf mich zu sprechen kommen, nach der Edelstein-Sache nicht einfach nur umarmt habe. Er sah richtig mitgenommen aus und ich werde das Gefühl nicht los, dass die Allergie nur eine Ausrede war und er vor dem Festival geweint hat. Wegen seiner Schwester?

Ach ja, und da wäre dann natürlich das Selfie. Edward hat das Bild angestarrt, als wäre etwas damit nicht in Ordnung obwohl ich es ganz niedlich fand.

Seitdem hat mein Kopf praktisch einmal das Schleuderprogramm durchgemacht mit zig Umdrehungen und dann fällt im Kaminzimmer auch noch Jakobs Name.

Vielleicht kann ich nicht länger weglaufen. Davor, meiner Familie die Wahrheit zu sagen. Würde ich ans Schicksal glauben, so allmählich sähe ich hinter Edwards erneuter Rückkehr nach Deutschland einen größeren Sinn. Aber ich glaube eben nicht an ein Zeichen des Universums. Ich halte mich lieber an die Realität. Die ist im Moment anstrengend genug.

Also versuche ich, mich mit etwas Schönem abzulenken. Und mein Kopf ist wohl der Meinung, dass das Gesangsduett etwas Schönes ist. Mir wird ganz heiß, weil ich mich nun an den Moment zurückerinnere, als ich Edwards festen Körper an meinem spürte.

Und das Gefühl, wie sich sein Brustkorb hob und senkte, beschert mir am ganzen Körper Gänsehaut. Ich male mir aus, was wohl passiert wäre, wenn niemand außer uns im Raum gewesen wäre. Hätte ich meine Hand irgendwann unter sein T-Shirt gleiten lassen? Wäre seine hinunter zu meiner Taille gewandert, um mich noch enger an sich zu pressen? Dabei wäre vielleicht mein Pullover verrutscht und ich hätte mich absichtlich so bewegt, dass Edwards warme Finger auf meine Haut treffen. Edward würde sich ganz sicher entschuldigen wollen. Weil er mich schon wieder angefasst hat. Doch mein Finger hindert ihn daran. Selbstbewusst lege ich ihn auf Edwards Lippen, spüre seinen heißen Atem an meiner kühlen Haut. Ich will, dass er mich berührt und mich festhält. Das sage ich ihm so. Ich bitte ihn darum. Und er gehorcht mir. Sein Blick ist dabei die ganze Zeit auf meinen Mund geheftet. Er will mich küssen und ich will es ganz genauso. Er wollte mich wiedersehen und ich wollte es ganz genauso. Es ist völlig egal, ob unser Kuss, ob diese Reise Konsequenzen hat. Ob die Reisegruppe etwas ahnt. Ob wir einen Schritt –

Oh. Mein. Gott. Das geht zu weit. Aber immerhin ist mir jetzt nicht mehr kalt. Ich glühe vor Scham und Hitze. Und ich habe die Geräusche um mich herum verdrängt.

Ein menschenleerer Parkplatz irgendwo in der bayerischen Pampa ist nämlich der denkbar schlechteste Ort zum Schlafen, wenn man niemandem Bescheid sagt und gestern im Wald noch über Axtmörder und Serienkiller geredet hat. Es knackst schon wieder neben mir. Noch mal. Und –

Mein Handy gibt ein *Pling* von sich. Ich schrecke zusammen und muss über mich selbst lachen. Mit den Fingersitzen taste ich nach dem Gerät und tippe auf den Bildschirm, der sich daraufhin erhellt. Der Akkubalken springt von Grün auf Gelb. Nein. Nein. Nein. Im Bus gibt es keine Lademöglichkeit.

Jetzt kriege ich doch Panik. Was wahrscheinlich völlig irrational ist. Aber das Handy ist meine Gewissheit, jederzeit irgendwen anrufen zu können, damit er runterkommt und mir hilft. Die Vorstellung, dass der Akku ausgeht, während ich schlafe, ertrage ich nicht. Auf gar keinen Fall. Sofort bombardiert mein Verstand mich mit einer Erinnerung an den einzigen Horrorfilm, den ich je in meinem Leben gesehen habe. Ein einsames Häuschen, ein völlig kranker Psychopath und ein paar ungeklärte Mordfälle. Oh, es ist so was von unrealistisch, dass sich genau heute ein Killer auf den Weg zu exakt dem Parkplatz macht, auf dem ausgerechnet ich übernachte. Aber die Vorstellung bekomme ich nun nicht mehr verdrängt.

Ich bin so ein Schisser. Damit ziehen mich sogar Ella und Charlie ständig auf. Selbst beim Fernsehen schalte ich grundsätzlich panisch weiter, wenn der Hinweis aufleuchtet, dass der Film für Zuschauer unter achtzehn Jahren nicht geeignet sei.

Jedenfalls muss ich mein Handy aufladen. Leider trübt ein Blick auf die Uhrzeit jegliche Hoffnung. Es ist zwar erst halb elf, aber der Check-in endet um zehn, womit feststeht, dass ich über den Empfang nicht ins Hotel komme. Und ohne Zimmer habe ich natürlich auch keine Karte, mit deren Hilfe sich die Glasschiebetür problemlos öffnen lassen würde.

Vielleicht probiere ich es über die Terrassentür? Beim Abendessen war sie jedenfalls unverschlossen. Ich kann den schmalen Kiesweg zum Hotelgarten sogar von hier aus erkennen und jetzt, wo ich mein Handy hochhebe, scheint der breite Strahl der Taschenlampe über den Parkplatz fast bis zum Hotel. Ich hole mein Ladekabel aus dem Bus, senke den Blick, die Finger fest um das weiße Kabel verkrampft, und renne so schnell los, dass mein Verstand nicht mal die Möglichkeit hat, deswegen durchzudrehen. Und tatsächlich wird mein Mut mit einer offenen Terrassentür belohnt.

Ich glaube, noch nie in meinem Leben hat mich das Summen meines Handys so sehr befriedigt wie in diesem Augenblick. Mir fällt nichts ein, womit ich mir die Zeit vertreiben kann, die das Handy braucht, um wenigstens zur Hälfte vollzuladen, weshalb ich mich in der Dunkelheit neben der Steckdose auf die Knie sinken lasse und gegen einen Büfetttisch lehne. Was Edward wohl gerade macht? Die Gruppe hat noch immer mit Jetlag zu kämpfen, womöglich liegt er also schon im Bett und schläft oder er schaut Basketball. Oh, ganz schlechtes Stichwort, aber immerhin ein willkommener Zeitvertreib. Wie zur Hölle kam ich gestern eigentlich auf *High School Musical*? Ich habe diesen verdammten Film nur ein einziges Mal gesehen. Okay, ich schwärme ein bisschen für Zac Efron. Aber jeder weiß, dass der Schauspieler im ersten Film gar nicht selbst gesungen hat und außerdem –

O Gott, was war das für ein Gepolter? Ich atme absichtlich flach, um in der Dunkelheit nach einem weiteren Geräusch zu lauschen. Doch da ist nichts. Wahrscheinlich ist irgendwo ein Stuhl umgefallen. Kein Grund zur Panik. Alles ist …

Ich höre Schritte. Da geht jemand durch den Flur. Shit, das ist gar nicht gut.

Fieberhaft überlege ich, wie ich einem Mitarbeiter erklären will, dass ich kurz nach elf im dunklen Speisesaal ausharre, wo ich den Leuten am Empfang gestern noch versichert habe, dass unweit ihres Hotels zufällig ein Zimmer frei ist.

Mein Herz springt mir gleich aus der Brust, als ich mit einem Satz auf die Beine hüpfe, wobei mein Handy von meinem Schoß zu Boden poltert und – Mist! Es rutscht über den glatten Boden unter den Büfetttisch. Hektisch taste ich mit den Fingern nach dem Gerät, ehe ich es aufgebe und halb unter die weiße Husse krieche, bis ich mein Handy erreiche und es erleichtert an mich reißen kann, ehe …

»Leni?«

Mir bleibt das Herz stehen, als ich meinen Namen höre, und es verkrampft sich Sekunden später, weil ich Edwards Stimme erkenne. Ich stoße in Gedanken ein Gebet aus, aber um ehrlich zu sein, hat Beten bei mir noch nie geholfen. Vermutlich wissen die da oben, dass ich meine Clubmitgliedschaft nach dem achtzehnten Geburtstag gekündigt habe.

»Was machst du denn da?«, fragt Edward undeutlich, weil er sich anscheinend ein Lachen verkneift. »Hast du deine Fleißsternchen unter dem Tisch verloren?«

Ich will ihn umbringen! Übertrieben langsam krabble ich unter dem Tisch hervor, hocke mich auf die Fersen und blinzle. In der Dunkelheit erkenne ich nur einen Riesenschatten, der an der Tür steht. »Mein Handy ist beim Laden runtergerutscht.«

»Wieso lädst du es denn nicht in deinem Zimmer?«

»Dort funktionieren die Steckdosen nicht. Ist ein altes Zimmer. Könnte auch Stromausfall sein. Ich wollte jemandem am Empfang Bescheid geben, der aber um die Uhrzeit nicht mehr besetzt ist. Im Reisebus gibt es leider keine Auflademöglichkeit und deshalb bin ich zu eurem Hotel gelaufen. Die Terrassentür stand zufällig offen.«

»Ah, das ergibt natürlich Sinn. *Dieses* Hotel hat jedenfalls Strom.«

Im nächsten Moment kneife ich die Augen zusammen, weil Edward den Lichtschalter betätigt und es im Raum taghell wird. Er trägt eine rot karierte Schlafhose, dazu Socken. Keine Schuhe. Seine Haare sind zerzaust und das Schlafshirt ist links ein Stück hochgerutscht. Es ist dasselbe Logo darauf zu sehen, das ich von Liams Kappe kenne, ein Eichhörnchen mit einem Basketball. So richtig viel Zeit hatte Edward offenbar nicht, bevor er in Richtung Speisesaal gelaufen ist. Und damit hat mein mit Panik überflutetes Hirn endlich ein Ablenkungsmanöver gefunden.

»Was machst du eigentlich hier?«, entschlüpft es mir. »Sieht eher so aus, als ob du ins Bett gehörst.« Dabei wandert mein Blick automatisch zu Edwards Hosenbund, in den er gerade das T-Shirt zurückstopft. Mir fällt auf, dass er vorhin gar nicht irritiert klang, als er mich unter dem Büfetttisch ertappt hat. Oh.

Hat er mich etwa ... gesucht? Bitte nicht. Bitte, bitte nicht.

»Leni? Ich glaube, wir wissen beide, dass ...«

Gott, ich flehe dich an, irgendetwas, gib mir irgendetwas. Und genau da vibriert mein Handy.

Jakob.

Ich unterdrücke erst einen überraschten Schrei, dann mein debiles Grinsen. »Sorry, mein Bruder ruft an.« Erst beim zweiten Anlauf gelingt es mir, das Handy ans Ohr zu bugsieren, woraufhin Edward nickt. Seine Augenbrauen sind zusammengezogen, die Stirn liegt in Falten. Er glaubt mir nicht, so viel steht fest. Deshalb kann ich meinen Blick auch nicht von seinem breiten Rücken lösen, als er sich kommentarlos umdreht und Richtung Tür geht. Doch dann höre ich Jakobs Stimme.

»Leni? Hast du Zeit?« Jakob holt tief Luft. »Bitte?«

Damit liegt meine Aufmerksamkeit allein auf meinem kleinen Bruder. »Natürlich. Ja.« Mehr bringe ich vor Edward nicht über die Lippen. Er weiß etwas, von dem mein Bruder nichts ahnt. Weil ich meiner Familie seit vier Jahren die Wahrheit verschweige. Dass Jakob illegale Substanzen zur Leistungssteigerung konsumiert hat und ich die Angelegenheit für ihn mit Thomas klären wollte. Weil der ein Freund der Familie ist. Weil er Jakob seit dessen Kindheit fördert. Und ... weil ich dachte, dass ich ihm vertrauen kann. Ihm und mir selbst.

Ich warte, bis Edward aus dem Raum ist, dann bricht es aus mir heraus. »Geht es dir gut? Was ist denn los? Du hast mich noch nie einfach so ignoriert. Jakob, ich habe mir echt Sorgen gemacht. Ich kann es einfach nicht fassen, dass du suspendiert ...« Ich halte inne. Dann sage ich: »Ist alles okay mit dir?«

Er wartet lange mit seiner Antwort. »Ich halte es zu Hause einfach nicht mehr aus. Mama und Papa haben ständig nachgefragt, aber sie würden mich nicht verstehen. Ich musste weg.«

»Jakob.« Ich stecke das Ladekabel wieder in die Steckdose, fahre am Rand meines Handys entlang und versuche Ruhe zu bewahren. »Wo kommst du denn gerade unter?«

»Bei Lars.« An seiner Stimme höre ich, dass ihm diese Lösung nicht gefällt. »Er lässt mich auf seinem Sofa pennen.«

»Ich wusste nicht, dass du mit eurem Torwart befreundet bist.« Mit Nachdruck rubble ich über die Fingerabdrücke auf dem Bildschirm, obwohl ich sie so nur verschmiere, aber wenn ich nicht irgendetwas tue, werde ich Jakob anbrüllen.

»Er versteht mich.«

»Und ich etwa nicht?« Ich stocke. »Bei was versteht er dich denn ... ich meine, ich kann nachvollziehen, dass du gerade nicht mit deiner Familie darüber reden willst, was letztes Wochenende beim Training passiert ist. Aber du wurdest von deinem Verein suspendiert und wir ackern doch nicht alle seit Jahren für deine Fußballkarriere, damit du riskierst, aus dem Verein zu fliegen. Bestimmt können wir die Angelegenheit als Familie lösen. Ich ... ich kann dir auch versprechen, Mama und Papa erst mal nichts zu sagen.«

Jakob kann doch mit allem zu mir kommen. Ich bin seine ältere Schwester. Das verpflichtet mich quasi dazu, für ihn da zu sein. Koste es, was es wolle.

»Bitte rede mit mir, Jakob. Es tut mir leid, dass du gerade in einer Situation bist, in der du dich so unwohl fühlst. Ich will dir helfen, da rauszukommen. Weißt du, dass Papa mit dir –«

»Ich habe seinen WhatsApp-Status gesehen.«

»Jakob, wir –«

»Ach, hör schon auf! Das ist doch lachhaft. Im Grunde hätte mich der Verein schon zigmal rauswerfen können – nein, *müssen*. Meine Leistung auf dem Platz ist seit Wochen grottenschlecht.« Er stößt ein Schnauben aus. Ich höre, was Jakob sagt, aber nichts davon klingt nach meinem Bruder. Okay, nein, das stimmt nicht. Jakob ist von Grund auf ehrlich. Er hasst Doppelmoral. Und da macht er auch bei sich keine Ausnahme.

»Du bist mit deiner Leistung unzufrieden, das verstehe ich. Aber Papa meinte, du wurdest handgreiflich?«

»Ich habe Lars eine verpasst«, sagt er, nur um sich im nächsten Moment zu verbessern, weil er mein Bruder ist und genau weiß, welche Frage ich jetzt im Kopf habe. »Ja, trotzdem übernachte ich bei ihm. Weil ich Lars mit allem recht gebe, was er mir vor unserem Streit vorgeworfen hat. Ich bin Thomas' verschissener Liebling. Wenn es nach ihm geht, würde ich immer spielen, selbst wenn ich zwei Elfer verhaue. Wegen Thomas gibt mir der Trainer eine Aufstellgarantie. Und das finde ich so verdammt ... ungerecht. Gott, ich habe geradezu darum gebettelt, dass Thomas endlich reagiert. Ich ...«

Er ringt nach Worten. »Ich habe Lars provoziert, weil ich genau wusste, dass er mir etwas an den Kopf werfen wird, weswegen ich auf ihn losgehe. Aber Thomas wollte mich trotzdem nicht suspendieren. Erst als der Trainer dazukam und ich Thomas vor seinen Augen als Wichser beschimpft habe, musste er durchgreifen. Aber das war richtig schwer für ihn. Als würde er damit einen riesigen Fehler begehen. Für mich ist das einfach nur schrecklich. Fußball ist Teamsport und im Moment lasse ich die Mannschaft mit meiner Leistung im Stich. Trotzdem pudert Thomas mir dafür den Arsch? Weißt du, womit mich Lars provoziert hat?« Wieder stößt er ein Schnauben aus. »Er wollte wissen, ob ich mich von Thomas als Gegenleistung ficken lasse, und ich wünschte, es wäre so, weil ich dann wenigstens eine Erklärung für seine ständige Bevorzugung hätte. Ich will keine Sonderbehandlung, nur weil irgendein Scout mal an mir interessiert war. Der hat sich danach nie wieder beim Verein gemeldet, weil ich ... ach, ich weiß doch auch nicht.«

Thomas bevorzugt Jakob, weil er *mein* Bruder ist. Scheiße. Das bohrt sich wie ein Stachel in meine Lunge. Ich keuche leise. Es sollte mir egal sein, was in Thomas' Hirn vorgeht. Aber das ist es nicht. Mir wird schlecht, wenn ich nur daran denke, weil es irre Heuchelei ist. Und dass mein Bruder jetzt auch noch skeptisch wird ... Es reißt mir den Boden unter den Füßen weg.

»Was willst du jetzt tun, Jakob?« Ich flüstere, weil ich riesige Angst vor seiner Antwort habe.

»Das weiß ich nicht.« Er atmet geräuschvoll ein. »Du hast recht. Die Familie tut viel für mich. Es ist beschissen, ich will Papa nicht kränken.«

Das verstehe ich. Ich höre ihm an, wie hilflos er ist. Und das kann ich besser nachvollziehen, als Jakob glaubt. Es ändert nur nichts daran, dass er weiterhin suspendiert bleibt, wenn er nicht mit Thomas und meinen Eltern redet.

»Leni? Meinst du, ich wäre bei einem anderen Verein genauso erfolgreich? Mein Erfolg hat doch nicht nur etwas mit Thomas zu tun, oder?«

»Natürlich nicht. Letztendlich entscheidet doch euer Trainer, wer spielt.« Eigentlich habe ich mir nichts sehnlicher gewünscht, als dass Jakob mit mir über alles redet. Aber der Gedanke, dass er an sich zweifelt, lässt ein schreckliches Gefühl in mir aufsteigen. »Vielleicht ... hast du schon mal darüber nachgedacht, den Verein zu wechseln?«

»Papa und Thomas sind beste Freunde«, sagt er knapp. Es ist dasselbe Argument, das ich vor vier Jahren gegen mich selbst verwendet habe. »Außerdem enterbt mich Papa, wenn ich beim neuen Verein versage.«

»Würdest du ganz sicher nicht. Und viel zu erben gibt es bei uns eh nicht, Jakob.«

»Stimmt«, sagt er und lacht zum ersten Mal während unseres Telefonats. »Falsche Familie.« Dann atmet er tief ein. »Kannst du das Ganze erst mal für dich behalten?«

»Versprichst du mir, dass du mit Mama und Papa redest, sobald du es kannst?«

»Jaja, wird gemacht. Spätestens, wenn du wieder in Berlin bist. Deal?«

Ich weiß genau, welchen Gesichtsausdruck er dabei macht. Deshalb habe ich jetzt einen Kloß im Hals. Weil ich etwas von Jakob erwarte, das ich selbst nicht hinbekomme. »Deal. Ich muss jetzt auflegen. Morgen geht's nach Leipzig und die anstehende Nacht werde ich wohl kaum ein Auge zubekommen.«

»Wegen diesem Amerikaner?«

Die Erklärung nehme ich. »Ja.«

»Na dann ... viel Spaß.«

»Bis bald, Jakob.« Ich lege auf.

Und dann straffe ich die Schultern, nehme mir mein Handy und laufe zurück zum Reisebus, wo ich ohne Selbstmitleid die zweite Nacht in Folge auf der Rückbank verbringen werde.

Als ich am Bus ankomme, fängt das Licht meiner Handytaschenlampe etwas Weißes ein. Ein Stück Papier, das auf einem Stoffhaufen vor der geschlossenen Schiebetür des Wagens liegt. Auf die Schnelle erkenne ich ein Kissen und eine Decke, beides eierschalenfarben.

Ich bücke mich und hebe den Zettel auf. Er ist nur lose in der Mitte gefaltet. Mein Herz schlägt schneller, als ich beim Öffnen als Erstes das Logo der Pension sehe.

Es ist ein Brief. Und er ist von Edward.

Damit steht fest, dass das Bettzeug auch von ihm ist. Automatisch fällt mein Blick auf die Unterkunft, aber wenn er an einem der dunklen Fenster stehen würde, könnte ich ihn eh nicht sehen, oder? Ich ziehe die Schiebetür auf, klettere auf die Rückbank und verriegele den Wagen, nachdem ich das Bettzeug reingeholt habe. Etwas raschelt zwischen dem Stoff. Aber zuerst klemme ich mir das Handy zwischen Kinn und Brust und streiche das Papier auf meinem Schoß glatt.

Mein Fenster zeigt zum Parkplatz, auf dem der Reisebus parkt, in dem du ganz offensichtlich schläfst. Gerade habe ich dich dabei ertappt, wie du dein Handy im Frühstücks-

saal geladen hast. Ich will nicht versuchen, dich zu etwas zu überreden, was du offensichtlich nicht willst, und deshalb biete ich dir auch nicht an, in meinem Zimmer zu schlafen. Obwohl ich finde, dass das eine gute Lösung wäre. Keine Ahnung, ob ich deine Professionalität (die mich unfassbar beeindruckt) untergrabe, indem ich dir zumindest mein Bettzeug gebe. Bevor du dich beschwerst: Die Heizung in meinem Zimmer funktioniert hervorragend. Ich werde nicht erfrieren.

Außerdem habe ich dir noch eine Kleinigkeit dazugepackt. Leider hat man sich in der Küche geweigert, die Falafeln zu frittieren. Ich hoffe, sie schmecken dir trotzdem wenigstens halb so gut wie in San Diego.

Schlaf gut.

Edward

VIER JAHRE ZUVOR, SAN DIEGO

Leni

Edward betrachtet mich eine gefühlte Ewigkeit und ich verschränke unter seinem intensiven Blick die Arme. Er sieht aus, als würde er jeden Moment explodieren. »Möchtest du mit mir darüber sprechen?«

Ich weiß es nicht. Ich bin jetzt seit vier Wochen in San Diego. Jedes Mal habe ich gelogen und behauptet, dass ich im Rahmen eines Schüleraustauschs hier sei. Aber vielleicht warte ich in Wirklichkeit nur darauf, dass mir jemand genau diese Frage stellt. Jemand Fremdes. Den ich nie mehr wiedersehe, wenn ich heute Abend zurück nach Deutschland fliege. Ich kann Edward erzählen, was mit der Jugendleitung von Jakobs Verein passiert ist. Damit transportiere ich den Vorfall von meinem Kopf in den einer anderen Person. Es ist bescheuert, aber so kann ich vielleicht damit abschließen oder das Geschehene zumindest ausreichend verdrängen. Wenn ich weiß, dass mein Geheimnis in einem menschlichen Tresor am anderen Ende der Welt aufbewahrt wird, wird es mir ja womöglich besser gehen.

»Leni?«, fragt Edward nach. »Hast du Angst davor, zu reden?«

»Ja.« Ich spüre erst jetzt, dass ich am ganzen Körper zittere. Ich glaube, selbst in der Umkleidekabine hatte ich nicht solche Angst wie in diesem Moment. Meine eigenen Worte machen mir Angst. Bisher wiederhole ich alles, was passiert ist, still in Gedanken. Spreche ich einen von ihnen laut aus, so tritt er vielleicht eine Lawine los, die immer größer wird. Bis sie so überwältigend ist, dass ich … lebendig begraben werde. Das darf ich nicht. Meine Familie braucht mich. »Ich habe mich viel zu sehr in das Leben meines Bruders eingemischt«, fasse ich daher ausweichend zusammen. »Ich denke, also ... es ist besser, wenn ich nicht weiter darüber spreche.«

»Ältere Schwester, hm?« Edward lächelt, als ich nicke, aber sein Lächeln ist eindeutig verkrampfter als die Stunden zuvor. Dabei wandert sein Blick Richtung Meer. »Das mit der UNO-Karte tut mir leid. Es war echt nicht in Ordnung von mir, dich so zu bedrängen. Ich habe dich ja quasi genötigt, mit mir zu reden. Weshalb du in Kalifornien bist, geht mich nichts an. So übergriffig verhält man sich auf keinem Date.«

Jetzt schaut er mich an, als warte er darauf, dass ich ihm recht gebe. Was ich aber nicht tue. »Mir ist es unangenehm, dass ich deine Eltern erwähnt habe. Ganz ehrlich, du hast nur von einem Thema abgelenkt, über das du genauso wenig reden willst wie ich über meinen Bruder. Das ist ganz normal. Ich würde dir jetzt versprechen, dass ich dich nie wieder so überrumple, aber na ja, es gibt ja kein zweites Date.«

»Außer wenn ich mich bei einer deiner Deutschlandtouren anmelde. Dann würden wir uns wiedersehen. Nur falls du das möchtest«, sagt er schnell und dabei suchen seine Augen mein Gesicht ab.

»Ich würde sagen, wir haben einen Deal. Falls ich Lust auf ein zweites Date habe, übernehme ich also einfach eine fiktive Tour, bei der du dich nur anmeldest, wenn du mich auch wiedersehen willst.«

Edwards Augen blitzen auf und ich muss lachen.

»Rein hypothetisch theoretisch.«

Das bringt auch Edward zum Lachen. »Deal – rein hypothetisch theoretisch.«

»... dann wirst du ziemlich viel Geld bezahlen müssen.«

Sein Lächeln fällt in sich zusammen. »Daran wird es nicht scheitern«, meint er. So schnell, wie sich der Ausdruck auf seinem Gesicht verhärtet, hat ihn meine Feststellung verletzt. Das begreife ich nicht. Doch ehe ich nachfragen kann, zwingt er seine Mundwinkel wieder nach oben. »Ich finde ... der Tag heute ...«, er stockt, »hat er dir gefallen?«

»Ja«, sage ich schnell. »Sehr sogar. Ist unser Date denn schon vorbei?« Zum Glück sieht Edward nicht, wie ich bei der Vorstellung das Gesicht verziehe.

Denn er holt sein Handy aus der Tasche, um auf die Uhr zu gucken. »Dein Flug geht in fünf Stunden und du brauchst eine knappe Stunde von hier zum Flughafen. Der Flughafenbus fährt sonntags nur stündlich. Willst du vorher noch etwas essen?«

Wie teuer es wohl wäre, einen Langstreckenflug zu verschieben? Innerlich lache ich auf. So ziemlich alles übersteigt das Budget meiner Familie. Den Aufenthalt in San Diego finanziere ich mir von einem Sparbuch, das meine Großmutter nach meiner Geburt für mich angelegt hat. Das Geld war eigentlich für ein Auto gedacht, welches ich aber weniger dringend gebraucht habe als ein paar Wochen Abstand zu meiner Familie. »Ich bin noch satt von den Falafeln. Am besten hole ich mir am Flughafen einen Burger.«

»Okay. Dann besser Variante B.«

»Was war denn Variante A?«

»Ich lade dich auf einen Burger ein.«

Ich schaue Edward an. »Und Variante B ...?«

»Bis der Bus kommt, gehen wir noch ein wenig am Strand spazieren. Vielleicht haben wir Glück und sehen den Sonnenuntergang.« Edward streckt die Hand aus. Für eine Sekunde zögere ich, dann ergreife ich sie. Dabei fällt mein Blick automatisch auf mein Handgelenk und ...

»D-das Armband«, presse ich hervor.

Als Edward daraufhin auf meine Hand schaut, spanne ich mich ganz automatisch an und er lässt mich, ein »Fuck« ausstoßend, los. »Dein Armband ist weg.«

»Es bedeutet mir alles. O mein Gott, Edward, wir müssen das Armband finden.«

Einen Moment lang befürchte ich, dass er nachfragt, aber dann reißt er die Picknickdecke zur Seite und beginnt den Sand darum Stück für Stück umzugraben. »Wir finden es, versprochen«, wiederholt er wieder und wieder, doch nach einer Stunde steht fest, dass es ein leeres Versprechen bleibt. Wir haben überall gesucht. Mein Vater hat mir das Perlenarmband gekauft, nachdem wir vor fünf Jahren zum ersten Mal in Akiras Stall waren. Der Anhänger ist schwarz, wie mein Pflegepferd. Mit seinem Geschenk wollte Papa sichergehen, dass ich meine wöchentlichen Pflichten nicht vernachlässige, was vor meiner Reise nach Kalifornien in fünf Jahren nicht ein einziges Mal vorgekommen ist, auch wenn anderes behauptet wurde. Akira bedeutet mir alles. Doch mittlerweile ist die einzige Erinnerung an sie der Anhänger an meinem Armband. Und der ist jetzt verschwunden.

»Leni ...?«

Edwards seltsamer Tonfall jagt mir einen Schauer über den Rücken. Perplex schaue ich auf. »Hast du das Armband ge–«

»Dein Bus steht an der Haltestelle!«, unterbricht er mich. »Der kommt erst in einer Stunde wieder. Komm, schnell ... nein, lass alles hier liegen! Das klaut niemand. Sag dem Busfahrer Bescheid. Dann wartet er. Ich hab deinen Rucksack. Renn, Leni!«

Und ohne nur eine Sekunde nachzudenken, rase ich zum Bus, Edward läuft ein gutes Stück hinter mir. Knisternd springen die Straßenlaternen an, als würden sie mich antreiben wollen. Mein Herz wird schwer. Edward keucht heftig unter dem Gewicht meines Gepäcks, aber sein Versprechen höre ich trotzdem. »Ich finde dieses Armband! Und wenn ich tagelang danach suche. Ich werde es finden.«

Kurz bin ich versucht, stehen zu bleiben und den Bus ohne mich abfahren zu lassen, aber dann winke ich wie verrückt, bis der Fahrer auf mich aufmerksam wird und die Tür öffnet. Er wartet, wie Edward gesagt hat.

Mit Seitenstechen komme ich am Bus an. Hektisch reiße ich meinen Rucksack an mich, während Edward mir ununterbrochen verspricht, dass er mein Armband findet. »Deine Handynummer«, stößt er hervor. »Ich schreibe dir nur, wenn ich es gefunden habe. Versprochen.«

Der Busfahrer reicht mir fast im selben Moment einen Stift, in dem Edward mir das UNO-Spiel geben will. »Ist deins.«

»Behalt es«, sage ich und schreibe eine Zahlenreihenfolge auf die Papierverpackung des Spiels, von der ich mir in der Aufregung nicht sicher bin, ob sie stimmt. Mein Herz hämmert so hart gegen meinen Brustkorb, dass ich nicht richtig nachdenken kann.

»Junge Dame? Ich spiel gern den Amor, aber mein Chef findet es nicht besonders lustig, wenn ich deshalb zu spät komme.«

Verdammt. Mir bleibt keine Zeit, die Nummer zu überprüfen. Sie wird schon stimmen.

»Nimm wenigstens die hier.« Edward reicht mir die rote Reverse-Karte. »Als ... Versprechen, dass du dein Armband zurückbekommst.«

»D-danke.« Meine Stimme zittert. Mein ganzer Körper bebt. Aber ich nehme die Karte, stecke sie in meine Jackentasche und drücke Edward zum Abschied. O Gott, er riecht viel besser als in meiner Vorstellung. Ich will nicht gehen. Aber ich gehöre nach Deutschland, in das Reiseunternehmen meiner Eltern. Vielleicht gibt es für Edward und mich irgendwo auf dieser Welt eine zweite Chance. Irgendwann. Nicht heute. Denn ab hier muss ich wieder alleine weitermachen.

»Ich hoffe, du findest das Armband.« Ich drücke mich fest an ihn. »Danke für unser Date. Für die Pepsi, die Falafeln und die ... Karte.«

»Danke für deine Handynummer. Das war der schönste Tag seit Langem.«

Mein Herz donnert schon wieder los wie eine Horde Wildpferde. »Bis bald.«

»Bis bald, Leni.«

Und damit drehe ich mich um und gehe.

DU BIST DAS WUNDER, DAS MIT DER WIRKLICHKEIT VERSÖHNT. MEIN HERZ IST DYNAMIT, DAS EINEN FUNKEN ERSEHNT!

Leni

Nie wieder werde ich eine weiche Matratze als selbstverständlich betrachten. In ein Handtuch gewickelt liege ich nach einer heißen Dusche auf dem wohl bequemsten Bett der Welt. Danke, Leipzig.

Mit einem tiefen Seufzer rolle ich mich auf den Rücken, ziehe die schwere Bettdecke bis zum Kinn hoch und schließe die Augen. Die anstehende Nacht wird die schönste seit Langem, so viel steht fest. Ein möbliertes Hotelzimmer ist der pure Luxus, wenn man die Nächte zuvor auf der steinharten Rückbank eines Kleinbusses verbracht hat.

Edwards Brief liegt neben mir auf einem roten Zierkissen. An den Seiten ist das Papier geknickt und die Kanten sind rissig, weil ich ihn schon mindestens hundertmal gelesen habe. Immerhin hat das dazugehörige Flattern in meinem Bauch den Rest der Nacht über zuverlässig meine Angst vor Axtmördern verdrängt. Und dank der Supermarkt-Falafeln hatte ich heute Morgen direkt nach dem Aufstehen etwas im Magen. Das war mehr als hilfreich, denn das Bettzeug zurück ins Hotel zu bringen, ohne dass die Mitarbeiter etwas bemerken, war ein schwieriges Unterfangen.

Beim Frühstück hat mir Edward seine Zimmerkarte gegeben, damit ich es zurückschmuggle, während er beim Joggen ist. Mein Herz

*EIN WEICHES BETT IST ABER AUCH EIN GUTER ANFANG.

pochte wie wild, als ich mich durch die leeren Hotelflure schlich und schließlich Edwards Zimmer betrat. Obwohl nur sein Gepäck neben der Tür stand und der Raum sonst sauber aufgeräumt war, ließ sich mein Herzschlag nicht beruhigen. Ich wollte mich mit einem Zettel bei ihm bedanken, nur dass es mich wahnsinnige Überwindung kostete, ein Papier aus dem Notizblock auf dem Schreibtisch zu reißen und etwas zu schreiben. Ich überlegte mir zig Einstiege und verwarf sie alle. Dann schrieb ich ein knappes »Danke« auf das Papier und legte es zu Edwards Koffer. Seitdem haben wir nur über das Nötigste geredet.

Dass er mich auf der Fahrt nach Leipzig nicht auf meinen Zettel angesprochen hat, verunsichert mich. Hat er ihn nicht gesehen? Oder habe ich ihn damit überrumpelt? Ich weiß es nicht. Vielleicht ist Edward auch einfach noch immer unsicher.

Der Abend in Leipzig steht den Teilnehmern jedenfalls zur freien Verfügung. Und auch wenn ich als Tourguide normalerweise trotzdem ein Auge auf die Reisegruppe haben sollte, verbringe ich die Zeit vor dem Schlafengehen im Bett. Stattdessen ist Johann heute ausnahmsweise mit der Gruppe in einer Bar. Das Hotel liegt direkt um die Ecke. Falls er meine Hilfe braucht, bin ich in wenigen Minuten angezogen und bei ihm.

Ich schnappe mir mein Handy, aber bisher hat mir Johann nicht geschrieben. Auf dem Bildschirm wird mir nur eine Nachricht von Ella angezeigt. Sie fragt, ob ich bei unserem nächsten Halt nach einem Häuschen sehen kann, in dem Otis' Familie immer übernachtet hat, wenn sie früher auf Rügen waren.

Seit seine Mutter gestorben ist, waren sie nicht mehr dort, aber wenn ich Ella richtig verstehe, planen er und seine Halbschwester Gloria nächsten Monat an die Ostsee zu fahren, um nach dem Tiny House zu sehen. Ella möchte sichergehen, dass die Hütte keinem Sturm zum Opfer gefallen ist, um Otis und Gloria den potenziellen Anblick zu ersparen.

Ich antworte ihr ein knappes: *Gar kein Problem, wir sind ab morgen auf Rügen.* Dann schwinge ich die Beine aus dem Bett und tapse ins Badezimmer, wo ich schnell die Toilette benutze und mir die Zähne putze. Es ist schon nach halb zehn, womit wohl feststeht, dass Johann auch ohne meine Unterstützung klarkommt. Nur in Unterwäsche hocke ich mich auf die Bettkante und überprüfe mein Handy.

Ella: Danke! Otis, Ria und ihr Vater nähern sich gerade wieder an. Ein gemeinsamer Familienurlaub wird sicher helfen. Und: Die *Dirty Feminists* haben sich auch für das diesjährige Rave-Festival beworben!

Leni: Was sagt denn dein Polizei-Freund dazu, dass du wieder bei einem illegalen Festival auflegen wirst?

Ella: Er weiß natürlich nichts davon. Du kennst Otis. Ich muss ihm das schonend beibringen.

Ella liebt Adrenalinkicks. Im Winter hat sie ihren Job als Erzieherin gefährdet, weil ihr DJ-Kollektiv heimlich bei unerlaubten Techno-Raves für gute Stimmung sorgte. Eigentlich wollten die *Dirty Feminists* danach nur noch bei angemeldeten Partys auflegen, woran ich Ella in meiner nächsten Nachricht auch erinnere.

Ella: Ich weiß, ich weiß. Ich bin auch immer noch super dankbar über das Angebot. Aber irgendwie fehlt mir der Kick.

Leni: Ella?! Sei vorsichtig! Hätte sich der Polizist, der dich letztes Mal erwischt hat, nicht zufällig in dich verliebt, wäre die Sache sicher anders ausgegangen.

Ella: Jaja, ist ja gut. Mein Dad ist wirklich der Einzige, der mich versteht.

Ellas Vater hat sie und ihre Mutter vor Jahren für eine andere Frau sitzen lassen und eine neue Familie in Kanada gegründet. An Weihnachten wollte er Ella dann in Deutschland besuchen und alles wiedergutmachen, doch er hat gekniffen. Dafür lernte Ella ihre Halbschwester kennen, die statt ihres Vaters nach Deutschland kam und mit der Ella mittlerweile richtig gut befreundet ist. Ihr Vater meldet sich wöchentlich, nur für einen Besuch hat ihm bisher der Mut gefehlt. Aber Ella wartet auf ihn, das hat sie versprochen.

Leni: Ich bin froh, dass du wieder Kontakt zu ihm hast.

Ella: Apropos: Wie läuft es mit Edward? Bist du die UNO-Karte mittlerweile los?

Ich beantworte ihre Nachricht mit einem lauten Stöhnen und kuschle mich unter die Bettdecke. Natürlich wissen Charlie und Ella darüber Bescheid, dass ich mein Armband in San Diego verloren habe und Edward mir die UNO-Karte als Versprechen gab, es wiederzufinden.

Leni: Frag nicht. Um ehrlich zu sein: Wir sind noch nicht auf das Armband zu sprechen gekommen. Aber hätte Edward es gefunden, er hätte es mir ganz bestimmt längst zurückgegeben.

Eine halbe Minute später vibriert mein Handy von Ellas Anruf. »Erzähl«, ist alles, was sie sagt.

»Und jetzt weiß ich nicht, wie ich reagieren soll«, fasse ich die vergangenen Tage zusammen.

»Für mich hört sich das an, als könnt ihr eigentlich nicht die Finger voneinander lassen, müsst euch aber erst wieder aneinander gewöhnen.« Ella gibt ein Kichern von sich. »Ich kann mir vorstellen, dass es seltsam sein muss. Ich schätze, um ein Gespräch kommt ihr nicht herum.«

Mit den Fingern fahre ich mir durchs Haar. Ich muss dringend zum Friseur, mein Choppy Bob ist an den Spitzen total ausgefranst. »Wenn es nur so einfach wäre.«

»Kannst du das Gefühl beschreiben, das die vergangenen Tage in dir auslösen?«

»Sobald Edward mich ansieht, flattert es in meinem Bauch«, gebe ich zu. »Die ganze Nacht hatte ich ein komisches Gefühl und ich glaube, das liegt daran, dass ich eigentlich bei Edward sein wollte. In San Diego kam es mir so vor, als würde ich ein Stück von mir bei ihm in Kalifornien lassen, und jetzt, wo er wieder hier ist, gibt er es mir zurück.« Irgendwie stimmt das: Mein Armband hat mir vor vier Jahren alles bedeutet, doch es musste bei Edward in San Diego bleiben, weil ich es verloren hatte. Dafür gab er mir die UNO-Karte. Obwohl es eine gefühlte Ewigkeit her ist, fügt sich beides nun wieder zusammen, was ... völliger Bullshit ist. Dafür müsste Edward ja das Armband bei sich tragen, was er nicht tut – glaube ich.

»Das hört sich doch alles super an, Leni.«

»Mhm ...«

Ich kann es nicht sehen, aber ich bin mir sicher, dass Ella das Gesicht verzieht, dann sagt sie: »Mist, ich glaube, ich habe meinen

Geldbeutel im Stall liegen lassen. Ich nehm dich mit zurück zu den Pferden.«

»Was machst du denn im Pferdestall?« Ella hat noch nie ein Wort über ihre Liebe zu Pferden verloren. Ich bin mir sehr sicher, dass ich mich daran erinnern würde. »Hat Charlie dich zum Stallausmisten verdonnert, damit sie und Levy …? Du weißt schon …«

Ella lacht. »Das würde den beiden so passen. Ich hatte gehofft, dass mir Pferdestreicheln dabei hilft, neue Ideen für unseren nächsten Auftritt zu bekommen. Hat nichts gebracht und außerdem weiß ich, dass du gerade versuchst von Edward abzulenken.«

»Ich hab dir doch schon alles erzählt. Edward spielt mittlerweile wohl Basketball. Er studiert nachhaltiges Ressourcenmanagement.« Und womöglich ist seine Schwester tot.

»Uh! Das erklärt seine körperliche Veränderung.«

Ich gebe ein zustimmendes »Hm« von mir, ehe ich mich dazu durchringe, Ella von Edwards Schwester zu erzählen. »Vorgestern auf dem Mittelalterfest ist etwas Blödes passiert. Obwohl ich weiß, dass sie tot sind, habe ich Edward aus Versehen auf seine Eltern angesprochen.«

Ella schluckt geräuschvoll. »Wie hat er denn reagiert?« Ich bin mir sicher, dass sie gerade an ihren Freund denkt. Sie hat Otis zu einem Zeitpunkt kennengelernt, als nicht feststand, ob die Beziehung zu seiner Halbschwester Gloria dem Geheimnis ihrer verstorbenen Mutter standhält. Die ist mit Otis' leiblichem Vater fremdgegangen, was sie ihrem Sohn erst kurz vor ihrem Tod gebeichtet hat. Jahrelang schleppte Otis das Geheimnis mit sich herum, ehe die Bombe platzte. Otis ist wirklich der liebevollste Bruder, den ich kenne, und ich bin wahnsinnig froh, dass die Lüge um seinen leiblichen Vater ihn und Gloria nur noch enger zusammengebracht hat.

»Er wirkte kurz verkrampft, aber nicht wütend«, erinnere ich mich laut. »Bis Imogen mit den Edelsteinen aufgetaucht ist und Edward aus dem Nichts seine Schwester erwähnte …«

»Wusstest du, dass er Geschwister hat?«

Ich beiße mir auf die Lippe. »Nein.«

»Und das ärgert dich?«

»Nein, aber Edward hat sich sofort selbst unterbrochen und daraufhin den ganzen Abend nur noch geantwortet, wenn er von jemandem angesprochen wurde.«

»Oh, meinst du …?«

»Ich weiß es nicht.« Mit den Händen reibe ich mir über die Oberschenkel, weil es mich trotz der warmen Decke fröstelt. »Er hat in der Vergangenheitsform über sie gesprochen.«

»Shit.«

Ich murmle eine weitere Zustimmung und kann hören, wie Ella ein Gatter aufschiebt und kurz darauf der Riegel scheppernd einschnappt. »Das tut mir leid. Wie gesagt: Sprecht miteinander.«

»Ich habe es schon verstanden. Wenn wir nicht reden, dann wartet die Konsequenz unseres Schweigens in fünf Tagen auf dem Rollfeld.«

»Sei doch nicht so pessimistisch.« Ich höre, wie Ella tief ein- und wieder ausatmet und dann leise seufzt. »Himmel, ich liebe den Geruch nach Pferd und Einstreu. Daran könnte ich mich echt gewöhnen.«

Ich muss mich räuspern und klinge trotzdem gepresst, als ich scherze. »Wenn Charlie und Levy übernächste Woche zurück nach Berlin kommen, werdet Otis und du dann in Irland ihren Job auf der Farm übernehmen?«

Ella lacht. »Ich glaube, ich springe lieber zusammen mit den Kids in Gummistiefeln durch Matschpfützen, als ständig Pferdekacke an meinen Stiefelspitzen zu haben. Außerdem liebe ich das DJing viel zu sehr.«

»Insofern du das Auflegen bei angemeldeten Tanzveranstaltungen meinst, hast du meine Einwilligung. Charlie und ich sind eigentlich froh, dass du deinen Job nicht mehr aufs Spiel setzt, Ella.«

»So ein bisschen Risiko fehlt mir einfach«, jammert sie, woraufhin ich leise aufstöhne. »Wegen Edward ...«, übergeht sie meinen Einwand einfach.

»Jetzt gibt es wirklich nichts mehr, was ich dir noch erzählen kann.«

»Okay, was macht Jakob? Schmollt er immer noch?«

Wieder ist meine Antwort nur ein zustimmendes Grummeln.

»Das wird alles wieder«, werden meine Sorgen beschwichtigt. »Ich muss auflegen. Otis, Levy und Charlie warten auf mich. Wir haben uns bei einem *Night Hike* durch die Wicklow Mountains angemeldet.«

Ich stoße ein übertrieben dramatisches »O Gott« aus, ehe ich in Ellas Lachen einsteige. »Ein Serienkiller wird euch alle töten.«

»Hör schon auf ... schickst du mir Fotos vom Haus?«

»Mach ich. Vielleicht schaffe ich es ja sogar gleich morgen Abend, kurz vorbeizuschauen. Das Hotel müsste direkt an der Promenade dahinter liegen.«

»Du bist ein Schatz! Viel Glück mit Edward. Halt uns auf dem Laufenden, okay?«

»Okay.«

Nach einer Verabschiedung packe ich schnell meine wenigen Sachen in einen Rucksack, damit ich morgen nichts vergesse, und kuschle mich ins Bett. Nur zwei Minuten halte ich es aus, ehe ich wieder nach meinem Handy greife. Es ist merkwürdig, wie sehr ich mich nach Edward sehne, obwohl er die ganze Fahrt über hinter mir saß. Wieso schreibt er mir denn nicht wenigstens?

Im Kaminzimmer waren wir waren uns nah. Er schien nichts dagegen zu haben und er schien es auch nicht zu bereuen. Sonst hätte er mir wohl kaum diesen Brief geschrieben. Wieso ist das so kompliziert? Kann ich ihn nicht einfach ... fragen? Ich weiß es nicht. Und nun schickt Ella auch noch ein Edward-Cullen-GIF, das ich genervt zur Seite wegschiebe.

Doch dann leuchtet der Bildschirm erneut auf. Mein Herz rast los, als ich Edwards Nachricht öffne.

Edward: Vermisst du die ungemütliche Rückbank oder lässt es sich in einem Bett auch irgendwie aushalten?

Ich muss lachen. Vielleicht sollte ich mir absichtlich Zeit mit meiner Antwort lassen, aber das schaffe ich nicht.

Leni: Es ist das beste Bett, in dem ich jemals schlafen werde.

Edward: Ich wette mit dir, dass meines bequemer ist.

Liegt er gerade in genau diesem Bett? Aus irgendeinem Grund bin ich davon ausgegangen, dass die Gruppe noch unterwegs ist. Johann hätte mir doch sicher Bescheid gesagt, wenn sie schon zurück wären. Aber es ist nach zehn Uhr. Vermutlich hat er es einfach vergessen. Und ... ist die Nachricht eine Einladung? Himmel, besser, ich ignoriere sie.

Leni: Seid ihr wieder zurück? Ist alles okay?

Edward: Ja, ist alles okay. Du hast es keine achtundvierzig Stunden ausgehalten, mich nicht danach zu fragen, und ... Leni?

Leni: Ja?

Edward schreibt ...

Die Meldung bleibt eine Weile am oberen Rand des Chatverlaufs, dann verschwindet sie wieder. Ich seufze, lege das Handy auf die Matratze und gehe kurz ins Bad, um meinen Schlafanzug anzuziehen. Als ich zurückkomme, ist Edward offline gegangen, ohne die Nachricht abzuschicken. Ich erinnere mich daran, was Ella gesagt hat. Dass es in den kommenden Tagen ganz bestimmt einen Zeitpunkt geben wird, in dem wir über alles reden können. Sofort überkommen mich Zweifel, aber dann rufe ich mir ins Gedächtnis, dass keine Nachricht immer noch besser ist als eine, in der er mir in langen Zeilen erklärt, weshalb es doch ein Fehler war, zurück nach Deutschland zu kommen. Das wäre ganz und gar nicht gut.

Denn mittlerweile bin ich mir sicher, dass ich mich irgendwo zwischen unserem ersten Treffen *in San Diego* vor vier Jahren und seiner Nachricht eben ein bisschen in diesen Kerl verknallt habe. Verknallt, nicht bedingungslos und unwiderruflich verliebt. Das weiß ich, weil mir Edwards Schweigen nicht wehtut und ich nicht das Bedürfnis habe, sofort zu ihm zu rennen und an seine Zimmertür zu klopfen.

Aber ich bin definitiv Herzrasen-emotionaler-Ausnahmezustand-verknallt. Und das reicht aus, um ein winziges bisschen durchzudrehen.

YOUNGER BROTHERS

(POSCA PEN ON A4 PAPER, 2018)

Edward

Meine Straßenklamotten nach dem Frühstück in Leipzig gegen eine schwarze Trainingshose, Turnschuhe und ein lockeres graues Shirt zu tauschen ist mit Abstand das Beste, was ich im Moment tun kann. Der Stoff meines Oberteils klebt mir am Rücken, als ich Liam zum vierten Mal an einem Korbwurf hindere. Es hilft, meine Muskeln zu spüren und den Schweiß, der mir vom Nacken in den Rücken tropft.

Ich habe schlecht geschlafen. Genau genommen habe ich die ganze Nacht kein Auge zugemacht. Und ganz ehrlich, die beiden Nächte zuvor war es auch nicht besser. Seit dem Mittelalterfest denke ich ständig an meine Schwester und ich weiß nicht, wann ich mich zuletzt so schwergetan habe, ein Mittel zu finden, das die damit verbundenen Emotionen ausbremst, bevor sie zu viel Schaden anrichten können. Zusätzlich stiftet nun auch noch der Chatverlauf mit Leni Chaos in meinem Kopf. Keine Ahnung, was das zwischen ihr und mir ist und vor allem, wohin es in den nächsten Tagen noch führen könnte. Wenn ich es wüsste, dann müsste ich keine Nachricht schreiben, die ich sofort wieder lösche. Dann hätte ich an Lenis Tür geklopft und ihr was auch immer persönlich gesagt.

Doch weil ich es nicht getan habe, will ich nicht weiter darüber nachdenken. Ich muss für eine Weile meinen Kopf ausknipsen. Also blocke ich auch Liams fünften Versuch ab, den Ball in den Korb zu werfen.

In meiner Mannschaft am College übernehme ich die Rolle des

Centers. Mein Bewegungsraum ist meist auf den Bereich der sogenannten Zone direkt unter dem Korb begrenzt. Normalerweise besteht mein Job darin, möglichst viele Rebounds zu holen. Dabei schnappe ich mir Abpraller vom Brett oder vom Ring, die danebengegangen sind, und werfe damit einen Korb. Weil ich als Center aber auch Angreifer abblocken muss, ist es ein Kinderspiel, Liams nächsten Versuch zu unterbinden.

»Sorry«, brülle ich und schlage ihm den Ball aus den Händen.

»Fuck, Mann!« Liam tritt mit solch einer Wucht gegen den Korbstab, dass das Backboard ohrenbetäubend laut scheppert.

»Entspann dich.«

»Keinen einzigen krieg ich rein«, schimpft er.

»Mach lieber Push-ups oder lauf ein paar Runden ums Spielfeld, bevor du deine Faust irgendwo gegendonnerst.«

Ich ziehe mir das verschwitzte T-Shirt über den Kopf und stecke es in den Hosenbund. Mit einfachen Liegestützen fange ich schließlich an, springe dann vor Liam auf die Beine und animiere ihn so dazu, in die Routine mit einzusteigen. Springen, Liegestütz und wieder hoch. Ich habe noch nicht bis sechs gezählt, als Liam keuchend auf dem Boden liegt.

»Fuck ... das ... ist ... anstrengend.« Er ist total außer Atem. »Es sieht leichter aus ... als es ist. Bei dir. Übt ihr das ... am College?«

»Nicht nur.« Ich wiederhole die Übung noch viermal, dann wische ich mir zufrieden ein paar Haarsträhnen aus der Stirn. Es folgen weitere zehn Wiederholungen. »Meinen Körper nur mit seinem eigenen Gewicht über sein Limit zu pushen ist eher ein persönliches Ding. Im Training konzentrieren wir uns auf Teamfähigkeit, Treffsicherheit, Passgenauigkeit und Strategien.«

»Du kriegst ja noch nicht mal schlecht Luft.«

Ich muss lachen. »Alles Übung, glaub mir. Wenn du heute anfängst, wirst du mit jedem Tag ein Stückchen stärker und konzentrierter.«

»Ist das aus einem Sprüchekalender?« So schnell, dass ich nicht darauf reagieren kann, schnappt sich Liam den Ball neben meinen Füßen und versenkt ihn unter frenetischem Jubel im Korb. »Mit der Konzentration läuft es heute aber nicht so gut, würde ich meinen«, brüllt er und lacht auf, als ich unfreiwillig das Gesicht verziehe.

»Im Basketball gibt es Regeln«, werfe ich ihm an den Kopf, woraufhin er mit einem gespielt empörten Stöhnen reagiert.

»Wenn ich nicht unfair spiele, habe ich gar keine Chance gegen dich.«

Mit einem Schmunzeln bücke ich mich, um einen Schluck aus der Wasserflasche zu nehmen und mein Shirt aufzuheben, das beim Work-out aus meiner Hose gerutscht ist. Als ich mir das Shirt über die Schulter werfe und aufblicke, sehe ich die Reisegruppe, die gerade aus dem Hotel in unsere Richtung läuft.

Es ist Imogen, die Leni beim Näherkommen etwas zuraunt, woraufhin diese aufschaut und mich entdeckt. Ihr Blick gleitet von meinen Schultern runter über den nackten Oberkörper zu den Hüften. Sie senkt kurz ihren Kopf und stößt Imogen den Ellbogen in die Seite. Fühlt sie sich bei meinem Anblick unwohl? Jedenfalls wischt sie sich gerade über ihre Stirn, den Blick weiterhin starr auf den Boden gerichtet. Als wäre ihr schlagartig der Schweiß ausgebrochen, nur weil sie mich gesehen hat. Da diese Feststellung wiederum mir sehr unangenehm ist, streife ich mein Shirt seufzend über und fahre mir durchs Haar.

Leni sieht aus, als würde sie am liebsten zurück ins Hotel laufen. Ihre Wangen sind noch immer gerötet.

»Wollt ihr mitspielen?«, fragt Liam in die Runde. »Jungs gegen Mädchen?«

Ich sollte seinen Vorschlag abblocken und darauf hinweisen, dass wir nur noch wenige Minuten bis zur Abfahrt nach Rügen haben. Ich will Leni nicht weiter in Verlegenheit bringen. Ich öffne schon den Mund, da fällt mein Blick auf ihre Hände. Ein zerknülltes

Stück Papier wandert von rechts nach links, ehe ihre Finger es fest umschließen. Mein Brief?

»Mega Idee!«, fange ich an und möchte mir dafür sofort selbst eine verpassen. Wieso sollte Leni ausgerechnet meinen Brief mit sich herumtragen? »Was sagt der Tourguide? Haben wir noch Zeit?«

Lenis Kopf schießt nach oben. »Ja, klar.« Wahrscheinlich hat sie meine neugierigen Blicke bemerkt, denn sie lässt das Papier in ihrer Jackentasche verschwinden. »Zehn Minuten haben wir noch.« Ich erkenne das Logo des Reiseunternehmens und beiße mir auf die Unterlippe. Wieso bin ich eigentlich jede verdammte Sekunde damit beschäftigt, alles, was Leni sagt und tut, unmittelbar auf mich zu beziehen? Gerade lächelt sie und ganz automatisch breitet sich wohlige Wärme in meinem Brustkorb aus, als ob sie nur für mich lächeln würde. Das macht mir Angst, aber gleichzeitig kann ich nicht aufhören zu grinsen.

Anscheinend habe ich deswegen meine Gesichtsmuskeln nicht unter Kontrolle, denn Leni prustet los. »Was ist los? Hast du Sorge, dass wir euch beide fertigmachen?«

Immerhin scheint sie die Anspannung zwischen uns genauso auflösen zu wollen.

»Wisst ihr überhaupt, wie man einen Treffer versenkt?«

Ich gehe zum Ball, den Liam unter dem Korb abgelegt hat, und hebe ihn auf. Beim Umdrehen lasse ich ihn ein paarmal auf den Boden prellen und sehe, dass Leni beim Zuschauen die Arme vor der Brust verschränkt.

»Zeig es uns.«

»Es ist eigentlich ganz leicht.« Ich zucke mit den Schultern. Denn das hier ist sozusagen *mein* Job. Was ich der Gruppe zeigen soll, ist *mein* Alltag. Wenn es Leni gelingt, seit Tagen professionell mit meiner Nähe umzugehen, dann sollte das für mich auch kein Problem sein. Ich passe ihr den Ball zu.

»Wirf einfach mal und schau, ob du triffst.«

Leni fängt den Ball mit gespreizten Fingern, obwohl sie noch immer so aussieht, als wolle sie am liebsten vor ihm – oder mir – davonlaufen. Dann versucht sie es und scheitert. Der Ball prallt am Ring ab und fällt zu Boden, wo er noch zweimal aufspringt, bevor er mir vor die Füße rollt.

»Den ersten Fehler machen die meisten Leute schon bei der Annahme«, erkläre ich und lasse den Ball dabei von einer Hand in die andere rollen. »Ziel ist es immer, ihn so zu fangen, wie man ihn anschließend wirft. Das bedeutet, er liegt locker vor dem Körper in der Wurfhand, der Mittelfinger zeigt nach vorn und die andere Hand stützt den Ball seitlich.« Ich mache die Handhaltung vor, dann werfe ich ihn Leni erneut zu.

Sie versucht meine Erklärung umzusetzen, doch der Ball prallt von ihren Fingern ab und landet auf dem Boden. Die Gruppe beschwichtigt.

»Das sah schon gut aus.«

Lenis Augen sagen eindeutig: *Fick dich*. Ich muss lachen, weil sie ihren Blick gerade kein bisschen unter Kontrolle hat. Jetzt wechselt er zu einem *What the fuck?* Doch dann bückt sie sich erneut und hebt den Ball auf, während die Gruppe offenbar entschieden hat, dass ihre Hilfe erst mal nicht gebraucht wird, und sich ins Gras neben dem Spielfeld hockt.

»Deine Füße müssen zum Korb zeigen«, teile ich Leni mit, »nur der Fuß der Wurfhand, also bei dir links, kann eine Zehenspitze weiter vorn stehen als der andere Fuß.«

»Vielleicht machst du es ihr noch mal vor«, schlägt Maria vor, doch Leni schüttelt den Kopf.

»Ich hab es schon kapiert.« Sie richtet ihre Füße zum Korb hin aus. Doch ihre Körperhaltung ist voller Selbstzweifel und angespannt. Sie muss sich schon vertrauen.

»So wird das nichts«, beginne ich. »Du versteifst dich viel zu sehr. Bist du sicher, dass ich es nicht noch ma–«

»Nein«, kommt es direkt zurück. »Als ob du jedes Mal triffst.«

»Ich treffe immer.« Meine Treffgenauigkeit war der Grund, weshalb mir die Universität in San Diego noch an der Highschool ein Sportstipendium angeboten hat, das man mir nur zwei Semester später wieder wegnahm.

Lenis Finger halten den Ball so krampfhaft umschlossen, dass ich das Leder beinahe weinen höre. So wird sie in fünf Jahren keinen Ball besser: in den Korb bringen. Sie versucht es und wieder landet der Ball meilenweit daneben. »Scheiße.« Sie presst die Lippen so fest zusammen, dass die Haut über der Oberlippe weiß wird, dort, wo sich schon feine Schweißperlen bilden.

»Okay, sag schon! Gibt es irgendeinen Trick?« Sie will zum Ball laufen, doch Liam ist schneller und passt ihn ihr zu, bevor er sich wieder neben Olivia setzt und mit der Hand seine Augen vor der Sonne abschirmt. »Mit dem man *immer trifft*?«

Ich zucke mit den Schultern. »Ich schätze, es wäre wirklich einfacher, es dir zu zeigen.« Ich räuspere mich. »Wenn das okay für dich ist.«

Sie nickt und starrt dann auf den Ball. Vorsichtig lässt sie ihn ein paarmal auf den Boden prellen, dann fängt sie ihn und ihr Blick schwenkt zu mir. »Was soll ich machen?«

Ich gehe zu ihr und stelle mich seitlich neben sie. »Die Wurfbewegung startet flüssig«, fange ich an, »indem deine Arme locker nach oben geführt werden.«

Leni nickt und ahmt meine Armbewegung nach. Sie macht das vorsichtig und konzentriert, als ginge es ihr um die perfekte Ausübung der Bewegung. Ganz anders als ich am Anfang. Mir war nur wichtig, immer zu treffen.

»Sehr gut. Versuch deine Ellbogen locker neben dem Körper zu halten. Spürst du sie in den Seiten? Dann lockere deine Haltung.«

»Alles gut.« Sie dreht ihren Kopf zu mir und der erwartungsvolle Ausdruck in ihren Augen lässt meinen Puls in die Höhe schießen.

Ich mag es, dass sie meinen Anweisungen voll und ganz vertraut. Anscheinend mehr als sich selbst.

»Beim Wurf müssen sich die Ellbogen mindestens auf Schulterhöhe befinden«, sage ich und ignoriere das warme Kribbeln, das Lenis Vertrauen schon wieder in mir auslöst. »Präg dir das unbedingt ein. Vorhin waren die Ellbogen viel zu tief, weshalb dein Push zu ungenau war und damit ineffektiv.«

»Push?« Mit einem Grinsen schaut Leni auf den Ball in ihren Händen. »Im Deutschen würde man *Stoßbewegung* sagen«, erklärt sie und dabei werden ihre Wangen in Sekundenschnelle noch röter als vorhin. »Aber Push ist nicht so ... vergiss es.«

»Was war das für ein kompliziertes deutsches Wort?«

»Sorry, aber das wiederhole ich ganz bestimmt nicht.«

Maria lacht und Scheiße ... warum habe ich es mir nicht gemerkt, um es später googeln zu können?

Mein Blick schießt zurück zu Leni, die gerade ihre Zungenspitze gegen einen Mundwinkel drückt, womit sie mir wohl mitteilen will, dass sie sich immer noch ausschließlich auf den Wurf konzentrieren will.

»Was jetzt?«, fragt sie.

»Sorg dafür, dass der Ball nicht auf deinen Handballen liegt, sondern nur auf deinen Fingern«, kommentiere ich, »... versuch ihn auf den Spitzen zu balancieren.« Es benötigt normalerweise ein paar Hundert Wiederholungen, bis es klappt. Wieso rate ich es Leni dann? Nur um dabei zuzusehen, wie ihr der Ball jetzt von den Fingern rutscht und auf dem Boden aufprallt, damit ich ihn auffangen, ihn ihr zuwerfen und mich dann hinter sie stellen kann?

»Sollen wir es gemeinsam versuchen? Ist das okay für dich?«, raune ich ihr ins dichte Haar und zu meiner Überraschung nickt sie und hebt ihre Arme so, wie ich es ihr vor ein paar Minuten erklärt habe. »Natürlich, Edward Meyer.«

Ich achte genau auf ihre Ellbogen, die sie viel zu fest an ihre Seiten presst. Das erkenne ich daran, dass sie sich anspannen und die Finger sich um den Ball verkrampfen.

»Du musst hier locker lassen«, erkläre ich und tippe dabei sanft mit dem Zeigefinger gegen Lenis Ellbogen, die sie daraufhin entspannt. Sie zuckt nicht vor meiner Berührung zurück, sie wirkt richtig entschlossen, es hinzubekommen. Und in mir regt sich der Wunsch, dass sie es mit meiner Hilfe schafft und einen Ball treffsicher im Korb versenkt.

»Schultern und Ellbogen müssen in etwa einen Neunzig-Grad-Winkel erreichen ...«, sage ich etwas atemlos und warte, bis Leni die Arme noch ein Stück weiter hebt. Erst als sie abermals nickt, helfe ich noch ein bisschen nach. Ich stütze den Ball, damit er nicht runterfällt, so wie es meine Schwester immer bei mir gemacht hat. Früher musste sie mir dabei helfen, den Ball auf den Korb zu werfen, weil meine Finger zu winzig waren, um es alleine hinzukriegen. Das Gefühl von Stolz und purem Glück habe ich abgespeichert und jetzt verschmilzt es mit diesem Augenblick.

»Und jetzt?«, fragt Leni und lehnt sich dabei ein bisschen zurück, sodass ihre Schultern gegen meinen Brustkorb drücken. Natürlich verkrampfen ihre Arme dadurch wieder. Ich glaube nicht, dass sie mit Absicht meine Nähe sucht, es ist mehr eine unwillkürliche Bewegung. Trotzdem spüre ich meinen Herzschlag deswegen überdeutlich. Ich schlucke, aber so richtig Luft kriege ich gerade nicht.

»Jetzt konzentrierst du dich auf den Korb«, stoße ich atemlos hervor, »Augen nach vorn! Und streck die Arme anständig hoch.« Erneut korrigiere ich ihre Haltung, was Leni lächelnd mit einem »Sorry« erwidert. Dann wandert ihr Blick zu mir nach hinten. Ihre Lippen sind leicht geöffnet, als sie mir auf einmal direkt in die Augen schaut. Meine Kehle wird eng, sodass ich nun wirklich nur noch mühsam Luft kriege. Ihre Finger bewegen sich am Ball. Kurz setzt mein Herzschlag aus. »Augen auf den Korb, Leni!«, krächze ich, weil – verdammt, ich bin überfordert.

Sie kichert leise, doch dann schaut sie nach vorn. Ihre Armhaltung passt, der Fokus liegt wieder auf dem Korb und den Ball schiebe ich abermals von ihrem Handballen vor zu den Fingerspitzen, wo er so lange ruht, bis ich Leni sage, dass sie die Hand umklappen soll. Sie trifft.

Die Jubelschreie der anderen dringen zu uns herüber, aber ich nehme sie kaum wahr. Denn Leni dreht sich plötzlich zu mir um und ihre Augen schimmern in der Sonne. Sie sieht stolz aus und glücklich, was mich ganz genauso fühlen lässt. Mein Herz explodiert vor Freude. Ich würde sie gerade am liebsten umarmen und –

»Leute?« Imogen räuspert sich, was meinen Blick zu ihr lenkt. »Die zehn Minuten sind längst um.«

Die Gruppe steht noch immer am Spielfeldrand. Betont unbeteiligt starren sie alles an, nur nicht Leni und mich.

»J-ja, genau.« Lenis Blick wandert erst zu Liam, dann weiter zu mir. »Ihr wolltet aber nicht noch duschen, oder?«

»Geht schon.« Liam greift kurzerhand zu meiner Wasserflasche, öffnet sie und kippt sich den halben Inhalt über Gesicht und Nacken. Dann wirft er sie mir zu und ich leere sie, indem ich dasselbe bei mir mache.

»Okay«, sagt Maria, als wir kurze Zeit später nebeneinander hinter den anderen zum Bus laufen. »Bahnt sich da eine kleine Romanze an?«

»Wie kommst du darauf?«

»Wir waren die ganze Zeit anwesend, falls du das vergessen hast.«

Habe ich nicht. Ich werde diesen einen gedehnten Moment nie mehr vergessen, wie alles andere, was Leni anbetrifft.

»Ich habe ihr nur gezeigt, wie man einen Korb wirft, weil Leni mich zuvor darum gebeten hat.«

Maria bricht in Gelächter aus, weshalb sich die Gruppe kurz zu uns dreht. »Kommt ihr?«, fragt Leni. Der Ausdruck in ihrem Gesicht ist irgendeine schräge Mischung aus Lächeln und Stress. »Johann wird schon ungeduldig.«

Keine Ahnung, woran sie das erkennt. Wie jeden Morgen lehnt der hagere Typ mit verschränkten Armen am Bus und gibt Leni nur mit einem Nicken zu verstehen, dass er unsere Anwesenheit registriert hat.

»Eine Stoßbewegung kann übrigens etwas sehr Unanständiges bedeuten.«

Marias Tonfall lässt mich schlucken. Ich spüre Hitze in mir aufsteigen. »Was?«

Maria macht eine eindeutige Vorwärtsbewegung mit ihren Hüften und während ihre Mundwinkel nach oben wandern, verrutscht mein Grinsen. Mit einem Mal wird meine Kehle trocken. Und beim Einsteigen malt sich mein dämlicher Verstand jetzt natürlich aus, wie es gewesen wäre, gemeinsam mit Leni unter die Dusche zu steigen. Ich würde sie einseifen. Ihr Körper ist nackt und wunderschön. Nur ... kann ich mich nicht daran erinnern, dass Leni dem zugestimmt hat, weshalb ich sie in Gedanken nachträglich um ihre Einwilligung bitte. Sie nickt und dann ist sie es, die mein Duschgel nimmt und meinen Körper Stück für Stück damit einreibt.

Obwohl es nur in meinem Kopf geschieht, ziehen sich dabei alle Muskeln in meinem Unterleib zusammen. Ich habe Mühe, im Sitzen meine schwache Erektion zu verstecken. Mein Puls rast.

Ich schlucke und als Leni sich neben mich setzt, überfordert mich ihre Nähe gewaltig. Ich presse meine Oberschenkel so sehr aneinander, dass es fast schmerzt.

Sie schaut mich an und lächelt.

Ich stöhne innerlich. Es wäre leichter, wenn meine Augen gerade nicht auf ihren Mund geheftet wären. Was sie alles mit ihren Lippen –

Ernsthaft?!

Zur Sicherheit falte ich meine Hände auf dem Schoß und zwinge mich, ihren Blick zu erwidern. Ich fühle mich völlig überdreht. Als hätte ich mir eine Ladung Halloween-Süßigkeiten auf einmal in den Mund gestopft. Mein Herz gerät außer Kontrolle und pumpt noch mehr Blut an Stellen, wo ich es gerade ganz und gar nicht gebrauchen kann.

Um Lenis Augen bilden sich Fältchen. »An was denkst du gerade?« Ihr Atem raubt mir meinen.

Hoffentlich ist es mir nicht allzu deutlich vom Gesicht abzulesen. Ich bete still, dass Leni mir nicht auch noch auf den Schoß schaut.

Einen Moment sagt niemand etwas, dann rauscht wohl auch der letzte Tropfen Blut aus meinem Kopf in den Unterleib. Ich bin noch immer atemlos, als ich antworte.

»Ich überlege, welches deutsche Wort du vorhin zu mir gesagt hast.«

Leni lacht leise auf. »Stoßbewegung?« Ihr Hand wandert zu meiner und mit der Fingerkuppe stößt sie sanft gegen meinen Handrücken. »Sorry, ich wollte dich damit nicht in Verlegenheit bringen.«

»Schon okay.«

»Nein, ist es nicht.« Sie entzieht mir ihre Hand. »Das war unprofessionell von mir.«

»Diese Ausrede habe ich nicht. Es tut mir leid, dass ich mich dir beim Korbwerfen aufgedrängt habe.«

Ein Glitzern tritt in Lenis Augen. »Schon okay«, sagt sie und grinst. »Es hat mir gefallen ... sehr gefallen.«

Mir wird warm. Die unterschiedlichsten Emotionen durchfluten meinen Verstand. Ich nicke nur, weil mein Kopf wieder damit beschäftigt ist, sich vorzustellen, was ich gerade alles anstelle der Busfahrt nach Rügen tun will.

WENN ES HELL WIRD, WIRD DIESE NACHT ERINNERUNG SEIN UND EIN NEUER TAG FÄNGT AN.

Leni

Es gibt eine Sache, die jeder Touristengruppe ein Jauchzen entlockt: der exklusive Blick hinter die Kulissen.

Nachdem wir vor zwei Stunden in Sassnitz unsere Unterkunft für die nächsten zwei Nächte bezogen haben, sitzt die Gruppe schon wieder im Bus. Johann steuert den Wagen entlang einer schmalen Straße bergauf, geradewegs in Richtung Kreidefelsen. Es ist kurz nach Sonnenuntergang, weshalb wir die Einzigen sind, die nicht auf der Gegenfahrbahn unterwegs sind.

»Mit wem treffen wir uns oben an den Felsen?«

Ich beuge mich nach vorn zu Maria. »Mit der Veranstaltungsleitung des Piratenfestivals.«

»Beginnt das nicht erst morgen?«, fragt Liam, woraufhin ich mich wieder zurücklehne. »So stand es doch im Reiseprospekt.«

»Ja, aber Lück Reisen hat sozusagen *Early Access*. Das Reiseunternehmen kennt die Veranstalterin seit Jahren.«

Liam gibt ein beeindrucktes »Krass« von sich, der Rest der Gruppe bestätigt ihn.

Eigentlich startet das *Pirates of the Baltic Sea* morgen. Aber Celine hat die Reisegruppe schon heute Abend zu einem inoffiziellen Eröffnungsabend eingeladen, an dem eigentlich nur Mitwirkende des Festivals teilnehmen dürfen. Nur für uns wird dort heute ausnahmsweise Englisch gesprochen. Wir arbeiten seit Jahren mit

*SO WIRKLICH SICHER BIN ICH MIR DA EHRLICH GESAGT NICHT.

dem Tourismusverband Rügen zusammen, was vor allem meiner Mutter sehr wichtig ist, die in einem kleinen Ort an der polnischen Grenze aufgewachsen ist, und in solchen Momenten zahlt sich die Kooperation richtig aus.

Zehn Minuten später biegen wir auf einen Seitenweg ab. Sobald Celine uns entdeckt hat und Johann auf den zum Teilnehmerbereich erklärten Parkplatz lotst, steigt auch bei mir die Aufregung. Als wir aussteigen, ist die Sonne noch nicht ganz am Horizont verschwunden. Sie taucht den Wald, durch den uns Celine kurz darauf führt, in warm funkelndes Licht.

»Ich zeig euch erst mal einen eher geheimen Aussichtspunkt. Wenn wir uns beeilen, gibt uns die Sonne noch eine ungeplante Sondervorstellung.«

Sogar von hier aus kann man schon das Meer durchblitzen sehen, was mir ein vorfreudiges Kribbeln beschert. Ich liebe das Meer. Deshalb habe ich meinen Vater früher auf Fahrten zur Ostsee sooft es ging begleitet.

Ich hole tief Luft, als wir kurz stehen bleiben und Celine erklärt, dass die Festlichkeiten erst beginnen können, wenn es vollständig dunkel ist.

Es riecht nach Meer und Frühling, ein salziger Geruch untersetzt mit einem fruchtig-blumigen, der über die Felsvorsprünge zu uns weht und allmählich auffrischt. Obwohl ich einen warmen Hoodie und darüber die gefütterte Jacke trage, breitet sich Gänsehaut an meinen Unterarmen aus. Auf dem Gras glitzert die Abendsonne und um die Bäume wachsen bunte Blumen, was sofort Erinnerungen weckt. An Osterferien, die ich im Reisebus verbracht habe, und Ausflüge zur Küste, an Camping unter freiem Himmel, Stockbrot und Doseneintopf. Und auch an die Touristen, die jedes Mal mit dabei waren. Wirklich langweilig wurde es dadurch nie, weil Touristen immer etwas Dummes tun.

»Liam!«, kreischt Olivia panisch, »wage es nicht!«

»Entspann dich, Liv.« Zu meiner Erleichterung nimmt Liam seinen Fuß von einem Holzzaun, gerade als ich zu ihm schaue. Der dient wohl als Absperrung, wurde an manchen Stellen aber schon umgetreten. »Von da oben könnte man die Felsen viel besser sehen.«

»Wir gehen einfach hier durch«, schlägt Celine ohne Aufregung in der Stimme vor und deutet auf eine Lücke, die im Gestrüpp neben dem Zaun klafft. Sie quetscht sich durch das Unterholz zwischen den Bäumen.

Ich folge ihr zögernd, gebe der Gruppe dabei ein Zeichen zu warten. Doch Celines Geheimversteck ist ein schmaler Felsvorsprung, der zum Glück ausreichend abgesichert ist.

»Ist das schön«, schwärmt Olivia, als sie mich gemeinsam mit den anderen erreicht.

»Und wie!« Imogen zieht sich das Gummi aus ihren Haaren und fährt mit den Händen hindurch, ehe sie Edward bittet, ein Foto von ihr zu machen.

Die Felsen bei Sonnenuntergang zu betrachten ist wirklich atemberaubend. Die Wolken hängen so tief, dass sie wie rot glühende Wattebällchen aussehen, die der Wind vom Ufer raus aufs Meer trägt. Nur das gleichmäßige Rauschen der Wellen ist zu hören, das alle Gespräche um mich herum allmählich verstummen lässt.

Ich schiele zu Edward, der in sicherem Abstand zur Abzäunung neben Imogen steht. Er lacht auf, weil gerade eine Windböe über den Felsvorsprung weht und Imogens Haarsträhnen durch die Luft flattern. Ich kann nicht aufhören, ihn anzustarren. Er ist wunderschön, wenn er lacht. Und nachdem er Imogen ihr Handy zurückgegeben hat, schaut er zu mir. Seine Augen leuchten. Er streicht sich das Haar ein paarmal zurück, das trotzdem so wirr aussieht, dass ich am liebsten zu ihm gehen möchte, um es für ihn zu glätten.

Als ob dieser Gedanke vom Wind zu Imogen transportiert wurde, tippt sie Edward an, nickt in Richtung Gruppe und kommt mit einem Zwinkern auf mich zu. Während ich stattdessen auf den Felsvorsprung zugehe, lächelt er noch breiter und deshalb wandern auch meine Mundwinkel weiter nach oben.

Wie selbstverständlich streckt er seine Hand aus, als ich ihn erreiche, und für eine Sekunde berühren seine Fingerspitzen meine.

»Ich werde es jetzt einfach fragen«, beginnt er und zieht mich zu sich. »Kommt es dir auch so vor, als würden wir ständig miteinander flirten?«

Kommt es ... was? Ich hätte nicht erwartet, dass Edward das so offensiv anspricht. Wahrscheinlich ist es unangebracht, dass mir ein Reisegast so eine Frage stellt, und noch schlimmer, dass mein Körper mit einem Pulsanstieg darauf reagiert.

»Findest du?«, frage ich ausweichend. »Beim Basketball ging es mir eigentlich nur darum, dir zu beweisen, dass du falschliegst und ich den Korb treffe.«

»Ich habe doch nie behauptet, dass du nicht triffst.«

»Aber ganz bestimmt gedacht.«

»Du kannst also Gedanken lesen?« Er sieht mich dabei so herausfordernd an, dass ich ihm die Zunge herausstrecke.

»Ich bin nicht nach Deutschland gekommen, um mich mit dir anzulegen, Leni.«

Darüber muss ich lachen, aber mein Herz klopft dabei wie wild. »Geht es dir um die UNO-Karte? Willst du sie wiederhaben? Du weißt, dass es da im Gegenzug eine Sa–«

»Das ist nicht ...«, unterbricht er mich. »Verdammt!« Mit einem unverständlichen Laut lehnt er sich von mir weg, als würde ihn diese Frage wirklich aus dem Konzept bringen.

»Was würdest du denn sonst von mir wollen, Edward Meyer?«

Seine Augen lodern auf, als er den Kopf ruckartig zu mir dreht und ...

Bevor ich zurückrudern kann, tritt Edward vor mich. Ich habe kaum Zeit, Luft zu holen, als er sich nach vorn beugt und mir eine Haarsträhne hinters Ohr steckt. »Überleg mal, Sherlock.«

Das Herz hämmert mir immer schneller gegen den Brustkorb und dann endlich ploppt eine Antwort in meinem Kopf auf. Und es ist die denkbar unpassendste. *Küssen.* Will Edward mich küssen? Ich weiß es nicht, meine Gedanken sind ganz wirr, während sich mein Blick automatisch auf Edwards Lippen senkt.

»Kommt ihr?«

Innerhalb eines Wimpernschlags wende ich mich nach Liams Zuruf der Gruppe zu. »Äh, ja!«

»Ich hab die anderen komplett vergessen.« Edward reibt sich über den Nacken, dreht sich wieder zu mir. »Und ich wünschte, sie wären für einen Moment nicht hier.«

Ich bringe noch immer keinen Ton heraus. Hätte ich Edward gerade fast …? Wollte er mich …? Die Erkenntnis entlockt mir einen überraschten Laut und Überraschung dominiert auch die Gesichtszüge der anderen, als wir sie kurz darauf erreichen. Nur Edward wirkt gelassen. Na ja, so gelassen wie jemand, der gerade vor der Reisegruppe beinahe den Tourguide geküsst hätte.

»Aber hallo, was war das denn?« Imogen zieht mich zu sich.

»Nichts«, beschwichtige ich und winde mich aus ihrem Griff. »Gar nichts.« Dabei werfe ich einen panischen Blick zu Celine. *Unprofessionell*, schießt es mir durch den Kopf und das macht alles nur noch komplizierter. Unser Reiseunternehmen fährt seit Jahren zum Piratenfestival. Es wäre das Schlimmste, wenn Celine sich jetzt über mich beschwert. Wie zur Hölle soll ich das meinem Vater erklären? Aber die Festivalleitung schiebt die Augenbrauen zusammen und zwinkert mir zu. »Sind dann alle so weit?« Sie deutet in den dunklen Wald. »Man erwartet uns ganz bestimmt schon.«

Unterwegs begegnet uns nach wenigen Minuten eine Gruppe. Beim Gehen stecken sie die Köpfe zusammen und lachen über irgendetwas. Das müssen Teilnehmer des Piratenfestivals sein. Musiker und andere Künstler, die entweder vom *Pirates of the Baltic Sea* gebucht wurden oder ehrenamtlich für das Festival arbeiten. Obwohl sie in Freizeitklamotten unterwegs sind, verbeugt sich einer der Männer vor Maria und entlockt ihr so ein Jauchzen. Ein paar Begegnungen später erreichen wir die Lichtung.

»Das eben waren unsere Theaterdarsteller, die ihr ab morgen auf einem beeindruckenden Segelboot in Aktion erleben könnt.« Celine deutet auf eine kleine Gruppe, die etwas abseits der anderen steht. »Und dort stehen unsere Kämpfer.«

Was mir als Erstes auffällt, sind die Waffen, die alle von ihnen irgendwo an ihren Gürteln befestigt haben. Ich erkenne Schwerter und Säbel, bis hin zu Wurfdolchen oder langen Kampfstäben, die alle überzeugend echt aussehen. Eine junge Frau mit geflochtenem silberblondem Haar wirft einen Dolch locker in die Luft und fängt ihn problemlos an dessen Griff, nur um ihn in der nächsten Sekunde dem Mann neben sich an die Kehle zu halten.

»Immer achtsam sein, Pirat Lukas!«, ruft sie auf Englisch und absichtlich laut, damit wir sie gut verstehen können. »Arbeite für den Kampf morgen noch etwas an deinem Timing.«

»Krass!«, staunt Liam, der seiner vorgebeugten Körperhaltung nach zu urteilen am liebsten mitmachen will.

Mittlerweile ist es fast dunkel. Im letzten Abendlicht wird auf der Lichtung ein Lagerfeuer entzündet, für das Holz in einer kleinen Gruppe mittig des Platzes geschichtet wurde. Ein paar Minuten später steigen knisternd die Flammen in die Höhe.

»Die Kämpfer werden hauptsächlich für unser menschliches Schachspiel gebraucht, das leider erst übermorgen stattfindet.«

»Aber da sind wir doch gar nicht mehr hier.«

Celine nickt Maria aufmunternd zu, während die Kämpfer nacheinander auf uns zukommen. »Deshalb haben wir uns eine kleine Überraschung für euch ausgedacht, ehe wir das *Pirates of the Baltic Sea* traditionell im kleinen Rahmen eröffnen.«

Es sind ein paar beeindruckte *Ohs* und *Ahs* zu hören, doch dann löst sich plötzlich die junge Frau mit einem ausdrucksvollen Schrei von Lukas und beginnt einen anderen Mann langsam mit gezogenem Dolch zu umkreisen. Sie fordert ihn zum Kampf heraus. Es kommt mir kaum fair vor, sie ist über einen Kopf kleiner als ihr Kampfpartner mit dem langen Holzstab und den dunklen Locken, die er mit einem Haargummi zurückgebunden hat. »Lucy ist unser Damenturm«, kommentiert Celine.

Lucy und ihr Gegner bewegen sich in Zeitlupe und sprechen durchgehend miteinander. Ihre Silhouetten heben sich vom Licht des Lagerfeuers ab, die Blicke sind auf die Bewegung des anderen fixiert. Wenn einer angreift, pariert der andere, ständig im Wechsel.

»Du musst tiefer schlagen, Lucy«, fordert der Mann und dreht sich weg, nachdem er ihren Hieb mit dem Dolch übertrieben langsam abgewehrt hat. Lucy nickt, sie wechseln wieder ein paar Worte, woraufhin Lucy ihre Waffe zur Seite wirft und mit beiden Händen einen Angriff von ihrem Gegner abblockt, um kurz darauf mit einer ruckartigen Drehung um die eigene Achse exakt diese Verteidigungsbewegung in einen Schlag ihrer Handfläche gegen den Brustkorb ihres Angreifers zu verwandeln. Unter frenetischem Applaus verbeugt sie sich.

»Jede Bewegung beim menschlichen Schachspiel ist wie ein Schritt beim Tanzen. Wenn eine Figur aufgerufen wird, begibt sich der entsprechende Darsteller auf das gewünschte Feld. Springer hüpfen vor und zur Seite, die Türme bewegen sich auf kurzen geraden Wegen vor und zurück. Aber alles natürlich mit viel mehr Action.«

»Aber …« Liam sieht die Veranstaltungsleitung mit zusammengekniffenen Augen an. »Das sind keine echten Kämpfer, richtig?«

Celine lacht leise. »O nein, nein! Die meisten sind Laiendarsteller aus der Umgebung, die seit Jahren Teil des Festes sind. Manche kommen extra aus Hamburg oder sogar von noch weiter weg nur für unser kleines Piratenfestival nach Rügen. Viele arbeiten ehrenamtlich.« Celine ist anzusehen, wie stolz sie ist. »Lucy zum Beispiel ist eigentlich Musicaldarstellerin. Wo warst du zuletzt im Ensemble?«

»*Hamilton*!«

Ich schnappe leise nach Luft, als ich Lucys Blick einfange, die mir zuzwinkert, als wüsste sie ganz genau, wie groß mein Respekt vor ihr nun ist.

»Wir haben auch ein Gesangstalent in unseren Reihen«, verkündet Maria. Das zustimmende Gemurmel meiner Gruppe verschafft mir Celines Aufmerksamkeit.

»Klasse! Wie wunderbar! Dann könnten wir gleich deine Hilfe gebrauchen, Leni. Denn wir zeigen euch, was passiert, wenn eine Figur die andere schlägt.«

Mein Körper wird ganz steif vor Nervosität. Celines Bitte legt sich wie ein Käfig darum und schnürt mich ein. Panik steigt in mir auf, weil es mir jetzt so vorkommt, als könnte ich keinen einzigen tiefen Luftzug mehr nehmen. Ich will irgendeine Ausrede nennen.

Doch genau in diesem Augenblick schlendert eine große Gruppe auf uns zu. Sie tragen alle schwarze, bodenlange Umhänge mit Kapuzen, was irgendwie unheimlich aussieht. Wie eine Sekte. Ein Mann bleibt am Feuer stehen, schiebt sich die Kapuze vom Kopf und legt ein paar Stöcke nach, ehe er einer Frau zuwinkt, die ihre Gitarre mitgebracht hat und auf sein Zeichen ein paar Akkorde abstimmt. »Bist du bereit, Katharina?«

»Nur die erste Strophe?«, fragt sie nach. »Oder wollt ihr alle proben?«

»Die erste reicht.«

Die Sängerinnen setzen auf Katharinas Stichwort ein und in ihrem Rhythmus legen Lucy und ihr Kampfpartner nun richtig los. Die beiden sehen unfassbar beeindruckend aus, wie sie im von den

Sängerinnen vorgegebenen Takt vorgetäuschte Angriffe in ihre Schwertchoreografie einstreuen. Als Lucy die Oberhand gewinnt und ihren Gegner in die Knie zwingt, beginnen nun auch die Sänger mit tiefer, bedrohlicher Stimme. Obwohl ich es besser weiß, reiße ich die Hände vors Gesicht. Nur durch den Spalt zwischen meinen Fingern wage ich es, den Kampf weiter zu beobachten. Die Ausrufe der anderen pendeln auch irgendwo zwischen Anfeuerung und panischen Aufschreien.

Da kämpft sich Lucys Gegner plötzlich wieder zurück auf die Beine. Er knurrt leise, bevor er auf seine Gegnerin losgeht. Das sieht alles so unglaublich echt aus.

»Wie krass«, sage ich mehr zu mir selbst.

Leise erwidert Celine: »Ich weiß.« Sie hat sich an den anderen vorbei bis zu mir hindurchgequetscht, was ich erst jetzt bemerke. »Es ist viel beeindruckender, wenn die Spielfiguren sich nicht einfach nur an die Regeln halten, sondern versuchen, ihre Niederlage mit einem Kampf abzuwenden.«

Sie reicht mir einen Zettel, auf dem ein paar Songzeilen mit Notenlinien darüber stehen. »Steig einfach mit ein, wenn es für dich passt. Du musst aber nicht. Kein Druck.« Celine zwinkert, dann tritt sie hinter mich. Ein Blick auf den Songtext mahnt mich zum Durchatmen. Das sieht alles machbar aus. Noch zwei Zeilen, dann kommt eine Stelle, die ich mir zutraue. Ich räuspere mich leise.

Neben Lucy und ihrem Kampfpartner spielen nun noch ein paar andere ihre Kämpfe durch. Sie wechseln sich durchgehend ab, sodass immer jemand anderes im Vorteil ist, und sobald einer den anderen entwaffnet, kämpfen sie mit den Fäusten weiter, bis irgendwer auf dem Boden landet.

Die Sänger machen eine dramatische Pause, als die Kämpfe alle in derselben Sekunde stoppen, sodass jetzt nur noch Lucy und ihr Partner in Bewegung sind. Ich sehe zu, wie Lucy mühelos einen Fausthieb abblockt. Doch ihr Kampfpartner nutzt seine Drehung um die eigene Achse dazu, heimlich eine Kurzwaffe aus seinem Stiefel zu ziehen.

Der Sopran der Sängerinnen schwillt auf eine kaum erträgliche Höhe an, jemand neben mir stößt einen Warnschrei auf Englisch aus und jetzt kommt mein Einsatz.

Der Tonumfang des Liedes ist im Vergleich zu manchen Musicalstücken ein Kinderspiel. Ich begleite den Chor und setze Betonungen, wo ich es für richtig halte. Dabei vertraue ich lieber auf mein Bauchgefühl, statt allzu streng auf die Noten zu achten. Und das hört sich richtig gut an.

Ich reduziere meine Stimme zu einem schwachen Hauchen, was jedoch eher zu einem intimen Liebesduett passt. Ehe mich meine Gedanken zurück ins Kaminzimmer katapultieren können, wechsle ich in einen gepressten Stimmklang. Etwas, das dem Publikum verrät: *Achtung, Gefahr!* Atmung und Stimmbänder finden dabei in ein ideales Gleichgewicht. Sie arbeiten miteinander, ich genieße jede einzelne Sekunde und dann ist mein Part vorbei.

Der Chor trällert weiter. Lucy verpasst ihrem Partner einen Schlag mit dem Handrücken, woraufhin dieser mit gespielter Überraschung die Waffe auf den Boden fallen lässt. Der Kampf endet damit, dass Lucy sie aufhebt und ihrem Partner mit einem Lachen den Dolch an die Kehle hält. »Die Dame gewinnt.« Der Gesang flacht ab, während alle in Beifall ausbrechen.

»Du warst so unfassbar krass«, flüstert Imogen, woraufhin ich extralaut in den Applaus mit einsteige, weil wir uns das verdient haben. Nur ein winziger Wermutstropfen bleibt: Die Show morgen wird ganz bestimmt fantastisch werden, allerdings findet sie ohne mich statt.

Die Kämpfer lösen ihre Pose auf. Lucy umarmt ihren Partner, der sie hochhebt und sich gemeinsam mit ihr im Kreis dreht. Winkend und grinsend nehmen sie die Jubelschreie der anderen zur Kenntnis. Dann setzen sie sich nach und nach zu den anderen ums Feuer.

Katharina schlägt probeweise ein paar neue Akkorde an, als wir uns zu ihnen auf den kalten Boden hocken. Ich kämpfe noch immer mit der niederschmetternden Erkenntnis, meine Augen brennen. Doch Maria bietet mir zum Glück eine passende Ausrede. Sie muss sich mehrfach umsetzen, weil der Rauch ihr Tränen in die Augen treibt. Beim zweiten Mal gebe ich vor, dass es bei mir genauso ist, und nehme zwischen Imogen und Edward Platz.

Als Katharina kurz darauf den Themensong von *Pirates of the Caribbean* anstimmt, summen alle mit.

»Wow«, raunt Edward leise, nachdem ein Teil der Gruppe mitten im Song aufgestanden ist, um zu tanzen. »Könnte sein, dass ich deine Stimme auf ein Fake-Date einladen will.«

Mit klopfendem Herzen beuge ich mich zu ihm. »Flirtest du gerade schon wieder mit mir?«

»Und wenn es so wäre?« Er streicht sich durch die Haare. »Normalerweise würde ich mich an dieser Stelle dafür entschuldigen, dich auf dem Felsvorsprung vor allen anderen so überrumpelt zu haben.«

»Aber gerade ist nicht normalerweise?«

Edward räuspert sich. »Nein …«

Hinter uns drehen sich Liam, Olivia und Imogen mit ein paar Darstellern im Kreis. Sie jauchzen und verlangen nach einer Zugabe, woraufhin Katharina das Lied noch mal von vorn spielt.

»… heute ist ein ›Scheiß auf *was wäre wenn*‹-Abend.«

Ich muss über den Ausdruck lachen und als Edward mich deswegen ansieht, trifft mich sein Lächeln mit voller Wucht. Seine dunklen Augen schimmern und mein Herz schlägt nur ihretwegen ein paar Takte schneller, aber Edward ist noch nicht fertig.

Seine Stimme ist eindringlich, als er weiterspricht. »Und deshalb hätte ich dich jetzt am liebsten im Arm. Ich will dich festhalten. Das ist doch nicht schlimm, oder? Ich würde dich sofort loslassen, wenn du es mir sagst, und –«

Er will, dass ich mich an ihn kuschle? Das ist ... O Mann, ich will es auch. Ich sehne mich so sehr nach Edwards Nähe. »Vor den anderen?«

Zögernd rückt Edward ein Stück ab. Ich will ihn aufhalten. Doch ich presse meine Hände auf den Boden und halte mich zurück. Ich darf mir heute keinen weiteren What-if-Moment erlauben, weil ich befürchte, dass ich mich ansonsten endgültig fallen lasse und meinen Job vernachlässige. Obwohl ich Edward recht gebe. Ich wünsche mir nichts mehr, als die Reise mit ihm genießen zu dürfen. Ich will das, was in den vergangenen Tagen zwischen uns gewachsen ist, in etwas verwandeln, das uns ganz fest aneinanderbindet. Wie schön es wäre, wenn ich in diesem Augenblick zurück zum Rockfestival springen könnte. Diesmal würde ich nicht vor Edward weglaufen. Ich würde ihn ansprechen und die lockere Festivalatmosphäre dazu nutzen, mir alles mit ihm zu erlauben. Keinerlei Einschränkungen. Null Konsequenzen. Alles wäre ganz egal. Aber darf es nicht auch heute ein winziges bisschen egal sein?

»Das war kein Nein«, korrigiere ich mich und mein Mund wird ganz trocken. Doch ehe ich fortfahren kann, klatscht Celine in die Hände.

Sofort ändert sich die Stimmung am kleiner gewordenen Feuer. Gespräche werden unterbrochen und alle drehen sich in Celines Richtung. Das Feuer knistert und eine Funkenwolke steigt in die Nacht empor.

»Unser Piratenfestival beginnt jedes Jahr mit einer Tradition«, erzählt Celine, was allen Anwesenden ein Raunen entlockt. »Es ist eine Erinnerung an meinen Vater, der das Fest vor über dreißig Jahren auf die Beine gestellt hat. In seinem Namen bedanke ich mich dafür, dass ihr auch diesmal alles geben werdet.« Während Celine redet, zupft Katharina leise auf der Gitarre. »Von wo auch immer er uns zusieht, er wäre stolz auf jeden einzelnen von euch.«

»Und auf dich«, rufen die Teilnehmer aus voller Kehle.

»Danke.« Celine wirft einem der Kämpfer einen Blick über die Schulter zu, während sie sich ein paarmal über die Augen wischt. »Lukas? Seid ihr bereit?«

Sobald Lukas und zwei weitere Männer im Wald verschwunden sind, dreht sie sich wieder zu uns.

»Ich führe das Vermächtnis meines Vaters fort«, erklärt sie. »Jedes Jahr saßen wir am Abend vor dem Eröffnungstag in der Gruppe zusammen ums Feuer und mein Vater erzählte alte Piraten-Legenden. Er hatte eine Schwäche für die *Fluch-der-Karibik*-Filme und nachdem ich mit meiner Mutter lange überlegt habe, was das passende Ritual für jemanden ist, der sein ganzes Leben damit verbracht hat, ein Piratenfestival zu gründen und zu leiten, kam eigentlich nur eine Sache infrage.« Sie lächelt. »Keine Sorge, wir betrinken uns nicht mit Rum.«

Wir lachen, doch dann kommen Lukas und die anderen Kämpfer mit etwas zurück, das aussieht wie eine übergroße Voodoo-Puppe. Erst als das Teil neben dem Lagerfeuer abgelegt wird, erkenne ich eine Menge Stroh.

»Ähnlich wie auf dem *Burning Man* entzünden wir zu Beginn des Piratenfests diese Strohpuppe.« Die Männer heben sie hoch und werfen die Strohpuppe ins Feuer. Gierig kämpfen die Flammen darum.

»Auch dieses Festival steht unter Papas Lieblingsmotto: *Falls ihr auf den richtigen Moment gewartet habt*«, zitiert Celine aus dem Film, ihren Blick dabei auf das Feuer gerichtet. »*Das war er!*«

Wieder lachen alle, was die Stimmung etwas auflockert.

Celines Lippen kräuseln sich, ehe sie etwas leiser anfügt: »Ich hoffe, sie haben dich an den Horizont gebracht, Papa.«

Jakob liebt die *Fluch-der-Karibik*-Filme, deshalb weiß ich, dass Jack Sparrow die Zeile am Ende des ersten Films sagt, bevor er zu einer Reise mit unbekanntem Ziel aufbricht. Ich muss schlucken, weil das ein so unglaublich rührender Abschied ist, und auch wenn ich Celines Vater nicht kannte, finde ich, dass die kleine Zeremonie wundervoll zu seiner Beschreibung passt.

»Es tut mir leid«, höre ich Edward plötzlich neben mir flüstern. Überrascht drehe ich mich zu ihm und sehe, dass er sich dem Feuer zugewandt hat. Er starrt in die Flammen, schwindende Entschlossenheit in seinem Ausdruck. Dann reibt er sich über die Augen.

»Edward? Ist alles –«

»Ja«, unterbricht er mich, ohne dabei den Blick abzuwenden. »Es ist alles okay.«

Und da glaube ich etwas zu verstehen, das er mir nie erzählt hat. Edward trägt Schuldgefühle mit sich herum. Unwillkürlich muss ich an seine Schwester denken. Ich schwanke zwischen Schweigen und Ansprechen. Er will nicht darüber reden, das verrät seine knappe Antwort, aber ich würde mich schrecklich fühlen, wenn ich jetzt einfach aufstehe und zu der Gruppe gehe, die mittlerweile überall verteilt steht und sich mit den Festivalteilnehmern unterhält. Doch ehe ich reagieren kann, stemmt sich Edward hoch und läuft, ohne ein Wort zu sagen, zu Liam und Olivia. Eine Weile beobachte ich ihn. Verkrampft steht er neben dem Paar und verschränkt schließlich die Arme.

Ich frage mich, was in seinem Kopf vorgeht, und als Lucy erst Äste nachlegt und sich danach zu Edward stellt, habe ich noch immer keine bessere Antwort als seine Schwester. Irgendetwas erzählt Lucy ihm, er antwortet zwar, doch so richtig bei der Sache wirkt er nicht. In unregelmäßigen Abständen nickt er und dabei sieht er aus, als hätte man nicht die Strohpuppe vor ein paar Minuten ins Feuer geworfen, sondern ihn.

WER IST DAS EI IN EINZIGARTIG? HERCULES! DRAMATISCH UND KOMÖDIANTISCH? HERCULES!

Leni

Das Hotel in Sassnitz ist so gelegen, dass wir am nächsten Morgen nach dem Frühstück von dort problemlos zum Hafen laufen können und Johann somit einen Tag freihat.

Der Ort ist eine der niedlichsten Hafenstädte überhaupt. Während wir durch die teils verwinkelten Gassen der Altstadt schlendern, entlocken die Gebäude der Gruppe begeisterte Laute. Alles hier erscheint einem wie aus einem Gebrüder-Grimm-Märchen. Die Häuser sind teilweise aufwendig renoviert und verleihen dem Städtchen einen besonderen Charme.

Doch anders als in den meisten deutschen Hafenstädten ist in Sassnitz nicht die Altstadt das Highlight, das stellen wir ein paar Gehminuten später fest. Der Hafen haut mich um, was nicht ausschließlich an dem gigantischen Segelschiff liegt, das dort andockt und von dem uns Celine gestern erzählt hat. Er ist eine Mischung aus geschäftigem Fischerei- und malerischem Tourismushafen und strahlt dank zahlreicher Bootsanleger ein gemütlich-maritimes Flair aus.

»Ist das ein Pier?«, will Liam wissen und deutet auf einen lang gezogenen Steg, der ins Meer führt. »Wie in San Francisco? Mit Fahrgeschäften, Casinos und Robben?«

Ich schüttle den Kopf. »Das ist einfach eine Mole mit Leuchtturm.«

»Dann sind das dort auch keine echten Piraten, oder?«

*HERCULES IST EDWARD.

Ich folge Liams Blick und erkenne die Gruppe wieder, die uns gestern Abend bereits im Wald begegnet ist. Auch jetzt stecken die Köpfe zusammen und lachen immer wieder brüllend laut los, wie – und ich verfluche mich für den Gedanken, weil er albern ist – es nur Piraten können. Mit einem rollenden R am Ende. *Harharhar.*

Einer von ihnen sticht aus der Menge hervor. Er ist ganz in Schwarz gekleidet und trägt einen riesigen Hut mit einer roten Krempe. In genau diesem Moment dreht er sich zu uns um. Beim Winken schaut er nur Maria an. Es ist derselbe, der schon gestern ein Auge auf sie geworfen hat.

»Die Dame!«, brüllt er auf Deutsch und hält Marias Blick auf eine Weise fest, die sie doch tatsächlich erröten lässt. »Sie sehen ganz bezaubernd aus.«

»Oh, äh – danke.« Maria weiß gar nicht, wohin sie schauen soll, doch der Pirat verbeugt sich kurz und geht dann mit den anderen weiter.

Die Umgebung des Hafens erinnert mich an ein amerikanisches Living-History-Museum. Kleidung, Ausrüstung und Benehmen der Darsteller gleichen in Material und Stil denen echter Freibeuter. Es kommt mir vor, als hätten wir eine Zeitreise gemacht, die uns in der Geschichte ein paar Jahrhunderte zurückkatapultiert hat. Stundenlang könnte ich nur am Hafen entlangschlendern und den Darstellern dabei zusehen, wie sie mit den Touristen agieren, als wäre der Ort seit heute Morgen tatsächlich fest in Piratenhand.

Doch leider bleiben nur wenige Minuten Zeit, uns zurechtzufinden, ehe Celine auf uns zugestürmt kommt.

»Da seid ihr ja!« Keuchend kommt sie zum Stehen und stützt die Hände auf den Oberschenkeln ab. »Ganz bestimmt habt ihr schon unseren Teeklipper entdeckt.« Ihr Blick wandert über ihre Schultern zum Segelschiff. »Jahrelang hat man das Schiff im Seehandel eingesetzt, ehe es desolat wurde und mehrfach den Besitzer wechselte. Irgendwann kaufte es die Stadt den ausländischen Eignern ab und restaurierte das Schiff, sodass es endlich wieder in See stechen konnte, bis es aus unerklärlichen Gründen verschwand und ebenso überraschend wieder hier am Hafen in Sassnitz auftauchte. Die einen behaupten, Piraten eroberten das Schiff, andere sagen, es sei mittlerweile verflucht. Betreten auf eigene Gefahr!«

»Krass!«

Celine schenkt Liam ein Lächeln, ehe sie mir auf Deutsch zuflüstert: »Das eben war geschwindelt. Unser Segelboot hat eine ortsansässige Familie vor Jahren extra für meinen Vater und das Piratenfestival angefertigt. Aber niemandem verraten.«

»Bleibt ein Geheimnis.« Ich schaue auf die unterschiedlich hohen Segelmaste, ehe ich Celine frage, was als Nächstes im Programm steht.

»Ein Freibeuter-Bandritual auf dem Deck unseres Segelschiffs.«

»Was?«, fragt Maria nach. »Was für ein Ritual?«

»Eine Art Piraten-Vermählung, die ausschließlich heute stattfindet. Es ist eine ganz wundervolle Zeremonie, sie wird euch gefallen.«

Als wir Celine folgen, hält sich Edward absichtlich am Rand.

Gestern Abend ist er nach unserer Rückkehr von den Kreidefelsen so schnell in seinem Zimmer verschwunden, dass es einer Flucht gleichkam. Schon während der Busfahrt hat er kein Wort gesprochen und eben auf dem Weg zum Hafen war es genauso.

Ich beobachte ihn, wie er mit dunklen Schatten unter den Augen neben der Gruppe herläuft. Mir fällt auf, dass sich sein Brustkorb dabei auffällig hebt und senkt, als müsste er bei jedem Atemzug ein unsichtbares Gewicht wegdrücken. Als er heute Morgen in den Frühstücksraum kam, wirkte er fast gequält. Ich konnte förmlich dabei zusehen, wie er beim Essen alles abschüttelte und sich jedes Mal ein Lächeln aufs Gesicht zwang, wenn jemand das Wort an ihn richtete.

Am liebsten will ich ihn auf gestern Abend ansprechen. Dass er gerade so auf Abstand geht, überrascht mich nach der Sache beim Mittelalterfest nämlich nicht. Was ich nicht verstehe, ist, wieso er sich trotzdem mit an den Hafen quält. Denkt er, dass ich das von ihm erwarte? Dass er an jeder Aktivität teilnehmen muss? Ich habe das Gefühl, dass mein Wunsch, mit ihm zu reden, jetzt noch größer ist, dabei sollte ich mich lieber auf die Gruppe konzentrieren, die gerade von Celine aufs Schiff gebracht wird. Edward geht unmittelbar vor mir über den Steg und das tut er nicht freiwillig. Es wirkt, als wäre er ein Verbrecher, der mit einem Säbel im Rücken dazu gezwungen wird, über die Planke zu gehen.

Dann muss ich wieder daran denken, was Ella am Telefon gesagt hat. Dass ich mit Edward reden soll.

»Kann ich dich was fragen, Edward?«

Als er widerstrebend stehen bleibt, muss ich tief Luft holen, weil mir das nicht leichtfällt. Außerdem ist das Schiff praktisch überflutet von Menschen in aufwendigen Kostümen. Ständig rempelt uns jemand an, was nicht dazu führt, dass ich mich wohler mit meiner Nachfrage fühle. Ich bin mir nicht einmal sicher, wer von ihnen zur Crew gehört und welcher Besucher sich absichtlich für das Fest herausgeputzt hat.

»Wärst du gerade lieber im Hotelzimmer?«

Edwards Reaktion ist derselbe verkniffene Gesichtsausdruck, den ich schon kenne. Nur dass er diesmal perfekt in die Umgebung passt.

»Du musst nicht jeden Ausflug mitmachen«, rede ich weiter, während Celine uns aufgeregt zuwinkt. Wir bücken uns unter einer Wäscheleine hindurch, an der bunte Wimpel angebracht sind, die den perfekten Hintergrund für die Bühne bilden, die in der Mitte des Schiffs aufgebaut ist und es im Grunde fast vollständig einnimmt. »Es tut mir leid, dass du dir das jetzt anhören musst, aber ich spreche die Dinge lieber an, bevor es hinterher eine Ein-Stern-Bewertung gibt. Wenn du also lieber zurück zum Hotel willst, ist das völlig okay. Du musst uns keine Gesellschaft leisten, wenn es für dich gerade nicht geht.«

»Okay, was?« Edward erreicht als Erstes die Stühle vor der Bühne, die bis auf wenige Plätze voll besetzt sind. Er fährt sich mit der Hand über seine Gewitteraugen und umklammert die Stuhllehne, als müsste er sich daran festhalten. »Ich würde dir niemals eine miese Bewertung reindrücken. Das wäre lächerlich. Du bist ein toller Tourguide, Leni, findest sofort Lösungen auf Probleme und zeigst uns die eindrucksvollsten Orte. Aber du bringst auch Gefühle und Gedanken in mir hervor, die ich im Moment nicht immer gut ertrage. Das ist aber allein mein Problem. Wirklich. Lass uns erst mal die Show genießen.«

Kaum hat Edward seinen Satz zu Ende gesprochen, ertönt ein lautes »Aye«. Der Mann, der vorhin mit Maria geflirtet hat, quetscht sich durch die Reihe vor uns und springt auf die Bühne, weshalb mir nichts anderes übrig bleibt, als Edwards Vorschlag zuzustimmen, indem ich mich setze.

»Wo ist der Glückliche, dem ich heute seine Braut versprechen darf?«

Der Blick des Piraten schweift über das Publikum auf der Suche nach den Personen, die sich wohl freiwillig für die Zeremonie angemeldet haben. Ich folge ihm, aber jedes Mal, wenn ich glaube, das passende Pärchen gefunden zu haben, senken beide fast zeitgleich verlegen die Köpfe, um dem aufmerksamen Blick des Piraten zu entkommen.

»Man sagt mir, die zu Vermählenden seien gerade nicht auffindbar.« Der Pirat auf der Bühne kräuselt die Lippen. »Aye!«

Anscheinend ist dieses »Aye« eine Art Hilfeschrei. Denn Celine neben mir springt hektisch von ihrem Stuhl auf, während ihr Blick an den Stuhlreihen entlanghuscht. Schließlich bleibt er auf Maria ruhen. »Das würde doch passen, oder?«

»Also, äh, ja«, stammelt sie, »wieso nicht?«

Prompt greift Celine nach Marias Arm und zerrt sie am Ellbogen auf die Bühne.

»Welch bezaubernde Dame«, ertönt die nun wieder heitere Stimme des Piraten, »bei ihr möchte ich selbst der Auserwählte sein. Mein Name ist Kapitän Schwarzbart, und Eurer?«

Der Pirat in schwarzem Leder und offenem Hemd hat glatt rasierte Wangen – keinen schwarzen Bart, wie sein Name vermuten lässt – und Augen, die von schwarzem Kajal umrandet sind. Die Mittagssonne funkelt auf dem silbernen Ohrring, der an seinem linken Ohr baumelt.

»M-Maria.«

Nachdem er sich vor Maria verbeugt hat, reicht er ihr seine Hand, während nun doch nach und nach ein weiteres Pärchen und einige der Darsteller unter Applaus die Bühne betreten. Sie huschen um Maria und Kapitän Schwarzbart herum und stellen sich in einer Reihe auf. Insgesamt stehen fünf Paare auf der Bühne, unter denen ich Lucy und Lukas erkenne. Jetzt, wo sie nicht mehr ganz alleine auf der Bühne steht, wirkt Maria entspannter, als sie ihre Hand in die des Piraten legt. Er umschließt sie fest, woraufhin Maria etwas entsetzt den Blick zu ihrem Zukünftigen hebt.

»Gelobt Ihr, mir Euren Respekt zu erweisen und danach zu streben, mir stets die Wahrheit zu sagen?«, fragt er mit lässiger Stimme auf Deutsch, die der ganzen Situation den notwendigen Spaß verleiht. Durch übertriebene Gestik und Mimik versteht die Reisegruppe grob, um was es geht.

In Marias Ohren hört sich seine Frage wohl echter an, als sie gemeint ist, denn sie nickt und mit Ehrfurcht in ihrer Stimme antwortet sie: »Yes, I will.«

In der Stille, die folgt, wird ihr anscheinend bewusst, dass sie ihrem Kapitän gerade das Jawort gegeben hat, denn ihre Wangen erröten schon wieder.

Doch Kapitän Schwarzbart ist Vollprofi. Mit einem charmanten

Schmunzeln wickelt er sich und Maria eine goldene Kordel um die vereinten Hände, mit der er sie locker an sich bindet. Mir fällt auf, dass er darauf achtet, dass Maria ihre Hand mühelos aus seiner ziehen könnte, um die Verbindung zu unterbrechen. Aber Maria rührt sich nicht.

»Versprecht Ihr mir, meine Last zu tragen, so will ich auch Eure auf mich nehmen, damit unsere Herzen in dieser Verbindung gemeinsam wachsen können.«

Während Lucy so aussieht, als wolle sie Lukas am liebsten ein sarkastisches »Klar, wenn's sonst nichts ist« entgegenbringen, nickt Maria kurz und aufrichtig.

»So ist das zweite Band geknüpft.« Noch ein goldenes Band wird um die ineinander verschlungenen Hände gewickelt.

Abermals wiederholt Kapitän Schwarzbart dieses Ritual, bis Maria und er nun wirklich und wahrhaftig aneinandergebunden sind. Weil ich plötzlich an Dreibeinläufe im Kindergarten denken muss, entweicht mir ein leises Kichern. Edward legt den Kopf schief und ein Lächeln zupft an seinen Mundwinkeln, was mich freut. Es ist seltsam, wie schnell man sich an so ein Lächeln gewöhnt. Und wie sehr man es vermisst, wenn es wieder einem düsteren Gesichtsausdruck weichen muss.

»Was ist los?«, fragt Edward mit gesenkter Stimme. »Wärst du gern an Marias Stelle?«

»Sei schon still!«

»Aye!«

Was für ein Blödmann! ... der mir ständig ausweicht. Vorhin frage ich ihn, was in ihm vorgeht, und er lenkt bei der erstbesten Möglichkeit zurück auf mich. Das macht er mit Humor und so geschickt, dass es nicht sofort auffällt, aber ich durchschaue ihn mittlerweile.

»Über Euch die Sterne, unter Euch die Steine«, dröhnt plötzlich eine Frauenstimme aus den Lautsprechern an der Bühne. »Wie die Sterne soll Eure Liebe überdauern, wie die Steine soll Eure Liebe beständig sein. Wie die Luft soll sie Euch erfrischen und Euch stets umgeben. Wie das Feuer wird sie leidenschaftlich lodern und wie das Wasser unendlich sein. Wie die Erde soll Eure Liebe Euch Geborgenheit schenken.«

Das Paar aus dem Publikum, das neben Lucy und Lukas steht, hat nur Augen füreinander. In ihren Gesichtern erkenne ich, dass sie sich an etwas erinnern. Etwas Warmes und Wunderschönes. Wie berührend die Worte für Menschen sein müssen, die sich lieben.

Der Lautsprecher krächzt, dann fährt die Stimme fort. »Seid Euch nah, doch nicht zu nah. Habt Geduld miteinander, denn Stürme werden kommen, aber auch vergehen. Habt keine Angst und lasst nicht zu, dass anderer Taten oder Worte Euch erschüttern, denn Ihr habt Euch und seid gemeinsam stark.«

Während der letzten Worte streichen sich die beiden Männer gegenseitig liebevoll die Tränen von den Wangen. Ich kann nur erahnen, was in ihren Köpfen vor sich geht und an welche Taten und Worte anderer sie denken müssen. Dennoch bewegt es mich sehr.

Während die Männer die Zeremonie mit einem kleinen Kuss beenden, bricht das Publikum in Applaus aus. Die anderen Paare geben sich ebenfalls einen schnellen Kuss, gefolgt von Lukas, der Lucy mit Leidenschaft in seine Arme reißt und nach hinten wirft, um ihr schließlich seine Lippen auf die Stirn zu drücken. Unter tosendem Beifall gibt auch Marias Pirat vor, ihr einen Kuss geben zu wollen, was jedoch damit endet, dass er sich zurücklehnt und mit einem breiten Grinsen ins Publikum brüllt: »Nicht, bevor die Dame nicht ausdrücklich zugestimmt hat!«

Marias Blick trifft auf seinen und im nächsten Moment kichert sie und dreht ihre Wange so, dass Kapitän Schwarzbart seine Lippen für einen Sekundenbruchteil auf ihre Haut drücken kann. Natürlich läuft Maria abermals knallrot an.

Danach dauert es lange, bis der Jubel abbricht und Maria wieder zu uns stößt. »Das war fantastisch.« Mit jedem Mal, dass sie diesen

Satz wiederholt, wird ihre zittrige Stimme fester und irgendwann höre ich nur noch Begeisterung heraus. »Wirklich«, versichert sie noch mal, »so, so einmalig und berührend, einfach wunderschön. Danke, Leni, dass wir so einzigartige Momente erleben dürfen.«

Auf dem Weg runter vom Schiff verrät uns Celine, dass neben den Essensständen, zu denen ich die Gruppe als Nächstes bringen wollte, ein Stall aufgebaut ist, wo man in wenigen Minuten die Pferde für ihren Auftritt am Abend vorbereiten wird.

Sofort ist die ganze Gruppe Feuer und Flamme, nur mir rutscht das Herz in die Hose.

»Das ist eine tolle Idee!«, presse ich hervor und räuspere mich. »Wenn ihr euch die Pferde ansehen wollt, dann könnt ihr Celine gern begleiten.«

»Oh, ich muss leider hierbleiben. Aber am Stall sind genug Darsteller, die euch alles zeigen.«

»O-okay ...« *Reiß dich zusammen, Leni!* »Auf geht's.«

Widerwillig trotte ich der Gruppe voraus in die ungefähre Richtung, die uns Celine genannt hat. Mit jedem Schritt wird mir unwohler, was ich offensichtlich nicht besonders gut verstecken kann, denn als das Stallzelt in Sichtweite kommt, schließt Edward zu mir auf.

»Leni?« Er setzt mehrmals an, bis ich ihn schließlich unterbreche.

»Ich komm klar, keine Sorge. Du hast mich auf dem Mittelalterfestival darum gebeten, mich nicht ständig danach zu erkundigen, ob alles okay ist. Das verstehe ich.« Ich atme geräuschvoll aus. »Und auch wenn ich mich vor dem Bandritual nicht daran gehalten habe ... kannst du es bitte auch sein lassen?« Ich reibe den Schweiß an meiner Hose ab.

»Okay.« Edward fährt sich einmal schnell durchs Haar. »Ist fair.«

Weil er sich dabei wieder zu einem Lächeln zwingt, wende ich mich ab, damit Edward nicht sieht, wie sehr ich mich gerade zusammenreißen muss, um nicht loszuheulen. Was ich daran so deprimierend finde, ist die Tatsache, wie viel sich in zwölf Stunden ändern kann. Am Lagerfeuer war ich noch kurz davor, mich in Edwards Arme zu kuscheln und ihn zu küssen. Und jetzt? Ich bin frustriert und gleichzeitig habe ich Panik, nur bei der Vorstellung zusammenzubrechen, gleich nach über vier Jahren wieder einen Stall zu betreten.

DEAD ENDINGS

(ACRYLIC ON CANVAS, 2019)

Edward

»Das Zelt ist ein variables Baukastensystem«, erklärt ein Mann, der wie viele der Schausteller fast ausschließlich in Schwarz gekleidet ist und sich uns vor ein paar Minuten als Martin vorgestellt hat. Nur eine hellbraune Weste trägt er über dem Rollkragenpullover, die er allerdings gerade auszieht und über die Fensterleiste hinter sich hängt. »Die PVC-Planen sind praktisch unzerstörbar und ihr warmer Farbton sorgt für ein tierisches Wohlbefinden. Bei der Konstruktion haben wir darauf geachtet, dass die Fensterrahmen hier oben ...«, er zeigt auf eine Art Stoßschutz an der Oberleiste, »... im geöffneten Zustand keine Gefahr für die Pferde darstellen und gleichzeitig genügend Licht und Sonne mit frischer Luft bieten, wenn sie geschlossen sind.«

»Das ist ganz schön viel Aufwand, oder nicht?«, fragt Imogen, die in möglichst großer Entfernung zu einem der Pferde steht, was ich sehr gut nachvollziehen kann.

»Ja. Wir geben immer alles, damit es unseren Pferden gut geht. Deshalb begrenzen wir die Auftritte auf einen am Tag. Die bunten Showhalfter und der Brustschmuck sind individuell angefertigt und gefettet, was ich euch draußen gerne alles genauer zeigen kann.«

Ich sehe zu Leni. Ihr Blick wandert gerade aufmerksam entlang des schmalen Gangs, in dem wir dicht aneinandergedrängt stehen, und dann über die vier Pferdeboxen. Dabei wischt sie sich einmal schnell über die Augen.

Ich weiß, dass ihr Pferde etwas bedeuten. Sonst wäre wohl kaum ein Pferdeanhänger an jenem Perlenarmband befestigt gewesen, das sie in San Diego verloren hat. Wahrscheinlich steckt eine Geschichte dahinter. Ich überlege, ob ich damals vielleicht zu voreilig geschlussfolgert habe. Leni hat mir erzählt, dass sie eine Grenze überschritten hat, um ihren Bruder zu beschützen. Ganz automatisch bin ich von etwas Sexuellem ausgegangen, aber Leni hat nichts Konkretes in diese Richtung gesagt. Womöglich ist es ganz anders?

Leni hat das Perlenarmband alles bedeutet. Pferde berühren sie. Dennoch kostete es sie sichtlich Überwindung, uns hierher zu begleiten. Die Angst ist auch immer noch in ihrem Gesicht zu erkennen, aber gleichzeitig muss sie lächeln. Der Ausdruck, der dabei herauskommt, ist irgendetwas Schräges dazwischen.

»Wird heute nur das eine Pferd hier geschmückt?«, unterbricht Maria meine Gedanken.

»Im Gegenteil. Benny hat heute Pause, da er sich vorgestern beim Training gestoßen hat. Der Tierarzt sagt, es sei alles in Ordnung, aber wir gehen kein Risiko ein. Die übrigen Pferde werden alle vor dem Zelt für das Piratenschauspiel vorbereitet, das heute Abend stattfindet.« Martin wirft einen Blick auf seine Armbanduhr. »Ich glaube, sie haben noch nicht angefangen. Lasst uns nach draußen gehen.«

Sofort drehen sich die anderen in Richtung Zelteingang, woraufhin Leni ein leises Seufzen von sich gibt. »Ist es für euch okay, wenn ihr schon mal vorgeht?«, fragt sie und atmet tief durch, bevor sie einen Schritt an die einzige besetzte Box herantritt.

»Klar, kein Problem!«, verkündet Liam in dem Moment, als Martin etwas auf Deutsch an Leni richtet, von dem ich bis auf den Namen Benny nichts verstehe. Vermutlich erzählt er ihr etwas über das Pferd, vor dem sie gerade steht, denn Lenis Blick ruht nickend auf dem Tier. Kurz darauf verlässt die Gruppe mit Martin das Stallzelt. Ich zögere.

»Du solltest dir das Spektakel draußen nicht entgehen lassen.«

Leni schaut zu mir, ehe sie sich weiter der Box nähert. Das Pferd ist ein Riese. Ich meine, Leni reicht mir nur bis zu den Schultern, aber dem Tier kann sie ja kaum über den gesenkten Kopf schauen. Als es Leni wahrnimmt, schwenkt es ihn ruckartig zu ihr herum.

»Alles okay, Benny«, beschwichtigt sie ihn mit ruhiger Stimme, was er beantwortet, indem er nach einem Band an ihrem Pullover schnappt, weshalb sie etwas lauter mit ihm schimpft.

»Ich glaube, das eigentliche Spektakel passiert eher hier.« Obwohl das ein Scherz sein soll, klingt meine Stimme kratzig und ein bisschen heiser. Ich räuspere mich. »Pass auf, sonst reißt er dir das Band ab.«

Leni kichert, dann hält sie dem Pferd ihre Hand hin und wartet, bis es daran schnuppert. »Martin meint, Benny sei ein Schlitzohr. Aber er ist ganz bestimmt das liebste Pferd, das ich jemals kennengelernt habe, oder?«

Anscheinend versteht Benny Englisch und will das bestätigen, denn er senkt den Kopf und reibt seine, äh, Nase an Lenis Schulter, während sie sacht über seinen Rücken streichelt.

»Kennst du noch andere Pferde?«, frage ich, woraufhin Leni amüsiert den Kopf hebt.

»Das ist wirklich die seltsamste Frage, die mir seit Langem irgendwer gestellt hat.« Wie zur Bestätigung schnaubt Benny, ein richtiges Beben geht dabei durch seinen wuchtigen Körper. Wenn er nicht so verdammt groß und kräftig wäre, würde ich mich jetzt bei ihm darüber beschweren, dass er ganz offensichtlich auf Lenis Seite steht. Sie streicht seine Mähne glatt und dabei grinst sie noch immer. »Bis zum Abitur habe ich nach der Schule jede freie Minute auf einem Reiterhof verbracht«, murmelt sie, während sie weiter sanft über Bennys Mähne fährt. »Ich hatte eine Reitbeteiligung, bis, na ja, bis es eben nicht mehr ging.«

Leni blinzelt und in diesem Moment stößt das Pferd einen Laut aus, der seltsamerweise beruhigend klingt.

Ich kriege eine verdammte Gänsehaut. »Was ist denn passiert?« Ich habe in meinem ganzen Leben noch nie etwas mit Pferden zu tun gehabt, selbst irgendein anderes Haustier, ein Hund oder ein Goldfisch, war für mich und meine Schwester nach dem Tod meiner Eltern nicht drin. Aber ich kann mir trotzdem vorstellen, wie schwer es für Leni sein muss, etwas aufzugeben, das sie so sehr mochte, dass sie einen passenden Anhänger an ihrem Armband trug. »Ist das Pferd ...?«

»Nein, also ... ich denke nicht. Ich habe die Reitbeteiligung nur aufgegeben.« Leni klingt nicht so, als hätte sie das freiwillig getan. Sie wendet sich wieder dem Pferd zu. Vielleicht, damit ich nicht sehe, wie sie zittert. Vielleicht aber auch, weil sie sich irgendwo festhalten muss.

»Gab es denn Probleme?«

»Nicht mit dem Pferd.« Lächelnd bugsiert sie Bennys Kopf ein Stück zur Seite, der daraufhin zwar schnaubt, sich aber keinen Millimeter bewegt. »Im Gegensatz zu diesem angeblichen Sturkopf hier war Akira ein Engel.« Liebevoll tätschelt sie Bennys Hals. Ich muss verrückt geworden sein, dass meine Sorgen kurz in den Hintergrund rücken, weil ich mir für einen Moment wünsche, an der Stelle dieses Pferdes und für Leni da zu sein.

»Vermisst du Akira?«

»Natürlich tue ich das. Aber es ging eben nicht anders.«

Könnte der Fehler, von dem Leni in San Diego sprach, auch etwas mit Akira zu tun haben? Hat sie das Pferd für ihren Bruder aufgegeben? Ist das die Grenze, die sie überschritten hat?

Vielleicht bin ich weitaus weniger scharfsinnig, als ich gerade denke – aber etwas anderes als dieser Rückschluss kommt mir nicht in den Sinn.

Ich will Leni in die Arme schließen, werde dem Drang aber nicht nachgeben, weil mich dieses Pferd wirklich einschüchtert.

»Ich habe Akira seitdem nicht mehr wiedergesehen. Es ist, wie es ist.« Leni verschränkt die Arme, dann lacht sie plötzlich auf, aber es klingt freudlos. »Sorry, ich will dir das Festival nicht vermiesen.«

»Tust du nicht.« Ich würde gerne etwas Nettes sagen und da gibt es sogar eine Sache, die ich Leni genau in diesem Moment endlich erzählen könnte. Das Ass im Ärmel. Ich habe ihr Armband nämlich noch am Abend unseres Dates gefunden. Doch aus einem unbekannten Grund bringe ich es seit Tagen nicht über mich, Leni genau das zu sagen. Genug Möglichkeiten dazu gab es ja bereits. Aber bestimmt wartet mein dämliches Herz auf den perfekten Moment, nur dass der wohl nie kommen wird, denn ich lenke schon wieder ab.

»Ich finde es jedenfalls beeindruckend, dass du diesem riesigen Koloss von Pferd einfach so deine Hand entgegenstreckst.«

»Du hast dich, seitdem wir reingekommen sind, nicht von der Stelle bewegt«, stellt Leni richtig fest.

»Das liegt daran, dass ich mir Tiere, die größer sind als ich, lieber aus sicherer Entfernung anschaue. Stell dir vor, er tritt nach dir.«

»Pferde tun nichts ohne Grund«, erklärt sie und wieder kommt es mir so vor, als wolle Benny sie unterstützen, indem er ein Ohr in meine Richtung klappt. Das sieht ziemlich schräg aus.

»Das heißt, wenn ich jetzt näher komme, dann sagt dir das Pferd, ob es cool mit mir ist?«

»Sozusagen.« Leni stößt einen Laut aus, bei dem Bennys Kopf hochschießt, wodurch er Leni ein Stück zur Seite drängt. Ich verstehe – hoffe ich. Keine übereilten Reaktionen, gedämpfte Stimme oder so ähnlich.

»Ich komm jetzt auf euch zu«, kündige ich mich also besser an und mache trotzdem einen weiten Bogen um das Hinterteil des Pferdes, als ich zu Leni gehe.

»Keine Sorge, er ist ganz entspannt. Ich denke, er mag dich.«

»Wie hat er es dir verraten?«

»Es geht kaum Spannung durch seinen Körper. Das klingt vermutlich ein wenig verrückt, aber ich kann so was einfach spüren. Bei ... also bei eigentlich jedem Tier und meistens auch bei Menschen.«

»Jetzt bin ich neugierig.«

»Ich merke innerhalb weniger Sekunden, ob sich jemand wohlfühlt oder nicht.« Wieder presst sie die Lippen zusammen, bis sie beinahe weiß sind. »Manchmal schieße ich deswegen vielleicht ein klein wenig übers Ziel hinaus.«

»Dann fragst du im Sekundentakt nach, ob alles okay ist?«

Na großartig. Mit einer Sache von mir abzulenken, die wir vorhin erst abgehakt haben, ist an Peinlichkeit kaum zu übertrumpfen. Natürlich wird Leni jetzt rot.

»Könnte man wohl so sagen. Willst du ihn streicheln?«

»Sicher, dass er das möchte?«

»Solange du ihm sanft über die Haut streichst ...«

Wahrscheinlich sehe ich nicht so aus, als wolle ich überhaupt irgendetwas anfassen, was zu diesem Pferd gehört, denn Leni streckt ihre Hand nach meiner aus. Als ich danach greife, nähern wir uns mit unseren verschränkten Händen behutsam dem Tier. »Pferde sind sehr sensibel«, flüstert sie, »erlaube ihm erst mal, an deiner Hand zu schnuppern.«

»O-okay.« Eine Sekunde später berühren überraschend weiche Lippen meine Finger. Weil Benny seine Nase daraufhin gegen meine Hand stupst, streiche ich ihm sanft darüber. Sofort senkt er den Kopf und wieder geht ein Beben durch seinen Körper. Instinktiv ziehe ich die Hand zurück, was Benny mit einem Schnauben quittiert.

»Er sagt dir, dass es ihm gefällt, und ich schätze, jetzt will er, dass du damit weitermachst.«

Tatsächlich kann ich erkennen, dass das Pferd seine Oberlippe bewegt, was ein wenig so aussieht, als würde er meine Nähe richtig genießen. Ich muss lachen, achte jedoch sofort darauf, dass es ein sanftes, leises Lachen bleibt. Ich streichle Benny wieder und diesmal weiß ich, dass sein Schnauben mich nur bestätigt.

»Was ist passiert?«, fragt Leni und räuspert sich leise. »Es tut mir leid, Edward. Ich will dich nicht nerven, aber das geht nicht, wenn ich ständig an das denken muss, was du gestern Abend am Lagerfeuer gesagt hast.«

Das kommt so plötzlich, dass ich instinktiv in eine Verteidigungshaltung springe. »Ich hab nichts gesagt.«

»Du willst nicht mit mir darüber reden, okay.« Leni hört sich so gefasst an, dass ich mich sofort mies fühle. »Liege ich damit richtig?«

Ich kann ihr nicht antworten und halte mich deshalb an Bennys Fell fest, als würde mir das auch nur im Geringsten dabei helfen, diesem Moment zu entfliehen. »Edward«, fährt sie fort. »Wenn du darüber reden möchtest, dann tust du es, und wenn nicht, dann ... eben nicht. Wie du willst. Auf dem Schiff klang es so, als würdest du über deine Gedanken und Gefühle sprechen wollen, jetzt blockst du mich wieder ab. Es wäre einfach nur schön, wenn du es einmal deutlich sagen könntest, damit ich nicht weiter herumspekulieren muss.«

Mein Kopf schießt ruckartig in ihre Richtung, wodurch meine Hand abrutscht. Dass das schon zum zweiten Mal passiert, gefällt Benny anscheinend nicht, denn er verpasst mir einen Stoß gegen die Schulter, der mich auf Leni zustolpern lässt. Mit den Händen schaffe ich es gerade noch so, einen Sturz zu verhindern, stattdessen pralle ich mit dem Oberkörper gegen sie. »T-tut mir leid.«

Leni schaut mich nur an. Warum kann ich ihrem Wunsch nicht einfach nachkommen oder besser: mit ihr über alles reden? Wieso kann ich Leni nicht sagen, wieso es in San Diego so schwer für mich war, weiterleben zu wollen, und welchen Anteil sie daran hat, dass ich es dennoch getan habe? Kann ich ihr wenigstens von ihrem Armband erzählen?

»Edward, ich ...« Leni weicht nicht vor meiner Nähe zurück, womit feststeht, dass sie kein Problem damit hat. Ich spüre ihren Atem an meinem Hals und kann sehen, wie schnell sich ihr Brustkorb unter dem dicken Stoff ihres grauen Hoodies hebt und wieder senkt. Ich sollte mich schleunigst zurückbewegen, aber meine Finger haben sich instinktiv in Lenis Pulloverärmel gekrallt und jetzt kriege ich sie nicht mehr gelöst, weil Lenis viel zu hektischer Atem dafür sorgt, dass mein Körper an ihrem festklebt.

»Hör bitte auf damit.«

Womit genau? Sie anzufassen? Das wäre ein Problem, denn ich kann mich gerade nicht rühren. Ich will Leni loslassen, aber ich bin wie erstarrt. Es kommt vor wie eine verheerende Naturkatastrophe, die plötzlich über mich hereinbricht. Eine Gerölllawine, gegen die ich nichts tun kann. »W-womit aufhören?«

»Entschuldige dich nicht ständig«, sagt sie schnell. »Es ist ... es ist *wirklich* alles okay.«

Ich warte darauf, dass sie sich von mir löst, aber nichts passiert. Stattdessen drückt sie sich noch näher an mich und hält mich fest. Sie schlingt den Arm um meine Hüfte, dann legt sie ihre Stirn an meine Brust. Ich glaube, ich könnte für immer so dastehen und ihr Haar betrachten.

Nur funktioniert das nicht, weil Leni kurz darauf den Kopf hebt, das Kinn an meine Brust lehnt und mich anschaut. Haarsträhnen fallen ihr in die Stirn und ich streiche sie sanft zur Seite.

»Edward, was auch immer dich gestern so berührt hat ...« Ich sehe, wie sie sich auf die Lippe beißt. Dabei atmet sie tief ein und aus, als müsste sie sich zwingen, nicht weiterzureden. Und das ... fühlt sich falsch an.

Ich weiß doch, dass ich darüber sprechen will. Klar, weil es guttut, was einem jeder Therapeut bestätigt. Aber es macht eben einen Unterschied, ob man so etwas weiß oder es auch wirklich tut. Hannah hat Reden immer mit Verständnis und körperlicher Nähe verbunden. Als ich klein war, nahm sie mich sofort in die Arme und hörte mir stundenlang zu, wenn ich wegen unserer Eltern heulte. Sie gab mir Antworten auf Fragen, die sie sich selbst jeden Tag gestellt haben muss, und manchmal hatte sie sogar für das Unerklärliche eine Lösung. Und wenn sie das verdammte Schicksal dafür heranziehen musste. Nie ließ sie mich ohne einen Ratschlag stehen. Ich war nie allein. Nie. Sie fehlt mir so sehr. Und weil Leni mich noch immer anschaut und ihre Stimme nur ein Flüstern ist, als sie meinen Namen wiederholt, sage ich es endlich.

»Meine Schwester ist tot. Ich bin allein.«

Die Worte hallen in mir wider. *Ich will sofort hier raus*, ist mein erster Gedanke. *Leni hält mich fest und schenkt mir ihre Nähe*, der zweite. Mein Körper spannt sich von allein an. Aber ich bleibe. Weil Leni mich noch immer einfach nur hält. Sie blinzelt gegen ihre Tränen an, während meine unter meinen Wimpern hervortreten und mir über die Wangen laufen. Wie Regentropfen fallen sie auf meinen Pullover und verdunkeln den grauen Stoff. Eine Träne trifft auf Lenis Stirn. Und ich kann nicht anders, als sie sanft mit dem Daumen wegzuwischen.

Ich erkenne in ihrem Blick, dass sie versteht. Warum ich in San Diego so freudlos war, obwohl der Tag mit ihr bis heute einer der schönsten in meinem Leben ist, und auch den Moment gestern am Lagerfeuer. Was auch immer ihr gerade dazu durch den Kopf geht, es sorgt dafür, dass sie ihren Blick senkt und ihre Stirn wieder gegen meinen Brustkorb drückt. »Wann ... wie lange ist ihr Tod her?«

»Sie ist acht Wochen vor unserem Aufeinandertreffen in San Diego gestorben.«

Wieder hält sie mich still fest. Minutenlang. Mein Atem geht stoßweise, weil ... ich glaube, ich bin noch nicht so weit. Oder? Ich weiß es nicht. Werde ich jemals bereit sein?

»Okay.« Leni bewegt nur leicht den Kopf.

Ich überlege, wie lange es dauert, bis ich weitersprechen kann. Ob ich Leni bitten könnte, so lange mit mir hierzubleiben. Aber dann wird mir diese Entscheidung abgenommen. Leni weicht ruckartig von mir, als die Stimmen der Gruppe näher kommen, und ich stolpere deshalb beinahe gegen Bennys Box.

»Die anderen«, sagt sie mit einem Keuchen, dann schauen wir uns an. Und als Marias Rufe nach uns ertönen, klingelt mein Handy.

»O Mann ... wir beide, oder?« Leni lacht auf. Durcheinander von der Situation, aber auch mit Hoffnung, die sich sofort auf mich überträgt. »Wüsste ich es nicht besser, ich würde sagen, das Schicksal möchte nicht, dass wir auch nur einen einzigen Moment für uns allein haben.«

Und weil ich deswegen zusammenzucke, drückt mir Leni schnell einen Kuss auf die Wange. »Das heißt nicht, dass wir uns nicht einen privaten Augenblick schaffen können. Ich schätze, das Schicksal lässt sich schon irgendwie überlisten.«

Mir rutscht das Herz in die Hose. Denn im Grunde weiß ich, dass sich das Schicksal nicht verarschen lässt. Sonst wäre Hannah noch am Leben. Ich glaube nicht daran, dass sich etwas ändern lässt, das sonst wer für uns geplant hat. Aber weil das ein unfassbar peinlicher Gedanke ist, ziehe ich lieber schnell mein Handy aus der Hosentasche, während Leni auf die anderen zugeht. Eine Nachricht hat das Klingeln ausgelöst.

Simon: Schöne Grüße von Coach Stevenson, er findet *Betterplace* großartig! Außerdem will er während der Halbzeit ein paar Fans live ins Stadion schalten, um über die Anrufe noch mehr Geld zu sammeln. Ich soll dir liebe Grüße von Winston sagen, der sich natürlich wegen der Fehlwurf-Sache am meisten über deinen Einsatz gegen Mobbing freut. Es ist das richtige Zeichen, wenn wir mit den Einnahmen eine dazu passende Institution unterstützen.

Ich beiße mir auf die Lippe und stecke das Handy zurück in die Hosentasche. Es geht mir dabei nicht nur um Winston.

»Kommst du?«, fragt Leni.

Ich nicke und laufe wie in Trance in ihre Richtung. Die Einnahmen werden an eine großartige Organisation gespendet, keine Frage, aber ich werde eben in wenigen Tagen auch gegen mein altes Team spielen müssen. Nur ihretwegen habe ich sofort an eine Organisation gedacht, die sich gegen Mobbing einsetzt. Denn es waren die andauernden Hänseleien meiner Ex-Mannschaft, wegen derer ich erst mein Stipendium und dann meine Schwester verlor. Und ich glaube, wie schlimm mich das bis heute belastet, wird mir in diesem Augenblick erst so wirklich bewusst.

IST ER TOLL? KEINE FRAGE! IST ER SÜSS? WIE SÜSSE SAHNE!

Leni

»Na siehst du!« Maria klopft Imogen lachend auf die Schulter. Ihr Jubel hallt bis an den Nachbartisch des zu einer Piratenschenke umdekorierten Fischrestaurants, in dem wir gerade zusammensitzen, ehe es in einer Stunde für das Abendprogramm zurück zum Hafen geht. »Ich hab dir doch gesagt, dass sie dein Anliegen bei der Zulassungsstelle verstehen werden.«

Nach dem Besuch bei den Pferden waren wir mittagessen. Danach stand die Zeit bis zur Piratenschenke zur freien Verfügung. Zwei Stunden, die ich dafür nutzen wollte, um den Zustand der Holzhütte zu überprüfen, die Otis' Familie gehört. Leider sehen die Häuschen hinter der Promenade alle gleich aus, weshalb ich das richtige nicht sofort finden konnte. Daher habe ich noch mal bei Ella nachgefragt, die mir aber erst vor ein paar Minuten einen genauen Standort per WhatsApp geschickt hat. Hoffentlich bleibt zwischen Sonnenuntergang und Abendprogramm noch Zeit für einen kurzen Abstecher, denn allein die Vorstellung, das Tiny House in der Dunkelheit zu suchen, sorgt für Gänsehaut.

»Ich war mir so sicher, dass ich bei dem Gespräch nur dummes Zeug geredet habe.« Imogen starrt noch immer auf ihr Handy. Mit zitternden Fingern öffnet sie die E-Mail, um sie erneut durchzulesen. »Aber hier steht, dass mir Mrs Day das Stipendium geben wird. Es … wird eine Zusage werden. Sie schreibt, dass Prospekte und ein allgemeines Begrüßungsschreiben zusammen mit der Zu-

*EDWARD, EDWARD, EDWARD.

sage per Post kommen. O Gott, ich werde Fine Arts in New York studieren.«

»Glückwunsch, Imo«, sagt Liam und Olivia jubelt vor Freude.

»Ich habe aber nichts anderes erwartet.«

Nun drücke auch ich Imogen an mich. »Herzlichen Glückwunsch.« Es fühlt sich ein wenig seltsam an, mich mit ihr über die Zusage zu freuen, fast ein bisschen wehmütig. So ist es auch bei Charlie, Jakob oder Ella, wann immer sie einen Schritt in Richtung der Erfüllung ihrer Träume gehen. Dass ich mich freue, steht außer Frage. Ich wünsche es mir nur so sehr auch für mich.

»Wo ist eigentlich Edward?«, fragt Imogen, sobald sie ihr Handy weggepackt hat. »Hat er denn keinen Hunger?«

»Er wollte lieber im Hotel bleiben«, erkläre ich, was Edward mir vor zwei Stunden in einer knappen Nachricht geschrieben hat und was ich seitdem versuche ohne Nachfragen hinzunehmen.

Die Blicke der anderen wandern irritiert zu mir. Ich erahne den Grund, weshalb es Edward nach dem Besuch bei den Pferden so eilig hatte, zurück ins Hotel zu flüchten.

Ich bin allein.

Ich könnte mir vorstellen, dass er es mit sich selbst ausmachen will, weil Edward das seit dem Tod seiner Schwester immer so macht. Oder er hat Freunde, mit denen er lieber darüber redet als mit mir. Auch wenn mich dieser Gedanke stört, muss ich ihn akzeptieren.

Ich bin mir ja noch nicht einmal sicher, ob es überhaupt in Ordnung ist, dass ich nun über den Tod seiner Schwester Bescheid weiß. Es kommt mir so vor, als hätte Edward nur von Hannah erzählt, weil ich im Pferdestall so verdammt unsicher war und er mir dieses Gefühl nehmen wollte. Das wäre typisch für ihn. Vielleicht liege ich mit meinen Vermutungen auch völlig daneben. Aber deswegen nachbohren werde ich nicht. Ich weiß nichts davon, was er durchgemacht hat.

Was ich jedoch sehr gut kenne, ist der Wunsch, alles möge wieder okay sein. Selbst wenn es unmöglich ist. Edwards Familie wird ihn nicht danach fragen, wie sein Aufenthalt in Deutschland war. Sie werden nie wissen wollen, wie eine Prüfung an der Uni gelaufen ist, oder bei einem seiner Spiele mitfiebern. Das wieder und wieder zu realisieren wird unfassbar hart sein.

»Er meinte, wegen irgendeines Spiels … oder so?«, lüge ich also und bin sofort erleichtert, als Liam mit der Zunge schnalzt.

»Sein Team tritt bald nach seiner Rückkehr gegen San Diego an«, erklärt er. »Wird eine harte Nummer, nachdem Missouri die Squirrels erst vor Kurzem gedemütigt hat … und für Edward gleich doppelt. Seine Karriere begann in San Diego, ehe er nach Los Angeles gewechselt ist.«

»Weißt du wieso?«, hakt Maria nach. »Weshalb ist er zu einem anderen Verein?«

»Darüber wird heftig spekuliert. Edward hat in einem Interview bestätigt, dass sein Wechsel persönliche Gründe hatte.« Liam zuckt mit den Schultern. »Ich schätze mal, seine Leistung war mies. So ist es meistens. Dass er dann von Los Angeles entdeckt und gefördert wurde, ist jedoch krass. Aber mittlerweile zahlt er den Vertrauensvorschuss ja doppelt zurück.«

»Sorry«, mischt sich Olivia ein, »aber ich finde, dass ihr ihn das einfach fragen solltet. Sich an Spekulationen zu beteiligen ist unterste Schublade. Vor allem, wenn man die betroffene Person kennt.«

»Finde ich auch.« Imogen klingt noch immer supererleichtert. Und ich wäre es an ihrer Stelle ebenso. Ein Stipendium für eine renommierte Kunsthochschule ist einfach unglaublich toll. So eine Unterstützung wäre auch für mich der einzige Weg, wie ich mir ein Studium finanzieren könnte. Natürlich gibt es in Deutschland zahlreiche Unis, die Gesang anbieten, auch mit einer Spezialisierung auf Musicals. Aber selbst wenn ich die harte Aufnahmeprüfung bestehen und mir zusätzlich eine Organisation ein Stipendium anbieten würde, wäre da noch immer das Unternehmen meiner Eltern. Wenn ich das Gespräch mit ihnen nur gedanklich durchspiele, wird mir schon übel.

Ruckartig stehe ich auf, weil ... irgendwie wird es mir gerade ein wenig zu viel. Imogens Freude. Liams Schnauben. Edward. Meine frustrierenden Zukunftsaussichten. Und Maria, die mich fragt, ob alles okay sei.

»Ja, sorry«, lenke ich ein. »Ich muss nur auf Toilette.«

Ich mache ein paar Schritte aus dem Raum, dann stocke ich und werfe einen Blick durch die Glastür nach draußen. Ich sehe Edward. Er kommt auf den Restauranteingang zu und als er ihn erreicht, öffne ich die Tür.

»Die anderen haben schon nach dir gefragt«, begrüße ich ihn.

»Ich wollte eigentlich, also ... hast du einen Moment?«

Mein Herz stolpert. »Ja, äh, klar.«

»Gut.« Edward klingt erleichtert. Dann dreht er sich um und läuft so hastig aus dem Restaurant, dass er fast schon rennt. Ich lasse die Tür los und folge ihm nach draußen. An der Promenade bleibt er stehen und mir liegt sofort eine Entschuldigung auf der Zunge. Doch als Edward sich zu mir herumdreht, schlucke ich sie runter.

Es wirkt, als wäre er hin- und hergerissen. Ich blinzle und versuche krampfhaft darüber nachzudenken, was er von mir wollen könnte. Doch mir fällt nichts ein, was mich nicht schon in der Theorie völlig überfordert.

»O Mann«, stößt Edward aus und lacht dann unerwartet auf.

»Das wird jetzt schräg. Wenn es schiefgeht, dann versprich mir, dass du exakt zu dem Moment vor zwei Minuten zurückspringst, als du mir die Tür aufgehalten hast. Dann betreten wir gleich einfach zusammen das Restaurant und schauen uns danach das Piratenschauspiel an. Wir tun so, als wäre nichts gewesen. Und alles, was ab jetzt passiert, vergisst du, okay?« Sein Lachen klingt nervös und ich bringe nur ein Nicken zustande.

»Hast du die UNO-Karte noch?«

Ich kriege die Zähne nicht auseinander. Mir ist heiß und dann wieder eiskalt, und ich glaube, mein Brustkorb wird gleich durch mein rasendes Herz zerschmettert.

»Es ist nämlich so«, fährt Edward fort, weil ich noch immer nicht reden kann, »dass du gestern recht hattest, was diese Karte anbetrifft. Ich hätte sie gerne wieder von dir zurück.«

Ich starre ihn perplex an, aber meine Finger machen tatsächlich Anstalten, nach dem Handy in meiner Hosentasche zu greifen. Mit Mühe zwinge ich meine Kiefer auseinander. »Ich habe sie hier.« Meinen Zeigefinger stecke ich gleichzeitig unter das Smartphone und befördere damit das Gerät beinahe auf den Boden. Edward fängt es gerade so auf.

»Ähm«, mache ich und verharre mit der Hand auf der Karte, als wäre sie ein Goldschatz und ich der Drache, der ihn beschützt. »Hier ist sie.«

»Wir hatten zwei Abmachungen. Eine sah vor, dass wir uns wiedersehen, was nach einem missglückten Versuch im Sommer ja nun endlich geklappt hat. Wird also Zeit für Deal zwei.« Edward reicht mir mein Handy. »Dafür müsstest du mir die Karte wiedergeben.«

Sofort presse ich meine Hand so unnachgiebig darauf, als hinge mein Leben davon ab. »Das ist so aber nicht ganz richtig«, korrigiere ich Edward.

»Stimmt. Ich war ja auch noch nicht fertig. Ich habe dir versprochen, dir etwas dafür zurückzugeben.«

Ich quetsche irgendeinen Laut raus, der Edward zumindest zu der Vorstellung anregen könnte, ich hätte es kapiert.

»Was hast du erwartet, was das hier wird?«

»Äh …«

»Hast du gedacht, ich sage dir, wie unangebracht deine Neugierde heute Mittag war oder dass ich es bereue, über Hannah gesprochen zu haben?«

Ja, verdammt. Doch das sage ich nicht laut.

Er holt tief Luft. »Dann wird das nun eine herbe Enttäuschung werden. Denn ich bin dir dankbar, dass du vorhin für mich da warst, und allein dafür will ich dir etwas zurückgeben, das dir gehört.«

»Was?« Meine Frage ist nur ein Keuchen, als wäre ich einmal die Promenade hoch- und wieder runtergerannt. Und so fühle ich mich gerade auch. Ich bin völlig fertig.

Edward seufzt leise, dann spüre ich, wie er nach meiner freien Hand greift.

»Pass auf, Leni ...«

Ich bekomme Gänsehaut am ganzen Körper, als Edward behutsam meine Finger öffnet und mir etwas Schweres in die Hand legt, ehe er sie darum zur Faust verschließt. »Das ist nicht ... nein ... das ... nein«, stammle ich.

»Ich habe dein Armband gefunden.«

Mein Kopf dreht sich.

»Ist das ein gutes Grinsen oder eines, das mir verrät, dass du mich gleich umbringst?«, fragt Edward nach ein paar Sekunden verunsichert, weil ich mich noch immer nicht rühre, die Hand weiter verschlossen ausgestreckt, und anscheinend grinse ich jetzt auch noch debil.

Bestimmt ist Edward sauer, weil er sich eine andere Reaktion auf das Armband erhofft hat. Verdammt. Ich kriege es ja noch nicht einmal hin, übertriebene Freude zu spielen. Ich bin viel zu schockiert darüber, was gerade passiert. Ich denke darüber nach, dass Edward mir schon wieder etwas gibt, nur weil es einen Moment lang um ihn ging, und wie sehr mich das stört. Es ist ein unangebrachter Gedanke, den ich sofort wieder versuche zu verdrängen. »Ich schätze, also, du hast sicher eine andere Reaktion erwartet. Sollen wir zurückspringen und es noch mal machen?«

Weil ich Edward noch immer anstarre, sehe ich, dass er sich ein Lachen verkneift. Und verliert. »Gib mir vorher die UNO-Karte«, lacht er. »Das war Teil der Abmachung! Ich kann seit vier Jahren kein UNO mehr spielen.«

Plötzlich spüre ich seine Hand wieder an meiner Faust. Er legt seine Finger um meine, so vorsichtig, als rechne er damit, dass ich das Armband loslasse, wenn er mich zu sehr erschreckt. Und das entspannt mich seltsamerweise. Was nichts daran ändert, dass mein Herz noch immer wie besessen gegen meinen Brustkorb donnert, als Edwards Finger nun ganz vorsichtig über mein Handgelenk streichen. Unter meinen Pullover. Ein winziges Stück hoch über den Unterarm.

»Die Abmachung ist vier Jahre her«, erinnere ich ihn, weil mich seine Berührung weiter beruhigt. »Du könntest sonst was über die dazugehörigen Bedingungen behaupten.«

»Stimmt«, gibt er zu und zieht seine Hand aus meinem Pullover. »Ich könnte so etwas sagen wie: Du hast mir die UNO-Karte und einen Kuss versprochen.«

»Edward Meyer!«, rufe ich. Aber die Wahrheit ist, ich will es auch. Ich will Edward küssen. So sehr.

Mit Herzklopfen schließe ich deshalb einfach die Augen, unmittelbar bevor ich spüre, dass Edward näher kommt.

»Leni Lück? Ist das etwa eine Einladung?«

Ich muss kichern. »Ja«, flüstere ich. »Ich erwarte, dass du mich küsst. Abmachung ist Abmachung.«

»Du kannst dir das nicht einfach so drehen, wie du möchtest. Eben wurde noch behauptet, dass der Kuss von dir ausgehen muss.«

»Gott verdammt!« Ich öffne die Augen, umfasse sein Gesicht und lege meine Lippen auf seine. Der Kuss erzwingt keine leidenschaftliche Reaktion. Es ist eher ein Streifen unserer Lippen, hauchzart und prickelnd. Der perfekte Bühnenkuss. Der mein Herz endgültig durchdrehen lässt. Meine Sinne sind von Edward erfüllt, von seinem Geruch, der mir schon in San Diego zu Kopf gestiegen ist und sich nun vermischt mit dem von Meer und Algen. Sind erfüllt vom sanften Reiben seines Dreitagebarts an meiner Wange und seinen Fingerspitzen, die ganz zart meine Hand streifen und sie so dazu bringen sich zu öffnen.

Zweimal tippt er auf das Armband, dann flüstert er in mein Ohr: »Damit sind beide Abmachungen erledigt. Und jetzt?«

**DAMALS NAHM ICH MIR VOR,
DICH NIE WIEDERZUSEH'N
JETZT STEHST DU HIER UND
ICH STARR DICH AN.
WAS IST MIT MIR?**

Leni

»Ich kann von hier aus noch nichts sehen«, erkläre ich Ella, die am anderen Ende der Leitung auf meine Einschätzung wartet. Vor einer halben Stunde habe ich die Gruppe an Johann weitergegeben, der uns fürs Abendprogramm begleitet hat und nun für einen kurzen Moment meinen Job übernimmt. An seinem freien Tag. Mist.

Aber natürlich war zwischen dem Abendessen – inklusive Überraschungskuss als Dessert – und dem Abendprogramm nicht ausreichend Zeit, um nach dem Tiny House zu sehen. Da ich es aber vor Einbruch der Dunkelheit dorthin schaffen will, gehe ich eben jetzt schnell den Kiesweg zur Hütte entlang.

Ich möchte eigentlich nur ein paar Bilder für Ella machen und dann sofort zurück zur Gruppe. Auch, weil die Sonne schon verdächtig tief am Horizont steht. Vermutlich habe ich nur noch wenige Minuten, ehe eine Handytaschenlampe die einzige Lichtquelle ist, was der absolute Horror wäre. Ein Blick nach oben verrät mir, dass bei jeder zweiten Laterne entlang des Weges das weiße Gehäuse beschädigt ist. Nur die Vorstellung, dass das Licht darin bei Finsternis flackert. Bitte nicht.

*VERKNALLT, VERSCHOSSEN, VERNARRT, VON AMORS PFEIL GETROFFEN – NENN ES, WIE DU WILLST, LENI, ABER ZUR HÖLLE, ES IST OFFENSICHTLICH.

»Alles okay? Du atmest so flach.«

»Ja«, erwidere ich schnell. »Ich kann das Holztor mittlerweile erkennen und ... o nein.«

»Was? Was ist los?«

»Ich glaube, da ist ein Baum umgestürzt.«

»Bestimmt ein Sturmopfer. Wie schlimm ist es?«

»Warte ...« Ich nehme das Handy vom Ohr und fotografiere den Baum, dessen Äste ein Fenster auf der Vorderseite des Hauses eingeschlagen haben. Die Scherben liegen überall im winzigen Garten verteilt und sind ganz sicher auch im Inneren.

»Die Holzwände haben zum Glück nichts abbekommen«, versichere ich Ella, die beim Anblick des Fotos laut aufseufzt. »Ich denke, das könnte man schnell reparieren.«

»Hoffentlich ist das erst vor Kurzem passiert, sonst leben bestimmt schon Ratten in der Hütte.«

»Soll ich nachschauen?« Wieder schwenkt mein Blick nach oben.

»Hast du noch ausreichend Zeit dafür?«

Eilig öffne ich das Holztor und renne zu dem eingeschlagenen Fenster, um das Hausinnere zu inspizieren. »Sieht alles gut aus. Keine Tiere, zumindest nicht auf den ersten Blick. Aber ihr solltet so schnell wie möglich herkommen und es euch selbst anschauen.«

»Auf jeden Fall ... danke jedenfalls fürs Gucken. Wie läuft's denn mit Edward?«

»Gut.« Wir haben uns geküsst. Aber das ergänze ich nur in Gedanken. Wir haben uns verdammt noch mal geküsst und es war der beste Kuss meines Lebens. Obwohl er nur hauchzart und viel zu schnell vorbei war. Ich schätze, wenn ich Ella das jetzt sage, wird sie ausflippen, was ich gerade nicht gebrauchen kann, weil ich ja erst mal selbst begreifen muss, was da vor ein paar Stunden passiert ist. Wobei *passiert* das falsche Wort ist. Der Kuss war ja kein Zufall, für mich jedenfalls nicht.

»Wieso schweigst du, Leni? Normalerweise sprudelt es doch

immer sofort aus dir heraus.« Das stimmt. Und dass mich so ein winziges Detail verrät, ist irgendwie traurig.

»O mein Gott«, schreit Ella auf, ehe ich ihr antworten kann. »Es ist passiert, oder? Ihr habt euch geküsst. Okay, ich will alles wissen! Warte, ich hol Charlie! Du musst uns auf der Stelle jedes Detail erzählen!«

»Ella, warte!« Ich gebe ein Stöhnen von mir, während ich das Holztor so gut es geht hinter mir verschließe. »Nicht jetzt, okay? Ich muss zurück zum Hafen, ehe es dunkel wird. Johann betreut die Gruppe gerade, was eigentlich ganz und gar nicht geht, aber ich wollte unbedingt nach dem Haus sehen und –«

»Erzähl mir einfach auf dem Weg zurück zum Hafen so viel wie möglich.«

Ich weiß, dass Ella es nur lieb meint, aber ich klinge trotzdem ein wenig gereizt, als ich ihr antworte. »Welcher Teil von *nicht jetzt* war unverständlich?« Mein Blick geht zum Meer. »Die Sonne geht gleich unter und du weißt genau, dass ich mir bei Dunkelheit vor Angst in die Hose pinkle. Da fehlt mir einfach der Sinn für langwierige Analysen.«

»Ist ja gut. Ich bin dir dankbar, dass du nach der Hütte geschaut hast.« Sie seufzt leise. »Ich frage Otis, ob wir uns das an einem der kommenden Wochenenden ansehen wollen. So wie es aussieht, lässt es sich an einem Tag beheben.«

Ich stimme ihr zu. Wenn Ella nicht als DJ auflegt, arbeitet sie als Erzieherin in einem Brennpunktkindergarten in Marzahn. Es gibt kein Problem, das sie nicht irgendwie lösen kann. Sobald etwas in unserer WG kaputtgeht, repariert es Ella mit Leichtigkeit, und auch in Bezug auf Edward hätte sie ganz sicher eine brauchbare Lösung parat. Eine, die mir unter Umständen im Hinblick auf die anstehenden Tage helfen könnte. Ach, was soll's.

»Wegen Edward …«, beginne ich und versuche meine Stimme unter Kontrolle zu halten. »Ja, du hast recht. Und es gibt noch etwas.«

Ella kreischt so laut los, dass ich das Handy vom Ohr weghalten muss, um einen Tinnitus zu vermeiden. »Was? Hattet ihr … Leni? Ihr habt miteinander geschlafen?«

»Nein.« Mit einem Stöhnen gehe ich den Weg entlang, der zurück zum Hafen führt. »Edward hat tatsächlich mein Armband wiedergefunden.« Die Straßenlaternen sind noch nicht angesprungen, obwohl es deutlich dunkler geworden ist.

»Nein! Wie süß ist das denn? Ist er deswegen zurückgekommen? Oh Gott, ich sterbe!«

Ich laufe schneller, als wäre ich auf der Flucht. Und das bin ich auch. Denn hinter mir knackst es. »Es ist der reinste Horrorfilm«, stöhne ich auf.

»Der Kuss mit Edward oder das Armband?«

»Nein! Es knackst überall und ich kann nicht mehr alles ausreichend gut erkennen, um nach dem Grund dafür zu suchen. Gibt es hier Wölfe?«

»Leni, ich werfe dir jetzt nicht vor, nur ablenken zu wollen, okay? Ist es noch weit?« Das Lächeln in Ellas Stimme ist nicht zu überhören. »Dann … warte, ich habe eine Idee, die ich neulich auf TikTok gesehen habe. Ich schick dir gleich etwas und du spielst es einfach ab. Okay? Das wollte ich dir eh noch zeigen.«

»Was … nein … wa–«

Ella hat aufgelegt.

Zwei Sekunden später schickt sie mir einen Video-Link, den ich antippe. Während der Clip lädt, laufe ich so schnell den Weg entlang, dass ich keuchend Luft holen muss, als der beleuchtete Hafen allmählich in Sichtweite kommt.

Und dann dröhnt aus dem Lautsprecher Musik. Aber nicht leise, wie ich es erwartet habe, sondern so laut, dass es vermutlich sogar die Reisegruppe am Hafen noch hört. O nein, nein, nein. Hektisch drücke ich den Knopf an der Seite, woraufhin mir das blöde Handy aus der Hand auf den Boden rutscht. Das Display ist jedenfalls nicht gesprungen, denn ich kann Meryl Streep noch immer dabei zusehen, wie sie mit voller Innbrunst singt.

Mamma mia, here I go again
My, my, how can I resist you?
Mamma mia, does it show again
My, my, just how much I've missed you?

Es ist meine allerliebste Szene aus dem besten Musical der Welt. Ella weiß das und sie hat mir das Video geschickt, weil ... ja, wieso eigentlich? Wütend hebe ich mein Handy auf. Zugegeben, meine Wut auf Ella vertreibt gerade immerhin zuverlässig die Panik und je näher ich beim Tippen dem beleuchteten Hafen komme, umso leichter wird mir ums Herz.

Leni: Dein Ernst? Nun kennt der halbe Hafen diesen Song!

Ella: Sorry! Aber immerhin war es eine gute Ablenkung, oder?

Leni: Ja. Aber dafür habe ich jetzt einen Ohrwurm.

Ella: Lieber einen Wurm im Ohr als einen Wolf am Bein ... Ich wollte dich nur ablenken. Wir haben uns den Film gestern angesehen und ich musste an dich denken. Der Song passt, so gut zu Edward und dir. Und jetzt habt ihr euch auch noch geküsst ... Ich liebe Geschichten, die mit einem Kuss enden! Wir laden uns einfach schon mal zur Einweihungsparty bei Charlie und Levy ein, und spätestens da musst du uns ALLES erzählen!

Leni: Hoffentlich endet DIESE Story nicht nur mit einem Kuss …

Als ich kurz darauf endlich den Hafen erreiche, summe ich den Refrain des Kultmusicals zur Beruhigung noch immer leise vor mich hin. Auch wenn mich Ella gerade wirklich beinahe zum Ausrasten gebracht hat, muss ich jetzt über mich selbst lachen. Ich habe die besten Freundinnen der Welt, so viel steht fest, was ich den beiden in einer Nachricht im Gruppenchat verkünde.

Ehe ich das Handy wegstecken kann, blinkt eine Nachricht von Johann auf. Das Piratenschauspiel war wohl früher zu Ende als geplant. Er schreibt, dass er die Gruppe zurück zum Hotel bringt, womit mir der Rest des Abends unerwartet zur freien Verfügung steht. Dafür hat Johann etwas gut bei mir. Aber fürs Erste genieße ich den ersten Augenblick ohne Verantwortung während dieser Tour.

Kichernd drehe ich mich einmal um die eigene Achse und breite dabei die Arme aus, während ich an einer anderen Stelle im Lied weitersinge: »*Yes, I've been brokenhearted. Blue since the day we parted Why, why did I ever let you goooo …*«

Von einer der Bänke beobachten mich ein paar Leute und ich muss abermals kichern, weil ich mich sonst nie so benehme. Aber der Tag heute … Edwards Kuss … das Armband an meinem Handgelenk … ich will mich gerade albern und kindisch verhalten, weil ich mich in diesem Augenblick so unfassbar gut fühle. Noch einmal drehe ich mich im Kreis, ehe ich mitten in der Bewegung erstarre.

»Wie lange stehst du schon da?«

Edward grinst. »Lange genug, um … ach, lass es mich anders sagen.« Er räuspert sich, ehe er … o nein, er wird jetzt nicht … Doch. Edward holt tief Luft und dann singt er völlig schief.

»*Mamma mia, now I really know. My, my* … Ich hätte dich schon in San Diego niemals gehen lassen dürfen.«

MAMMA MIA, JA, MEIN HERZ HAT NOCH NARBEN.
SO VIELE TRÄUME STARBEN.
WIE, WIE KONNTE ICH NUR VON DIR GEHEN?

Leni

Ich starre Edward an. »Meinst du das ernst?«

»Natürlich!«, stößt er lachend aus. »Ich dachte, das wäre mittlerweile klar.«

Ich kann Edward nur weiter still anschauen und dabei zusehen, wie sich seine Arme unter der Jacke anspannen.

»Du musst dazu nichts sagen, wenn du nicht willst. Ich möchte nur weiterhin versuchen, ehrlich mit dir zu sein. Alles andere wäre nicht fair.«

»Edward, ich … ich …«

»Es tut mir leid. Aber auch du musst dir jetzt eine Sache anhören, auch wenn du mich danach zum Teufel jagen willst.«

»Ich wollte nur fragen, ob wir runter an den Strand gehen wollen. Hier sind so viele Leute und ich …«

»Die Leute sind mir im Augenblick scheißegal, verdammt noch mal.«

Ich muss lachen, aber dann greift Edward nach meiner Hand.

Mein Herz setzt einen Schlag aus, als er sich über die Stirn reibt und mich anschließend mit einem Blick ansieht, in dem beängstigend viel Entschlossenheit liegt.

»Ich möchte dir nur beschreiben, was du in mir auslöst. Darf ich?«

*OH, ICH SCHÄTZE, DIE VERANTWORTUNG FÜR EIN GANZES FAMILIENUNTERNEHMEN IST DURCHAUS EIN GRUND

Ich habe Mühe, Edward zu verstehen, weil er so schnell redet, und als ich nicke, dreht er sich um und zieht mich hinter sich her zum Strand.

»Es ist ganz egal, wo ich es dir sage, weil die Worte immer dieselben sein werden.« Wir erreichen den Strand und Edward bleibt stehen. »Aber ich habe keine Ahnung, ob ich sie einfach so aussprechen kann, weil ich nicht weiß, was vor San Diego passiert ist, weshalb du damals so große Angst hattest.«

»Ich hatte keine Angst vor dir.«

»Trotzdem muss ich es wissen, Leni. Ich drehe sonst durch. Seit ich in Deutschland bin, habe ich keine Nacht richtig geschlafen, weil ich mir ununterbrochen Fragen stelle. Was passiert, wenn ich Leni auf ihren Bruder anspreche? Wie wird sie reagieren, wenn ich ihr näherkomme? Und nach unserem Gespräch heute Mittag im Stall ist meine Suche nach Antworten nur noch dringlicher geworden.« Er macht eine kleine Bewegung auf mich zu. »Vielleicht ist es nicht fair, dich darum zu bitten, da ich ja selbst zu sparsam mit Erklärungen umgehe. Es ist nur ... nach unserem Kuss habe ich mich schrecklich gefühlt, weil ich nicht wusste, ob es in Ordnung war, dir so nahezukommen. Und ich will dir nahekommen. So sehr. Gleichzeitig möchte ich mich nicht ständig danach erkundigen, ob alles okay ist. Deswegen ... Bitte. Sag es mir. Was ist passiert?«

Es ist klar, was Edward meint. Und nein, auf keinen Fall will ich ihm die Wahrheit sagen. Aber das ist nicht richtig. Vielleicht kann er mich ja wirklich besser verstehen, wenn er alles weiß. Wenn er genau weiß, was mit der Jugendleitung von Jakobs Verein vorgefallen ist.

Während ich noch immer mit mir kämpfe, beugt sich Edward nach vorn und zieht sich seine Schuhe aus. »Hat es etwas mit Akira zu tun?«

»Nein ... nicht nur.« Am liebsten will ich mich umdrehen und zurück zum Hotel gehen. Sogar das Tiny House wäre gerade eine willkommene Option, obwohl es kaum ein Lichtstrahl mehr bis dorthin schafft. Aber eine überstürzte Flucht würde nichts ändern. Hat es vor vier Jahren auch nicht. Ich muss es endlich aussprechen. Doch meine Kehle ist wie zugeschnürt, als ich meine Schuhe ebenfalls ausziehe und barfuß durch den kühlen Sand Richtung Meer gehe. Ich befürchte, dass die Worte nie aus mir herauskommen, aber als ich merke, dass mir Edward mit ein wenig Abstand folgt, fange ich an und plötzlich geht es leichter.

»Vor über vier Jahren hat mein Bruder vor einem wichtigen Fußballspiel unerlaubte Substanzen zur Leistungssteigerung genommen. Er hat ein Video dazu auf YouTube gesehen und danach ein Mittel im Internet bestellt. Keine Ahnung, was in dem Zeug drin war, aber er ist damit mitten in der Nacht zu einem Park gefahren, um es dort zu konsumieren. Keine Viertelstunde später hat er sich an Ort und Stelle die Seele aus dem Leib gekotzt. Ich bin froh, dass er es irgendwie geschafft hat, mich anzurufen. Jakob stand enorm unter Druck. Eine Sportlerkarriere verlangt einem viel ab, aber das weißt du vermutlich selbst. Jakob wollte unseren Vater nicht enttäuschen, der, seit ich denken kann, alles für Jakobs Traum tut. Deswegen hat er das Mittel genommen. Ich habe Jakob abgeholt und nach Hause gebracht, mir erst mal eine Ausrede für unsere Eltern überlegt … und am nächsten Morgen bin ich zu seinem Verein gefahren. Mein Bruder hatte riesengroße Panik, dass der Trainer ihn rauswirft, wenn er das wichtigste Spiel der Saison verpasst, was vermutlich Blödsinn war. Aber er war fünfzehn. Er hatte einfach nur Angst.«

»Was hast du dem Trainer erzählt?«

»Er war noch gar nicht da. Stattdessen traf ich Thomas. Er leitet bis heute die Jugendbetreuung im Verein und er ist der beste Freund meines Vaters. Ich war deswegen erleichtert, weil ich mir sicher war, dass er Jakob in Schutz nehmen würde. Ich entschied mich gegen eine Lüge und erzählte Thomas die Wahrheit.«

»Dass Jakob irgendwelche Drogen zur Leistungssteigerung konsumiert hat und daher nicht spielen kann?«

Ich zucke zusammen, weil Edward es einfach so laut ausspricht, ganz sachlich, ohne dabei emotional zu reagieren. Als ich beim Sprechen stehen geblieben bin, stoppte er zwei Schritte schräg hinter mir. Jetzt sehe ich aus den Augenwinkeln, dass er seine Hand nach mir ausstreckt, die ich aber nicht ergreife. Stattdessen drehe ich mich zu ihm und auch wenn ich es im Abendlicht nicht gut erkenne, weiß ich, dass er mich direkt ansieht.

»J-ja, genau. Alles habe ich ihm anvertraut, weil ich dachte, dass er Jakob niemals dafür verantwortlich machen wird, dem immensen Leistungsdruck für einen Moment nicht standgehalten zu haben. Mit meiner Ehrlichkeit wollte ich verhindern, dass Jakob noch mal in eine für ihn so ausweglose Situation gerät. Danach hatte ich vor, gemeinsam mit meinem Bruder mit unseren Eltern zu reden. Thomas dabei auf meiner Seite zu haben schien mir eine gute Ausgangsbasis für ein Gespräch.«

Edward atmet geräuschvoll aus, die Hand noch immer nach mir ausgestreckt. Als wäre sie ein Angebot und ich dürfe mir überlegen, wann ich dieses annehme. »Hat er so reagiert, wie du es dir erhofft hast?«

»Ich weiß nicht, was ich erwartet habe.« Ich räuspere mich wieder, doch gegen die Enge in meiner Kehle komme ich gerade nicht an. »Jakob und Thomas' Stieftochter sind ungefähr im selben Alter. Soweit ich weiß, hat seine jetzige Frau Beth aus einer vorherigen Beziehung mitgebracht. Beth und Jakob waren schon im Kindergarten miteinander befreundet und Thomas ist sogar Teilhaber unseres Reiseunternehmens. Früher begleitete er die Familie hin und wieder in den Urlaub. Dank Beth durfte ich mich um Akira kümmern. Es ist eigentlich ihr Pferd. Vermutlich war es für mich nur logisch, dass Thomas vollstes Verständnis für meinen Bruder zeigen und seine körperliche und mentale Belastung in Zukunft besser im Blick haben würde. Dass er uns im Gespräch mit meinen Eltern beistehen würde. Aber da hatte ich mich geirrt.«

»Was hat er stattdessen gemacht?« Ich sehe, wie Edward seine Hand an die Seite presst, und dann kann ich hören, dass er schluckt.

»Er wurde erst mal nur sehr wütend. Thomas hat angedroht, Jakob sofort aus dem Verein zu werfen.« Ich halte inne und atme ein paarmal tief durch, um die Angst vor dem, was jetzt kommt, zu unterdrücken. Dann spreche ich einfach weiter, ohne über die Konsequenzen nachzudenken. Genauso wie ich damals nicht mehr nachgedacht habe. »Seine Reaktion hat mich komplett überrumpelt und sofort mitgerissen. Ich bin ihm hinterhergerannt, habe auf ihn eingeredet und mich dabei unfassbar mies gefühlt, weil sich Jakob auf mich verlassen hat und ich mit jedem Wort alles nur noch schlimmer machte. Aber Thomas ließ sich nicht beruhigen. Erst als wir in der Kabine angekommen waren und er Jakobs Spind aufgerissen und mir sein ganzes Zeug vor die Füße geworfen hatte, bekam ich seine Aufmerksamkeit zurück. Ich ...«

Edward ist näher gekommen. Ich zittere am ganzen Körper, weil ich so große Angst davor habe, es jetzt laut auszusprechen. Und davor, welche Gefühle in ein paar Sekunden durch mich hindurchrauschen werden.

»Ich habe Thomas gefragt, ob wir das, was passiert ist, *anders* lösen können. Gott, ich weiß nicht einmal, wieso ich es getan habe. Ich war hilflos und verzweifelt. Das erklärt nicht, dass ich Thomas etwas anbiete, das auf eine ganz bestimmte Art interpretiert werden kann. Ich weiß das, aber ...« Meine Stimme bricht.

Edward atmet tief ein und wieder aus. Ich bin ihm dankbar, dass er jetzt nichts Beschwichtigendes sagt. Dass er mich nicht mitleidig ansieht.

»Ich weiß nicht, was in meinem Kopf los war.« Nichts. Da war nichts außer der blanken Panik, dass ich alles nur noch schlimmer und schlimmer mache. Es war wie eine Schlucht, auf die ich ungebremst zuraste, ohne dabei nur eine Sekunde über das nachzudenken, was ich tat. »Thomas hat kein Wort darauf gesagt, mich nur erschrocken angesehen. Wir standen uns schweigend gegenüber, nur mein im Affekt ausgesprochenes Angebot schwebte zwischen uns. Irgendwann, nach drei oder vier Minuten, habe ich die Stille nicht mehr ertragen und mich selbst noch viel weniger. Ich habe Thomas angebrüllt, wie ihm Jakob so egal sein kann. Dass er früher fast täglich bei uns zu Hause war und Jakob ihn als Vaterfigur sieht, weil Thomas immer für ihn da ist, wenn es unser eigener Vater nicht kann. Kaum war es ausgesprochen, hat mich Thomas geschubst, sodass ich mit der Schulter gegen Jakobs Spindtür geknallt bin. Ich habe losgeheult und Thomas ist einfach gegangen. Dieses Verhalten löste etwas in mir aus.«

»Was? Was ging in dir vor, Leni?« Edward macht wieder einen Schritt auf mich zu, bleibt dann aber stehen und ballt die Fäuste, als wolle er sich so zwingen, mich jetzt nicht zu berühren. Dadurch schäme ich mich nur noch mehr.

»Ich schämte mich für das, was ich Thomas angeboten hatte. Gleichzeitig stiegen unendlich große Schuldgefühle in mir auf und dazu riesige Angst vor den Konsequenzen. Wird es Thomas meinen Eltern sagen? Jakob anschließend aus dem Verein fliegen? Ich stand heulend und allein in dieser Umkleidekabine und konnte mich nicht aus der emotionalen Lage befreien. Ich fühlte mich für meinen Bruder verantwortlich, aber das darf nicht als Ausrede für übergriffige Aussagen verwendet werden, wenn sie auch nur aus einer Überforderung heraus gesagt wurden. Ich wusste ganz genau, was ich mit meiner Aussage andeute. Ich wollte, dass Thomas mein Angebot auf diese Weise versteht. Mein Fehlverhalten ist mir bewusst und ich schäme mich unendlich dafür.«

Ich warte auf Edwards Reaktion, aber noch viel mehr konzentriere ich mich auf das, was mit mir passiert. Noch immer bebt mein Körper. Das ist der Moment, vor dem ich mich seit vier Jahren fürchte. Ich habe die Wahrheit laut ausgesprochen und jetzt wird mein Körper entsprechend reagieren, doch in meinem Inneren ist nur Leere. Stattdessen spüre ich Edwards Hände an meinen Schultern. Er zieht mich an sich.

»Ist das okay?«, flüstert er.

Als ich nicke, schlingt er die Arme fest um meinen Oberkörper und er legt seine Stirn auf mein Haar. Ich glaube, dass wir eine Ewigkeit so dastehen, die Zehen im Sand vergraben, und nur zusammen atmen und den Wellen zuhören.

Tränen treten mir in die Augen, doch statt sie wegzublinzeln, lasse ich sie auf meine Jacke und in den Sand tropfen. Vorsichtig streicht mir Edward über den Rücken, genau so, wie es mir guttut. Seine Berührung sagt mir, dass es okay ist. Aber Edward kennt noch immer nicht die ganze Wahrheit.

»Ich habe mich nie bei Thomas entschuldigt und er hat es im Gegenzug auch nicht getan«, sage ich irgendwann. »Wir haben seitdem kein Wort mehr gewechselt. Das fehlende Gespräch ist bis heute unsere stille Abmachung, weiterhin zu schweigen. Thomas hat Jakob im Team behalten.« *Und er bevorzugt ihn seitdem*, ergänze ich in Gedanken. »Dass mein Bruder weiterhin Fußball spielen durfte und unsere Eltern sich auch Tage nach dem Vorfall normal verhielten, war alles, was in diesem Moment für mich zählte. Bis mein Vater eine Woche später in mein Zimmer kam. Er teilte mir mit, dass Thomas die Reitbeteiligung beendet habe, weil ich meinen Pflichten Akira gegenüber angeblich nicht ordentlich nachkam.«

Ich merke, wie ich mich an mein Armband klammere, als könnte ich so verhindern, dass der Erinnerungsschmerz zu tief in mein Herz dringt. »Papa war so sauer. Er hatte mir extra das Armband gekauft, damit ich meine Aufgabe ernst nehme. Und ich glaube, das … das war das Schlimmste. Papa war vorher noch nie von mir enttäuscht gewesen und ich konnte mich nicht rechtfertigen. Ich wusste nicht, was passiert, wenn ich das stille Abkommen mit

Thomas breche. Bis heute will ich es nicht riskieren. Ich entschied, alleine mit der Situation klarzukommen.«

»Leni, das ...« Edward schluckt heftig und als er fortfährt, klingt er, als müsse er sich zusammenreißen, um nicht zu weinen.

»Ich habe mittlerweile irgendwie damit abgeschlossen«, füge ich schnell an und schließe dabei meine Hand fester um das Armband. »In San Diego war das alles nur ein paar Tage her. Es tat gut, mit dir darüber zu reden. Aber dass ich dort dann mit dem Armband auch noch die Gewissheit verlor, mein Pferd nicht im Stich gelassen zu haben, war kaum zu ertragen. »

»Darf ich dir dazu etwas sagen?«

Überrascht hebe ich den Kopf. »Klar.«

»Thomas hatte kein Recht, dir Akira wegzunehmen. Ganz egal, was in der Kabine passiert ist und ob ihr hinterher darüber hättet sprechen sollen ... Akira hatte nichts damit zu tun, oder? Du hast dein Pferd verloren. Du hast an diesem Tag etwas hergeben müssen, das dir alles bedeutet. Und das war nicht okay. Hörst du? Es ist nicht okay, wenn Thomas dir Akira wegnimmt, um sich selbst zu schützen.«

»Wie meinst du das?«

»Du bist Jakobs ältere Schwester, Leni. Dass du Thomas etwas angeboten hast, was du hinterher bereust, kann nicht dadurch aufgewogen werden, dass du dich für Jakob verantwortlich gefühlt hast. Das hast du gerade selbst bestätigt. Deine Worte liegen allein in deiner Verantwortung. Aber danach ist nichts weiter passiert. Du hast Thomas nicht bedrängt. Es ist nicht deine Schuld, wenn er handgreiflich wird, nachdem du ihm Vorwürfe machst.

Ich will damit nicht sagen, dass es der richtige Weg war, Thomas anzuschreien, aber ein Problem lässt sich genauso wenig durch Gewalt lösen. Ein einordnendes Gespräch wäre ganz bestimmt der bessere Weg gewesen, aber ich weiß selbst, dass emotionale Überforderung einen daran hindern kann, etwas zu tun, das dringend nötig wäre. Ein stilles Schweigeabkommen scheint auf den ersten Blick die bessere Lösung zu sein. Ich bin nicht in der Position, irgendwem die Täterrolle zuzuweisen, aber ich glaube, dass das gar nicht geht. Du hattest Angst vor den Konsequenzen und vermutlich erging es Thomas ganz ähnlich. Sich davor zu schützen, indem er dir Akira wegnimmt, ist für mich nicht respektvoll.«

Edwards Worte hallen in mir wider. Sie füllen die Leere, weil sie sich miteinander verzweigen, bis sie ein loses Netz bilden, in das ich mich fallen lasse. Ich wusste nicht, dass ich es so sehen kann. Und darf. Zum ersten Mal begreife ich es: Thomas und ich haben beide Fehler gemacht, die nur durch ein Gespräch geklärt werden können. Nicht durch Schweigen. Erst recht nicht durch Druck.

»Danke«, flüstere ich.

»Wenn du willst, sage ich dir das immer wieder. Bis du es verstehst. Und dabei halte ich dich fest. Wie du mich heute Mittag. Ich halte dich fest.«

NEW BEGINNINGS

(BRUSH PEN ON A5 PAPER, 2015)

Edward

Ich möchte Leni noch so viel mehr sagen, trotzdem halte ich inne und warte.

Minutenlang stehen wir am Strand. Irgendwann blinzelt sie zu mir hoch. »Danke für das, was du gerade eben zu mir gesagt hast. Bestimmt kann ich es irgendwann auch so sehen. Aber dafür brauche ich Zeit. Irgendwann ... also ... ich habe gerade den Drang, mit Thomas über alles reden zu wollen, was passiert ist.« Sie hebt ihren Arm, wodurch das Armband leise klimpert, als der Anhänger gegen die Perlen stößt. »Ist das schräg?«

»Nein, kein bisschen. Ein Gespräch ist seit Jahren überfällig. Nicht mehr davor weglaufen zu wollen ist sehr mutig, Leni.«

Sie nickt, aber dabei sieht sie so aus, als wäre sie noch dabei, das alles zu sortieren. »Ich weiß seit ein paar Tagen, dass er Jakob im Verein bevorzugt. Mein Bruder kommt kein bisschen damit klar und ich ... fühle mich deshalb ebenfalls mies.«

»Du wirst dich für alles schuldig fühlen, von dem du annimmst, dass Thomas es aufgrund deines Verhaltens tut.«

»Das klingt, als ob du genau wüsstest, wovon ich spreche.«

Den abrupten Perspektivenwechsel packe ich gerade nicht. Nicht, nachdem Lenis Worte bereits mein Innerstes aufgescheuert haben. Allein die Erwähnung von Hannahs Namen könnte dazu führen, dass ich losheule. Das kann ich Leni nicht antun. Sie würde sich sofort um mich kümmern wollen. Ich schätze, da ist sie genauso aufopfernd wie Hannah. Aber gerade geht es um sie und wenn ich nicht völlig danebenliege, tut es das nicht besonders oft. Außerdem verstehe ich jetzt endlich, wieso Leni in San Diego so reagiert hat und wie schrecklich es für sie gewesen sein muss, als sie ihr Armband verloren hat.

»Tut mir leid«, sagt Leni, als ich gerade beschwichtigen will, und seufzt an meiner Brust. »Aber ich bin noch immer überfordert damit, wie schnell du etwas begriffen hast, das ich über vier Jahre nicht sehen konnte.«

»Ich war der jüngere Bruder, Leni«, sage ich.

Sie greift nach meinen Händen und hält sie fest. »Also hatte Hannah ganz schön Ärger mit dir?« Dass sie mir beim Reden über meine Handrücken streicht, dass ihre Stimme dabei sanft und liebevoll ist und sie jetzt leise lacht, fühlt sich wundervoll warm an.

»Sagen wir so, irgendwann half nur noch eine Vereinbarung.«

»Was denn für eine Vereinbarung?«

»Als unsere Eltern den Autounfall hatten, war Hannah gerade achtzehn geworden und ich zehn. Während ich also weiter zur Schule ging, nahm Hannah erst einen, dann zwei und schließlich nach meinem Abschluss einen dritten Job an, um uns irgendwie durchzubekommen. Wir lebten in einer heruntergekommenen Wohnung, die aber so gestaltet war, dass ich mich wohlfühlen konnte. Hannah hat jeden Tag für mich gekocht, weil sie es gehasst hat, wenn ich Fast Food in mich reinstopfte. Sie fuhr mich zum Basketball-, Football- und im Sommer zum Baseballtraining. Sie ließ mir ziemlich viel durchgehen, weil ... na ja ... Hannah wusste, dass ich meine Trauer mit Sport in den Griff kriege. Deshalb trafen wir irgendwann eine Abmachung. Ich musste zum Sport gehen und nur wenn sich irgendwo ein Mammut-Problem auftat, musste ich es ihr sofort sagen. Bei allem anderen mischte sie sich nicht mehr ein. An beide Regeln habe ich mich immer gehalten, weil ich wusste, wie wichtig sie Hannah waren. Aber ansonsten ... habe ich sie ziemlich hängen lassen. Sie hat sich nie beschwert.«

»Hannah war deine ältere Schwester«, sagt Leni, noch immer mit einem Lächeln auf den Lippen. »Wir beschweren uns nicht. Niemals.«

Ich habe keinen blassen Schimmer, wie ich auf diese Information reagieren soll. Hannah hatte ein riesiges Verantwortungsgefühl, okay. Und weil das so war, geht es in Ordnung, dass sie kein eigenes Leben haben darf, oder was? Klingt für mich nicht gerade fair. »Mir wäre es lieber gewesen, wenn Hannah mir mal ihre Meinung gesagt hätte.«

Ich höre ein Schnaufen und bin irritiert, als ich Lenis Grinsen dazu sehe. »Als ob du jemals auf sie gehört hättest. Ich kannte Hannah nicht. Aber ich weiß, dass Brüder generell immer das Gegenteil von dem tun, was man ihnen sagt.«

»Hannah hatte einen Herzinfarkt«, bricht es aus mir heraus.

Einen Moment schweigen wir beide.

»Denkst du, dass ...«, fängt Leni dann und drückt dabei ihre Wange an meine Brust, »glaubst du, dass der ganze Stress –«

»Ich weiß es nicht. Vielleicht ... wahrscheinlich. Sie hat vor ihrem Tod nicht mit mir darüber geredet. Ich wusste nicht, wie schlecht es ihr geht.«

Ich fühle mich komplett hilflos, als stünde ich mit dem Rücken gegen eine Wand. Alles in mir krampft sich zusammen, weil mein Verstand den Abend vor ihrem Tod anscheinend noch mal mit mir durchgehen möchte. Das kann ich nicht zulassen, da sonst nur wieder eine Million Lücken auftauchen werden. Stunden, in denen ich nicht zurechnungsfähig war. An die ich mich nicht erinnere.

Tja, nur an Hannahs Scheißregeln habe ich mich gehalten. Ich bin brav zum Spiel gegangen, habe davor erfahren, dass man mir wohl das Stipendium wegnehmen wird, und mich nach einer Blamage auf dem Spielfeld halb besinnungslos getrunken. Hannah habe ich deswegen mitten in der Nacht angerufen, um ihr von meinem Mammut-Problem zu erzählen. So wie sie es von mir verlangt hatte. Sie kam mich abholen und auf der Fahrt erfuhr sie das erste Mal nach Monaten, wie unterirdisch meine Leistungen am College waren, wie beschissen es mir an der Uni ging. Und dass all ihre Mühe vergebens war.

»Machst du dich deshalb für ihren Tod mitverantwortlich?«

Es dauert, bis ich begreife, dass Leni sich auf den Stress bezieht, den sich Hannah meinetwegen zugemutet hat.

»Können wir bitte aufhören darüber zu reden?« Ich glaube, ich muss mich gleich übergeben. »Mir platzt sonst der Kopf. Ich habe Angst, dass ich überreagiere oder dich von mir stoße, und ich weiß, dass ich das nicht will. Ich möchte dich nämlich noch immer viel lieber im Arm halten.«

»Edward, ich ...«

»Es ist kein Nein, okay?«, wiederhole ich einfach ihre Worte von gestern Abend. »Nur bitte nicht jetzt. Nachdem meine Eltern so plötzlich gestorben sind und Hannah ihr Leben danach komplett meinem verschrieben hat, habe ich jeden Tag das Gefühl, dass ich es nicht genug lebe. Dass ich Hannah mit dem, was aus mir geworden ist, irgendwie ... enttäusche. Als ich dich in San Diego getroffen habe, war es nach zwei Monaten zum ersten Mal für einen Tag nicht so. Und seitdem nehmen die Momente zu, in denen ich mich gut und lebendig fühle, obwohl es gleichzeitig heftig wehtut. Es ist Heilung und Schmerz. Nach unserem Treffen habe ich mich für ein Stipendium an einer Uni in Los Angeles beworben. Ich wurde wieder ein Teil einer Basketballmannschaft und diesmal klappt es viel besser.« Ich bemerke Lenis irritierten Blick, aber sie geht nicht weiter darauf ein, dass sie keinen blassen Schimmer davon hat, was mit meiner alten Mannschaft vorgefallen ist.

»Jetzt bin ich jedenfalls hier bei dir, was mich unfassbar glücklich macht. Das hier, Leni, ist ein nicht endender Moment, in dem ich mich gut und lebendig fühle und der vielleicht irgendwann zum Dauerzustand werden kann. Es tut immer weniger weh, verstehst du? Es ist mehr Heilung als Schmerz. Und deswegen will ich die Zeit hier mit dir nutzen.«

»Mit was?«

Ich muss lächeln. »Ist es unangebracht, wenn ich dich nach allem, was wir uns anvertraut haben, küsse? Denn das will ich gerade. Und ... du?« Anscheinend ist meine Frage nicht völlig falsch, denn Leni lächelt. Es dauert trotzdem eine halbe Ewigkeit, bis sie ihren Kopf ganz leicht in den Nacken legt.

»Ja, Edward Meyer«, raunt sie, »das ist ganz genau das, was ich will, seit du aus diesem verdammten Flieger gestiegen bist.«

Sie sagt es mit klarem, aufmerksamem Blick, der einmal durch mich hindurchschießt. Keine Zweifel. Da ist nichts, absolut gar nichts in ihren Augen, was Zweifel in mir säen könnte.

Ich senke meinen Mund auf ihren. Bestimmt, aber sanft. Die Art, wie ich meine Lippen auf ihre presse, bringt Leni zum Seufzen. Mit der Zungenspitze stoße ich zaghaft gegen ihre. Leni erwidert die Bewegung sofort. Die Hitze aus ihrem Mund durchströmt mich, ihr keuchender Atem wühlt mich auf. Sie schmeckt ganz leicht nach Salz. Dieser Kuss macht mich abhängig, schon jetzt nach wenigen Sekunden.

Unsere Zungen stoßen aneinander, umkreisen sich. Ganz langsam zieht Leni unsere miteinander verschlungenen Hände an ihren Körper. Sie fühlt sich heiß an und gleichzeitig unfassbar weich. Ihre Zunge schickt noch immer Hitzewellen durch meinen ganzen Körper bis in meinen Unterleib. Ich werde hart. Das reicht schon aus. Nur ein einziger Kuss und ich kann mir eine Milliarde Dinge vorstellen, die ich mit Leni tun will.

Immer mehr Hitze sammelt sich in meinem Körper, obwohl der frische Wind, der vom Meer herweht, mir im selben Moment eine Gänsehaut beschert.

Als würde es Leni ähnlich ergehen, kommt sie mir noch näher. Sie lehnt die Stirn an meine, ihre Hände umfassen mein Gesicht.

Ich schlage die Augen auf, doch selbst das fällt mir schwer, als wäre mein Körper betäubt. Ich schaffe es kaum, Lenis intensivem Blick standzuhalten.

Auch ihre Augen sind nun wie von einem Schleier verhangen, ihr Blick ist starr auf meine Lippen gerichtet. »Edward.« Sie sagt meinen Namen mit einem Seufzen, ehe sie die Lippen zusammenpresst, als könnte sie unseren Kuss so festhalten.

»Ist es ... gut?«, frage ich.

»Es ist perfekt.«

Zum Glück ist ihr Mund nur einen Hauch entfernt, denn ich muss Leni noch einmal küssen. An ihrer Jacke ziehe ich sie zu mir zurück. Ich habe noch genug Zeit zu sehen, wie sie die Augen schließt, dann trifft mein Mund erneut auf ihren.

Ihre Hand wandert an meinen Hinterkopf. Die Finger vergräbt sie in meinem Haar, um unseren Kuss besser steuern zu können, während sie den anderen Arm um meinen Oberkörper schlingt. Ich lege beide Hände locker in ihren Nacken, was Leni ein leises Kichern entlockt. Eine rollentypische Position fürs Küssen ist das nicht, aber ich habe schon gemerkt, dass vieles zwischen Leni und mir untypisch ist.

Trotz der Abendkühle ist ihre Haut heiß unter meinen Fingern, weshalb sich die Härchen an meinen Armen sofort zur Gänsehaut aufstellen. Lenis Hand wandert von meiner Brust dorthin und ich erschaudere. Ich bin komplett in ihr gefangen. Als ihr Mund an meinem Kiefer entlang bis zu meinem Hals gleitet, halte ich die Luft an, um nicht erregt aufzustöhnen. Sanft zerrt sie an meinem Arm, während ihre Zunge eine Spur zieht, der ihre Lippen folgen. Ich dränge mich gegen sie, begierig nach allem, was sie mir zu geben bereit ist.

Sie stöhnt und geht dazu über, an meinem Hals zu knabbern. O Gott. Der Druck ihrer Hand an meinem Hinterkopf verstärkt sich und ich ziehe sie automatisch noch fester an mich. Ihre Lippen streifen mein Ohr und ein letzter Schauer des Verlangens rieselt über meinen Rücken, ehe wir uns minutenlang aneinander festhalten.

ICH LEBE UND WILL MICH NICHT DAFÜR GENIEREN, LEBE UND WILL KEINEN AUGENBLICK VERLIEREN. ES HAT KEINEN SINN, WENN MAN NICHT SAGT: ICH BIN, WAS ICH BIN!

Leni

Das war der schönste Tag meines Lebens.

Ich dachte eigentlich, der Kuss vor dem Restaurant würde mir alles bedeuten, aber der am Strand … ich hatte Dauerherzrasen. Und habe es noch immer.

Vor allem Edwards Fürsorge berührt mich. Er tut nichts, was ich nicht wirklich möchte. Er wartet, bis ich mich voll und ganz mit ihm und der Situation sicher fühle, und tut er es auch, reißt er mich in einen Rausch. Das ist die schönste Form des Küssens. Wenn ich nur daran denke, breitet sich überall Gänsehaut aus, obwohl ich schon seit einer Stunde eingekuschelt in meine warme Decke im Bett liege und an die Wand gegenüber starre. Edward hat gefragt, ob ich ihn küssen will, und nicht, ob er mich küssen darf. Das macht einen riesigen Unterschied, zumindest für mich.

Gemeinsam haben wir anschließend unser Foto vor dem Schloss Neuschwanstein angeschaut und gerade sehe ich, dass er es mir geschickt hat. Mein Herz beginnt zu flattern, als ich den Chat mit Edward öffne.

Leni: Danke für den wunderschönen Abend!

*ODER WIESO MUSICALS IM GRUNDE EIGENTLICH NIE FALSCHLIEGEN.

Schnell lege ich das Handy neben mich auf die Matratze, damit ich gar nicht erst auf die Idee komme, die Nachricht wieder zu löschen. Mein Herz will sich noch immer nicht beruhigen. Das ist sicher ganz normal nach einem Kuss, der so komplett anders war als alle anderen zuvor.

Ich habe mich noch nie derart fallen lassen. Erst recht nicht nach dem, was mit Thomas geschehen ist. Als wäre der Vorfall eine unsichtbare Grenze, die mir sagte: Bis hierhin und nicht weiter. Nicht nur aufs Küssen oder Anfassen bezogen, sondern eigentlich auf alles. Meinen Mut, meine Träume, mein ganzes Leben.

Heute Abend habe ich mit Edward diese Sicherheitslinie durchbrochen. Und das fühlt sich befreiend an. In mir drin brodelt etwas hoch: der unabdingbare Wille, endlich meine Träume anzugehen. Ich bin Leni Lück. Ich schaffe das. Ich werde Sängerin. Und ... ich werde mich bei meinem Vater nach Akira erkunden, ihn fragen, ob sie ... noch lebt. Und wenn es so ist, dann besuche ich sie. Ich könnte mich zuerst bei Akira entschuldigen, ehe ich das Gespräch mit Thomas suche. Vielleicht fällt es mir dann leichter?

Mein Vater hat mir vorhin eh eine Nachricht geschrieben. Ich könnte ihm also antworten und beiläufig Akira erwähnen, aber nur bei der Vorstellung wird mir das Herz schwer. Vielleicht gehe ich lieber einen Schritt nach dem anderen und für heute waren es ausreichend viele.

Also stelle ich meine Lieblingsplaylist an. Das erste Lied ist aus *La Cage aux Folles*, ein Musical über ein alterndes Liebespaar, das gemeinsam einen Nachtclub in Saint-Tropez führt. Dass genau dieses Lied als erstes läuft, kann einfach kein Zufall sein.

Im vergangenen Jahr habe ich mir die Inszenierung von Barrie Kosky in Berlin angesehen und konnte den ganzen Abend nicht aufhören zu weinen. Er hat erkannt, dass die Drag-Komödie nicht nur laut und lustig ist und aus vielen neonfarbenen Tanzorgien besteht, sondern hat sie auf eine Weise inszeniert, die gleichzeitig rührend und zärtlich melancholisch ist. Stefan Kurt spielt die Hauptrolle und es könnte sein, dass ich seitdem ein wenig für seine Stimme schwärme.

Ich stelle die Musik lauter, wippe mit dem Kopf im Takt und warte ungeduldig, bis endlich die Stelle kommt, die gerade zu einhundert Prozent zu dem passt, was sich diesen Abend in meinem Innersten gelöst hat.

»Ich lebe und will mich nicht dafür genieren. Lebe und will keinen Augenblick verlieren. Es hat keinen Sinn, wenn man nicht sagt: Ich bin, was ich bin.«

Das Original gefällt mir fast noch besser. Also suche ich den Song auf YouTube und als die nervige Werbung endlich durchgelaufen ist, spule ich vor bis zum Refrain. Als Gloria Gaynor mit ihrer ausdrucksstarken Stimme loslegt, drehe ich die Lautstärke noch höher und klettere aus dem Bett. Mit den Hüften wackelnd und singend tanze ich zum Lampenschirm, greife ihn mir und nehme ihn in eine ähnlich leidenschaftliche Umarmung, wie Lukas es heute Morgen auf der Bühne bei Lucy gemacht hat. Weil ich deswegen loslachen muss, verpasse ich meinen Einsatz.

»Vielen Dank, verehrte Dame«, raune ich dem Lampenschirm zu und springe prustend zurück aufs Bett.

Ich summe einfach weiter mit, bis der Refrain erneut einsetzt und ich noch einmal losträllere. Gott, das fühlt sich so gut an. Ich springe auf der Matratze auf und ab, während ich die Hände zu Fäusten geballt abwechselnd in die Luft boxe. Das haben Jakob und ich früher immer heimlich im Schlafzimmer unserer Eltern gemacht, bis sie uns erwischt und rausgescheucht haben. Dabei jauchze ich immer wieder und ... ach, was soll's? Ich achte nicht mehr darauf, ob ich die Töne treffe oder meine Zimmernachbarn störe, und singe lauthals mit: *»I am what I aaaaaam.«*

Ich zucke zusammen, als die Musik mitten im Refrain stoppt und mein Handy ein *Pling* von sich gibt. Perplex lasse ich mich auf die

Knie fallen. Mein Herz pocht, während ich die Lautstärke runterdrehe und eine Nachricht öffne, die über der ungelesenen von meinem Vater aufgeploppt ist.

Unbekannt: Hi! Ich hoffe, Celine hat mir die richtige Nummer gegeben, hier ist Lucy. Falls es stimmt und du ab morgen in Hamburg bist, schreib mir doch, ob du vielleicht ein, zwei Stunden Zeit hättest. Ich weiß, wie aufgeregt du gestern Abend warst, aber deine Range war auch so schon krass beeindruckend. Gänsehaut-Feeling! Ich würde dich gerne meiner Mama vorstellen. Sie arbeitet als Lehrerin für eine Musicalschule in Hamburg. Ihr Schwerpunkt liegt bei den Tänzern, aber du weißt ja, wie es ist: Man kennt sich und am Ende musst du eh alles draufhaben ;-) Du musst nicht Ja sagen, aber falls du möchtest, dann hast du jetzt meine Nummer.

Hoffentlich bis Hamburg!

Lucy

Und wenn es so etwas wie das Schicksal gibt, dann steht nun eindeutig fest: Es ist Hals über Kopf in mich verliebt.

**TANZ DURCH DIE WELT SORGLOS UND ZIELLOS.
SPIEL, ABER SPIEL BLOSS, WAS DIR GEFÄLLT.
WAS DIR SPASS MACHT, DAS ZIEH GANZ DURCH,
LACH UND TANZ DURCH DIE WELT.**

Leni

Die Füße auf das Armaturenbrett gelegt hocke ich auf dem Beifahrersitz des Reisebusses und warte darauf, dass die Gruppe vom Frühstück kommt. Johann überprüft wie jeden Tag den Wagen, während ich dabei bin, herauszufinden, wie ich das Unmögliche möglich machen kann.

Die Musicalakademie liegt etwas außerhalb der Hamburger Innenstadt. Bevor wir morgen Mittag von Hamburg nach Frankfurt fahren, steht aber noch eine Hafenrundfahrt auf dem Plan. Johann würde die Gruppe also nach dem Frühstück zum Hamburger Hafen bringen, wo sie der fremde Tourguide abholt und aufs Schiff bringt. Normalerweise begleite ich sie dabei. Dafür hätte ich dann morgen keine Zeit, erst recht nicht, wenn ich mit öffentlichen Verkehrsmitteln unterwegs bin. Ein Uber kann ich mir aber nicht einfach so leisten und selbst der private Fahrdienst benötigt eine halbe Stunde von unserem Hotel zum Gelände. Papa werde ich ganz sicher nicht nach Geld anbetteln, denn wenn er erfährt, über was ich gerade nachdenke, würde er ausrasten, also muss ich Johann schon wieder um seine Hilfe bitten. Ach, verdammt. Ich habe mich ja noch nicht einmal fürs letzte Mal bei ihm revanchiert.

Für einen Moment überlege ich, ob es nicht vernünftiger wäre, Lucy nach einem Alternativtermin zu fragen.

*MUSICALROMANTIK UND JÜNGERE BRÜDER – PASST SO ÜBERHAUPT NICHT ZUSAMMEN.

Die Sonne wird heute von grauen Wolken verdeckt, weshalb es sich im Wageninneren kalt anfühlt. Ich ziehe die Knie an den Körper und schlinge einen Arm darum. Wenn ich Lucy jetzt absage, kriege ich ganz bestimmt nicht mehr genug Mut zusammengekratzt, um extra für den Termin nach Hamburg zu fahren. Da hat sich seit meinem letzten Versuch bestimmt nicht viel verändert. Deshalb überliste ich meinen Verstand und tippe so schnell eine knappe Zusage an Lucy, dass ich mich nicht davon abhalten kann. Danach lege ich das Handy zur Seite und hefte meinen Blick mit purer Willenskraft auf die Windschutzscheibe.

Ist es realistisch, dass Lucys Mutter direkt eine Gesangsprobe von mir verlangt? Oder schlimmer ... soll ich etwa vortanzen? O Gott. Ich habe nichts vorbereitet. Das einzige Lied, das ich seit gestern Abend auf Dauerschleife in meinem Kopf höre, ist *I Am What I Am*. Der Rhythmus löst noch immer pure Euphorie in mir aus. Es mag lächerlich klingen, aber so fühle ich mich gleich fünf Zentimeter größer und viel stärker. Aus diesem Selbstbewusstsein heraus habe ich Lucy zugesagt und dasselbe berauschende Gefühl wird mich morgen auch zu dem Musical-Gelände treiben. Es ist nichts falsch daran, mein eigenes Leben so angehen zu wollen, wie es mir gefällt.

Vor dem Einschlafen habe ich gestern auf Pinterest nach einem perfekten Spruch für meinen Neuanfang gesucht und ihn anschließend in die Chatgruppe mit meinen Freundinnen geschickt.

> **Leni:** Wenn ich immer das tun würde, was man von mir verlangt, würde das auf meinem Grabstein stehen: Mein Leben hat allen gefallen, nur mir nicht.

Darauf kam prompt eine Antwort von Charlie – der Königin des Lebens im Konjunktiv.

Charlie: *Würde, hätte, könnte* … dein Leben ist kein Konjunktiv, Leni. Du bist stark, wertvoll und … du bist JEMAND! Mach, sing, tanz, lach! Lebe!

I Am What I Am.

Ich könnte … ja, ich singe *diesen* Song, falls Lucys Mutter eine Stimmprobe von mir verlangt. Wenn ich einzelne Stellen leiser vortrage, aber in diese ganz viel meiner Stimmkraft lege, bringe ich den Raum damit von der ersten Sekunde an zum Vibrieren. Kommt der Beat ins Spiel, wird die Nummer nur noch kraftvoller. Gänsehaut-Feeling. Doch dann legt der Song ja erst so richtig los und wenn ich die Halbtonrückung hinkriege, ist der Abschluss des Songs ein emotionales Feuerwerk. Alle klatschen, alle stehen mit offenen Mündern vor mir und denken sich: Wow.

Ich muss über mich selbst lachen. Fehlt nur noch, dass ich die Anweisung ganz genau so an Lucy schicke, damit sie diese an ihre Mutter weitergeben kann. Mir das alles still in Gedanken vorzustellen war bisher nur die einzige Möglichkeit, meinen Traum zu leben. Wird Zeit, dass ich ihn endlich in die Wirklichkeit übertrage. Hey, Leben im Konjunktiv? Fahr zur Hölle!

Das muss ich unbedingt als Sprachnachricht aufnehmen, damit ich später nicht kneife.

Ich lehne den Kopf gegen die Stütze hinter mir, nehme mein Handy und rede einfach drauflos.

»Ihr hattet vor ein paar Monaten recht, als ich schon einmal hier in Hamburg war und gekniffen habe. Ich muss meinen eigenen Weg finden und keinen für das Kind meiner Eltern. Ich sterbe zwar jetzt schon vor Aufregung, aber das wird es morgen wert sein.« Ich muss selbst darüber lachen, wie aufgeregt ich klinge. Die Worte stolpern übereinander. »Ich lerne morgen eine Lehrerin der Musicalschule kennen, bei der ich vor Weihnachten vorsingen wollte. Nachdem ich mir zig Vorwürfe gemacht habe, weil ich die Reisegruppe dafür zwei Stunden lang alleine lassen und Johann mich auf dem Gelände abholen muss, damit wir es pünktlich bis zum Abend nach Frankfurt schaffen, ist es jetzt ein irres Gefühl. Ich war wahrscheinlich noch nie so aufgeregt auf mein eigenes Leben. Danke, dass ihr mich immer unterstützt habt! Ich hoffe, ihr verbringt noch ein paar tolle Tage in Irland, und ... es kann doch kein Zufall sein, dass alles genau jetzt passiert, wo ich mein Armband wiederhabe. Ich bin gerade unfassbar glücklich und ich freue mich auf unser Wiedersehen in Berlin! Hab euch lieb!«

Ich schicke die Nachricht ab, dann tippe ich noch einen Text hinterher, weil ich genau weiß, was meine Freundinnen sonst antworten.

Leni: Wenn irgendjemand auch nur auf die Idee kommt, etwas von Sportler und Sängerin zu faseln, muss ich euch leider die Freundschaft kündigen!

Charlie meldet sich sofort und ich pruste natürlich trotzdem los, als ich ihre Nachricht lese.

Charlie: Soll ich dich ab heute als Taylor einspeichern? Oh, ich freu mich so für dich und Kelce.

Ella: Erst ab morgen Nachmittag, Charlie. Denn da ist Leni dann ganz offiziell Musicaldarstellerin.

Ich schließe kurz die Augen und lege das Handy unter meinen Oberschenkel. Eigentlich sollte ich den beiden antworten, dass es so nicht funktioniert. Die Musicalschule ermittelt ihren Nachwuchs über ein umfangreiches Aufnahmeverfahren, da wird bei mir keine Ausnahme gemacht werden. Doch in diesem Augenblick möchte ich träumen. Denn morgen Nachmittag werde ich die berühmt-berüchtigte Bühnenluft schnuppern und wer weiß, was sie alles verändern wird.

Ich bin so aufgeregt, dass ich mir mehrfach kontrollierend durchs Haar fahren muss, um mich zu beruhigen. Als ich wieder auf mein Telefon schaue, ist da eine weitere Nachricht von meinem Vater.

Ich tippe trotzdem zuerst die von Charlie an.

Charlie: Wenn ihr morgen schon nach Frankfurt fahrt, dann … um Himmels willen, heute ist deine vorletzte Nacht mit Edward. Und da ihr euch schon geküsst habt – mehrmals –, uuh, Leni, das ist die perfekte One-Bed-Situation. Wenn du es nicht für euch tust, dann tue es für alle Bücherwürmer weltweit und schleich dich vor dem Schlafengehen heimlich in sein Zimmer.

Ella: Das, was Charlie schreibt.

Nicht hilfreich, Ella! Aber o Gott, Charlie hat recht. Übermorgen fliegt Edward zurück nach Amerika. Ehe ich mir deswegen die gute Laune verderbe, öffne ich den Chat mit meinem Vater, der gestern nur wissen wollte, ob die Tour erfolgreich verläuft. Da ich ihm auf seine erste Nachricht nicht sofort geantwortet habe, hat er eben eine zweite geschickt. Gerade will ich ihm ein knappes »Alles super« zurückschreiben, da vibriert mein Handy von seinem Anruf. Da die Gruppe noch immer beim Frühstück sitzt, nehme ich das Gespräch an.

»Hi, Paps, alles gut?«

Er lacht leise. »Dasselbe wollte ich dich auch gerade fragen. Du liest meine Nachrichten, aber antwortest mir nicht. Warum? Ist alles okay? Hast du mit Jakob telefoniert?«

Mist. »Es … es ist alles gut.«

»Krabbe? Du hörst dich komisch an. Hat sich Jakob bei dir gemeldet?«

»Papa …« Ich versuche mir den gepressten Klang seiner Stimme nicht zu nahe gehen zu lassen, aber es gelingt mir nicht. »Jakob geht es gut. Ihr müsst euch keine Sorgen machen, er ist bei Lars untergebracht und braucht etwas Zeit für sich.«

»Zeit für was?«, platzt es aus meinem Vater heraus, weshalb ich meine Ehrlichkeit sofort bereue. »Er hat also mit dir über alles geredet …?«

»Nein … nicht … nicht über alles.«

»Leni, eure Mutter –«

»Papa«, unterbreche ich ihn, »ihr müsst selbst mit Jakob reden. Er macht sich riesige Vorwürfe, weil er …«

»Weil was? Himmel, wir wollen doch nur wissen, was vorgefallen ist! Thomas meinte, dein Bruder wäre auf diesen Lars losgegangen, weil der ihn vorher provoziert hat. So etwas lässt sich doch klären, Herrgott noch mal. Thomas ist der Letzte, der Jakob im Stich lässt, glaub mir.«

Meine Kehle ist schlagartig eine Wüste. Ich atme tief ein und aus, um meinen Puls zu beruhigen, damit Papa nicht merkt, wie sehr mich das Gespräch bereits jetzt überfordert.

Ich muss an meine Freundinnen denken. Charlie und Ella sind meine Rettungsanker. Ich vertraue ihnen, weil mir ihre Meinung unglaublich wichtig ist. Natürlich ist es bei Papa und Thomas dasselbe. Deshalb hat mein Vater ihn zu uns eingeladen, um mit Thomas über Jakobs Suspendierung zu sprechen. Aus diesem Grund ist Thomas der Vorfall vor vier Jahren genauso unangenehm wie mir.

Ich könnte meinem Vater genau jetzt die Wahrheit sagen. Doch wäre es auch fair?

Ob Papa den Vorfall auf dieselbe Weise betrachten kann, wie ich es seit gestern tue, weiß ich nicht, und deswegen kann ich es ihm auch nicht einfach so erzählen. Dafür sind meine Erkenntnisse noch zu frisch. Ich habe Angst, dass Papas Ansichten sie mir wegnehmen.

Denn es ist die neue Sichtweise, die mich glücklich und bereit dazu macht, meine Träume anzugehen. Von ihr will ich mich noch weitertragen lassen. Sonst kneife ich morgen wieder. Das soll nicht passieren.

»Leni? Ist alles okay? Du sagst ja gar nichts mehr ... Was hat Jakob dir denn genau erzählt?«

»Hast du jemals darüber nachgedacht, dass er in seinem jetzigen Verein vielleicht gar nicht glücklich ist?« Ehe ich begreife, was ich da sage, ist es zu spät. Ich kann die Worte nicht an der Leine zurückziehen. »Das hat Jakob nie behauptet«, beschwichtige ich schnell mit einer Lüge. »Es ist nur ... seit Jahren unterstützen wir seinen Traum einer Karriere im Profifußball, aber ... ich habe mich nur gefragt, ob Jakob sich dadurch so sehr unter Druck gesetzt fühlt, dass er es womöglich niemals sagen würde, wenn ihn etwas bedrückt.«

Es ist so offensichtlich, dass ich von mir spreche. Aber mein Vater bekommt davon nichts mit.

»Wie kommst du darauf?«, fragt er und ich kann hören, wie er dabei die Kiefer aufeinanderpresst. »Leni? Hat dir Jakob gesagt, dass er keine Lust mehr auf Fußball hat? Geht es die ganze Zeit darum? Provoziert er deswegen? Will er ... verdammt, will Jakob aus dem Verein aussteigen?«

»Was? Nein! Ich denke nicht. Papa, du musst mit ihm reden und nicht mit mir.«

»Du hast ja recht.« Er räuspert sich. »Es ist nicht so einfach, wenn er meine Anrufe wegdrückt und alle Nachrichten ignoriert. Ich habe schon so etwas befürchtet ... eine Karriere als Sportler ist mit gewissen Einschränkungen verbunden. Dein Bruder ist jetzt in diesem Alter, wo er damit vielleicht nicht mehr klarkommt.«

»Es mag sein, dass Jakob mittlerweile einen eigenen Kopf hat, eigene Wünsche, Sorgen und Vorstellungen von seiner Zukunft. Vielleicht stimmt Letzteres nicht immer mit dem überein, was ihr euch für Jakob wünscht.« Oder für mich. »Aber ist das nicht in Ordnung? Jakob ist in den letzten Jahren reifer und vernünftiger geworden. Ihr könnt ihm eure Bedenken anvertrauen, sobald er so weit ist, und nicht, wenn ihr es seid.«

Kurz ist es still, ehe mein Vater einen leisen Seufzer ausstößt. »Manchmal frage ich mich, wie du das machst, Leni. Du beschwerst dich nie und stellst deine Wünsche hinten an. Ich bin dir unendlich dankbar, aber ... nein, ich bin dir einfach dankbar.«

Oh, Papa. »Darf ich ... dir etwas sagen?«

»Selbstverständlich! Ist etwas während der Tour vorgefallen? Du weißt, dass du mit allem zu mir kommen kannst?«

»Ja, ich ...« Es sind doch nur Worte, die ich irgendwie aus meinem Mund hinauszwingen und meinem Vater unmittelbar begreiflich machen muss, weil sonst etwas in mir zerbricht. Wenn er nur irgendetwas anmerkt, was wieder Zweifel in mir sät, dann packe ich das nicht. Ich weiß nicht, ob ich weinen oder es hinausbrüllen will, so sehr wünsche ich mir, dass alles endlich ein Ende hat und jeder die Wahrheit kennt.

Und doch fürchte ich Papas Nachfragen.

Wieso bist du danach nicht zu uns gekommen?

Weil ich Angst hatte. Davor, zu reden. Vor den Konsequenzen. Und davor, das stille Abkommen mit Thomas zu brechen. Wie unsinnig es vielleicht auch sein mag, so habe ich nun einmal gedacht. Meine Eltern würden vielleicht einen Schuldigen suchen, den es in dieser Situation jedoch nicht gibt. Es gibt keine klare Täterrolle, aber eine Million Dinge, die meine Familie mit Thomas verbinden, und vielleicht macht das auch alles so kompliziert.

Weswegen hat Thomas so heftig reagiert und mir Akira weggenommen? Warum sollte er lügen und weshalb wehre ich mich nicht dagegen?

Weil er sich, seine Familie und ihre ganze Existenz schützen wollte. Sie wäre in Gefahr geraten, hätte ich die Tatsachen verdreht und Thomas beschuldigt, mich bedrängt zu haben. Wer hätte ihm geglaubt? Er kann nicht wissen, dass ich so etwas nicht tun würde.

Wieso hat mein Vater Thomas sofort geglaubt und nie bei mir nachgefragt?

Das ist eine Frage, die *ich* mir plötzlich stelle. Papa weiß genau, wie sehr ich Akira geliebt habe, und er fragt kein einziges Mal bei mir nach. Ich habe Thomas' Begründung immer für unumstößlich gehalten, weil ich mir selbst so große Vorwürfe gemacht habe. Aber das gilt ja nicht für meinen Vater. Hat er ernsthaft sofort geglaubt, dass ich Akira im Stich lasse? Ich? Ausgerechnet die Person, die er seit Jahren für ihr Pflichtbewusstsein lobt?

Das ist ein Widerspruch, für den es einen Grund geben muss, da bin ich mir auf einmal sicher. Alles andere ergibt keinen Sinn.

»Ich ...« Der Gedanke irritiert mich zu sehr. Er kam so plötzlich, aber er hat sich bereits mit Widerhaken in meinem Verstand festgesetzt. »Ich wollte nur wissen, ob Akira noch lebt.«

»Akira?«, wiederholt Papa und dabei klingt er richtig geschockt. Mein Herz scheint nur noch aus Schatten zu bestehen. Da sind wieder so viel Angst und Unsicherheit in mir drin, dass ich am liebsten auflegen will.

»Du hast seit Jahren nicht mehr nach ihr gefragt.«

»Ich weiß«, stoße ich hervor. Dann bricht es aus mir heraus. »Akira war immer das Wertvollste in meinem Leben. Kannst du dich daran erinnern? Sie war so verdammt clever, weißt du noch? Man kann sich hundertprozentig auf sie verlassen.« Auf sie und auf mich. Erkennt Papa die Parallelen? Begreift er, worauf ich hinauswill? »Sie war ein tolles Pferd. Ich vermisse sie sehr.«

»Ich frage Thomas nach ihr, in Ordnung?« Das war's, mehr sagt er nicht. Ich bin überrascht über seinen unnachgiebigen Tonfall. Dass er auf einmal so abgehackt klingt, bereitet mir nur noch mehr Kopfschmerzen. Er räuspert sich mehrfach, als wolle er etwas anfügen, doch er belässt es dabei. Und damit weiß ich, dass etwas nicht stimmt.

»Müsst ihr nicht los?«, lenkt er ab. Zumindest kommt es mir so vor.

»Ja, in drei Stunden sollen wir am Erdbeerhof sein, damit wir es heute Abend pünktlich zum German-Country-Abend schaffen.«

»Es ist das erste Mal, dass wir den Themenabend ausprobieren, oder?« Seine Nachfrage klingt in meinen Ohren wie die erzwungene Ruhe vor dem Sturm, der alles zerstört. Diese wüste Vorstellung ist einfach nur grausam und womöglich völlig überzogen, weshalb ich mich zwinge, ruhig auf ihn einzugehen.

»Genau. Normalerweise steht in Hamburg immer eine Kiez-Tour an, die von einer Dragqueen durchgeführt wird. In der E-Mail klang das Angebot des Hotels aber spannend und umfangreich. Es ist mal etwas anderes. Wir probieren es aus und notfalls gehe ich mit der Gruppe in eine Dragbar.«

»Ich weiß, dir muss ich so was nicht sagen, aber bleib bitte vernünftig. Kein Alkohol, ja?«

Vernünftig ... Da ist es wieder. Der Gedanke, dass mein Vater nach dem Telefonat womöglich Thomas anruft und sich nicht nur nach Akira erkundigt, sondern das, worum auch immer es geht, mit ihm bespricht, fühlt sich an, als würde mein Körper durch eine Kreissäge geschoben werden. Es kommt mir vor, als hätte ich alles nur noch schlimmer gemacht. Ich möchte am liebsten zurückspringen und Papas Anruf gar nicht erst annehmen, aber dafür ist es nun zu spät. Deshalb atme ich tief durch und schlage einen lockeren Ton an, denn ...

»Ich bin immer vernünftig, Papa.«

»Ich weiß, ich weiß. Bis bald. Hab dich lieb.«

Darauf kann ich ihm nicht antworten.

Stattdessen presse ich die Kiefer zusammen, als ich auflege und das Handy wegstecke. *Nicht heulen. Ich darf nicht heulen.* In Gedanken zähle ich bis zwanzig, während ich den Kopf drehe und der Reisegruppe dabei zusehe, wie sie sich feixend unterhalten.

»Bereit für den Erdbeerhof?« Mehr kriege ich nicht raus, als ich vom Beifahrersitz aus dem Bus springe. »Rein mit euch! Wir wollen los.«

Edward mustert mich, ehe er hinter Liam und Olivia einsteigt. Und ich kann es ihm nicht verübeln. Denn mein Tonfall ist das genaue Gegenteil von dem, der ihn gestern dazu gebracht hat, mich zu küssen. Gerade klinge ich gepresst und, wenn ich ehrlich bin, viel hoffnungsloser.

WHERE SPRING HIDES

(GLAZED CERAMIC PLATE, 2014)

Edward

Simon: *Betterplace* ist mit an Bord! Und es gibt noch eine gute Nachricht: Die Squirrels haben womöglich wieder einen Sponsor!!! SustainAppility möchte sich am Sonntag mit dir treffen. Du wirst ja erst am Vortag in Los Angeles landen, aber der CEO hat explizit nach dir gefragt. Ich schätze, du darfst also nicht ausschlafen. Ich habe für unsere Hausarbeit gefühlt hundert Unternehmen angefragt und ausgerechnet eines der größten meldet sich nach wenigen Tagen zurück. Ist das nicht ein riesiger Zufall? Oder Schick– … okay, okay, ich schreibe es nicht! Wir flippen jedenfalls alle gerade ziemlich aus.
Wie ist Germany?

Seit wir in Sassnitz losgefahren sind, denke ich an Simons Nachricht. Ich gehe die einzelnen Sätze immer wieder durch, kapiere sie aber nicht. SustainAppility hat eine App entwickelt, die Unternehmen dabei helfen soll, das Wachstum sauberer Technologien und nachhaltiger Innovationen voranzutreiben. Das weiß ich so genau, weil ich den CEO kenne. Wobei *kennen* übertrieben ist.

Er ist der Mann, der meinen Kontostand vor über vier Jahren aus dem Minus auf eine fünfstellige Summe hochkatapultiert hat.

Er hat das Geld für eines von Hannahs Gemälden ausgegeben, weil es ihm ihre Kunst wert war. Dank ihm weiß ich, dass Hannah und ich auf das falsche Pferd gesetzt haben. Meine Schwester hätte ein halbes Vermögen an ihm verdienen können, ich habe uns eines gekostet. Ihre Kunst war so viel mehr wert als mein Traum vom Profibasketball. Wie hoch sind meine Chancen, in einem NBA-Team aufgenommen zu werden? Eins zu einer fünfstelligen Summe.

Ich wünschte, der CEO von SustainAppility hätte Hannahs Talent früher entdeckt. Dann hätte sie es wenigstens noch mitbekommen. Seit er mich damals kontaktiert hat, habe ich es jeden verdammten Tag bereut, Hannah nicht einmal davon überzeugt zu haben, ihre Kunst irgendwo auszustellen. Sie hat mich zu allem ermutigt.

Hannah hatte so viel um die Ohren mit einem jüngeren Bruder, der ständig über die Stränge schlug, da konnte sie sich eine so risikoreiche Hoffnung einfach nicht erlauben. Sie hatte keine Freunde, die ihr hätten unter die Arme greifen können. Sie allein hat sich den Arsch für mich aufgerissen, auf alles verzichtet und nach ihrem Tod komme ich nicht auf die Idee, mein Scheißleben selbst in die Hand zu nehmen ... nein. Ich verkaufe Hannahs Kunst ohne ihre Einwilligung. Damit sorge ich dafür, dass Hannah sich weiter um mich kümmert, und hätte das Geld nicht gereicht, wäre es nicht bei einem Werk geblieben. Wie unfassbar egoistisch kann man sein? Ich habe doch keinen einzigen Tag in meinem Leben wirklich hart gearbeitet, nicht so wie Hannah. Aber ich habe es jeden Tag bereut, mich mit dem CEO von SustainAppility getroffen zu haben. Und ausgerechnet er verlangt nach einem Wiedersehen. Eines, das ganz bestimmt weitaus weniger schön verlaufen wird als das mit Leni.

Die lotst unseren Busfahrer gerade hoch konzentriert zu einem der wenigen freien Parkplätze vor dem Erdbeerhof nahe Rostock. »So, wir sind da«, sagt sie und klatscht dabei in die Hände, was mein Gedankenkarussell fürs Erste stoppt. Ich frage noch schnell bei Simon nach, ob der Geschäftsführer etwas zu dem anstehenden Gespräch gesagt hat, danach stecke ich mein Handy zurück in die Gesäßtasche und steige hinter Liam aus dem Bus.

Der Eingang des Erdbeerhofs erinnert mich an die Touristeninformation eines amerikanischen Nationalparks. Deren Häuschen sind auch oft aus Holz und vollgehängt mit Schildern und Emblemen. Schon von Weitem ist ein riesiger Rutschenturm zu sehen. Ich habe zwar nur mit halbem Ohr zugehört, aber Leni hat uns auf der Herfahrt erklärt, dass der Erdbeerhof neben Erdbeeren auch zahlreiche andere Dinge verkauft. Er ist wohl eine Mischung aus Hofladen, Glasmanufaktur, Restaurant und Freizeitpark. Was zugegeben ziemlich beeindruckend ist.

Wir kommen an einer Hof-Gärtnerei vorbei und müssen an einem Waffelhaus warten, weil Liam Hunger hat. Danach weckt eine Popcorn-Manufaktur Marias Interesse und weitere zehn Minuten später gelangen wir endlich zum Eingang des Bauernmarkts.

»Ihr könnt euch hier erst mal umschauen«, schlägt Leni beim Reingehen vor. »Vielleicht findet ihr ja unter den vielen Geschenkartikeln ein hübsches Andenken. Denkt dran, dass es morgen schon zurück nach Frankfurt geht. Auf dem Gelände gibt es außerdem überall Manufakturen wie die Bonbon-Manufaktur, eine Marmeladenküche oder eine Ostsee-Salz-Manufaktur, in denen ihr während Live-Vorführungen bei der Produktion zusehen könnt. Und hier vorne ...« Leni deutet auf mehrere Probierstationen. »Da könnt ihr einige Produkte testen und euch von der Qualität überzeugen. Leider haben wir nicht genügend Zeit, um uns jede Einzelheit an zu schauen, davon gibt es hier einfach viel zu viele ...« Sie lacht leise, ehe ihr Blick in eine andere Richtung schweift. »Aber fest steht, dass wir uns in einer Stunde zum Mittagessen in der Pfannkuchenschmiede treffen, ehe es im Anschluss weiter nach Hamburg geht.«

Jetzt schaut Leni zu mir. Ich kann nicht einschätzen, was los ist.

Die Fahrt über hatte sie ihre Hände fest um den Sicherheitsgurt geschlungen, so wie sie es auch am ersten Tag getan hat. Damals war Leni unsicher und auch jetzt wirkt sie wieder verkrampft. Sie lächelt, aber ich kann sehen, wie sie ihre Hände dabei in ihre Jackentaschen gleiten lässt, als hätte sie Sorge, dass jemand bemerkt, wie unruhig sie ist. Ich frage mich, ob irgendetwas Schlimmes passiert ist oder ob es eine gute Nervosität ist, die Leni umgibt.

»Hey«, sage ich, als sich die anderen überall verteilt haben. Ich strecke meine Hand nach ihrer aus. »Was ist los?«

»Eigentlich nichts.«

Wie sie das sagt, erinnert mich an mich selbst. *Eigentlich* ist alles okay, oder nicht? Dieses kleine Wort transportiert so viele stille Einschränkungen, die es auch in meinem Leben gibt. Denn es ist ein geborgtes Leben. Eines, das zu Hannah immer scheiße war und mir nach ihrem Tod kaum Schlimmes bringt. Wie unfair. Deshalb glaube ich nicht ans Schicksal. Wenn es verlangt, dass meine Schwester stirbt, damit ich glücklich werde, ist es ein mieser Verräter. Wie in diesem Film, den Hannah so gerne mochte. Ich war so oft richtig fies zu meiner Schwester und dann verkaufe ich auch noch das, was ihr am meisten bedeutet hat, nur damit mich das verlogene Schicksal dafür belohnt? Was für eine Moral soll das bitte sein? Keine, die ich nachvollziehen kann. So viel steht fest.

»Eigentlich?«, frage ich also bei Leni nach.

»Darf ich dich vorher etwas fragen?« Sie hält inne und ich nicke. »Heute ist unser vorletzter gemeinsamer Tag. Übermorgen fliegst du zurück nach L. A. Wie wird es danach weitergehen?«

»Das habe ich mich auch schon gefragt, aber leider habe ich noch keine Antwort darauf gefunden. Du?«

Ich kann nichts aus Lenis Mimik herauslesen. »Ich schätze, es hängt alles davon ab, was wir … also … wenn du dich …«

»Verliebt hast?«

»Edward Meyer!« Leni presst ihre Hände gegen die Wangen und

senkt den Blick auf einen Keramiktopf mit Marmelade, die genauso rot ist wie Lenis Gesicht. »Ich kann nicht glauben, dass du das gerade gesagt hast.«

Ich auch nicht. Da habe ich mich zu etwas hinreißen lassen, das, na ja, es stimmt doch eigentlich. Nicht nur eigentlich. Es stimmt. »Dann musst du jetzt wohl damit leben.« Ich greife nach einem weißen Porzellanlöffel, der in einem der Keramiktöpfe steckt, und nehme mir eine Brötchenhälfte aus einem geflochtenen Brotkorb. »Als ich darüber nachgedacht habe, wie du den Satz beenden willst, kam mir als Erstes *verliebt* in den Sinn. Mach damit, was du möchtest, ich werde es ganz sicher nicht zurücknehmen. Ich bereue es auch nicht.« Ich lasse die Marmelade vom Löffel auf das Brot tropfen. Danach stecke ich ihn zurück in den Topf und beiße ein Stück vom Brötchen ab. »Nee, ich mag wirklich keine Marmelade.«

»Du kannst das nicht einfach so sagen und jetzt so tun, als wäre das alberne Brötchen wichtiger. Es interessiert mich nicht, ob du Marmelade magst. Du hast gerade *verliebt* gesagt. Können wir bitte da weitermachen?«

»Klar, mach gern weiter.«

»Hey! Mach dich nicht über mich lustig!« Sie nimmt mir das Brötchen aus der Hand und steckt es sich in den Mund. Zweimal unterbricht sie sich beim Kauen, als wolle sie etwas sagen, ehe sie schluckt. »Was wäre denn jetzt, wenn ich mich wirklich in dich verknallt hätte?«

»Das fände ich schön.« Ich kann nicht fassen, wie locker mir das über die Lippen kam. Aber es ist die Wahrheit und manchmal lässt sich die offenbar ganz einfach aussprechen.

»Wirklich, weil ...« Sie stockt.

»Wirklich, Leni.« Und weil ich nicht möchte, dass sie auch nur eine weitere Sekunde zweifelt, füge ich an: »Ich wünsche mir, dass wir nach der Reise weiter Kontakt haben.« Mein Herz hat anscheinend begriffen, was mein Mund gerade gesagt hat, denn jetzt rast es los. So schnell, dass es mir vorkommt, als würde es versuchen, die bisher ausgebliebene Panik nachzuholen.

»Das ist gut«, sagt sie.

Ich setze gerade zu einer Nachfrage an, als Leni einen prüfenden Blick nach rechts und links wirft, dabei ein paar Schritte auf mich zukommt und ihre Hände schließlich auf meine Hüfte legt. »Das ist sehr, sehr gut.«

Ihre Lippen suchen meinen Mund und sie schmeckt nach Erdbeere.

»Du schmeckst gut«, murmle ich an ihrem Mund, »und das, was du eben gesagt hast, klingt gut.«

Leni kichert, dann stößt sie ihre Zungenspitze vor und lässt mich damit aufseufzen.

»Bist du sicher, dass du hier ...«

»Nur ganz kurz, heimlich«, raunt sie. »Es schaut schon keiner.«

Langsam gleitet ihre Hand unter meine Jacke über meinen Rücken nach unten. Ich gebe ein Stöhnen von mir und sofort löst sich Leni von mir und legt ihre Finger auf meine Lippen. »Psst ...« Sie kichert und da weiß ich, dass ich mich wirklich in diese Frau verliebt habe.

Mein Leben lang war Hannah mein Fels in der Brandung. Sogar noch heute, vier Jahre nach ihrem Tod. Der Basketballsport hat mich irgendwie am Leben erhalten, weil ich mit ihm etwas habe, das mich an meine Schwester erinnert und womit ich gleichzeitig meine Trauer kontrollieren kann.

Doch Leni ist wie ein weiterer Fels, dessen Spitze schon in San Diego wie eine Boje aus dem Wasser herausragte, und seit ich zurück in Deutschland bin, schießt er durch die Wasseroberfläche und reißt mich so endgültig aus der Tiefe weit, weit nach oben. Dorthin, wo Licht ist. Wo ich glücklich sein will. Leni ist für mich da und verdammt ... ich will mich an ihr festklammern und gleichzeitig, dass auch sie sich an mir festhalten darf.

Ich kann nicht anders, als sie zur Bestätigung noch mal zu küssen. Diesmal spüre ich nicht nur ihre Zunge, sondern auch Lenis Zähne. Es ist nur ein kurzer Kuss, verbunden mit einem leisen Raunen. Aber er brennt auf meinen Lippen wie die stille Erlaubnis, einen Schritt weiterzugehen.

»Leni«, frage ich, »heute Abend im Hotel möchte ich dir zeigen, wie sehr ich dich will. Scheiße, ich will, dass das ganze Hotel es weiß. Ich will dich –«

»Edward!«, brüllt eine bekannte Stimme hinter mir. »Hier gibt es Gokarts! Die Mädels haben keine Lust, aber du hast mir doch gestern erst gesagt, dass du die Teile liebst.«

Verdammt, Schicksal, wenn du mir damit nur ein weiteres Mal beibringen willst, was zur Hölle ein unpassender Moment ist … Ich habe es mittlerweile kapiert.

Leni versteckt ihr Lachen hinter den Händen. »Heißt das, wir haben für heute Abend ein Date? Das berühmt-berüchtigte zweite Date?«

Da ist ein Zittern in ihrer Stimme, das mich beinahe umhaut. Sie hört sich an, als wäre meine Antwort verdammt wichtig. Und das bringt mein Gehirn zum Rotieren. Wenn es stimmt, was ich eben behauptet habe, sollte ich Leni dann nicht auch alles von mir erzählen wollen? *Muss* ich es nicht sogar? Das tut man so, wenn man sich liebt. Aber selbst wenn Leni die ganze Wahrheit kennt, dann … scheiße. Kann ich es wirklich zulassen, dass Leni mein Fels in der Brandung wird, wo sie doch schon für zig andere Leute einer ist? Es sind doch erst wenige Tage, die wir miteinander verbracht haben. Zu wenige? Aber habe ich nicht gestern gemerkt, wie gut es tut, zu reden? Sollte ich sie womöglich nicht zuerst einmal dazu ermutigen, sich selbst ein Rettungsanker zu sein, bevor auch ich ihre Hilfe in Anspruch nehme? Ist alles andere nicht auch schon wieder unfassbar egoistisch? Wollte ich nicht genau das nicht mehr sein? Sollte ich sie dann nicht besser vor mir schützen?

Doch da greift Leni kurz nach meiner Hand und mein Kopf ist leer. Kopfleerer, zuckerwatteweicher Lieblingsmoment. Ich will nicht mehr denken. Ich spüre nur Lenis warme Hand in meiner und liebe den leichten Druck, der mir verspricht, dass sie mich auffängt. Ich nehme ihr Versprechen in mich auf, auch wenn sie nicht ahnt, dass ich sie vielleicht viel dringender brauche als sie mich. Auch wenn es da doch eigentlich nichts zu vergleichen gibt.

Vielleicht brauchen wir einfach einander. Das ist fürs Erste die beste Erkenntnis, die ich hinbekomme und für die mich Leni offensichtlich belohnen will, denn sie beugt sich zu mir und sagt: »Erst sagst du mir, dass du mich liebst, und jetzt muss ich erfahren, dass ich durch Gokarts ersetzt werden könnte. Du gehst sehr fahrlässig mit diesem Wort um. Bei mir bedeutet ein ›Ich liebe dich, Edward Meyer‹ auch genau das.«

»Jetzt hast du es auch gesagt.«

»Ich weiß.« Dabei klingt sie so süß, ihr Tonfall ist eine Mischung aus Entschlossenheit und Hingabe.

Den Worten habe ich in diesem Augenblick nichts hinzuzufügen. Probleme und Sorgen hin oder her. Ich vertraue ihr. Sie weiß schon, was wir hier tun.

Leni ist der Tourguide. Und bei Problemen, das hat sie selbst gesagt, sollen wir immer zum Tourguide kommen ...

**SO I'LL TELL YOU SOMETHING:
THIS COULD BE LOVE, BECAUSE …
I'VE HAD THE TIME OF MY LIFE.**

Leni

»Willst du heute Abend so bleiben?« Marias Blick wandert an meinem Pullover runter über meine Jeans zu den Turnschuhen.

»Ja? Ist das nicht in Ordnung?«

Sie schnalzt mit der Zunge. »Doch, selbstverständlich. Ich dachte nur, da es ja ein Country-Abend ist und ich bei dem Thema sozusagen Expertin bin, könnten wir uns alle entsprechend meines Heimatstaats Texas anziehen. Imogen und Olivia haben passende Sachen aus Amerika mitgebracht und dir könnte ich etwas von mir ausleihen.«

Vor zwei Stunden sind wir pünktlich zum Abendessen am Hotel auf der Reeperbahn angekommen, wo gleich der Country-Abend stattfindet, dem ich mit einer Mischung aus Aufregung und Unwohlsein entgegenblicke. So ist es immer, wenn wir etwas Neues ausprobieren, aber es wird schon alles schiefgehen. Oder wie man am Theater sagt: Toi, toi, toi.

Eigentlich wollte ich nur noch mal kurz in mein Zimmer, um mir meine Jacke zu holen, die ich nach dem Duschen vergessen habe. Doch dann bin ich auf dem Rückweg Maria in die Arme gelaufen, die sich ausgesperrt hat. Und weil die Gäste bei Problemen immer zu mir kommen sollen, habe ich ihr an der Rezeption kurzerhand eine Ersatzkarte geholt.

*IM UNZUVERLÄSSIGSTEN HOTEL IN GANZ HAMBURG; ABER MAL EHRLICH: MIT DEM RICHTIGEN MENSCHEN IST ES SELBST DORT FANTASTISCH.

Jetzt gucke ich an mir runter und seufze. »Ich glaube, ich fühle mich so ganz wohl.«

Mit einem Lächeln nickt Maria, ehe ihr Blick auf meine Schuhe fällt. »Wie wär es denn mit Cowboystiefeln?«

Als sie meinen Gesichtsausdruck sieht, lacht sie. »Nicht meine eigenen, ich habe noch ein Paar aus Kunstleder im Koffer.«

»Ich kann sie mir ja mal ansehen.«

Keine zwei Minuten später stehe ich nur in Socken auf einem platt getretenen roten Flokati und nachdem Maria ihren halben Kofferinhalt neben mich geworfen hat, reicht sie mir die schwarzen Cowboystiefel. Ich schlüpfe in die Schuhe und bin überrascht, wie gut sie aussehen. »Die sind cool!«

»Und sie passen dir wie angegossen. Gefallen sie dir wirklich?«

»Sie sind perfekt.« Ich kann den Blick gar nicht von den Schuhen lösen. »Ich mag sie richtig gern.«

»Du und Edward«, beginnt Maria da aus dem Nichts, »ihr solltet den Abend doch eigentlich gemeinsam verbringen. Olivia und Imo sehen es übrigens genauso.« Sie geht in Richtung Badezimmer und zieht die Tür mit einem Zwinkern hinter sich zu.

»Wie kommst du denn darauf, wir würden das wollen?« Mir wird heiß, was sicher nur an der Heizung liegt.

»Na, es ist doch offensichtlich, wie gern ihr euch habt.« Jetzt bekomme ich Gänsehaut, aber dann ist mir wieder sehr, sehr heiß, weil ich an das denken muss, was Edward im Erdbeerhof nicht ausgesprochen hat. Oh. Mein. Gott. Ein zweites Date. Ein richtiges, echtes Date.

Ich kann nichts sagen, weil mir die Kehle eng wird bei der bloßen Vorstellung, Edward und ich könnten den ganzen Abend ungestört in einem Hotelzimmer verbringen. Ich nicke nur und anscheinend tue ich das noch immer, als Maria wieder aus dem Badezimmer kommt, weil meine Reaktion ihr ein Kichern entlockt. Irgendwann hakt sie sich lachend bei mir unter und führt mich aus dem Hotelzimmer zurück in den Flur. Als wir den Aufzug erreichen, seufzt sie laut. »Na, überleg es dir einfach und gib mir ein Zeichen, wenn ich als Tourguide einspringen soll. Und Leni ... ich weiß, dass erst übermorgen der große Abschied ansteht, aber ich wollte mich schon jetzt bei dir bedanken. Ich konnte mich seit langer Zeit endlich mal wieder so richtig fallen lassen.«

Das bringt wiederum mich zum Seufzen. »Das freut mich so, danke.«

»Kommt Johann denn heute Abend auch?«, fragt Maria eine Spur zu locker, als der Aufzug die untere Etage erreicht. »Er hat uns auf Rügen ganz wundervoll unterhalten. Er ist ein richtiger Charmeur.«

»Du und Johann, hm?«, drehe ich den Spieß jetzt einfach um.

Prompt wird Maria rot. »Ach, ich weiß es nicht. Wir flirten ein kleines bisschen. Ich glaube, er könnte mir gut gefallen. Und eigentlich bin ich ja auch nicht mehr an Amerika gebunden.« Sie runzelt die Stirn. »Ich weiß nur nicht, wie ich auf ihn zugehen soll.«

Da wird mir klar, wie ich mich bei Johann für seine Unterstützung bedanken kann. Wenn es ihm genauso ergeht und er ein Auge auf Maria geworfen hat, wird er sich ganz bestimmt über meinen Verkupplungsversuch freuen. »Ich schreib ihm gleich eine Nachricht. Wenn es nötig ist, spiele ich auch gern den Amor. Gib mir einfach ein Zeichen.«

»Touché.« Marias Lachen ist so laut, dass es ganz bestimmt das ganze Hotel hört.

»Komm, wir müssen in den Veranstaltungsraum, dort brauchen sie vielleicht noch meine Hilfe.«

Jep. Irgendeine Form von Unterstützung hätte das Hotel ganz dringend nötig gehabt. Der Raum ist bis auf drei Tische, die aneinandergereiht und lieblos mit Essen beladen wurden, leer und wirkt deshalb kühl und wenig einladend. Ein paar Lichterketten wurden an den Wänden angebracht und in einer Ecke stehen einsam zwei Musikboxen. Ich sehe zwar einen Tisch, aber kein DJ-Pult. Und hier ist erst recht nichts, das auf ein Country-Motto hinweist. Etwas Neues ausprobieren zu wollen war eine dämliche Idee.

»Was zur Hölle«, entweicht es mir, als wir kurz darauf das Essen inspizieren. »Hier ist Kartoffelsuppe«, lese ich von einem der Schilder vor und deute auf ein anderes, »... und das dort scheint Fisch zu sein.« Maria entdeckt noch Pizza, ein indisches Curry und Schnitzel mit Pommes. Die Essensauswahl passt ja mal so gar nicht in den Wilden Westen. Ernsthaft?!

»Okay, keine Panik.« Maria schürzt kopfschüttelnd die Lippen. »Wir machen uns das schon irgendwie hübsch.«

»Meinst du?«, frage ich mit einem hysterischen Auflachen. »Es ist ein riesiger Reinfall.«

Maria legt mir eine Hand auf die Schulter und holt tief Luft. »Ach, zu meiner Zeit sahen die Abschlussbälle an amerikanischen Highschools auch nicht schicker aus. Ist nur eine Frage der Improvisation. Es muss ja nicht immer alles nach Plan laufen.«

Es wäre aber schöner, wenn es das tun würde. Für Zweifel bleibt jedoch keine Zeit, denn der Rest der Gruppe trifft gerade ein. Sie sind genauso überrascht von dem, was uns hier als Country-Abend angeboten wird, was vermutlich der Grund ist, weshalb sie eng aneinandergedrängt in der Tür stehen bleiben. Schnell hole ich mein Handy aus der Gesäßtasche, um in der Dragbar anzurufen, in die wir sonst gehen und wo man eigentlich immer Platz für uns findet, als Johann eine Begrüßung brummend hinter Liam und Olivia auftaucht. Kurzerhand geht er zu den Musikboxen, wirft seine Jacke auf den Tisch daneben und während er die Anlage in Augenschein nimmt, verteilen sich die anderen um das Büfett. Mit dem Handy noch immer in der Hand gehe ich zu ihnen.

Edward steht mit dem Rücken zu mir, trotzdem rast mein ohnehin schon schneller Herzschlag los. Als könne er ihn hören, dreht er sich zu mir herum. Er trägt eine locker sitzende schwarze Stoffhose und darüber ein Hemd. Ein ähnliches Outfit hat er auch auf dem Mittelalterfestival getragen, aber ansonsten wirkt er irgendwie komplett verändert. Wahrscheinlich würde das dem Rest der Gruppe gar nicht auffallen, weil es eher kleinere Dinge sind, die anders auf mich wirken als in Bayern. Zum Beispiel lächelt er, als er mich sieht, was mir das Gefühl gibt, dass es ihm in meiner Nähe gut geht. Und ich erwidere sein Lächeln sofort, damit er sieht, dass es bei mir ganz genauso ist.

Ich weiß, dass ein paar gemeinsame Tage keine riesige Veränderung auslösen werden. Wie ich eben festgestellt habe, bin ich ja eh nicht der Typ für spontane Planänderungen. Aber endlich wissen wir, dass wir uns mögen. Die Ungewissheit war schon auf dem Festival letzten Sommer die größte Last und die ist jetzt weg. Wie genau das alles nach übermorgen weitergeht, darüber müssen wir vermutlich noch ganz dringend reden. Am liebsten will ich Edward für immer in Deutschland behalten oder mit ihm nach Kalifornien gehen, was natürlich beides nicht funktioniert. Ob es mir reichen würde, jeden Abend stundenlang mit ihm zu telefonieren? Ich weiß nicht einmal, ob ich ein Typ für Fernbeziehungen bin. Aber wir sind gerade erst dabei, uns so richtig kennenzulernen, und wenn alles gut läuft, auch bereit, mehr in das, was wir haben, zu investieren.

Wahrscheinlich hat Maria recht und es ist alles eine Frage der Improvisation. Es muss nicht immer nach Plan laufen. Habe ich eben noch behauptet, dass Neues ausprobieren dämlich ist? Nun, es ist riskant und aufregend und ungewohnt. Aber dämlich ist es nur, wenn man es nicht tut.

»Spannende Interpretation eines Country-Themenabends«, sagt Edward in diesem Moment und er grinst noch immer, als ich ihn erreiche, während der erste Song aus den Boxen dröhnt – immerhin die Anlage funktioniert. »Geht es dir gut damit? Du sahst etwas panisch aus, als wir eben reingekommen sind.« Sofort bekomme ich weiche Knie, weil Edward meine Hand unter die Stoffhusse dirigiert und sie dort festhält. Wie könnte es mir damit nicht gut gehen?

»Ach, na ja ...« Ich schmiege meine Hand in seine. »Lass uns das Beste aus dem Abend machen und notfalls improvisieren.«

»Ich mag die Stiefel.« Der Ton, in dem Edward das sagt, wird von meinem Körper sofort mit einem heftigen Kribbeln beantwortet. Anscheinend hat mein Verstand bereits eine relativ gute Vorstellung davon, wie Edward und ich den Abend genießen können. Ob ich Maria einfach ein Zeichen geben soll?

»Und ich mag, was du heute im Erdbeerhof zu mir gesagt hast, Edward.«

»Dass ich mich in dich verliebt habe?«

Ich seufze tief. »Das und was du angedeutet hast, bevor Liam aufgetaucht ist.«

Edward zieht gespielt fragend die Augenbrauen hoch. »Ich kann mich nicht erinnern.«

»Provozier mich nicht. Ansonsten zerre ich dich sofort mit auf mein Zimmer und zeige es dir.«

Neben Edwards Mundwinkel tauchen zwei Grübchen auf. Aber ehe er zu einer Antwort ansetzen kann, geht jemand um uns herum.

»Habt ihr mitbekommen, was gerade passiert ist?«, fragt Olivia und stößt mich kichernd mit der Hüfte an. »Was frage ich überhaupt, ihr nehmt sowieso nichts und niemanden um euch herum wahr ... wie beim Erdbeerhof.«

Wie offensichtlich es ist, habe ich schon nach Marias Angebot vorhin geahnt, aber dass nun auch Olivia so selbstverständlich darüber redet, lässt mich erröten.

»Was haben wir denn verpasst?«, hakt Edward nach.

»Maria ist Johann gerade vor Freude beinahe um den Hals gefallen, weil das Lied gerade anscheinend ihr Lieblingssong ist. Prompt hat sie ihm einen Kuss auf die Wange gedrückt und seitdem grinst Johann wie ein Honigkuchenpferd.«

Mein Blick folgt dem von Olivia und trifft auf Johanns. In meiner Nachricht an ihn habe ich verraten, dass Maria ein wenig für ihn schwärmt und er den Abend mit uns verbringen sollte, wenn es ihm ähnlich ergeht. Was wohl so ist. Denn er zuckt mit den Schultern und reicht Maria seine Hand, die sie sofort ergreift. Ich schätze, damit sind wir quitt. Einen Moment stehen sie nur da, dann bewegen sich die beiden leicht zur Musik und halten sich dabei zögernd in den Armen, als wüssten sie noch nicht genau, wie und ob sie zusammen funktionieren. Keine Ahnung, wieso mich ausgerechnet diese Feststellung so sehr berührt. Vielleicht passt sie einfach zu gut zu Edward und mir.

In den nächsten Stunden unterhalten wir uns und essen dabei, während der Abend sich vom befürchteten Reinfall zu einer niedlichen Privatveranstaltung wandelt. Irgendwann tanzt Maria auf mich zu. Sie bewegt sich im Rhythmus eines Popsongs von Rita Ora und stupst mich an. Dass das Lied absolut nichts mit Country zu tun hat, bringt mich zum Lachen. »Meinst du, wir können einen echten Country-Song anmachen? Dann zeige ich den Männern einen waschechten Linedance aus meiner Heimat.«

Das würde ich total gerne sehen. Kurzerhand hole ich mein Handy aus der Hosentasche und öffne Spotify. »Wenn euch die Werbung zwischen den Liedern nicht stört, dann –«

»Auf keinen Fall.« Maria grinst breit und lässt mich stehen, um mit meinem Handy zu Johann zu laufen.

»Einen Linedance?«, fragt Edward. »Weißt du, was das ist?«

Ich schüttle den Kopf. »Ich schätze, du wirst es mir gleich zeigen.«

»Ich komme aus Kalifornien, wir kriegen noch nicht einmal einen ordentlichen Cowboy Hustle hin.«

»Was auch immer das sein mag.«

Eine Minute später werden Liam, Johann und Edward von Maria eingesammelt und unter den staunenden Blicken des Rests in der

Mitte des Raums positioniert. »Es ist doch eigentlich ganz passend, dass der Raum leer ist«, verkündet Maria, was alle zum Lachen bringt. »Sonst hätten wir nicht ausreichend Platz.«

Ich stelle mich zwischen Olivia und Imogen und die beiden lehnen ihre Köpfe an meine Schultern. »Ich finde es schrecklich, dass morgen unser letzter Abend sein soll«, stößt Olivia mit einem Seufzer aus, während Maria den Männern die erste Schrittfolge zeigt. Im Hintergrund läuft gerade die Werbung durch.

»Geht mir genauso!« Imogen legt ihren Arm um meine Taille. »Und das, was gleich passiert, wird es nicht einfacher machen.«

Wie aufs Stichwort stoppt die Werbung und eine Gitarrenmelodie eröffnet den Song. Maria legt beide Hände an ihre Hüftknochen und im Rhythmus von *Old Town Road* dreht sie einen Fuß zur Seite und zurück nach vorn. Die Männer sehen ihr genau dabei zu, wie sie ein »Yee-haw!« ausstößt und danach ihren Fuß zurückzieht, in eine Halbdrehung geht und mit der Spitze des anderen Fußes auf den Boden tippt. Über Kreuz geht sie zwei Schritte rückwärts, um danach einen Sprung vor zu machen.

Maria wiederholt die Bewegung und bei der nächsten Runde sind Liam und Edward dabei. Wie hypnotisiert ruht mein Blick auf Edward. Ich gucke zu, wie er versucht, Marias Bewegungen nachzuahmen. Doch was bei ihr spielend leicht aussieht, wirkt bei Edward ungelenk. Es ist ihm anzumerken, dass er sich nicht gern vor uns zum Affen macht, aber ich finde es wahnsinnig niedlich, dass er es dennoch tut. Auch Liam hat anscheinend Probleme, denn obwohl die Musik voll aufgedreht ist, schallen seine Flüche bis zu uns herüber.

»Liam«, ruft Olivia, »das sieht schon richtig gut aus!«

Drei weitere Runden später wirken die Männer sicherer. Die Schrittreihenfolge hat Edward noch immer nicht drauf, aber er bewegt seine Hüfte dabei so heiß, dass ich kurz davor bin, mich ihm an den Hals zu schmeißen. Doch dann steigt Johann mit ein.

Mit offenem Mund starre ich unseren Busfahrer an, weil ich ihn noch nie zuvor tanzen gesehen habe. Eigentlich kam er die letzten Jahre kein einziges Mal aus seinem Schneckenhaus gekrochen und jetzt tanzt er neben Maria beinahe fehlerfrei die Schrittfolge mit, was ihr ein aufgeregtes Jauchzen entlockt, gefolgt von einem weiteren »Yee-haw!«, das Johann wiederum zum Schmunzeln bringt.

Ich wippe erst eine Weile auf der Stelle mit, doch dann greife ich links und rechts nach den Händen der Frauen und schubse Olivia und Imogen zur provisorischen Tanzfläche. »Wir müssen alle mitmachen.«

Ich quetsche mich zwischen Maria und Edward, Olivia nimmt neben Liam Aufstellung und Imogen stellt sich nach außen.

Dann fangen wir alle an gemeinsam zu tanzen und je besser wir die Schritte können, umso häufiger brüllen wir zusammen mit Maria *Yee-haw!*, nicht immer an den passenden Stellen. Doch das kümmert uns nicht, wir stampfen und lachen, und irgendwann startet ein Lied, bei dem Maria vor Freude die Reihe verlässt. »Das ist Luke Bryan«, jauchzt sie. »Der Refrain ist ganz einfach, das schaffen wir zusammen.«

Wieder beginnt Maria mit der bekannten Schrittfolge und als Edward dabei seine Hand um mein Armband legt und mich anschaut, als hätte nicht er mir nach vier Jahren etwas zurückgeschenkt, sondern ich ihm ... da durchrauschen mich eine Million Glücksgefühle.

»Achtung, jetzt!« Maria reiht sich wieder ein und kurz darauf singen alle außer mir und Johann mit.

Sunrise, sunburn, sunset, repeat. Moonlight, all night, crashing into me ...

Das kriege ich hin. Als der Refrain erneut einsetzt, singe ich los, nur dass diesmal niemand der anderen damit aufhört. Gemeinsam klatschen wir beim Singen in die Hände, Johann summt und alle vergessen dabei das Tanzen. Doch das ist egal, denn ich glaube, dass uns gerade etwas Besonderes verbindet. Etwas, womit wir vermutlich niemals gerechnet hätten, es ausgerechnet während einer Rundreise durch Deutschland zu finden, das wir aber alle nie wieder vergessen werden. Und als der Song in eine ruhigere Phase übergeht, zieht mich Edward an sich. Er streicht sich das Haar zurück und schlingt seine Arme von hinten über meine Schultern.

Die Lautstärke schwillt an und ein letztes Mal singen wir aus voller Kehle den Refrain. Es ist das erste Mal in vier Jahren, dass ich so richtig kapiere, weshalb ich Edwards UNO-Karte nie weggeworfen habe. Dass ich jetzt in seinen Armen tanze und singe, das hätte ich mir im Traum nicht ausdenken können, aber ich wusste vielleicht immer tief in meinem Inneren, dass unsere Geschichte nicht in San Diego endet. Und Edward war sich da auch sicher, sonst wäre er nicht zurück nach Deutschland gekommen. Ich bin dankbar, wie es gekommen ist. Denn so ist es wunderschön.

Das Lied ist viel zu schnell vorbei und als wir lachend mit dem Klatschen aufhören, wirft mich Edward in seinen Armen zur Seite und beugt sich so über mich, wie es Kapitän Schwarzbart mit Maria gemacht hat. Die anderen johlen und pfeifen, als er mir einen Kuss auf die Wange drückt. In seinen Augen sehe ich alles gespiegelt, was ich spüre. Nur dass da noch etwas in seinem Blick ist, das mich irritiert.

Doch als Edward mich wieder auf die Füße stellt, sagt er: »Ist die Vorstellung verrückt, dass Hannah uns gerade zuschauen könnte? Wie ich an der Seite der Frau tanze, die ich kurz nach ihrem Tod kennengelernt und seitdem nicht mehr vergessen habe. Dass sie schmunzelt und im Takt mitwippt, ehe sie lacht und sagt: ›So ist es mit dem Schicksal, Edward, es kommt, wie es kommt. Und ich schätze, manchmal kommt die passende Person zum genau richtigen Zeitpunkt in dein Leben.‹«

WHITE CHOCOLATE

(ACRYLIC ON CANVAS, 2019)

Edward

»Ja?«

Ich habe mich eben geduscht und hocke in ein Hotelbadehandtuch gewickelt auf meinem Bett, als es an meiner Tür klopft.

»Ich bin's!« Leni flüstert so leise, dass ich sie kaum verstehe. Nur reicht das schon aus, um mein Herz zum Hüpfen zu bringen. »Schläfst du schon?«

»Nein«, antworte ich atemlos, streife mir schnell meinen Schlafanzug über und gehe zur Tür, um sie zu öffnen.

Mit einem Seufzen schaut Leni zu mir auf. Ihr Blick wandert von meinem Gesicht über den Oberkörper runter zu den Hüften und wieder zurück zu meinen nassen Haaren. »Gut ... darf ich reinkommen?«

»Ja, klar.«

Leni schlüpft ins Zimmer und ich schließe die Tür leise hinter ihr. Sie tapst in Socken über den Teppich, dann setzt sie sich auf mein Bett. Ich weiß nicht, was ich erwartet habe. Ganz sicher nicht, dass Leni in die Kängurutasche ihres Hoodies greift und einen Müsliriegel hervorholt.

»Den schulde ich dir noch.« Mit einem Lächeln reicht sie ihn mir. »Er ist vegan und mit weißer Schokolade überzogen.«

Ich verziehe ungewollt den Mund. »Woher hast du den?«

»Supermarkt?« Lenis Finger malen Kreise auf die Matratze. »Sag mir jetzt nicht, dass du den Müsliriegel neulich nur loswerden wolltest. Magst du die Teile überhaupt?«

»Ja, also, um ehrlich zu sein: nein.« Ich kämpfe gegen den Reflex an, das Gespräch damit einfach zu beenden. Aber das wäre nicht fair. Leni verdient mehr als jemanden, der aus Angst und Feigheit schweigt. »Aber meine Schwester war süchtig danach. Willst du ein Foto von ihr sehen?«

»Ja, gerne.«

Ich beuge mich über das halbe Bett und hangle nach meinem Smartphone, das auf einem der Kissen liegt. Ich habe nur zwei Fotos von Hannah darauf abgespeichert und drei weitere kleben in meinem Spind am College. Jetzt öffne ich das eine, auf dem meine Schwester gemeinsam mit mir zu sehen ist. Jemand Fremdes hat es von uns gemacht, weil ich zu dem Zeitpunkt noch niemanden am Campus in San Diego kannte. Es war mein erster Tag an der Uni. Wir beide tragen ein T-Shirt der San Diego Rabbits, meines alten Collegeteams, und Hannah hat ihren Arm stolz um meine Hüften gelegt.

Leni lächelt. »Sie ist dir so ähnlich. Ihre Augen und vor allem ihr Lächeln. Du hast dasselbe. Hannah sieht unfassbar stolz aus.« Sie gibt mir das Handy zurück. »Wo wurde das Foto denn aufgenommen?«

»In San Diego. An meinem ersten Tag an der Uni. Ich glaube eigentlich nicht an so etwas, aber es gab am Campus für Freshmen-Athleten die Regel, Trikots oder Merch nicht außerhalb des Trainings zu tragen. Das war nur eine von vielen richtig dummen Vorschriften ... aber an diese kann ich mich so gut erinnern, weil die San Diego Rabbits in dieser Saison kein einziges Spiel gewonnen haben.«

»Aber du denkst doch nicht, dass ihr verloren habt, weil Hannah und du auf dem Bild Basketballmerch tragt?« Leni rollt sich auf den Bauch, winkelt die Beine in der Luft an und stützt ihren Kopf auf die Hände.

»Keine Ahnung.«

»War Hannah denn abergläubisch? Es klang vorhin so.«

Die Schicksal-Anspielung beim Linedance, ich verstehe. »Das war sie. Hannah trug ständig diese Eichhörnchen-Kette um den Hals und ich kann mich erinnern, dass sie sie einmal auf der Arbeit vergessen hat. Ich bin den ganzen Weg zu Fuß vom Apartment zum Diner gelaufen, in dem Hannah als Kellnerin arbeitete, um die Kette von dort zu holen, weil sie sich sicher war, dass ihr etwas Schreckliches zustößt, wenn sie ohne aus dem Haus geht.«

Ich setze mich zu Leni aufs Bett und als ich zu ihr schaue, kann ich sehen, wie sie die Stirn in Falten legt. »Hast du ihre Kette denn wiedergefunden?«

Ich grinse und tippe mit dem Daumen auf ihr Armband. »Selbstverständlich.«

»Ich finde die Erinnerung schön«, sagt Leni mit einem Lächeln und nimmt meine Hand, um sie zu streicheln. »Es ist noch schöner, dass ich in San Diego ein Teil davon wurde. Jetzt verstehe ich, wieso es dir so wichtig war, dass wir mein Armband finden.« Ich schließe die Augen und atme tief ein und aus.

»Nein, da muss ich dich leider enttäuschen ...« Ich schaue sie an, ein Lächeln zupft dabei an meinen Mundwinkeln. »Ich wollte die hübsche Frau aus Deutschland einfach nur nachhaltig beeindrucken.«

»Das ist dir gelungen.«

»Hannah ... sie war perfekt darin, mir das Gefühl zu geben, dass alles irgendwie gut wird. Sogar als es immer schlimmer wurde, konnte sie nichts von ihrem Optimismus abbringen. Sie hatte eigentlich nie genug Zeit für irgendetwas, aber trotzdem hat sie es meistens hinbekommen, obwohl ich ihr während der Highschool nur Probleme gemacht habe. Deshalb wollte ich nicht, dass sie auch noch am College alles regelt. Es war für Hannah echt hart, dass ich sie nach meinem ersten Tag dort darum gebeten habe, sich aus allen Angelegenheiten rauszuhalten, aber sie hat es getan. Ich hätte es nicht ertragen, wenn sie gesehen hätte, was man an diesem Campus mit einem Freshman wie mir veranstaltet.«

»Was musstest du denn machen?«

»Es waren lachhafte Rituale. Zumindest anfangs. Ich musste auf einem Bein springen, wenn mir ein Basketballspieler aus einem höheren Semester eine Nachricht aufs Handy schickte. Tat ich es nicht, banden sie mich und die anderen Verweigerer mit Seilen für ein paar Minuten an einen Basketballkorb. Irgendwann veränderten sich ihre Spielchen und es wurde verletzendes Mobbing daraus.«

»Willst du darüber reden?«

»Ich habe damit abgeschlossen.«

Leni seufzt leise. Wahrscheinlich glaubt sie mir kein Wort. Das kann ich ihr nicht verübeln, denn ich glaube mir ja selbst nichts von dem, was ich da sage.

»Ich bin froh, dass Hannah nie dabei zusehen musste, wie ich mich vor allen anderen zum Affen gemacht habe. Unsere Mutter hat immer gesagt, dass Hannah ihr Herz anderen lieber vor die Füße wirft, als sich selbst zu beschützen. Wenn du sie gefragt hast, was sie an sich am meisten mag, war ihre Antwort immer dieselbe: *Ich habe ein gutes Herz*. Das allein war so typisch für sie. Hannah hatte einen angeborenen Herzfehler, es war also nie wirklich *gut*. Und irgendwann ist es dann einfach stehen geblieben.« Ich schlucke, weil ich an den Zeitpunkt denken muss, als ich Hannah fand und wie ruhig es in ihrem Zimmer war. Ich dachte, ich müsse im Lärm dieser Stille ertrinken.

Leni kuschelt sich an mich. Ihren Arm legt sie dabei zögernd auf meinen Rücken und ich wünsche mir, dass sie dabei nur ein bisschen der Wärme empfindet, die ihre zarte Berührung in mir auslöst. »Wie weit war es denn von der Wohnung zu ihrer Arbeit?«

»Eine Stunde.« Ich verstehe nicht, wieso Leni das interessiert, wo ich ihr doch gerade den Grund erzählt habe, weshalb Hannah nicht mehr bei mir ist.

Sie schmiegt ihr Gesicht an meine Seite, weshalb ich sie kaum verstehe, als sie weiterredet. »Das ist das Schöne an euch jüngeren Brüdern. Ihr braucht wirklich ständig Unterstützung, aber irgendwann kommt dieser eine Moment, in dem ihr alles wiedergutmacht.«

Ich weiß nicht, was ich darauf erwidern soll. Deshalb drehe ich mich zu ihr und halte sie einfach nur fest. »Leni, ich ...« Ich nehme ihr Gesicht in die Hände, lasse meine Lippen ganz leicht über ihre gleiten und streichle mit den Daumen über ihre Wangen, als sie die Augen schließt. »Manchmal frage ich mich, ob ich Hannah unrecht getan habe, was die Sache mit dem Schicksal anbetrifft. Dass ich in San Diego ausgerechnet an diesem Tag auf dich treffe und wir vier Jahre später gemeinsam in einem Bett liegen und über meine Schwester sprechen, dass du mir das Gefühl gibst, für Hannah nicht nur eine Bürde gewesen zu sein, das ist ein wirklich sehr großer Zufall.«

Daran, wie Leni seufzend nickt, merke ich, dass ich weitersprechen darf. So ganz weiß ich nicht, was sie überhaupt interessiert, deshalb rede ich einfach los. »Ein paar Stunden bevor ich dich in San Diego getroffen habe, hatte ich einen Termin mit einem Kunstsammler. Er ist irgendwie auf Hannah aufmerksam geworden, was auch einer dieser vielen Zufälle war. Mich erreichte ein paar Tage zuvor eine E-Mail, in der er mir schrieb, dass er an einem Bild meiner Schwester interessiert sei. Wie er an meine Adresse kam und wieso er ausgerechnet Hannahs Kunst haben wollte, ließ er mich nicht wissen. Aber er bot zwölftausend Dollar und das war alles, was mich zu diesem Zeitpunkt interessierte. Nachdem ich gleichzeitig mein Stipendium und Hannah verloren hatte, war meine finanzielle Situation beschissen. Hätte ich sein Angebot abgelehnt, wäre ich verhungert. Anfangs war ich mir sicher, dass der Typ mich verarscht, aber er ließ nicht locker.«

Lenis Hände gleiten an meinem Rücken hoch und runter. »Du

hast ihn nicht danach gefragt, wie er ausgerechnet auf Hannahs Kunst aufmerksam wurde?«

»Nein, ich war froh, als er zum abgemachten Zeitpunkt in diesem Café aufgetaucht ist und ich ihm ohne viel Drama das Bild geben konnte. Hannah verpackte ihre Kunst in Plastikfolie. Ich bin mir bis heute nicht sicher, ob sie ein Teil des Kunstwerks ist oder es nur schützen soll. Der Käufer hat die Folie noch nicht einmal zur Seite gestreift, um nachzuprüfen, ob ich ihn hintergehe. Er hat das Bild einfach gekauft. Anhand meiner Mimik schien er zu verstehen, dass es mich einiges an Überwindung kostete. Er beließ es bei Small Talk. Am Ende drückte er mir kurz die Schulter und ging. Sein Geld war wenige Tage später auf meinem Konto.«

»Woher wusstest du, dass er auch wirklich zahlt?«

»Ich habe ihm einfach so vertraut, was unfassbar risikoreich war, ich weiß. Aber dass mir seine Sekretärin ein paar Tage zuvor beim Aufsetzen eines Kaufvertrages half, sah ich als gutes Omen. Ich hätte gar nicht erst an einen gedacht. Für mich zählte nur das Geld, das mich etwas später immerhin zurück an eine Uni brachte, wenn auch in Los Angeles. Dort bekam ich tatsächlich eine zweite Chance in einem Basketballteam – noch so ein Zufall, nicht wahr?«

»Das willst du jetzt vielleicht nicht hören, aber ich denke, dass du es musst: Was sonst hättest du tun sollen? Dir blieb keine andere Wahl.«

Mir entweicht ein bitteres Lachen.

Leni hebt den Kopf. »Sorry, vielleicht ist die Frage zu direkt«, verteidigt sie sich, »aber ich hätte es genauso gemacht.«

»Die Person zu verraten, die dich über alles geliebt hat?« Meine Stimme ist zu laut, weil ich es nicht leiden kann, dass Leni mich in dieser Hinsicht bestätigt.

»Wieso siehst du es als Verrat, wenn ... na ja, hast du nie darüber nachgedacht, dass Hannah diese zweite Chance für dich wollte? Du meintest, sie trug einen Eichhörnchen-Anhänger an ihrer Kette, und du spielst mittlerweile bei den *L. A. Squirrels.*«

Ist nicht so, dass ich nicht schon oft genug über solche Zufälle nachgedacht habe, eigentlich tue ich das ständig. Ich finde es auch berührend, mir vorzustellen, dass Hannah mir all diese Zeichen von dort schickt, wo auch immer sie jetzt ist. Klar, wenn sie mit meinen Eltern rumhängt und die drei sich darüber lustig machen, wie unbeholfen ich mich oft benehme, dann fände ich das auch herzzerreißend schön. Nur muss ich dann wieder daran denken, dass Hannahs Tod nicht der Auslöser dafür sein darf, dass ich es im Leben besser habe als sie. Ich will kein geborgtes Leben.

»Was ist mit mir?« Leni rückt ein Stück von mir ab und stützt sich auf ihre Ellbogen. »Was würde sie wohl zu mir sagen?«

»Das ist einfach«, flüstere ich. »Sie würde mir raten, dich nie wieder gehen zu lassen.«

»Hannah war eine verdammt kluge Frau.«

»Das war sie.« Und Leni ist es ebenso. Ich ahne, dass ich es vielleicht auch anders sehen kann ... und darf.

Ich darf mich darüber ärgern, dass ich Hannah zu wenig unterstützt und es einfach so akzeptiert habe, dass sie ihr aufopferndes Verhalten als ältere Schwester als selbstverständlich ansah. Und gleichzeitig kann ich heute mein Leben mögen und es Stück für Stück friedlicher werden lassen, weil Hannah sich niemals gewünscht hätte, dass es mir schlecht geht. Ich habe Leni gestern gesagt, dass ich es Hannah schulde, mein Leben zu genießen. Und womöglich schulde ich es mir selbst ja ganz genauso.

Als Leni sich wieder an mich kuscheln will, setze ich mich auf und ziehe sie auf meinen Schoß, um sie so fest an mich zu drücken, dass sie einen Seufzer ausstößt. Sie fühlt sich so warm an, so real und einfach nur richtig, dass mein Brustkorb sich weitet und mein Herz gleich mit dazu.

»Danke«, sage ich in ihr Haar, das mich an der Nase kitzelt. »Ich glaube, so allmählich kann mich das Schicksal von sich überzeugen.« Ich hebe den Kopf und schaue an die Zimmerdecke. »Hey, Schicksal ... mir ist gerade klar geworden, dass du es wahrscheinlich seit vier Jahren einfach nur gut mit mir meinst. Ich denke, ich habe es jetzt kapiert.« Damit nehme ich Lenis Kopf in die Hände und küsse sie. »Ich bin dankbar, dass unser Schicksal nicht lockergelassen hat, bis es unsere Herzen endlich begriffen haben.«

War das zu kitschig? Als wolle mir mein Herz die Antwort darauf geben, zieht es sich krampfhaft zusammen. Hastig löse ich mich von Leni. Vermutlich lacht sie mich gleich aus.

Doch sie krallt die Finger in mein Haar und zieht meinen Kopf zurück. Sie hält meinen Blick fest und dann presst sie ihre Stirn an meine. »Das gefällt mir, Edward Meyer«, sagt sie und dabei lässt sie mich nicht los. Sie schmiegt sich an mich, küsst mich daraufhin wieder und wieder, bis es nicht mehr nur ein einzelner Moment ist, sondern ein Zustand. Ein kopfleerer, zuckerwatteweicher Glückszustand.

Und daran will ich mich verdammt noch mal gewöhnen.

SO NEU, SO VÖLLIG UNBEKANNT KANN ICH AUF WOLKEN GEHEN UND PLÖTZLICH SEHEN, DASS DEINE WELT AUCH MEINE WERDEN KANN.

Leni

Etwas kitzelt mich an meiner Schulter. Ich will meine Haare wegwischen, merke dann aber, dass es die von Edward sind, weil er mir einen Kuss auf die Wange gibt. »Dein Wecker hat schon geklingelt, du hast ihn aber nicht gehört.«

Irgendwann kurz vor Mitternacht bin ich in mein Zimmer geschlichen, habe mir die Zähne geputzt und mich umgezogen, ehe ich im Pyjama über den Hotelflur zurück zu Edward gehuscht bin. Er schlief bereits, deshalb habe ich mich zu ihm ins Bett gekuschelt.

»Mmh«, brumme ich leise und weigere mich die Augen zu öffnen. Nur ein Lächeln breitet sich auf meinem Gesicht aus. »Bin noch ... müde. Hab den Wecker absichtlich zu früh gestellt, damit ich nicht verschlafe.«

»Okay«, sagt Edward. »Vielleicht kann ich ...«

Mit der Hand streicht er vorsichtig über meinen Arm. Sofort stellt sich dort Gänsehaut auf. Als er meine Finger erreicht, verschränkt er sie mit seinen, hebt unsere Hände an und drückt meinen Handrücken an seine Lippen. Ich spüre seine Zungenspitze. Sanft stößt er damit gegen meine Finger und das Gefühl seines heißen Atems auf meiner Haut entlockt mir ein lautes Seufzen. Jede Berührung löst einen kleinen Impuls aus, jeder einzelne jagt ungebremst in meinen Unterleib. Und weil Edwards Lippen auf einmal zwei mei-

*KÖNNTE, KONJUNKTIV.

ner Finger umschließen, schießt mir zusätzlich Hitze in den Schoß. Gott, ich glaube, ich vergesse alles um mich herum. Wenn es zwischen zwei Menschen eine perfekte Harmonie gibt, dann wäre sie von diesem Augenblick bestimmt.

Behutsam führt Edward unsere verschlossenen Hände unter die Bettdecke und von dort runter an meine Schlafhose. Dabei streicht er wie zufällig entlang meiner Seite und wiederholt die Berührung, als er meine Hand von seiner löst, sie so auf meiner Mitte ablegt und mit seiner langsam wieder nach oben fährt.

»Ist es okay, wenn ich dich anfasse?«

»Ja«, hauche ich. Am liebsten will ich sofort meine Hose ausziehen, aber dann müsste ich Edward zur Seite drängen, und gerade gleitet er mit den Händen unter mein T-Shirt, fährt mit dem Daumen an der Rundung meiner Brust entlang. »Fasst du dich auch an?«, raunt er mir ins Ohr, doch erst als meine Hand durch den Stoff über meine empfindliche Stelle reibt, nimmt Edward meine Brustwarze zwischen Daumen und Zeigefinger, reizt sie.

Ich stöhne dunkel und wie zur Belohnung schiebt Edward den T-Shirtstoff beiseite und senkt seinen heißen Mund auf meine Haut.

»O Gott.« Ich kralle meine Hand in den Slip.

»Leni?« Mein Name ist nur ein Hauchen. An meiner Brust spüre ich, wie er schluckt und sich dann sein Atem beschleunigt. Dass Edward genauso aufgeregt ist wie ich, lässt mein Herz flattern. »Lass dich fallen.«

Und das tue ich. Ich stöhne auf und als Edward seinen Kopf zur Seite legt und mich anschaut, zieht sich mein Brustkorb zusammen. Weil ich seine Augen so sehr liebe wie sein Lächeln. Beides könnte ich stundenlang betrachten. Jedes Detail an ihm schlägt etwas in mir an. Im Augenblick ist es ein Pulsieren, das wie Blitze durch meinen Unterleib zuckt und stärker wird, als Edward meine Hand an seine Lippen führt, erneut an meinen Fingern saugt und sie zurück unter meinen Slip schiebt. Dann legt er seinen Mund wieder um meine Brustwarze und knetet mit einer Hand die andere Brust, während ich meinen Kitzler reize. Beinahe überreize, mich viel zu schnell errege, weil ich nicht anders kann. Edward liebkost meine Brust, erst sanft, dann fester, bis er mir seine Hand und den Mund entzieht. Nur sein Atem trifft danach heiß auf meine Brustwarze, erst rechts, dann links, was sich so unfassbar anfühlt, dass ich mir nicht sicher bin, ob ich es mir nicht nur einbilde.

»K-kannst du dich bitte ausziehen? Edward ... ich ... möchte dich auch anfassen.«

Ich will in diesem Augenblick versinken, in dem mich Edward wieder anlächelt, bevor er sich das T-Shirt über den Kopf zieht und ich den Atem anhalte. »Gott, bist du schön.« Ich will noch tiefer und tiefer in uns sinken. Mich in die Art verlieben, wie Edward gerade den Kopf schüttelt und leise lacht. »Du bist so wunderschön. Ich ... bitte bleib einfach für immer hier bei mir.« Ich muss schlucken, weil es vielleicht nicht richtig war, das auszusprechen. Zu voreilig. Aber es ist die Wahrheit. Nur bei dem Gedanken an unseren Abschied morgen schnürt mir Panik die Luft ab. »Bitte«, keuche ich. »Ich will alles von dir.« Und das gibt er mir. Er drückt seinen Körper gegen meinen, schmiegt das Gesicht dabei wieder an meine Brust.

Ich kann seine Erektion durch den Stoff an meiner Mitte spüren und das setzt alles in Brand. Innerhalb von Sekunden verbrennen meine Zweifel. Mit den Händen fahre ich unter seine Shorts, knete seinen Hintern, entlocke ihm dadurch Laute, die sich wie eine Spur über meinen Körper ziehen und überall Gänsehaut auslösen. Immer wieder drückt er seine Erektion gegen meinen Schoß, lässt mich auf diese Weise spüren, wie sehr er mich will.

Ich bewege meine Hand unter dem Stoff nach vorn. Wie gut er sich dort anfühlt. Seine Haut ist weich und rasiert. Es macht mich verrückt, dass ich seine Gänsehaut spüren kann und dass ich nicht mehr weiß, ob es mein Puls oder seiner ist, den ich an den Fingern fühle. Edwards Muskeln spannen sich an und dann hebt er die Hüften, sodass meine Finger automatisch seine Erektion berühren. Eine Sekunde verharre ich und als Edward zur Bestätigung seufzt, fasse ich ihn richtig an.

Mein Daumen kreist über seine Eichel, einmal, zweimal, dann liegt seine Hand plötzlich auf meiner. Er stoppt mich, um meine Hand wieder zwischen meine eigenen Beine zu führen. Ich streichle über meine Schamlippen und umschließe dann wieder seine Erektion mit meinen feuchten Fingern, gleite daran auf und ab, bis ich seine Finger an meiner Mitte spüre. Seine Fingerspitzen streichen über mich, massieren meine empfindliche Stelle. Langsam, schneller, ohne Rhythmus. Es treibt mich in den Wahnsinn.

»Nicht so schnell«, fordert er und sofort bewege ich meine Hand langsamer.

Doch dann dringt Edward mit zwei Fingern in mich ein. Stöhnend spreize ich die Beine, lasse ihn los, weil ich nicht anders kann, als meine Finger an den Seiten zu Fäusten zu ballen, und Edward wiederholt die Bewegung. Ich schließe die Augen und kann nur noch erahnen, was er tut. Ich glaube, er bewegt sich und ... presst sein Gesicht gegen meinen Bauch. Er drückt seinen Mund dagegen, lässt mich seine Zähne an meiner Haut spüren. Ich keuche auf, kralle meine Finger in den Laken. Dann wandert sein Kopf tiefer und o Gott, seine Lippen saugen an mir, während er mit den Fingern weiter in mich eindringt. Mich so von außen und innen berührt, streichelt, meinen Körper zum Beben bringt. Stöhnend wölbe ich mich ihm entgegen, ein stilles Flehen, dass Edward ...

»Ja«, keuche ich, als er seine Finger in mir krümmt. »Genau da.«

Ich stöhne lauter, meine Hände zerwühlen sein Haar, krallen sich fest.

»Meinen Namen, Leni«, raunt Edward an meiner Mitte.

Seine Bewegungen werden schneller, fester und sein Handballen drückt dabei gegen seinen Mund, der noch immer heiß auf mir liegt.

Alles in mir zuckt, als ich die Lippen zu einem Schrei öffne. »Edward«, brülle ich und dann erbebe ich.

Edward hält mich fest und drückt mich an sich, ehe er flüstert: »Du bist alles, was ich brauche, Leni, und so …« er schluckt, »… begehrenswert. Ich begehre dich so sehr, bitte … lass es uns irgendwie hinbekommen.«

Ich richte mich auf und strecke die Arme nach ihm aus. Er lässt zu, dass ich ihm die Hose nach unten ziehe und mich über ihn beuge.

»Leni«, sagt er mit einem Stöhnen, »vergiss die Zeit nicht. Du –«

Meine Lippen schneiden ihm das Wort ab. Ich horche auf sein Stöhnen und gleite im passenden Rhythmus an ihm auf und ab. Immer wieder stoße ich dabei mit der Zunge gegen seinen Schaft, bis ich eine Hand an seine Hoden lege.

»Darf ich dich hier anfassen?«

Dass Edward sich mir auf meine Frage hin keuchend entgegendrängt, löst ein Gefühl in mir aus, als würde sich ein Stück von ihm in mir ausbreiten und mich nun lenken. Er drückt meinen Kopf sanft auf sich und mit der anderen Hand führt er meine Finger an eine Stelle, die ihn noch lauter stöhnen lässt. Ich massiere ihn sanft genau dort, wo er es verlangt, und lasse meine Lippen von ihm dirigieren.

»Gott, Leni, fuck … ja.«

Ich vertraue ihm und er liefert sich mir aus. Wie er sich dabei immer mehr in meinen Mund drängt, ist unfassbar berauschend. Es erregt mich so sehr, am liebsten will ich mich wieder anfassen. Doch da presst sich Edward an mich und in mir drin lodert wieder Feuer. Ich brenne, pulsiere, bin voller Verlangen.

»Darf ich in dir …« Edward stoppt sich und ich mache einfach weiter. Ich will ihn schmecken. Edward schließt die Augen, bewegt sich weiter, gibt ein immer lauteres Stöhnen von sich, krallt sich schwer atmend in meine Haare und dann bin ich diejenige, die ihn hält und dabei zuhört, wie er meinen Namen raunt. Wieder und wieder.

Bis mein Handy vibriert. Und das Geräusch erinnert mich an etwas, das sich zwischen diesen perfekten Moment schiebt und das –

»Verdammte Scheiße«, stoße ich hervor, »... der Termin bei der Musicalschule. Ich ... fuck!«

Mit diesem würdevollen Ausruf lasse ich Edward im Bett liegen, schnappe mein Handy, ziehe mich innerhalb von Sekunden an und sprinte zurück in mein Zimmer.

Vierzig Minuten später erreiche ich das Gelände und es ist das erste Mal, dass ich mir erlaube durchzuatmen. Schnell schreibe ich Johann eine Nachricht, in der ich mich versichere, dass er zusammen mit der Reisegruppe bereits auf dem Weg zum Hafen ist. Seine Antwort ist ein in die Höhe gereckter Daumen, was mich beruhigt.

Im Gegensatz zu Jakobs Nachricht. Ihr Eintreffen auf meinem Handy hat dafür gesorgt, dass ich mich gerade noch rechtzeitig auf den Weg gemacht habe, zwar ohne Frühstück, aber immerhin. Doch der Inhalt der Nachricht ist alles andere als positiv. Papa hat Jakob nach unserem Telefonat offensichtlich kontaktiert, um mit ihm über meine Vermutungen zu reden, und mein Bruder ist deshalb wütend auf mich und mein leeres Versprechen, seine Sorgen für mich zu behalten. Doppelfuck.

Erneut hole ich tief Luft. Alles wird gut.

Die Wahrheit ist jedoch, dass die Nervosität in meinem Bauch ihre Flügel ausbreitet, als ich die Umgebung nach Lucy absuche. Ich habe wegen des ausgelassenen Frühstücks einen flauen Magen, aber das komische Gefühl ist nichts im Vergleich zu dem, das ich spüre, als ich Lucy am Bahnsteig entdecke und sie mir gut gelaunt zuwinkt. Zögernd winke ich zurück und muss heftig schlucken, um meine eng gewordene Kehle irgendwie zu weiten.

So nah war ich meinem Musicaltraum noch nie. Es ist merkwürdig, wie jetzt auf einmal alles zu laufen scheint, wo ich doch Jahre damit verbracht habe, auf genau diesen Moment hinzuarbeiten. Ich habe im Chor gesungen, meine Stimme im Selbsttraining geschult. Die Freundin meiner Mutter, die beim Berliner Theater arbeitet, hat sich hin und wieder Zeit für mich genommen, um mir ein paar Schauspiel-Basics beizubringen, und gemeinsam mit Charlie war ich im vergangenen Jahr ein paarmal Hip-Hop tanzen. Und trotzdem sackt mir das Herz in die Hose, als Lucy freudestrahlend auf mich zukommt.

»Guten Morgen. Ich habe meiner Mutter schon Bescheid gesagt. Sie sitzt gerade noch in einem Termin und wartet dann in einem der Tanzräume auf uns. Brauchst du vorher noch einen Kaffee oder etwas zu essen?«

Ich antworte Lucy mit einem erleichterten Nicken, woraufhin sie mich ohne Kommentar zu einem Kiosk schleppt, um mir ein Franzbrötchen und dazu einen Espresso zu bestellen. Sie bezahlt und reicht mir beides.

»Jetzt wird erst mal gefrühstückt. Ich schätze meine Mutter nicht so ein, dass sie eine Gesangsprobe oder sonst was von dir einfordern wird, aber du siehst ehrlich gesagt etwas zerrupft aus.« Sie zwinkert mir zu und reckt den Daumen nach oben, als ich fast ein Drittel des süßen Hefegebäcks in meinen Mund stecke. »Lass es dir schmecken.«

Ich höre auf Lucy und verschlinge auch den Rest des Franzbrötchens. Dann gehe ich neben ihr die Treppe nach oben, trinke den Espresso aus und befördere den leeren Pappbecher in einen Mülleimer, an dem wir auf dem Weg zur Schule vorbeikommen. Unauffällig schnuppere ich beim Laufen an meinem Pullover. Auf die Schnelle konnte ich in dem Chaos in meinem Koffer keinen frischen finden, weshalb ich einfach den von gestern angezogen habe.

»Mum ist supernett, aber sie erwartet Professionalität.« Scheiße, es ist also offensichtlich, wie sehr ich neben der Spur bin.

»Klar«, krächze ich. Ich habe Mühe, ihrem Schritttempo zu folgen. »Professionell ist mein zweiter Vorname.«

»Du bist aufgeregt, oder?« Lucy lacht. »Das ist ganz normal. Aber es ist ja nur ein Gespräch.«

Den restlichen Weg über zählt sie noch ein paar Fakten auf, die ich unbedingt über ihre Mutter und die Akademie wissen muss, dann erreichen wir das Gelände. Mein Herz explodiert förmlich, als Lucy mich durch die Eingangstür lotst. Wir durchqueren gefühlt das halbe Gebäude. Ich bin viel zu nervös, um irgendwelche Eindrücke abzuspeichern. Ehe ich mich darüber ärgern kann, erreichen wir den Tanzraum. Alles, was ich in meiner Aufregung wahrnehme, ist die riesige Spiegelwand direkt hinter mir. Ich strapaziere meine Nerven besser nicht über, indem ich einen Blick in den Spiegel werfe, und setze mich stattdessen lieber mit dem Rücken zur Wand auf den kühlen Linoleumboden.

Weil ihre Mutter noch nicht da ist, entschuldigt sich Lucy schnell zur Toilette und ich checke mein Handy. Mein Vater hat mir eine Nachricht geschrieben.

Papa: Jakob war eben hier. Er ist komplett ausgerastet und hat damit gedroht, nie wieder mit uns zu reden. Deine Mutter hat sich im Badezimmer eingesperrt und weint. Was ist denn nur los mit ihm? Jetzt hat er natürlich wieder sein Handy ausgeschaltet. Wenigstens ist bei euch alles okay. Johann hat mir ein Bild vom Hafen geschickt. Danke, dass ich mich auf dich verlassen kann, Krabbe. Rufst du Jakob an, sobald du kannst?

Verdammt. Ehe ich etwas tippen kann, betritt eine Frau den Raum, die deutlich jünger aussieht, als ich sie mir vorgestellt habe.

»Hi, ich bin Anja, Lucys Mutter. Herzlich willkommen. Sorry, dass ich zu spät komme.« Sie gibt mir die Hand und lächelt freundlich, als ich einschlage.

»Kein Problem«, beschwichtige ich schnell, mit den Gedanken noch immer bei Jakob. »Ich habe von Lucy eine kleine Führung durchs Gebäude bekommen und Kaffee hatte sie auch parat.«

Anja lacht leise. Ihre Stimme ist klar, aber ein wenig tiefer als für Musicaldarstellerinnen üblich, was sie interessant macht. Sie erklärt mir, dass Musicaldarstellern nicht nur auf der Bühne, sondern vor allem hinter den Kulissen alles abverlangt wird. Das weiß ich. Die Musicalakademie gehört zu den führenden weltweit, die können hier jeden haben. Man muss schon selbst dafür sorgen, dass sie einen wollen. Der Leistungsdruck ist immens und schon während der Ausbildung reichen keine einhundert Prozent.

Sofort ploppt die Frage in meinem Kopf auf, was ausgerechnet ich dann hier will. Was bin ich bereit zu geben, um aufgenommen zu werden? Es gelingt mir im Augenblick ja noch nicht einmal, meine Gedanken im Hier und Jetzt zu halten. Immer wieder schweifen sie zur Nachricht meines Vaters ab. Er verlässt sich auf mich und ich missbrauche sein Vertrauen in diesem Augenblick, indem ich ihn hintergehe.

»Hast du bereits Erfahrung im Gesangs- und Schauspielbereich?« Anja wirft ihre schulterlangen Locken über die Schultern zurück und richtet ihre Brille, durch deren dicke Gläser sie mich jetzt mustert. Mist, hat sie gemerkt, dass ich gerade nicht zugehört habe?

»Ich habe jahrelang im Chor gesungen«, erkläre ich schnell. »Die beste Freundin meiner Mutter ist Theaterdarstellerin und hat mir einige Tricks für die Bühne gezeigt. Außerdem habe ich eine Tanzgrundausbildung.« Das Letzte ist geschwindelt, weil ich mir ziemlich sicher bin, dass man einen Hip-Hop-Kurs nicht zur Grundausbildung zählt. Aber ihre Frage setzt mich unter Druck, denn ich weiß, dass viele der Bewerber zuvor auf privaten Schauspielschulen und Tanzakademien waren. Nicht wenige haben sogar studiert. So einen umwerfenden Lebenslauf habe ich nicht. Vielleicht hätte ich gar nicht erst herkommen sollen?

Anja nickt. »Schön. Ich schätze, du interessierst dich vor allem dafür, was dich während der Musicaldarstellerinnenausbildung erwartet und wie du bei uns reinkommst, oder?«

»Das wäre auf jeden Fall gut zu wissen.«

»Wir lassen uns sehr viel Zeit mit dem Casting«, erklärt sie und lässt sich dabei so elegant in den Schneidersitz gleiten, dass ich mir neben ihr wie ein Elefant vorkomme. Als Lucy zurückkommt, wartet sie kurz, bis diese sich zu uns setzt, dann fährt sie fort: »Es ist toll, wenn jemand mit einem wöchentlichen Tanz- oder Gesangstraining zeigt, wie ehrgeizig er oder sie schon im Voraus war, aber wir bieten auch Kurse an, mit deren Hilfe man sich sehr gezielt für die Aufnahmeprüfung vorbereiten kann. Chorstimmen sind viel zu breit gefächert für das, was wir euch hier abverlangen werden. Wir raten den meisten Interessenten, vorab einen solchen Kurs zu besuchen. Ausnahmen gibt es immer wieder, aber wenn du es wirklich ernst meinst, dann ist es ja keine Hürde.«

Jetzt bin ich froh, dass ich mich im vergangenen Winter nicht zum Vorsingen getraut habe. Ich habe rein gar nichts vorzuweisen, das wird mir in diesem Moment bewusst. Sie hätten mich vermutlich ausgelacht.

Ich atme tief durch und schaue verunsichert zu Lucy.

Sie wackelt mit den Augenbrauen. »Jep, ich habe den Kurs auch gemacht. Ist scheißanstrengend, aber es lohnt sich, und das trotz vorheriger Tanz- und Gesangsausbildung. Es gibt einfach so viele gute Leute. Dass man ohne in die Ausbildung reinrutscht, passiert wirklich zu selten, als dass man sich darauf verlassen sollte. Vor allem, weil jeder über den Lebenslauf des anderen Bescheid weiß. Wenn sie halb ausgebildeten Leuten absagen und sich für jemanden ohne Grundkurse entscheiden, ist dein Name auf jeden Fall bekannt. Ob das jetzt gut oder schlecht ist ... na ja.«

Ich habe einiges darüber gehört, wie konkurrenzbehaftet der Umgang unter den Bewerbern sein kann. Allein bei der Vorstellung schießt mir das Adrenalin durch den Körper.

»Es ist etwas Gutes«, beschwichtigt Anja jetzt. »Talent zu haben ist nichts, für das man sich schämen sollte. Während der Ausbildung seid ihr alle gleich.«

»Ja, gleich am Arsch«, wirft Lucy mit einem breiten Grinsen ein. »Die Ausbildung ist so unfassbar brutal. Ich kriege Albträume, wenn ich nur daran denke.«

»Quatsch«, weist ihre Mutter sie grinsend zurück, »aber ein Zuckerschlecken ist es wirklich nicht, das stimmt. Immerhin dauert die Ausbildung drei bis vier Jahre. Du kannst sie an drei staatlichen Hochschulen absolvieren. Das funktioniert über den Studiengang *Musical* in München, Essen oder Berlin. In Hamburg gibt es einige private Ausbildungsstätten wie diese hier. Die haben natürlich den Vorteil, dass ihr unmittelbar am Geschehen dran seid, weshalb ich die Ausbildung bei uns empfehle. Sie ist nicht günstig. Es gibt aber die Möglichkeit, sich für ein Stipendium zu empfehlen.«

Mir wird schwindelig. Vorkurse. Hohe Geldsummen. Eine jahrelange Ausbildung. Harte Konkurrenz. Und dazu mein mieser Abischnitt, der niemals für eine staatliche Uni reicht. Noch nie haben sich diese Hindernisse so schrecklich hoch angefühlt wie jetzt. Ich bin ja noch nicht einmal BAföG-berechtigt.

Lucy lacht heiser. »Mum, mach ihr keine Angst. Es ist nicht so schwer, zumindest an ein Teilstipendium zu kommen. Ich kann dir Beratungsstellen empfehlen. Notfalls bleibt in den Semesterferien Zeit für Nebenjobs. Auch da kenne ich Unternehmen, die echt gut bezahlen.«

Ich kaue auf meiner Lippe, weil ich jetzt wieder an Jakob und meine Eltern denken muss. Ich kann sie nicht im Stich lassen. Sie sind auf meine Unterstützung angewiesen. Und wenn ich meine eigenen Träume verfolge, kann ich ihnen nicht mehr unter die Arme greifen. Beides steht sich gegenseitig im Weg. Das wusste ich, aber noch nie konnte ich es so klar sehen wie jetzt. Und weil ich in Gedanken noch immer hauptsächlich bei Papas Bitte bin, mit Jakob zu reden, befürchte ich zu begreifen, was von beidem für immer mehr Bedeutung in meinem Leben haben wird.

»Kommen wir zur Ausbildung«, durchbricht Anja mein Gedankenwirrwarr. »Sie ist superanspruchsvoll, da hat Lucy recht. Hier vor Ort bilden wir ganzheitlich in den Bereichen Gesang, Tanz und Schauspiel aus. Hinzu kommt Musiktheorie, Sprecherziehung und Einzel- sowie Ensembleunterricht. Auf dem Plan stehen in den drei Jahren auch intensive Ballett- oder Jazzdance-Stunden, Theatergeschichte, Anatomie und Englisch.«

Englisch ist das Einzige, in dem ich jetzt schon ganz okay abschneide, glaube ich. Mein Gesicht wird heiß.

»Um das Bestmögliche aus deinem Talent zu machen, erwarten wir ein überdurchschnittliches Fitnesslevel, Ehrgeiz und sehr viel Motivation. Hast du es dann bis ins letzte Jahr geschafft, bereiten wir dich auf die Castings vor, denn sobald du den Abschluss in der Tasche hast, steht die erste echte Audition praktisch vor der Tür.«

Wenn ich Musicaldarstellerin werden will, muss ich mein jetziges Leben komplett aufgeben. Jede freie Minute werde ich für die Ausbildung aufwenden müssen. Es reicht nicht aus, einfach nur gut singen zu können, und es genügt erst recht nicht, in einem muffigen Hotelzimmer eine Erleuchtung zu haben, nach der ich plötzlich glaube, alles erreichen zu können. Ich muss hierfür leben, brennen, mich und mein bisheriges Leben ganz und gar aufopfern. So wie mein Bruder es für den Fußball getan hat oder Hannah für Edward. Irgendwann meinte Jakob mal zu mir, dass niemand begreift, was Erfolg für einen Sportler bedeutet, wenn er selbst keiner ist. Dass ich es deshalb nicht verstehen kann. Damit liegt Jakob falsch, denn ich begreife gerade ziemlich viel.

Jemand mit genügend Ehrgeiz und dem unbändigen Willen, es zu schaffen, lässt es sich zum Beispiel vor einem so wichtigen Gespräch wie diesem nicht besorgen.

»Bei Mum hört es sich immer so an, als wären nur unsterbliche Halbgötter für die Ausbildung an einer Musicalschule geschaffen.« Lucy lacht. »Aber so ist es nicht.«

»Nein.« Lucys Mutter atmet zweimal, dann redet sie weiter. »Es reicht im Grunde aus, wenn du es mehr willst als alle anderen.«

Das ist ja gerade das Problem. Ich habe keine Ahnung, wie sehr ich die Ausbildung zur Sängerin wirklich will. In meinem Brustkorb tobt das Gefühl, weglaufen und mich verstecken zu wollen. Aber warum ist das so? Nutze ich den Weg, den mir meine Eltern mit dem Reiseunternehmen geebnet haben, um darauf vor meinen eigenen Träumen zu fliehen?

So habe ich es noch nie gesehen. Das Reiseunternehmen und Papas Wunsch, dieses an mich weiterzugeben, waren bis jetzt immer meine Begründung, weshalb ich im Gegensatz zu meinen Freundinnen im Leben nicht weiterkomme. Aber waren sie auch eine Ausrede? Ein Versteck vor meinen Versagensängsten? Ich opfere alles für die Lebensplanung meines Bruders auf, warum mache ich es nicht auch bei meinen eigenen Plänen? Weil ich eigentlich riesige Panik davor habe, eine Chance zu bekommen und diese dann so schlimm in den Sand zu setzen, dass mein Traum für immer darin begraben bleibt? Ich weiß es nicht. Gerade kann ich an gar nichts und muss gleichzeitig an alles denken. Mein Kopf dröhnt.

»Danke«, höre ich mich sagen, »ich ... es ist wirklich viel, was ich für die Ausbildung mitbringen muss.«

»Aber Mum hat recht«, lenkt Lucy ein, »wenn du es wirklich willst, dann wirst du es hinbekommen.«

Danach nimmt sie mir das Versprechen ab, mich zu melden,

wenn ich Unterstützung brauche, und ich atme erst wieder richtig ein und aus, als ich vor der Musicalschule auf Johann und die Reisegruppe warte. Nun, da die Anspannung von mir abfällt, quellen Tränen unter meinen Wimpern hervor. Wütend wische ich sie mit dem Handballen weg.

Lucys Ratschlag hört sich so simpel an. Es gibt niemanden außer mir selbst, den ich dazu bringen muss, es zu wollen. Ich hätte nur nicht gedacht, dass ausgerechnet ich die allergrößte Hürde bin.

MISTAKES ARE YOUR PERSONAL STYLE

(CAMAIEU ON CANVAS, 2019)

Edward

Leni sitzt still auf dem Beifahrersitz und schaut abwechselnd aus der Windschutzscheibe auf die regennasse Autobahn und auf ihren Handybildschirm. Seit sie wieder zur Gruppe gestoßen ist, betrachte ich sie mit einem mulmigen Gefühl im Bauch. Nicht, weil unser gemeinsamer Morgen so intim gewesen ist oder ich mich für irgendetwas schäme, was wir getan haben. Es ist eher Lenis erzwungene Fröhlichkeit, wegen der ich mir den Kopf zerbreche. Immer wieder tippt sie Nachrichten, vermutlich an ihre Freundinnen.

Ich weiß, ich hätte Leni nach dem Aufstehen nicht ablenken dürfen. Vor einem so wichtigen Gespräch hätte sie mehr Ruhe gebraucht. Aber nachdem ich sie einmal berührt hatte, war ihr Körper wie ein Sog, dem ich mich nicht mehr entziehen konnte. Ich wollte mehr. Viel mehr.

Während der Hafenrundfahrt hafteten meine Gedanken ausschließlich an ihr und wie sie sich mir entgegenstreckte, und sogar jetzt, mitten im strömenden Regen auf irgendeiner deutschen Autobahn, werde ich schon wieder hart, wenn ich nur daran denke, wie Leni mich schluckte. Ihr Blick. Gott, ich werde nie mehr vergessen, wie sie mich dabei angesehen hat. Mein Herz rast los und jeder Schlag fühlt sich an, als würde es nach einer Triggerwarnung für meine Gedanken verlangen.

Nur drei Dinge hindern mich daran, mich ungeniert völlig in meine Fantasie fallen zu lassen. Liams Schnarchen und die Tatsache, dass sein Kopf seit ein paar Minuten an meiner Schulter lehnt. Beides lässt sich nicht ändern, ich habe es bereits versucht. Dann wäre da Simons Nachricht, in der er mich um einen Anruf bittet. Etwas, das ich wegen der Zeitverschiebung erst heute Abend in Frankfurt erledigen kann. Obwohl mich schon seit dem Lesen der Gedanke durchzuckt, es besser sein zu lassen. Ich weiß, dass das völlig absurd ist, aber trotzdem lässt mich das Gefühl nicht los, dass etwas nicht stimmt.

Und ich kann meine Gedanken nicht von dem abbringen, was mir Leni gestern vor dem Einschlafen über ihren Bruder erzählt hat. Welche Einschränkungen sie ihr Leben lang für ihn in Kauf genommen hat. Dass sie ihre eigenen Träume immer für ihre Familie und das Reiseunternehmen hintangestellt hat.

Seufzend lässt sie sich zurück in ihren Sitz fallen, ehe sie Johann ein Zeichen gibt, der ein paar Minuten später einen Rasthof ansteuert.

Schon gestern hat sie uns um ein Gruppenfoto gebeten und weil nicht ausreichend Zeit war, um es am Hamburger Hafen aufzunehmen, wollen wir das nun vor einer Raststätte nachholen. Wenigstens ist so auch Leni mit auf dem Bild.

Doch zu meiner Überraschung stellt sich nach dem Aussteigen erst mal Maria neben mich. »Edward? Ich finde es okay, wenn du mein Armband nicht magst, aber vielleicht kannst du wenigstens für das Foto ...?«

Bei ihrem gekränkten Tonfall stoße ich ein leises Seufzen aus. »Natürlich, klar! Ich bin nur nicht der Typ für, äh, Armbänder.« Beim Reden schiebe ich eine Hand in meine Jackentasche, wo ich es seit dem Hinflug aufbewahre, um es mir übers Handgelenk zu ziehen. »Aber es sieht wirklich richtig schön aus.«

»Danke.« Maria lächelt und fährt sich durchs Haar.

»Natürlich, Maria.«

Sie räuspert sich. »Das Armband war nur ein Vorwand, um dir zu sagen, dass du Leni nicht hängen lassen solltest. Sie mag dich und … wisst ihr denn schon, wie es nach unserem Rückflug morgen weitergeht?«

»Äh …« Morgen?! Hektisch rechne ich nach und … verdammt. Maria hat recht. Wie konnte die Zeit nur so schnell vergehen? Ich habe das Gefühl, ich stehe kurz vorm Implodieren. »Ja, also … nein.«

»Dann wird es aber Zeit, junger Mann, ehe –«

»Seid ihr zwei so weit?«

Es dauert kurz, bis ich meine Aufmerksamkeit Leni zuwende und sehe, dass sie und die Gruppe sich bereits positioniert haben. Nur noch ein einziger Tag? Heilige Scheiße.

Gemeinsam mit Maria reihe ich mich hinter Leni, Olivia und Imogen ein, strecke wie alle anderen die Hand mit Marias Armband nach vorn und beuge mich gerade noch rechtzeitig vor, um Leni gleichzeitig mit dem Auslöser einen Kuss auf die Wange zu geben. Dass sie sich dabei lächelnd an mich schmiegt, zeigt mir, wie wichtig es ist, das, was mir noch auf dem Herzen liegt, sofort anzusprechen. Ich will nicht gehen, ohne alles dafür getan zu haben, dass ich wiederkommen darf.

Nach dem Foto strömt die Gruppe in alle Richtungen, nur Leni bleibt am Reisebus, weshalb ich dasselbe tue und zu ihr gehe.

»Wie lief's denn?«

Ich mustere jede ihrer Bewegungen, während ich auf eine Antwort warte.

»Scheiße.«

»Scheiße, weil …?«

Immerhin lächelt Leni ein wenig. »Scheiße, weil ich jetzt weiß, dass ich ganz allein dafür verantwortlich bin, wenn meine Träume für immer welche bleiben.«

»Das müssen Sie mir erklären, Sherlock«, versuche ich sie aufzuheitern.

»Es ist nicht leicht, etwas zu erklären, das man selbst nicht so wirklich begreift. Als ich heute gehört habe, was man an der Musicalschule von mir verlangen wird, wollte ich weglaufen und mich vor dieser Verantwortung verstecken.«

»Hey … es geht doch nicht darum, auf der Stelle Erfolg zu haben. Ein Schritt nach dem anderen, schon vergessen? Du hast heute nicht gekniffen. Du bist einen ersten Schritt in eine mögliche Richtung gelaufen.«

Leni nickt, aber ihr Gesichtsausdruck wirkt nicht weniger gequält. »Wieso muss alles so kompliziert sein? Kann mir nicht einfach irgendjemand verraten, ob es auch die richtige Richtung ist? An der Akademie kam es mir so vor, als wäre es nicht so.«

»Das wäre zu einfach.«

»Es ist nie einfach«, entfährt es ihr. »Während der Fahrt habe ich versucht, zwischen meiner Familie zu vermitteln, bis mir Jakob geschrieben hat, dass ich mich einmal nicht einmischen soll. Das hat ehrlich gesagt ganz schön gesessen, weil –«

»Es komplett daneben ist.«

»Finde ich nicht.«

»Entschuldige«, lenke ich ein. »Du willst ihm nur helfen.«

»Jakob ist erwachsen. Er braucht meine Unterstützung ja womöglich gar nicht mehr.«

»Sei vielleicht weniger streng mit dir. Du willst für deinen Bruder da sein, was auch völlig okay ist. Es wäre aber wichtig, dass du ihn in den Prozess mit einbindest und es nicht einfach so tust. Frag bei ihm nach und entscheide nicht für ihn mit. So könnt ihr euch gegenseitig unter die Arme greifen, wie wär das? Als Team.«

»Vielleicht kümmere ich mich lieber um die Probleme anderer, weil ich mich nicht mit meinen eigenen beschäftigen will«, vermutet Leni nach einem Moment der Stille.

Ich weiß nicht, was ich darauf erwidern soll. Ich umarme sie einfach fest und streiche ihr die losen Haarsträhnen aus dem Gesicht.

»Meine Familie kommt auch ohne mich klar …« Sie wendet ihren Blick ab, dann flüstert sie: »Aber ich mag es, wenn sie es nicht tun.

O Gott, das hört sich so schrecklich an. Ich fühle mich dann einfach gebraucht und wichtig und geliebt.«

Ich lege zwei Finger an ihr Kinn und sie erlaubt mir, ihren Kopf anzuheben, um ihr in die Augen zu schauen. »Vielleicht würde es dir helfen, den Menschen zu sehen, der ganz sicher nicht ohne dich klarkommt.«

»Edward Meyer, so wichtig bist –«

»Ich spreche von dir, Leni.«

Sie lacht zweifelnd auf. »Mh.«

»*Mh* mich nicht schon wieder an.«

»Mh ...«

»Leni ...?«

»Ja?«, flüstert sie und ich drücke sie noch fester.

Ich lege meine Stirn an ihre und gebe ihr schließlich einen Kuss. »Was aus meinem Blickwinkel gerade offensichtlich ist, erscheint dir aus deinem eigenen als völliger Schwachsinn. Aber selbst wenn du recht hast und du das Problem bist, dann kannst auch nur du allein die Lösung sein. Womöglich hilft es aber schon, den Blickwinkel zu wechseln.«

SOMETHING'S COMIN', I DON'T KNOW WHAT IT IS BUT IT IS GONNA BE GREAT!

Leni

»Also dann«, beginne ich und wische mir die Tränen unter den Augen weg. Es ist das erste Mal, dass ich am letzten Abend einer Tour richtig schlimm weine. »O Gott, entschuldigt bitte, ich bin normalerweise nicht so emotional.« Wir müssen alle lachen, aber es klingt wehmütig und ständig mischt sich ein Schniefen dazwischen.

Obwohl wir während der Fahrt so wenige Zwischenstopps wie möglich gemacht haben, hat letztendlich ein Stau all unsere Pläne für Frankfurt durchkreuzt. Deshalb mussten wir uns kurzerhand gegen das Abendessen im Hotel entscheiden und sind gemeinsam zu McDonald's gefahren. Es war bestimmt nicht das hochwertigste Essen dieser Reise, aber Maria fasste es ganz treffend zusammen: »Ist doch völlig egal, denn wir essen zusammen.«

Jetzt ist es mittlerweile kurz vor Mitternacht, ich habe die Gruppe viel zu spät eingecheckt und nehme sie alle in der Lobby unseres Hotels ein letztes Mal in die Arme. Ihr Flieger zurück nach Amerika geht morgen vor elf Uhr und wir müssen ein paar Stunden früher da sein, weshalb die Verabschiedung am Flughafen kurz ausfallen wird.

»Wartet!« Maria reibt sich über die Wangen. »Wir brauchen unbedingt eine Chat-Gruppe.«

Auch wenn es vielleicht unangemessen ist, freue ich mich über den Vorschlag. »Unbedingt!«, stimme ich zu, woraufhin die ande-

*FÜR ALLE, DIE NICHT SO GUT ENGLISCH SPRECHEN:
»GREAT« BEDEUTET IN DIESEM ZUSAMMENHANG »EINFACH NUR BESCHISSEN«.

ren ihre Zustimmung murmeln und Maria ihr Handy aus der Hosentasche holt.

»Ich kümmere mich gleich im Zimmer darum.«

»Schlaft gut!«, wiederhole ich und noch einmal nehmen wir uns alle in die Arme. »Danke euch, ihr wart die beste Gruppe.«

Schließlich begleite ich sie noch auf ihre Zimmer, wo wir uns ein letztes Mal verabschieden. An Edwards Tür zögere ich.

»Was meintest du im Bus«, fragt er und wischt sich kurz über die Augen, »welche Bücher mag deine Freundin Charlie am liebsten?«

Hitze steigt mir ins Gesicht, weil ich das eigentlich nur zum Spaß erzählt habe. »Die mit Second-Chance- und One-Bed-Tropes.«

»Die Sache mit der Second Chance lief ganz gut, finde ich. Und wegen des gemeinsamen Betts …«

»Ja?«

Edward schnappt sich meine Zimmerkarte und lässt sie in seiner Hosentasche verschwinden. »Ich schätze, du hast gerade dein Zimmer verloren … schon wieder.«

Ich unterdrücke ein Kichern. »Dann muss ich vielleicht Johann wegen des Schlüssels für den –«

»Vergiss es. Du schläfst nicht im Bus. Unsere letzte Nacht verbringen wir zusammen, einverstanden?«

»Einverstanden«, hauche ich.

Edward reagiert ohne Zögern auf meine Zustimmung, indem er seine Hüfte ganz sanft gegen meine stößt. Er lehnt sich in den Türrahmen, dabei gleitet seine Hand an meinem Rücken nach unten, bis seine Finger für einen kurzen Moment meinen Oberschenkel berühren. Mein Puls jagt sofort in die Höhe, obwohl sich die Berührung durch den Stoff meiner Jeans weniger intensiv anfühlen sollte. Doch das tut sie nicht. Kein bisschen. Mein Herzschlag pocht mir bis in den Hals.

»Diese UNO-Karte …«

Meine Finger fahren über Edwards Mund. Nur ganz sanft, aber er hört sofort auf zu reden. Mit dem Daumen streife ich seine Unterlippe, dabei ziehe ich mit der anderen Hand die Zimmertür hinter uns zu und presse mich danach an ihn.

»Die habe ich dir doch längst zurückgegeben ...«, flüstere ich an seinem Ohr. Er ist so angespannt, dass sein Körper beinahe an meinem vibriert.

Als Edward bebend ausatmet, merke ich erst, dass er während unserer Berührung die Luft angehalten hat. Er gibt einen Laut von sich, den ich nicht richtig zuordnen kann, nach Ablehnung klingt er jedoch nicht. Mit der freien Hand streiche ich über seinen Arm, bis sich die feinen Härchen dort zur Gänsehaut aufstellen.

»Wieso hast du sie nie weggeworfen?«

Meine Antwort kommt sofort und direkt aus meinem Herzen. »Ich wusste nicht, ob wir uns je wiedersehen. Aber das warme Prickeln, dir in San Diego so nah gewesen zu sein, mich dir anzuvertrauen und einfach in dich fallen zu lassen, dieses Gefühl wollte ich für eine Ewigkeit in Erinnerung behalten. Bis heute ist es die allerschönste Ablenkung, wenn mein Leben mich nervt. Ich hatte immer geglaubt, dass ich unsere gemeinsame Zeit über die Jahre idealisiert habe, doch mittlerweile steht fest, ich habe untertrieben. Du bist besser, als es eine Erinnerung je sein könnte. Fallen lassen ist leicht, wenn du derjenige bist, der mich auffängt und festhält«

»Ich habe mich so sehr in dich verliebt, Leni.« Auch Edward antwortet, ohne zu zögern.

Ich bin mir sicher, dass er das Hämmern meines Herzens mittlerweile spürt. Bevor ich etwas sagen kann, greift er nach meinen Händen und senkt den Kopf. Mit dem Mund berührt er meine Stirn, meine Wange und ganz zärtlich meine Oberlippe. Ich keuche auf. Mit jeder Berührung wird mein Herz leichter und leichter und fliegt schließlich davon, als Edward seine Arme plötzlich um meine Taille schlingt und seinen Mund auf meinen presst. Seine Lippen öffnen sich. Mir wird heiß von seinem Atem. Schauer durchlaufen mich, als ich Edwards Zunge schmecke.

Habe ich gerade behauptet, dass mein Herz weggeflogen ist? Nun, jetzt ist es wieder zurück in meinem Brustkorb und es schlägt und schlägt nur für ...

Edward. Er tippt mit seiner Zungenspitze gegen meine, umkreist sie. Erst ganz sanft, dann härter. Er stößt vor, zieht sich zurück und stupst mich dann ein letztes Mal sanft an. Er soll nie wieder damit aufhören.

Ich könnte das stundenlang mit ihm machen. Stundenlang an nichts denken. Stundenlang alles vergessen und ihn küssen. Und ich weiß, dass es ihm ganz ähnlich ergeht, als er mich ein winziges Stück anhebt und so noch enger an sich zieht. Mein BH reibt über seinen Brustkorb und ich merke, wie sich meine Brustwarzen zusammenziehen. Edward gibt ein Raunen von sich. Er spürt, wie heftig ich auf ihn reagiere. Wie sehr ich ihn will. Doch unsere Lippen kommen einfach nicht voneinander los.

Ich streiche Edward durchs Haar, halte mich daran fest, während wir uns küssen. Wenn er auch nur einen Millimeter von mir abrücken will, ziehe ich ihn sanft zu mir zurück, bis seine Lippen meine wieder fest versiegeln. Doch irgendwann hebt er mich ganz hoch und ich schlinge wie selbstverständlich die Schenkel um seinen Körper. Als seine Hände meinen Po umfassen, stöhne ich.

»Gott, Leni«, murmelt er an meinem Mund und dass er dabei so klingt, als könnte er ohne meine Lippen an seinen nicht mehr richtig atmen, macht mich wahnsinnig. Ich will nur eins: alles von ihm vereint mit allem von mir.

Langsam versuche ich mich von Edward zu lösen, aber er kann nicht aufhören mich zu küssen und wieder und wieder mit der Zunge in mich zu dringen. So dirigiert er uns zu seinem Bett.

»Jetzt ist der Punkt, an dem ich mich nicht mehr stoppen kann«, raunt er und gibt mir einen sanften Stoß gegen die Schulter, sodass ich mit dem Rücken zuerst auf die Zudecke falle. »Ich kann nicht, Leni, nicht, wenn du es genauso sehr willst wie ich.«

»Mindestens«, erwidere ich gepresst und obwohl ich Edward versichert habe, wie sehr ich ihn begehre, hebt er zuerst vorsichtig eine Hand, nachdem er sich zwischen meine Beine gekniet hat. »Darf ich?« Er fragt trotz allem nach, was ich mit einem sehnsuchtsvollen Laut beantworte.

Seine Finger streichen entlang der Innenseite meines Beines bis hoch an meine empfindliche Stelle. Nur ganz kurz, hauchzart fährt Edward mit dem Daumen darüber und dann von meinem Bauch hoch zu meinen Brüsten. Er knetet sie und ich halte den Druck heute nicht eine einzige Sekunde zu lange aus.

»Edward, bitte …«

Er antwortet mir nicht sofort, sondern zeichnet meine Brust nach, dann nimmt er meine Brustwarze ganz kurz durch den Stoff des Shirts zwischen seine Finger. Lässt mich sanften Schmerz fühlen.

»Mehr.« Ich will mehr. Laut stöhne ich auf, sage Edwards Namen, einmal, zweimal, bis sein Gesicht endlich über mir ist. Strähnen fallen ihm in die Stirn, er zieht die Mundwinkel hoch, als er den Kopf kaum merkbar schüttelt.

»Wir haben die ganze Nacht Zeit. Ich will die Ungeduld in deinen Augen sehen und deine Erregung in jeder Faser meines Körpers spüren.«

Seine Worte reizen mich fast schmerzhaft. Wieder stöhne ich auf, doch diesmal klingt meine Stimme so dunkel, dass sie mir fast fremd ist.

»Die ganze Nacht?«, flüstere ich. »Was hast du vor?«

»Alles, Leni, alles.«

Ich kann in seinen Augen sehen, dass er zögert. Er wird so lange warten, bis er sicher ist, dass er damit keine Grenze überschreitet.

Ich nicke, kralle mich in sein Haar und küsse ihn. Das ist Antwort genug.

»Aber zuerst will ich dich zum Kommen bringen.«

Er ahnt nicht, wie sehr ich darauf gehofft habe. Wieder nicke ich und jetzt stöhnt auch Edward auf. Ich liebe es, wie seine Augen dabei lächeln. Wie sie mir sagen, dass er ohne das hier, ohne mich, uns, nicht mehr leben will.

»Du bist so schön, Leni.« Wie er dabei den Kopf schieflegt, als gäbe es irgendwo eine Stelle an mir, die er nur aus diesem Blickwinkel betrachten kann. »So, so wunderschön. Alles an dir, jede winzige Stelle.«

Ich muss schlucken, weil Edward seine Hände neben meinem Kopf abstützt und sich tief zu mir runterbeugt.

»Darf ich dir zeigen, welche Stellen ich meine?«

Ich nicke und für eine Sekunde kann ich seine Erektion durch den Stoff an meiner Mitte fühlen. Ich fasse mit den Händen an seinen Po und ziehe ihn an mich. Doch Edward nimmt erst meine rechte, dann meine linke Hand und hält sie über meinem Kopf auf der Matratze fest. Als sein Mund daraufhin eine feuchte Spur entlang meiner Wange runter zum Brustbein hinterlässt, hebe ich mich ihm entgegen. Ich will, dass er meine Brustwarze zwischen seine Lippen nimmt, doch er schüttelt den Kopf. Himmel. Edward macht das hier so anders als alle anderen Männer zuvor. Er lässt sich Zeit, es geht ihm nicht darum, ein paar Knöpfe zu drücken, damit ich feucht genug bin, um endlich in mich zu stoßen. Edward schätzt meinen Körper wert und ich merke, wie heftig mich das erregt. Ich will ihn genauso fühlen lassen.

Aber das muss warten, denn Edward gibt einen sehnsuchtsvollen Laut von sich, als er meine Hände loslässt und sich auf die Fersen setzt. Langsam zieht er meine Beine auseinander und öffnet den Knopf meiner Jeans. Mit erregender Langsamkeit gleitet seine Hand mit dem Stoff meine Beine hinunter bis zu den Socken, die er zusammen mit der Hose neben sich legt. Kurz darauf liegt seine Hand auf dem dünnen Stoff meines Slips und ich stoße ein Keuchen aus, weil sein Finger jetzt eine feuchte Spur bis zu meinem Bauchnabel zieht.

»Ich mag es, wie feucht du bist.«

»Ich mag es, wie sehr dich das erregt.«

Edward blickt überrascht auf, sein Haar fällt ihm dabei wieder in die Stirn und das lässt mein Herz durchdrehen.

Seine Miene wird ernst, dann atmet er tief ein und aus.

Er wiederholt die Bewegung mit seinem Finger, nur dass er mich jetzt nicht mehr nur über dem Stoff berührt, und dabei schaut er mich an. Sein Blick nimmt mich gefangen und lässt mich nicht wieder los, während er sein Oberteil vor mir auszieht.

Sein Körper ist so anziehend. Aber es sind nicht die Muskeln an seinen Armen, die arbeiten, als er sie wieder sinken lässt, oder der vom vielen Training geformte Brustkorb und auch nicht seine Bauchmuskeln. Ich meine vor allem jeden einzelnen Millimeter dazwischen und das sage ich Edward genau so.

Er beugt sich wieder zu mir, küsst mich, ganz sanft und zart. Noch nie hat sich ein Kuss so nach *mehr* angefühlt. Er küsst meine Nase, meine Wange, meinen Unterkiefer. »Ich begehre dich genauso, Leni.«

Nun bin ich diejenige, die nach seinem Gesicht sucht, um ihn zu küssen.

»Darf ich weitermachen?«, bittet er mich und als ich nicke, legt er mich sanft zurück auf die Matratze. Wieder und wieder streichelt er über meine Leiste, nur ein einziges Mal streift sein Daumen meine Mitte. Sofort stöhne ich gierig auf.

»Bitte«, flehe ich ihn an, aber wieder schüttelt Edward den Kopf. Es erregt mich nur noch mehr, wie sehr er es genießt, mich betteln zu lassen. Wieder drücke ich mich ihm entgegen, versuche so seine Lippen an meine Mitte zu bekommen und endlich erlöst er mich.

Behutsam drückt er mich zurück aufs Bett, doch dabei schiebt er seine Finger unter den Stoff meines Slips. Er streichelt mich, massiert mich und dann dringt er endlich in mich ein.

Ich spreize die Beine. »Schlaf mit mir.« Ich kann nicht anders, als es plump zu verlangen, aber Edwards Antwort ist ein weiterer Finger, den er in mich schiebt. Er wiederholt die Bewegung. Erst ganz zärtlich, dann fester. Ich schließe seufzend die Augen und kralle meine Finger in das Bettlaken. Wahrscheinlich werde ich es eh nicht lange aushalten, wenn er –

Himmel, wie heute Morgen beginnt er damit, mich von innen zu streicheln. Sofort drücke ich ihm meinen Unterleib entgegen, doch Edward zieht sich zurück. Ich keuche seinen Namen, woraufhin er seine Finger zurück an meine Mitte führt. Diesmal wartet er nicht, tastet sich nicht voran, sondern dringt sofort ganz in mich ein. Er dreht seine Hand in mir und krümmt einen Finger, bis er jene Stelle erreicht, die mich zum Schreien bringt. Es fühlt sich so unfassbar gut an.

Er wiederholt die Bewegung, bis meine Beine unter seiner Berührung zittern. Sobald ich mich zurückziehen will, wird er schneller, noch fester und dann sind seine Lippen an meiner Mitte. Er saugt an mir, während seine Finger sich in mir bewegen und sein Handballen beim Stoßen jedes Mal gegen seinen Kiefer schlägt, wodurch auch seine Zähne immer wieder meine empfindlichste Stelle berühren. Ich weiß nicht, ob Edward das beabsichtigt, doch es erregt mich zusätzlich, bis alles in mir zuckt und mein ganzer Körper bebt.

»Edward!«, schreie ich seinen Namen.

Er lässt sich auf mich sinken und atmet schwer an meinem Hals. Seine Erektion drückt gegen meinen Schoß. Erst als das Beben nachlässt, rollt er sich mit mir auf die Seite und zieht mich an sich, während sich mein Herzschlag nur ganz langsam wieder beruhigt.

LIFE GAVE US LEMONS

(OIL ON PANEL, 2019)

Edward

Ich streiche Lenis Haar hinter ihre Ohren, küsse ihre Stirn und lege meine Arme dabei schützend um ihren Körper. Dass sie sich in mich fallen lässt, macht mich unglaublich glücklich und es lässt ein Gefühl von Hitze in mir aufsteigen, das mir erlaubt, es ihr gleichzutun. Minutenlang schauen wir uns einfach nur an, saugen jede gemeinsame Sekunde, die uns noch bleibt, in uns auf.

»Das war wunderschön«, sagt Leni, als sie wieder zu Atem kommt, und streckt dabei ihre Arme nach mir aus. Ich lasse zu, dass sie mir die Jeans von den Beinen streift und achte nicht auf mein Handy, das aus der Hosentasche fällt und auf den Teppichboden poltert.

Ich strample mir die Hose von den Füßen und warte, bis mir Leni auch die Boxershorts ausgezogen hat, danach erst gehe ich vor ihr auf die Knie. Ihr Blick ruht auf meiner Erektion. Doch dann nimmt sie mich plötzlich in die Arme, fest und unnachgiebig, was mir einen überraschten Laut entlockt. Meine Erektion drückt schmerzhaft hart gegen ihre Seite, und ich will meinen Körper deshalb wegdrehen, doch sie zieht mich sofort zu sich zurück. »Ich will dich an mir spüren«, flüstert sie und ihre Hand umfasst meinen Penis.

Vorsichtig bewegt sie ihre Finger auf und ab. Ich sehe ihr dabei zu, wie sie ihre Hand zwischen ihre eigenen Beine führt und sich vor mir berührt, wie ich es ihr heute Morgen aufgetragen habe. Es erregt mich, dass sie mir selbst jetzt noch gehorcht. Sie beißt sich währenddessen auf die Unterlippe und es wäre völlig in Ordnung für mich, wenn sie einfach damit weitermachen würde. Sie sieht so unfassbar reizend aus, wenn sie es sich selbst besorgt. Allein ihr Gesichtsausdruck lässt mich beinahe in ihre Hände kommen. Sanft gleitet sie an mir auf und ab, bis ich sie mit einem leisen Stöhnen dazu animiere, schneller zu werden. Bei jeder Aufwärtsbewegung streichelt sie mit ihrem feuchten Daumen über meine Eichel. Ihr Blick ist dabei mit meinem verfangen, als wolle sie ganz genau überprüfen, ob es mir so gefällt.

»Das ist ... gut, Leni. Verdammt ... gut«, sage ich mit einem noch lauteren Stöhnen und schließe die Augen. »Fuck ... so komme ich ... gleich.«

»Gut.« Da ist ein freches Lächeln in ihrer Stimme, das meinen Atem noch schneller gehen lässt. Doch wie zur Strafe wird sie plötzlich langsamer. Ihre Hand wandert tiefer als zuvor und jetzt umfasst sie meine Hoden. Scheiße, ja.

»Ist das auch gut?«

»Ja, zur Hölle, ja.«

Leni schiebt ihre Hand noch ein Stück tiefer und drückt ihre Finger gegen eine Stelle unterhalb meiner Hoden.

»Edward«, flüstert sie meinen Namen und dass sie dabei atemlos klingt, lässt mich beinahe den Verstand verlieren. Ich dränge mich mehr und mehr gegen sie und Leni lässt es zu. Doch ganz plötzlich zieht sie ihre Hände hinter den Rücken. Wie wunderschön sie dabei aussieht. Ihr Brustkorb wölbt sich, die Brustwarzen unter ihrem Shirt sind hart. Ich sehe, dass das Bettlaken an einer Stelle dunkler ist ... und wow ... dass Leni jetzt ihre Schenkel leicht öffnet und mich einlädt, ist unglaublich. Ich dränge mich gegen sie, warte, bis sie ihre Beine um meine Hüften presst, und dann reibe ich meine Erektion an ihren Beinen. Immer wieder. Bis alles in mir pulsiert und brennt und ...

»H-hast du Kondome ... hier irgendwo? Bitte ...«, keucht sie und entfernt sich ein Stück von mir.

Dabei klingt sie so verzweifelt, dass ich mir ein Lachen verkneifen muss. »Denkst du, ich habe seit meiner Ankunft Kondome in meiner Hosentasche, falls wir zufällig übereinander herfallen? Wäre das nicht sehr durchtrieben?«

Leni verdreht die Augen. »Es wäre jetzt vor allem hilfreich.«

Als Antwort klettere ich vom Bett und strecke mich, um nach meiner Reisetasche zu greifen. Mit einem Ruck ziehe ich sie zu mir und öffne den Reißverschluss der vorderen Tasche, während Leni meine Taille von hinten umfasst.

»Beeil dich«, haucht sie an meinem Rücken und schmiegt ihre erhitzte Wange an mich.

Endlich finde ich die Plastikpackung, doch als ich sie aus der Tasche ziehe, stoße ich mit dem Ellbogen an mein Handy, das vorhin auf den Boden gefallen ist. Das Display leuchtet ganz kurz auf. Simon hat mir zwei Nachrichten geschickt.

Shit, ich wollte ihn anrufen. Aber ... Nicht. Jetzt.

Ich weiß nicht, weshalb ich mich nicht einfach auf Lenis Hand konzentrieren kann, die sacht über meine Wirbelsäule streichelt. Oder darauf, dass meine Erektion zwischen meinen Beinen pulsiert. Stattdessen heftet sich mein Blick auf die erste Nachricht.

Simon: Diese Wichser! Wir stehen alle auf deiner ...

Mehr kann ich nicht lesen, aber ich höre genau, wie ungeduldig Leni hinter mir seufzt. »Findest du keine? Das ist okay. Wir müssen keinen Sex haben. Es ist auch so wunderschön.«

Doch ich höre ihre Stimme nur gedämpft und ein paar Sekunden später wird sie gänzlich von dem hohen Piepen in meinen Ohren übertönt. Wie in Trance tippe ich die zweite Nachricht an, die nur eine halbe Minute nach der ersten kam. Ein Foto. Von mir. Fuck.

Ein Abgrund tut sich auf und innerhalb eines Wimpernschlags

falle ich hinein. Weil ich es mir in Lenis Nähe erlaubt habe loszulassen, balanciere ich noch nicht einmal am Rand, ich falle einfach. Und falle, falle, falle.

Leni hat gelogen. Fallen lassen ist gefühllos. Wie eine Starre, an der ich mich mit aller Kraft festkralle, um nicht das begreifen zu müssen, was ich nicht verstehen will.

»Hey? Hörst du mich?«

Lenis Zwischenfragen sind lästig. Aber in meinem Inneren ist nichts mehr, was sich darüber aufregen könnte.

Sie umfasst meinen Oberkörper. Hält mich fest und zusammen.

»Ist alles okay?«

Diese Frage löst etwas aus, lässt mich innerlich zittern. Panisch nicke ich und versuche verzweifelt dem Schmerz zu entkommen, der jetzt zusammen mit der Erkenntnis ungebremst in meinen Verstand eindringt. Ich kann nichts sagen, weil es mir vorkommt, als würden mich Erinnerungen und Schmerz verschütten. Doch wie damals werde ich nicht ohnmächtig, sondern starre bei vollem Bewusstsein den Handybildschirm an, der mittlerweile wieder schwarz geworden ist. Der Schmerz türmt sich immer weiter auf, ehe er mich vollends begräbt, und alles wird ... ohrenbetäubend still.

WILLY WANKA

(WATERCOLOR ON PAPER, 2019)

Edward

Ich nicke wie in Trance. »Ja, es … alles ist okay.«

»So siehst du aber nicht aus.«

Das Handy gleitet mir aus der Hand. Geräuschlos fällt es auf den Teppich neben meinen Rucksack. Ich fasse mir in den Nacken, wo ich auf schweißnasse Haut treffe, und erst da realisiere ich, dass ich seit einer gefühlten Ewigkeit nackt auf dem Bett knie.

»Edward? Gibt es ein Problem?«

Wie Leni meinen Namen sagt, fühlt sich an wie ein Eiswürfel, der an meiner Wirbelsäule hinabgleitet. Ich drehe mich um und sehe dabei zu, wie ihre Finger nach der Bettdecke tasten, um damit ihren Körper zu schützen.

»Ja.« Jetzt kapiere ich auch, weshalb sie sich vor mir abschirmt. Die Aggressivität in meiner Stimme lässt uns beide zusammenzucken. Wieso habe ich mich so wenig im Griff? Ich versteh's nicht. Es ist nur ein Bild. Ich habe doch damit gerechnet, dass meine alte Mannschaft etwas ausgraben wird, um mir die Hölle heiß zu machen, ich hatte dabei nur nicht kommen sehen, wie weit sie am Ende gehen würden. Was zum Teufel stimmt nicht mit denen? Sie hätten mich mit allem persönlichen Scheiß angreifen können und sie nehmen ausgerechnet ein Foto, auf dem auch Hannah zu sehen ist? Damit ziehen sie ihren Namen in den Schmutz. Und das ertrage ich nicht.

»Willst du dich anziehen?«

Mit aller Macht zwinge ich meine Hand dazu, nach der Kleidung zu greifen, die mir Leni gerade reicht. »Danke.«

Ich schlucke den bitteren Geschmack runter, der mir wegen des Fotos auf der Zunge liegt. Und als Leni noch immer eingehüllt in meine Decke vor an die Bettkante rutscht und seufzend den Kopf senkt, ergänze ich: »Ich schätze, ich hab's ordentlich verbockt.«

Leni dreht sich langsam zu mir um. Ihre Stirn liegt in Falten, die Finger krallen sich in den Stoff, halten ihn so unterhalb ihrer Brust zusammen. »Dein Ernst, Edward?«

Ich muss ihr das Bild zeigen. Nur dass ich gerade nicht gegen die innere Blockade ankomme, von der ich geglaubt hatte, sie wäre in den letzten Tagen verschwunden. Jetzt ist sie wieder da und ich habe anscheinend verlernt, mit ihr umzugehen. »Ja, schon«, höre ich mich beschwichtigen. »Wir hatten eine echt tolle Woche und eigentlich lief es doch auch super, was das Miteinanderreden anbetrifft. So oft wie ich in den letzten Tagen Danksagungen in Richtung Schicksal losgeschickt habe, habe ich den Das-Schicksal-sendet-ein-Zeichen-Müll beinahe selbst geglaubt. Aber es hat sich herausgestellt, dass diese hochgelobten Signale alle riesiger Bullshit sind. Zumindest hoffe ich das. Denn wenn es nicht so ist, dann habe ich eben das eindeutigste Zeichen erhalten, dass die Sache mit uns besser an diesem Punkt endet.« Was zur Hölle rede ich da?

Ich presse die Lippen zusammen, damit nicht noch mehr Worte ungewollt aus mir heraussprudeln. Sogar schweigen ist gerade besser, als weiter über dieses Foto und das Gefühl zu sprechen, das es in mir auslöst. Dass ich nichts wert bin. Und ein Schwächling, der seine Schwester anruft, weil er nicht in der Lage ist, sich selbst zu verteidigen. Noch nicht einmal gegen simple Worte.

Deshalb ist schweigen das Beste, was ich gerade tun kann. Wo ich Leni doch erst vor ein paar Stunden versichert habe, dass sie aufhören muss, nur an andere zu denken. Sie sollte sich nicht mehr einmischen, das hat sie selbst gesagt. Und Scheiße, ich hasse mich jetzt schon dafür, dass mich dieser Gedanke beflügelt. Ich will das nicht. Aber er bietet mir einen Ausweg, den ich eigentlich gar nicht nehmen will. Aber ich müsste schon meine Füße auf dem Boden festkleben, um nicht geradewegs darauf zuzurennen.

»Welches Problem gibt es?«, fragt sie erneut und hält inne, weil ich trocken auflache.

»Tut mir leid. Wirklich. Muss hart sein, fast mit einem Typen gefickt zu haben, dem wegen eines lachhaften Fotos die Tränen kommen. Dem keine bessere Problemlösung einfällt, als sich so besinnungslos zu betrinken, dass seine Schwester ihn mitten in der Nacht abholen muss. Der ihr als Dank dafür die halbe Wohnung vollkotzt und sie mit der Sauerei alleine lässt ... der Stunden später aufwacht und in ihr Zimmer geht, um nach einer Scheißibuprofen zu fragen, weil es selbst in seinem betrunkenen Zustand nicht ein verficktes Mal nicht um ihn gehen kann. Er findet sie und ...« Abrupt halte ich inne.

»Oh, Edward«, presst Leni hervor und es klingt, als hätte sie dabei einen Widerstand im Hals. Sie keucht, ihre Augen sind weit aufgerissen und eine Hand liegt auf ihrem Mund. Die, um deren Handgelenk das Armband baumelt.

»Ich weiß«, sage ich. »So egoistisch und blöd kann niemand sein.«

»So ein Schwachsinn.« Sie streckt ihre Hand übers Bett nach mir aus, was mir so falsch vorkommt, dass ich mich gar nicht erst rühre. Sie lässt sie wieder sinken. Doch dabei schluchzt Leni leise und das ertrage ich nur, indem ich aufstehe und die Arme vor der Brust verschränke. Sie sieht aus, als würde sie in Gedanken bis zehn zählen. Dabei schaut sie mich die ganze Zeit an und als ich den Blick senke, erkenne ich aus den Augenwinkeln, dass sie den Moment nutzt, um sich eine Träne wegzuwischen. Danach verschränkt auch sie ihre Hände und mir wird speiübel.

»Hey«, sagt sie ganz behutsam. »Ich bin noch da, okay? Ich halte dich fest, wenn du mich lässt. Zeig mir das Foto, wenn du willst.«

Ich sehe auf und kann dabei nicht verhindern, dass Lenis Worte mein Herz anstacheln, schneller zu schlagen. »Leni …« Ich wende mich wieder ab. Dass sie mich so direkt auffordert, lässt mich erstarren.

Das Bild ist nicht das Ende der Welt, denn dieses Mal steht meine Mannschaft hinter mir, was mir doch Simons Nachricht bestätigt. Es ist nur fair, es Leni zu zeigen. Mann, ich weiß das. Mit ihr und dem Team an meiner Seite kann ich es doch hinkriegen. Es ist nur … nicht ich verliere gerade die Kontrolle, jemand anderes hat sie mir durch das Foto einfach genommen. Dadurch kommt es mir vor, als würde man von außen eine Million Bälle auf mich werfen, die ich alle gleichzeitig fangen muss. Weil das nicht geht, bin ich wie gelähmt. Und gebe einfach auf. »Ich kann nicht.«

Kummer dominiert Lenis Gesichtsausdruck. Erneut lösen sich Tränen aus ihren Augenwinkeln und rollen still ihre Wangen hinunter. Ich würde sie gerne wegküssen, Leni in meine Arme nehmen und festhalten. Aber ich habe das nicht verdient. Deshalb versuche ich mich an einem Lächeln, das wohl zur Grimasse wird, denn Leni atmet geräuschvoll ein und wieder aus.

»Das werde ich akzeptieren«, sagt sie. »Auch wenn ich der Meinung bin, dass das, was du dir da gerade selbst antust, das Allerschlimmste ist.«

Endlich rühre ich mich. Ich stolpere auf Leni zu, die nicht vor mir zurückweicht. Sie bleibt einfach stehen und ich strecke meine Hand nach ihr aus, möchte etwas sagen. Doch jetzt will das Reden nicht mehr klappen. Nun sind es die Worte, die in meiner Kehle zu einem Klumpen werden und alles blockieren. Alles, was irgendwann rauskommt, ist: »Verficktes Schicksal.«

»Edward«, Leni legt ihre beiden Hände um meine und räuspert sich, »das Schicksal hat hiermit rein gar nichts zu tun. Selbst wenn es dafür verantwortlich wäre, dass wir uns in San Diego getroffen haben und einander wichtig wurden, oder der Grund für unser Wiedersehen auf dem Festival ist, so war es keine übernatürliche Kraft, die dich gelenkt hat, als du dich hierfür angemeldet hast. Du wolltest mich wiedersehen und andersherum war es genauso.«

Mein Herz tut weh. Es erträgt nicht die Angst davor, wie Lenis Ansprache weitergehen könnte.

»Und das war verdammt noch mal die beste Entscheidung, die zwei Menschen je getroffen haben. Ich bereue keine Sekunde. Was auch immer dir durch das Foto angetan wird, es ändert nichts daran, wie sehr ich mich in den vergangenen Tagen in dich verliebt habe.«

»Ich ... ich«, stammle ich und Leni drückt meine Hand fester, zieht mich so zu sich. Dadurch lasse ich einen kurzen Augenblick los und werde sofort von einem heftigen Schluchzer geschüttelt. Ich beiße die Kiefer aufeinander. Sport. Gott, wenn ich doch nur für ein paar Minuten um den Block rennen, mich auspowern könnte. Dann wäre ganz sicher wieder alles gut. Aber das geht jetzt nicht. So blicke ich nur in Lenis rot geweinte Augen und bin mir sicher, dass sie all das widerspiegeln, was in meinen zu finden ist.

Leni zieht mich eng an sich, schlingt ihren Arm um meinen Hals. »Selbst wenn wir uns schon Jahre lieben würden, Edward, könnte Liebe allein deine Probleme nicht lösen. So etwas passiert nur in Filmen oder Musicals, aber leider nicht in der Realität.«

Was Leni sagt, wird innerhalb von Sekunden zu nur noch mehr Schmerz. So viel Schmerz, dass ich mir über die Augen wischen muss, weil er mir die Sicht verschleiert. Es hilft nichts. Ich kann Leni nicht mehr richtig wahrnehmen. Da ist nur noch Dunkelheit und überall, wo Licht sein könnte, sind Tränen. »Dann ...«, stoße ich hervor, »muss ich mich wohl dem verfickten Schicksal fügen.«

»Edward, hey ... hast du mir überhaupt zugehört?«

Ich reiße mich von ihr los und weil Leni damit anscheinend nicht rechnet, stolpert sie zurück und prallt mit der Schulter gegen die Wand. Es fühlt sich an, als wäre ich der widerwärtigste Wichser dieser Welt, als sie mich daraufhin erschrocken anstarrt. Sie weint nicht mehr und sie schleudert mir auch kein einziges aufgebrachtes Wort entgegen. Obwohl ihr gesamter Körper das Gegenteil von Kontrolle schreit, beißt sie die Zähne aufeinander und schaut mich einfach nur an.

Als hätte es meinen Schubser nicht gegeben, schluckt sie alles hinunter, so wie sie es bereits an unserem ersten Tag am Flughafen getan hat: die Angst, die Sorgen und jedes einzelne Wort.

»Zwischen dir und Heilung ist ein langer Weg«, sagt sie, »und ganz egal, ob ich in diesem Augenblick im oder auf diesem Weg stehe, ich kann hier nicht bleiben. Nicht nach dem, was gerade passiert ist. Es ist kein Nein, aber ein deutliches *nicht jetzt*. Und das ist scheiße. Weil du morgen zurück nach Amerika fliegst. Es tut mir leid. Für uns. Für dich. Aber vor allem für mich. Weil ich dich wirklich sehr, sehr gerne mag.«

Sie dreht sich um und ich sehne mich so sehr danach, mich zu entschuldigen. Ihr alles zu erklären. Doch Leni geht zur Tür, reißt sie auf und dann ... verschwindet die Frau, die mir alles bedeutet, aus meinem Zimmer.

LASS UNS DEN ZEITSPRUNG TANZEN. ES IST NUR EIN SPRUNG NACH LINKS UND DANN EIN SCHRITT NACH RECHTS ...

Leni

Handyklingeln reiß mich unsanft aus dem Schlaf. Die halbe Nacht habe ich mir wegen Edward die Augen ausgeheult und war froh, vor der Morgendämmerung doch noch wegzudämmern. Ein Blick auf meinen Handybildschirm verrät mir, dass es noch vor sieben Uhr morgens ist.

Dennoch bin ich sofort hellwach, als ich den Wecker ausstelle. Edward hat mir endlich geantwortet. Die Nachricht ist keine Stunde alt. Ich starre auf den Anzeigetext und habe nicht mal mehr Herzklopfen, weil alles in mir wie betäubt ist. Das Schreckliche ist, dass ich Edward einfach stehen gelassen habe, obwohl ich wusste, wie schlimm die Situation für ihn war. Nur war sie das für mich eben auch. In mir ist so viel hochgekocht, als Edward sich von mir losgerissen hat. Sein Schubser war wie eine Naturkatastrophe, die ohne Vorankündigung über mich hereingebrochen ist.

Ich verstehe nicht, wieso Edward mich zurückweist. Wenn ich gerade irgendein Gefühl wahrnehmen würde, wäre es deswegen wohl Trauer. Ich verspreche ihm, ihn festzuhalten, und er reißt sich in letzter Sekunde von mir los und gibt sich einfach so auf. Das ertrage ich nicht und vor allem hat sein Verhalten dazu geführt, dass ich vor dem Einschlafen nach diesem Foto gesucht habe. Auf einer

*UND DANN SIND WIR WIEDER ZURÜCK AUF RÜGEN, ALS ALLES ZWISCHEN UNS SO WUNDERSCHÖN PERFEKT WAR – ODER?!

Facebook-Fanseite der Basketballmannschaft des Colleges in San Diego fand ich es nach wenigen Sekunden.

Wer auch immer das Bild hochgeladen hat, ist so unfassbar unsensibel. Es zeigt hauptsächlich Edwards Schwester, die einen Arm um ihren Bruder schlingt, der sich ganz offensichtlich übergibt. Für mich ist es unbegreiflich, dass jemand so ein intimes Foto für alle verfügbar ins Internet stellt. Das ist respektlos und menschenverachtend.

Ich konnte nicht anders, als mich daraufhin bei Edward zu melden.

Leni: Ich halte dich fest, Edward. Das habe ich dir versprochen. Und wenn du noch so oft loslässt, ich halte dich fest. Was ich gesagt habe, war nicht richtig. Es stimmt nicht, dass ich dir bei etwas im Weg stehe. Ich war nur überfordert und verletzt. Es tut mir leid, dass ich dich alleingelassen habe. Ich habe das Foto gesehen und … niemand hat das Recht, so etwas Menschenverachtendes ins Internet zu stellen. Ganz egal, was du getan oder gesagt hast, ich könnte dir nie so etwas antun. Niemand sollte das tun. Rede mit mir, Edward. Mein Angebot von damals hat kein Ablaufdatum. Du darfst immer mit mir reden, ohne UNO-Karte, ohne Armband. Ich bin für dich da.

Ich musste das einfach loswerden. Und vor einer Stunde hat mir Edward darauf geantwortet. Als ich seine Nachricht antippe, bekomme ich Herzrasen, denn sein Text ist viel länger als erwartet.

Edward: Ich kann nicht schlafen, weil ich dir wehgetan habe. Deswegen hat sich heute noch ein weiteres unerträgliches Bild auf ewig in mein Gedächtnis eingebrannt. Von dir und deinen vor Schreck weit aufgerissenen Augen. Die ganze Zeit denke ich darüber nach, was sein könnte und was besser sein sollte. Weißt du was? Ich schreibe es dir jetzt einfach. Ich tue, was du dir wünschst, Leni ... und anschließend sehen wir, ob die Wahrheit etwas verändert.

Nach dem Tod meiner Eltern habe ich nichts als Ärger gemacht. In der Schule und zu Hause. Ich habe heimlich geraucht, viel zu viel Alkohol getrunken und andauernd geklaut. Ständig habe ich mich mit irgendwem geprügelt und Hannah musste sich um meine Verletzungen kümmern. Es war schrecklich. Ich war nicht zu bändigen und eine Zumutung für meine Schwester. Aber sie hatte keine andere Wahl, weil sie das Sorgerecht für mich übernommen hatte, und das nahm Hannah verdammt noch mal ernster, als gut für sie war.

Jeder geht anders mit Trauer um. Die einen weinen, andere stürzen sich in Arbeit und ich wurde unfassbar wütend. Ich wollte mit niemandem sprechen, obwohl Hannah es immer wieder versucht hat. Ich habe zwar in ihren Armen geweint, aber dabei nie Trauer verspürt. Als wäre mein Innerstes mit meinen Eltern gestorben. Hannah hätte jedem anderen helfen können, nur mir nicht. Weil ich ein gottverdammtes Arschloch war. Ich wollte, dass sie sich aus allem raushält, und habe dabei nichts auf die Reihe bekommen und als es nicht mehr anders ging, zog sie die Reißleine und stellte zwei Regeln auf.

Ruf mich an, wenn es ein Mammut-Problem gibt.

Geh zum Sport.

Bei allem anderen ließ sie mich in Ruhe.

Sport war das Einzige, bei dem ich frei war und alles rauslassen konnte. Jede Einheit fühlte sich an wie eine vollständige Wutentladung. Ich war mir sicher, dass ich es nie zu irgendetwas bringen würde – und als mir an der Highschool plötzlich ein vollumfängliches Sportstipendium für die San Diego University angeboten wurde – keine Ahnung. Es war krass. Ich bin nach dem Abschluss also an die Scheißuni gegangen und bekam ein eigenes Zimmer in der besten Unterkunft, dazu Verpflegung, Lernmaterial und was weiß ich noch alles, während meine Schwester weiterhin in dieser miesen Gegend wohnte. Nur Geld stand mir keines zu.

Damit war nichts besser als vorher. Ich hätte Sponsoren für mich begeistern müssen, um meine Schwester zu entlasten. Was nicht funktionierte. Ich hab mich echt richtig reingehängt, was für einen Jungen wie mich nicht einfach war, weil – verdammt. Ich war schon mit den regelmäßigen Trainingseinheiten und Spielen überfordert, dazu die Vorlesungen, Kurse, Tutorien. Es war viel zu viel. Und es war mir unendlich peinlich. Weil Hannah jahrelang für uns beide funktionieren musste und ich es nicht ein einziges Semester hinbekam. Ich habe sie alles an Kraft gekostet. Kraft, die sie doch eigentlich auch nicht hatte. Ich hätte ihr mit einem lukrativen Sponsor ein Mal zeigen können, wie wichtig sie mir ist und wie dankbar ich meiner Schwester bin. Stattdessen habe ich bei jedem Spiel versagt und meine miese Leistung fiel auf meine Mannschaft zurück. Sponsorenverträge, Karrieresprünge, Träume, das alles war wegen mir in Gefahr. Doch ich ging immer wieder zum Training und bat darum, aufgestellt zu werden. Ich wollte Hannahs Regel nicht brechen: Geh zum Sport.

Damit begann das Mobbing. Es fing harmlos an – du erinnerst dich an das Springen auf Zuruf? – und wurde mit der Zeit immer schlimmer. Manchmal wünschte ich mir, sie würden mich einfach zusammenschlagen. Doch das taten sie nicht. Sie verletzten mich mit Worten und vielleicht begreife ich gerade, dass das sogar noch viel schlimmer ist. Deshalb wollte ich Hannah nur noch dringender fernhalten, bis irgendwann ihre erste Regel das Gegenteil forderte.

Die Zulassungsstelle informiert mich darüber, dass ich mein Stipendium verlieren könnte. Die Tage zuvor hatte ich bereits erfahren, dass ich in fast allen Kursen durchfallen würde, obwohl ich alles gegeben hatte. Aber *alles* war bei einem Versager noch nicht einmal ausreichend. Also wollte ich mir und der ganzen Welt beweisen, dass ich zumindest auf dem Basketballplatz Leistung zeigen kann. Ich hätte den Ball meinem Mitspieler Keith zupassen müssen, damit wir gewinnen, doch ich habe mich dazu entschieden, die Nummer allein durchzuziehen. Und ich habe versagt.

Nach dem Spiel verlor ich die Kontrolle. Ich betrank mich, bis ich so unzurechnungsfähig war, dass ich es für eine gute Idee hielt, Hannah anzurufen. Sie holte mich ab, ich erzählte ihr alles, was die Monate zuvor am College abgegangen war, und keine acht Stunden später fand ich sie tot in ihrem Bett.

Und? Verrate es mir. Verändert dein Wissen nun irgendetwas?

Ich starre den tränennassen Bildschirm an, bis er dunkel wird. Die Tränen fallen noch immer eine nach der anderen auf mein Handy. Ich kann mich nicht rühren. Will am liebsten die Decke über meinen Kopf ziehen und darunter zusammengerollt weinen.

Ich schluchze und reiße die Decke zur Seite. Den Schreibtisch, auf den ich zuwanke, sehe ich durch den Tränenschleier nur verschwommen, und das erste Blatt, das ich aus dem Notizblock auf dem Tisch reiße, ist sofort durchgeweicht. Ich wische mir über die Augen und setze mich. Dann schreibe ich Edward eine längst überfällige Antwort auf den Brief, den er mir in Bayern vor den Reisebus gelegt hat.

> *Es ändert nichts daran, dass ich in dich verliebt bin. Du bist ein wundervoller Mensch, der niemandem schaden will. Ganz im Gegenteil, in den letzten Tagen hast du alles getan, damit sich jeder in der Reisegruppe wohlfühlt. Du hast ein großes Herz, Edward. Groß und gut. Du hast seit Hannahs Tod viel erreicht, worauf du stolz sein kannst. Ich mochte, was du über neue Blickwinkel gesagt hast. Aber wieso machst du bei dir selbst eine Ausnahme? Keine Ahnung, ob ich riskiere, deinen Schutzschild endgültig zu zerstören, indem ich dir zumindest ein einziges Mal schreibe: Du bist genug. Für mich in jedem Fall, aber auch für dich. Wer etwas anderes behauptet, lügt. Du wurdest so sehr von deiner Schwester geliebt. Und du wirst geliebt. Von mir.*

Ich falte den Zettel in der Mitte und stecke ihn nach dem Anziehen zu meinem Handy in die Hosentasche. Weil es mittlerweile kurz vor acht ist und Johann gegen neun loswill, beeile ich mich mit dem Packen und schiebe Edward meine Nachricht auf dem Weg in den Frühstückssaal durch den Türschlitz. Einen Augenblick lang lausche ich und als ich Schritte höre, wende ich mich ab und gehe.

Ich kann mich kaum auf das Frühstück konzentrieren, immer wieder huscht mein Blick beim Reden zur Tür. Das Einzige, was mir auffällt, ist Maria, die das Frühstück anscheinend ausfallen lässt.

Kurz vor Abfahrt zum Flughafen ist Edward noch immer nicht da, und nachdem ich meine Koffer geholt habe und wieder zur Gruppe am Reisebus stoße, weiß ich auch warum.

»Edward hat gerade geschrieben, dass er schon am Flughafen ist. Wir können los.«

Mein Kopf schießt ruckartig zu Liam, der mit den Schultern zuckt, danach zu Imogen, Olivia, Maria und Johann. Edward ist einfach so abgehauen. Jetzt wünschte ich, ich hätte vorhin einfach an die Tür geklopft.

Ich muss alles an Kraft aufwenden, um vor der Gruppe nicht loszuheulen.

»Es tut mir so leid«, flüstert Imogen zum wiederholten Mal, als ich sie einige Minuten später in der Abflughalle in die Arme nehme. Olivia tut es ihr nach und selbst Maria und Liam sind sich einig. Edward hätte jetzt bei uns sein sollen.

Doch anscheinend will er das nicht. Das kann ich nicht akzeptieren. Aber ich muss es.

»Okay«, seufze ich mit riesigem Kloß im Hals, »sie haben gerade das Gate angezeigt. Ihr müsst jetzt wohl durch die Sicherheitskontrollen, sonst verpasst ihr euren Flieger.«

»Das ist jetzt echt schräg«, stellt Liam fest, »denn wir haben noch eine Kleinigkeit für dich.«

»Was denn?«

»Wir wollten es dir eigentlich alle gemeinsam vor dem Abflug geben, aber …« Maria hält inne, weil Imogen eine eindeutige Geste macht, diesen Teil zu überspringen. Mir entkommt ein freudloses Lachen.

»Also«, beginnt Olivia stattdessen, »wir haben ein Geschenk für dich, weil du der beste Tourguide warst, den wir uns hätten vorstellen können. Wir alle, da bin ich mir sicher.« Ihre Stimme bricht und jetzt weine ich auch.

»Das ist doch nicht nötig«, schniefe ich.

»Doch, doch!« Maria zieht ein rechteckiges, in Zeitungspapier verpacktes Päckchen aus einem Jutebeutel und gibt es an mich weiter. »Es ist ja wirklich nur eine Kleinigkeit. Ich war dafür heute Morgen noch schnell im Drogeriemarkt.«

»Nun pack schon aus!«, fordert Liam, kaum halte ich das Geschenk in den Händen. Ein Blick auf die Abflugzeiten mahnt zum Tempo. Ich reiße das Papier auf und dann ...

... starre ich einen endlos langen Moment auf das Bild. Es ist nicht groß, aber gerahmt. Das Foto zeigt unsere Gruppe vor dem Rastplatzrestaurant. Alle strahlen in die Kamera. Marias Perlenarmbänder sind wunderbar zu erkennen. Sogar Johann schmunzelt. Edward gibt mir einen Kuss auf die Wange, ich schaue ihn lachend an. Ein kopfleerer, zuckerwatteweicher Glücksmoment, für immer auf diesem Bild festgehalten. Ein Moment, dem Edward nicht erlaubt zum Dauerzustand zu werden, obwohl ich zwischenzeitlich das Gefühl hatte, dass er sich nichts lieber wünscht.

»Sag was«, fordert Liam, woraufhin Olivia ihn sanft boxt.

»Nun warte doch einen Moment.«

»Ich dachte nur wegen der Zeit.«

»Psst«, macht Imogen, als ich mich mehrfach räuspere, bis ich mir zutraue etwas zu sagen.

»Das ist ... danke. Danke.«

Johann räuspert sich.

»Die Zeit!«, rufe ich panisch, was Liam mit einem »Sag ich doch« quittiert. Dann werden alle hektisch. Wir umarmen uns, weinen, umarmen uns noch mal und weinen wieder. Maria gibt Johann einen Kuss auf die Wange und steckt ihm danach ihre Handynummer zu, was mich zumindest ein bisschen besänftigt, ehe ich die Gruppe bis zu den Sicherheitskontrollen begleite.

Ich bin enttäuscht, dass ich Edward nirgendwo sehe, während die Gruppe nach und nach in den für mich nicht zugänglichen Bereich geht. Ich muss es so sehen: Alles, was ich Edward seit vier Jahren sagen will, steht jetzt in einem Brief. Er wird geliebt. Von mir. Ich kann ihn nicht dazu zwingen, hier zu sein, auch wenn ich mir gerade nichts mehr wünschen würde. Aber vielleicht ist es sogar besser so. Womöglich hätten wir uns nicht mehr loslassen wollen ... das hätte bestimmt für Chaos gesorgt. Immerhin kann ich es mir irgendwie schönreden.

»Macht's gut!«, rufe ich der Gruppe hinterher und winke, bis sie außer Sichtweite sind. Und weil ich den ganzen Rückweg über den Drang danach nicht unterdrücken kann, schreibe ich Edward eine weitere Nachricht.

Leni: Immerhin sind wir jetzt quitt. Ich habe dich versetzt und du mich. Ein Geheimnis für das andere. Das Armband für die UNO-Karte. Läuft das so bei uns? Schön. Dann sehen wir uns wieder, sobald ich ausreichend Geld habe, um dich bei deiner Arbeit in Los Angeles zu besuchen. Spoiler Alert: Das wird wohl etwas dauern. Bis dann.

YOSEMITE II

(PILEA PRINT, COMMISSION)

Edward

»Wie war Ihr Urlaub in …« Seine gerunzelte Stirn verschwindet hinter einer Mappe, die der CEO von SustainAppility in den Händen hält. »Deutschland?«

»Gut.«

Seit weniger als vierundzwanzig Stunden bin ich zurück und über eine Viertelstunde sitze ich bereits im Büro unseres Trainers, der mich für einen Moment mit Mr Pace allein gelassen hat, damit der mir von seiner Vorstellung eines zukünftigen Sponsorings erzählen kann. Ich habe da eigentlich nichts mitzuentscheiden, da er nicht ausschließlich mich finanziell unterstützen möchte, sondern das ganze Team.

Zumindest dachte ich das, denn gerade sagt er: »Schön, Sie wiederzusehen, Mr Meyer. Es ist viel zu lange her, dass Sie mir Hannahs Bild verkauft haben. Schauen Sie sich an. Jetzt sind Sie Kapitän eines vielversprechenden Basketballteams. Könnten Sie sich vorstellen, von meinem Unternehmen gesponsert zu werden?«

Okay, damit habe ich nicht gerechnet. »Ich dachte, es geht um das ganze Team?«

»Nun …« Mr Pace blättert durch die Mappe, die er mitgebracht, mir aber noch nicht gezeigt hat. Vermutlich enthält sie zig überzeugende Gründe, die für ihn und sein supernachhaltiges Unternehmen sprechen. Im Grunde braucht es sie nicht. Ich sitze dem Mann gegenüber, an den ich meine Schwester verraten habe und der sich zu meiner Überraschung an ihren Vornamen erinnern kann. Vermutlich ist es nur der Jetlag, aber sein Zögern reizt mich unnötig. Ich bin so ausgelaugt davon, meine professionelle Fassade aufrechtzuerhalten, nicht zusammenzubrechen und stundenlang zu heulen, dass ich für ein so wichtiges Gespräch eigentlich keine Kraft habe. Lenis Worte wabern durch meinen Kopf. *Immerhin sind wir jetzt quitt.* Sie verästeln sich ineinander, bilden einen schmerzhaften Knoten in meinem Magen. *Läuft das so bei uns?* Keine Ahnung, verdammt. Wobei das nicht stimmt, weil mir schon den Flug über klar wurde, dass ich einen beschissenen Fehler gemacht habe. Aber das ist ja genau das Problem. Ich merke das immer erst hinterher, wenn es zu spät ist. Weil ich in einer Notsituation die Kontrolle verliere und dann wie ein Kaninchen vor Angst erstarre oder wie in diesem Fall panisch weglaufe.

»Wollen Sie sie sehen?«

Scheiße – keinen blassen Schimmer, was er meint. Ich muss mich zusammenreißen. Vielleicht kriege ich es hin, an den passenden Stellen etwas Zustimmendes zu brummen und damit zu verhindern, dass Mr Pace, ohne ein Angebot abzugeben, verschwindet. »Entschuldigen Sie ...« Wieso klopft mein Herz auf einmal wie wild los, als ob es etwas wüsste, das mein Verstand noch nicht begriffen hat? »Was meinen Sie?«

»Die Mappe.« Er hält die graue Mappe hoch und einzelne Blätter rutschen nach unten beinahe über den Rand. Vorsichtig schiebt Mr Pace sie zurück zwischen die Pappdeckel. »Es sind Kunstwerke Ihrer Schwester darin.«

»Was?« Ich bin mir nicht sicher, ob ich ihn richtig verstanden habe.

Er nickt mit einem halben Lächeln. »Tut mir leid, wenn ich Sie damit ein wenig überrumpele. Wie schnell die Zeit vergangen ist, nicht wahr?«

»Ja«, höre ich mich sagen und zucke mit den Schultern, als würde mir das hier nicht jeglichen Sauerstoff entziehen.

»Als Sie es mir damals erzählt haben, war Hannahs Tod ein großer Schock für mich. Es tut mir noch immer schrecklich leid.«

Wie in Trance reibe ich mir über den Ellbogen. Was er da sagt, kann ich zwar hören, aber nicht begreifen.

»Ich komme irgendwie zurecht.«

Mr Pace legt die Mappe zwischen uns auf den Schreibtisch, jetzt kann ich Hannahs Namen darauf sehen, den jemand in Schwarz auf den Karton geschrieben hat. »Sie haben keine Ahnung, wer ich bin, oder?«

Ich schüttle den Kopf. »Nein, Sir.«

»Ehrlich gesagt habe ich mir das schon damals in San Diego gedacht, denn Sie haben mir das Bild in die Hände gedrückt und sind danach ja praktisch vor mir weggelaufen. Ja, Hannahs Tod lag nicht lange zurück, aber ich war mir eigentlich sicher, dass Sie erfahren möchten, wer ich bin und in welcher Verbindung ich zu Ihrer Schwester stehe. Ich habe nicht damit gerechnet, dass Sie mir keine einzige Frage stellen. Wie ich ausgerechnet auf Ihre Schwester komme, woher ich Ihre Adresse habe ...«

Okay, fuck. Ich muss tief Luft holen, ehe die Situation aus dem Ruder läuft. Ich glaube, mein Schädel platzt gleich, so hart pumpt mir das Blut durch den Kopf. »Sir? Ich verstehe nicht ...«

Mr Pace lächelt milde. »Edward, ich kenne Sie beide schon, da waren Sie keine elf Jahre alt.« Sein Adamsapfel bewegt sich hoch und runter, als er schluckt. »Ich lernte Ihre Schwester Hannah wenige Wochen nach dem Tod Ihrer Eltern kennen. Wir gingen zur selben Trauer- und Selbsthilfegruppe in San Diego. Meine Tochter war ein halbes Jahr zuvor verstorben und Hannah ... sie erzählte in jeder Sitzung von Ihnen, dem kleinen, rebellischen Edward. Ich schloss Ihre Schwester in mein Herz und nach Rücksprache mit meiner Frau entschieden wir, Ihnen beiden unter die Arme zu greifen.«

Was ... das ... was geht hier ab?

»Nicht, dass Ihre Schwester besonders viel angenommen hat. Sie war penibel darauf bedacht, uns jeden Penny zurückzuzahlen, den wir ihr zur Unterstützung gegeben haben. Sie hätte keine drei Jobs gleichzeitig annehmen müssen, es wäre voll und ganz in Ordnung für uns gewesen, wenn sie das Geld einfach für Sie beide behalten hätte, aber Hannah bestand darauf. Sie wollte es alleine hinbekommen.«

Das ist nicht sein Ernst? Das muss ein schlechter Witz sein.

»Deswegen ...«, er tippt auf Hannahs Kunstmappe, »... bot ich Ihrer Schwester an, stattdessen ihre Kunst zu fördern. Sie kennen Hannah wohl am besten und können sich vorstellen, dass ihr selbst dieses Angebot zu großzügig vorkam. Doch sie willigte ein.«

Ich habe gerade eher das Gefühl, Hannah ganz und gar nicht gekannt zu haben. Nach und nach dringen seine Worte zu mir durch. Hannah hätte weniger arbeiten können, aber sie wollte es nicht?

»Hannahs Kunst«, wiederholt er, lehnt sich auf dem Stuhl zurück und fährt sich durchs ergraute Haar. »Ihre Schwester war wirklich talentiert.« Er beugt sich wieder nach vorn, die Ellbogen auf die Knie gestützt, und fährt mit der Hand über Hannahs Mappe. »Doch plötzlich kam keine Nachricht mehr von ihr und die Einladung der Kunsthochschule blieb ebenso unbeantwortet. Hannah tat alles, damit Sie nicht denken, sie würde sich nicht voll und ganz auf Sie konzentrieren. Es kam also durchaus vor, dass ich länger nichts von ihr hörte. Aber wenn es um ihre Kunst ging ... ich wurde stutzig, als sich die Kunsthochschule bei mir meldete. Mein Unternehmen ist einer der Großsponsoren und ich hatte der Zulassungsstelle mitgeteilt, dass *SustainAppility* Hannahs Studienkosten in vollem Umfang übernimmt. Die Beraterin wollte mir weismachen, dass Hannah das Handtuch geworfen habe, aber ich war mir sicher, dass ihre Abwesenheit andere Gründe hatte.«

Ich brauche Luft. Mühsam ringe ich danach, doch da ist keine mehr. Alles um mich herum dreht sich, während Mr Pace weiterspricht.

»Ich hatte ein komisches Gefühl bei der Sache, weshalb ich nach Ihrer E-Mail-Adresse suchte, die mir Hannah für den Notfall gab. Wissen Sie, meine Tochter Judith war Diabetikerin. Wir hinterlegten überall unsere Nummer, falls sie bei einer Übernachtungsparty oder während der Ferienfreizeit einen Schock erlitt. So konnte sie sich immer darauf verlassen, dass wir im Notfall sofort bei ihr sein würden. Und bei Ihrer Schwester war es genauso. Sie gab mir Ihre E-Mail-Adresse, Edward, weil Hannah wusste, dass für Sie kein Weg zu weit wäre, wenn es um Ihre Schwester geht.«

Ich spüre, dass ich nicke. Mit zitternden Fingern versuche ich mich an der Tischkante festzuklammern, aber egal, wie ich es auch anstelle, die schweißnassen Finger rutschen immer wieder zurück auf meinen Schoß.

»Es war ein wenig verrückt, den rebellischen Edward kennenzulernen, und am liebsten hätte ich Stunden mit Ihnen verbracht, aber ich wollte mich Ihnen schlichtweg nicht aufdrängen. Darf ich Sie fragen, wie Hannah gestorben ist?«

»Der behandelnde Arzt ging von einem Herzinfarkt aus. Sie holte mich von einer Feier ab, weil ich zu betrunken war, um allein nach Hause zu kommen.« Ich sollte ihm das vermutlich nicht erzählen, wenn ich weiterhin auf sein Sponsoring hoffen will, aber allmählich sickert alles durch, was Mr Pace mir über Hannah erzählt hat. Genauso wie ich ihm vor vier Jahren einfach so vertraut habe, glaube ich ihm auch jetzt jedes Wort.

»Das Bild, das ich Ihnen abkaufte – *Yosemite II* –, ist eine langersehnte Ergänzung zu einem anderen, das Hannah Jahre zuvor in Erinnerung an meine Tochter Judith für meine Frau und mich malte. Ihre Schwester dazu zu überreden, es für mich anzufertigen, war eine Herausforderung.« Er lacht. »Aber letztendlich konnte ich sie Wochen vor ihrem Tod endlich davon überzeugen, *Yosemite II* zu malen.«

»A-aber«, presse ich hervor.

Mir dreht sich der Magen um. Ich spüre, wie sich alles in mir verkrampft und das Blut so hart in meinem Hals pulsiert, dass mir vollends der Schweiß ausbricht und ich nur noch mehr zittere.

»Es steckte ein Brief im Holzrahmen, den Sie vermutlich gar nicht gesehen haben, weil das Bild zum Schutz in Plastik verpackt war.«

Hannah wusste, wie wenig Ahnung ich von ihrer Kunst hatte und dass ich niemals eine Folie abziehen würde, weil ich davon ausging, sie gehöre zum Gesamtkunstwerk dazu. Das Wissen, dass sie absichtlich einen Brief darin versteckt hat, als hätte sie eine verdammte Eingebung gehabt und gewusst, dass sie nicht mehr lange leben würde ... Ich halte das alles nicht mehr aus.

»Welcher Brief?«

»Er war an mich gerichtet, Edward.« Er seufzt. »Hannah bat mich darin, ein Auge auf Sie zu haben. Aber das hätte ich sowieso getan.«

»Glauben Sie, dass ... Hannah ... dass sie –«

»Etwas ahnte? Ich weiß es nicht und sie hat es mir auch nicht erzählt. In unregelmäßigen Abständen ging sie zu einem befreundeten Arzt, der mir anschließend die Rechnung schickte. Das war alles, was ich für Ihre Schwester tun konnte. Der Rest lag allein in Hannahs Händen. Es war ihr Leben. Auch wenn ich ihr liebend gern mehr unter die Arme gegriffen hätte, musste ich akzeptieren, dass sie es nicht wollte. Vielleicht ahnte sie etwas. Womöglich wollte sie sich damit auch nur beweisen, dass sie es an der Kunsthochschule schaffen könnte. Kunst für jemand anderen als sich selbst anzufertigen kann eine große Hürde sein. Der Brief wäre dann nur eine weitere Absicherung gewesen, dass es Ihnen an nichts fehlen würde, wäre Hannah an diese Schule gegangen. Das würde zu ihr passen. Hannah hat Ihnen ihr Leben gewidmet, Edward. Alles, was sie hatte, und alles, was sie war. Alleine mit ihrer Erkrankung, dem Verlust Ihrer gemeinsamen Eltern und ihren finanziellen Sorgen klarzukommen, war Hannahs Verständnis von Liebe. Sie werden die Wahrheit nicht herausfinden können. Aber an Ihrer Stelle, Edward, würde ich es so sehen wollen.«

Ich muss ihn eine Sache fragen, weil es alles, was ich seit vier Jahren mit mir herumschleppe, leichter machen könnte. »Meinen Sie, Hannah wäre auf die Kunsthochschule gegangen?«

»Ja, ich bin mir sicher.«

»Woher wollen Sie das wissen?«

»Sie haben Hannah alles bedeutet, aber die Kunst war ihre Krücke. Etwas, worauf Hannah sich stützen konnte, wenn es ihr zu viel wurde. Vielleicht wäre ich irgendwann zu Ihnen gekommen, Edward, und hätte Sie darum gebeten, Hannah zu versichern, dass sie sich ihren Traum erfüllen darf, so wie Sie es jetzt mit dem Basketball tun. Hannah wollte dieses Leben so sehr für Sie und ich bin mir sicher, dass es andersherum genauso ist, nicht wahr? Sie hätten mir Ihre volle Unterstützung versprochen und so hätten wir Hannah an diese Schule gebracht, da bin ich mir sicher.«

Er hat recht. Vielleicht bin ich nur müde und morgen sehe ich alles in einem anderen Licht, aber in diesem Augenblick hört es sich verdammt plausibel an. Ich schlinge meine Arme um den Oberkörper, weil es in mir drinnen schmerzt. Seine Worte machen alles schlimmer und besser zugleich. Nicht allein ich war der Grund, weshalb Hannah ihren Traum aufschob, bis es zu spät war, sondern auch sie selbst. Sie hat so viele Stunden ihres Lebens damit verbracht, mir aus irgendeiner Scheiße herauszuhelfen, die ich verbockt hatte. Und als ich ans College kam, schrieb sie mir trotzdem jeden Tag und rief mich andauernd an, obwohl ich sie aus meinen Angelegenheiten raushalten wollte. Das war alles Zeit und Kraft, die sie in sich hätte investieren können. Sogar als sie keine Aufgaben mehr übernehmen musste, die eigentlich Eltern erledigen sollten, tat sie es weiterhin. Und immer verhielt sie sich dabei so, als wäre alles in bester Ordnung. Aber das war es nicht, verdammt noch mal, und trotzdem hat Hannah sich so entschieden. Es war ihr Leben und es waren alles ihre Entscheidungen. Was ich Leni über ihren Bruder und sie gesagt habe, gilt auch für Hannah und mich. Vielleicht wäre es gut gewesen, wenn wir es als Team angegangen wären. Nicht nur sie hat versucht, alles alleine zu regeln. Auch ich war am College darauf bedacht, sie nicht mit meinen Sorgen zu belasten.

Hannah hätte weniger arbeiten und auf eine Kunsthochschule gehen können, aber meine Schwester hat sich freiwillig dagegen entschieden. Das verändert alles. Meine Erinnerungen an Hannah, meine Schuldgefühle, die unkontrollierten Emotionen in mir – alles. Meine Schwester hat mir mein Leben lang das Gefühl gegeben, sie würde für immer an meiner Seite sein. Ich musste mir niemals Gedanken darüber machen, wie ich zurechtkomme, weil Hannah das immer für mich getan hat. Und es bis heute tut. Es ist das erste Mal, dass ich es in einem neuen Blickwinkel sehen kann. Es ist kein geborgtes Leben, sondern in erster Linie ist es mein eigenes.

Dass ich weine, merke ich erst, als Mr Pace aufsteht und mir seine Hände auf die Schultern legt. Wie damals im Café drückt er sie mir kurz.

»Die Mappe«, sagt er, nachdem ich mich wieder aufgerichtet habe, »... Hannah hat sich damit bei der Kunsthochschule beworben. Sie haben sie mir auf Nachfrage zurückgeschickt, aber ich finde, dass Sie sie haben sollten.« Es schnürt mir die Kehle zu, während er fortfährt. »Es wäre mir eine Ehre, Sie zu sponsern, Edward. Wenn ich sonst etwas für Sie tun kann, lassen Sie es mich wissen. Ich habe Ihnen meine aktuelle Handynummer in die Mappe gesteckt. Sehen Sie mich ab heute als Ihren Notfallkontakt.«

»Danke.« Nur dieses eine Wort, mehr sage ich nicht.

»Ihre Schwester hat Sie sehr geliebt, Edward. Gehen Sie nicht zu hart mit sich selbst ins Gericht. Hannah hätte es auch nicht getan. Ich glaube, Sie müssen es gerade hören, weshalb ich es Ihnen noch einmal sage: Hannah gab mir Ihre E-Mail-Adresse, weil sie wusste, dass Sie Ihre Schwester nie im Stich lassen würden.«

Ohne auf eine Antwort zu warten, verlässt er das Büro und ich starre durch einen Tränenschleier auf die Mappe. Hannahs Kunst.

Mit den Fingerspitzen streiche ich über den rauen Karton und schlage ihn schließlich mit einem Kloß im Hals auf.

Als Erstes hat Hannah einen Malkarton eingelegt. Der bekannte Duft von Ölfarben schlägt mir sofort entgegen. Er versetzt mich zurück in unsere alte Wohnung, in der es immer danach gerochen hat. Jeden Gegenstand, der als Pinselhalter genutzt werden konnte, hat Hannah umfunktioniert. An manchen Tagen lag meine Zahnbürste einfach neben ihrer auf dem Keramikwaschbecken, weil Hannah den Becher fürs Malen gebraucht hat.

Mr Pace hat recht. Meine Schwester wäre auf diese Kunsthochschule gegangen.

Ich drehe den Malkarton um und als ich das Bild betrachte, wird mein Innerstes mit Wärme durchflutet.

Hannah hat mich beim Basketballspielen gemalt. Sie hat häufig gezeichnet, während ich draußen Körbe geworfen habe, ich wusste nur nicht, dass sie mich dabei malt. Ich wische mir über die Augen und lege das Bild zur Seite, blättere die anderen Skizzen durch, und mit jedem löst sich der Knoten in meinem Inneren mehr und mehr auf.

Bei den meisten Bildern kann ich mich an die dargestellte Situation erinnern. Mir fällt auf, dass es immer Tage waren, an denen wir Zeit miteinander verbracht haben. Und das passierte in den Monaten vor ihrem Tod nur dann, wenn es mir nicht gut ging.

Da sind so viele Bilder. Ihr muss die gemeinsame Zeit alles bedeutet haben und bei mir war es ganz genauso, weil meine Schwester mir an diesen Tagen Kraft gab weiterzumachen. Es ist wahr, ihre Kunst war Hannahs Krücke. Das macht mich sprachlos. Hannah hat sich mit einer Mappe an der Kunsthochschule beworben, die gefüllt ist mit ... mir. Ich hätte ihr dabei helfen können, ihren Traum zu leben.

Ich blättere bis zur letzten Skizze. Es stehen nur Worte auf dem Bild.

Das Leben, das ich habe, ist alles,
was ich habe, und ich lebe es für dich.
Die Liebe, die ich habe, für mein Leben, das ich lebe,
diese Liebe habe ich nur wegen dir.
Und wenn ich sterbe, irgendwann,
dann wird diese Liebe
irgendwie für dich sorgen.
Für dich. Für dich. Für dich.

Mit einem Aufschluchzen schließe ich die Mappe. Die Kunst und ich haben Hannah alles bedeutet. Sie passt auf mich auf, noch immer und für immer, weil sie mich so sehr geliebt hat. Ich wurde und werde geliebt. Ich wische mir die Tränen aus dem Gesicht und dann ... schreibe ich Mr Pace eine Nachricht.

ES GIBT DINGE, DIE KEIN WORT ERREICHT. MANCHES LEIDEN WIEGT ZU SCHWER, ES ZU BENENNEN.

Leni

Ich stehe mit Beinen aus Wackelpudding vor der Tür und mein Herz rutscht mir in die Hose. Edward hat mir in seiner Nachricht geschrieben, dass er sich leer und gleichzeitig schwer fühlt. Dass er mir nicht noch einmal Angst machen will, was nur funktioniert, wenn er im richtigen Augenblick zurechnungsfähig ist und nicht erst hinterher. Deshalb musste er die Notbremse ziehen. Darauf habe ich ihm geantwortet und das ist nun sechs Tage her.

Soll ich ihm noch mal schreiben? ... Wäre ich doch bei ihm geblieben ... Hätte ich an seine Tür klopfen sollen? ... Meine Gedanken lassen sich einfach nicht sortieren, verknoten miteinander und verkleben. Kurzzeitig fühlt es sich an, als würde ich den Verstand verlieren.

Ich bin so erschöpft. Seit Edward weg ist, kommt mein Körper nicht mehr richtig zur Ruhe. Und mein Herz gleich mit dazu. Ich sehne mich nach Kopfleere. Ohne Gefühle, Sorgen und Gedankenchaos. Einfach loslassen und lachen. Nur mache ich seit Tagen das Gegenteil, weil sich beides komisch anfühlt, wenn es ohne Edward passiert. Ich suhle mich zu Taylor Swifts *Love Story* im Herzschmerz.

This love is difficult, but it's real. Don't be afraid, we'll make it out of this mess. It's a love story, baby, just say ...

*WIESO GIBT ES EIGENTLICH KEINE GEWICHTBESTIMMUNG FÜR DEN BALLAST AUF MEINEN SCHULTERN?

»Leni? Willst du nicht reinkommen?«

»Ja«, sage ich mit klopfendem Herzen. Seit ein paar Minuten stehe ich vor der Haustür meiner Eltern und traue mich nicht zu klingeln. Anscheinend hat meine Mutter mich durchs Küchenfenster entdeckt und Papa an die Tür geschickt, der sie mir nun Tür aufhält. Ich starre an meinem Vater vorbei in den Flur. Alles sieht aus wie immer. Normalerweise liebe ich den blumigen Geruch von Weichspüler, der in meinem Elternhaus dominiert, aber heute brennt er mir in der Nase. In meiner Hosentasche steckt ein Zettel, den ich für meine Eltern vorbereitet habe, falls ich es nicht über mich bringe, mit ihnen zu reden. Darauf steht in wenigen Sätzen, was zwischen Thomas und mir vorgefallen ist. Ich habe lange überlegt, ob ich zuerst mit ihm sprechen soll, aber es hat sich einfach nicht richtig angefühlt, meine Eltern dabei zu übergehen.

Als meine Mutter aus der Küche kommt, sehe ich, wie erschöpft sie ist. Ihre Augen sind rot geweint, die Schatten darunter dunkel und tief. »Schön, dass du hier bist. Papa meinte, eure Tour lief super? Es kamen ein paar Bewertungen rein, die alle ausgezeichnet sind. Ich bin stolz auf dich.«

»Danke, Mama.«

Sie nimmt mich in den Arm, während Papa hinter mir die Tür anlehnt. »Gut gemacht, Krabbe. Ich lass offen, dein Bruder ist sicher gleich hier. Gut, dass du ihn davon überzeugen konntest, mit uns zu reden.«

Meine Finger verkrampfen sich um den Zettel in meiner Hosentasche. »Wollen wir vielleicht ... also, ich müsste etwas mit euch besprechen, bevor Jakob hier ist.«

Papas zieht die Augenbrauen zusammen. »Ist alles okay?«

»Ehrlich gesagt nicht.« Ich hebe die Schultern an, weil sie mir plötzlich zu schwer für meinen Körper vorkommen. »Wollen wir uns vielleicht setzen?«

»Ist es denn so schlimm ...?« Mama macht wieder einen Schritt auf mich zu und legt mir ihre Hände auf die Schultern. Als ich ihr ins Gesicht sehe, wird mir speiübel. Sie sieht so erschöpft und fertig aus, und das treibt mir Tränen in die Augen.

»Leni, was ist denn los?« Jetzt kommt auch mein Vater näher. Einen endlosen Moment stehen wir einfach nur da. Mamas Hände auf meinen Schultern und Papas zu Fäusten geballt. Irgendwann versteckt er sie in seinen Taschen, vermutlich, damit ich sie nicht weiter anstarre. »Krabbe?«

Das Blut pocht mir in den Ohren. Lieber würde ich noch zehnmal am Flughafen stehen und begreifen, dass Edward ohne Verabschiedung gegangen ist, als die Blicke meiner Eltern zu ertragen. Meine Kehle fühlt sich blockiert an, ich kriege kaum Luft.

Scheiße, ich weiß nicht, wie ich es sagen soll. Es fühlt sich jetzt schon so schmerzhaft an, dass ich mir nicht ausmalen kann, wie es sein wird, wenn ich anfange zu reden. Für einen Sekundenbruchteil stelle ich es mir vor, dann schluchze ich auf. »Ich ...«

Es geht nicht. Wenn ich jetzt weiterrede, werde ich auf die Holzdielen kotzen. Das ist der Moment, in dem ich mich aus Mamas Umarmung befreie und nach dem Zettel greife, um ihn über meine Schulter an sie weiterzureichen.

Zehn Sekunden ist es bedrohlich still. Eins, zwei, drei ... etwas bricht in mir auf ... vier, fünf ... ich gehe zur Seite, weiche meiner Mutter aus, aber sie rückt sofort nach ... sechs, sieben, acht ... sie hält mich wieder fest, zieht mich an sich ... neun, zehn ...

Mama schluckt hörbar. »Deshalb bist du nach San Diego ... die Reitbeteiligung ... wenn ich auch nur geahnt hätte, was dahintersteckt ... Frank, lies das.«

Wieder wird es still, nur Mamas Griff um meine Schultern wird fester. Sie streicht mir vorsichtig übers Haar. Dann räuspert sich Papa.

»Leni, bitte schau mich an, ich muss dich etwas fragen.«

Was?

»Papa, es tut mir so leid«, bricht es aus mir heraus, »ich weiß, dass Thomas und du beste Freunde seid. Ich hätte niemals so handeln dürfen, hätte gleich zu euch kommen müssen. Aber ich dachte, dass ich es alleine hinbekomme. Ich habe mich danach so schrecklich gefühlt. Aber … Jakob kann nichts dafür. Bitte sei nicht böse auf ihn. Bitte, ich … er …« Hinter meinen Rippen hämmert es schmerzhaft. Mein Herz krampft sich zusammen, während ich dabei zusehe, wie meinem Vater Tränen in die Augen steigen.

»Leni?«, fragt er noch mal. »Nimmst du Thomas in Schutz?« Die völlige Hilflosigkeit in seinem Ausdruck passt nicht zu seinen Worten. »Lügst du für ihn?« Er wirft einen Blick auf meine Mutter und ich kann spüren, wie sie hinter mir zusammenzuckt.

»Frank, ich glaube nicht, dass Leni sich so eine Sache ausdenken würde oder dass Thomas sie …« Sie hält inne.

»Es ist alles so passiert, wie es auf dem Zettel steht. Die ganze Sache ging von mir aus. Ich habe zuerst einen Fehler gemacht, erst danach hat er mich geschubst. Ich habe ihm Dinge vorgeworfen, die nicht fair waren. Es ist auch meine Schuld. Wir hätten darüber reden sollen, haben es aber bis heute nicht getan.« Meine Stimme habe ich fast vollständig unter Kontrolle, was mich selbst am meisten überrascht, denn mein Hirn fängt an zu rattern.

Dass dabei mein ganzer Körper bebt, merke ich erst, als Papa mich festhält. »Es tut mir so leid, was passiert ist … das alles vor euch geheim zu halten war ein riesiger Fehler … ich habe mich so geschämt, weil es von mir ausging … Thomas war nur so unfassbar wütend, als ich ihm gesagt habe, aus welchen Gründen Jakob nicht spielen kann. Er war außer sich und ich dachte, er würde Jakob aus dem Verein werfen.«

»Du kannst nicht wissen, dass Thomas das niemals getan hätte.« Papa zieht mich an sich, drückt mich an seinen Brustkorb, während ich losheule. Minutenlang streicht er mir über das Haar, die Schultern, die Wangen. So lange, bis mein Schluchzen zu einem Wimmern wird.

»Wieso?«, flüstere ich. »Er war so, so sauer, nachdem ich ihn als Vaterfigur für Jakob bezeichnet hatte. Ich verstehe das nicht, weil ... ich ...«

»Leni.« Mama sieht lange zwischen uns hin und her und seufzt tief. »Thomas und ich ... wir standen uns vor Jahren sehr nah ... ich ...«

Sie spricht den Satz nicht zu Ende. Und mit einem Mal habe ich Jakobs Worte im Ohr. Dass Thomas ihn ohne Grund bevorzugt, auch dann noch, wenn er mies spielt. Ich dachte, das täte er wegen mir, weil er aufgrund seiner damaligen Reaktion ein schlechtes Gewissen hat, aber jetzt befürchte ich, den wahren Grund zu kennen. Vaterfigur.

O Gott.

Mir wird übel.

Papa hat nie nachgefragt, warum ich mich nicht um Akira gekümmert habe. Er wollte nicht wissen, ob Thomas die Wahrheit sagt. Weil sie beide füreinander gelogen haben?

Thomas hat mir Akira weggenommen, weil ihm mein Vorwurf Angst gemacht hat. Dachte er, ich hätte es herausgefunden? War das die ganze Zeit der Grund für ihr Schweigen?

»Er ist ... o Gott, nein ... Thomas ist ... nein.«

»Leni.« Mama klingt verzweifelt. »Es war eine einmalige Sache, wir waren beide betrunken. Dein Vater hat viel gearbeitet, Thomas war noch mitten im Medizinstudium ... das tut eigentlich nichts zur Sache. Es ist Jahre her. Außerdem hatten Papa und ich doch schon dich und ... verdammt, wir wollten es alle zusammen hinbekommen. Deshalb wurde dein Vater auch als Jakobs Vater eingetragen. Thomas hat sich nie als Vater zu erkennen gegeben. Trotzdem war er ständig hier, ging mit uns in den Urlaub. Dann hat er seine Frau und Beth kennengelernt und sie wurden eine Familie, was in Ordnung für uns war. Jakob war ihm immer noch wichtig. Er hat ihn nie im Stich gelassen, ihn beim Fußball gefördert und sicher auch hin und wieder bevorzugt. Er hatte nur eine Bedingung ... Thomas wollte nicht, dass seine Familie etwas davon erfährt, und deswegen haben wir es niemandem gesagt. Auch euch nicht.«

Ich starre meine Mutter an. Sie ist so blass, dass ihr Gesicht fast durchsichtig scheint. Ich bekomme die Zähne nicht auseinander und auch Mama presst sie fest aufeinander.

Schließlich bringe ich doch etwas heraus. »Und für dich war das alles okay, Papa? Happy little family mit ein paar kleinen Notlügen, oder was?«

»Natürlich war nichts okay. Ich habe mir nächtelang den Kopf darüber zerbrochen, was ich tun soll. Aber am Ende wusste ich, dass ich bei dir sein will. Du bist meine Tochter, Leni, und wenn ich gegangen wäre, dann hätte ich womöglich auch dich verloren. Also habe ich mit Thomas lange darüber gesprochen und ihm und auch deiner Mutter mit der Zeit verziehen. Thomas versprach, mir dabei zu helfen, das finanzielle Chaos zu beseitigen, das dein Großvater mir zusammen mit dem Unternehmen hinterlassen hatte, und ich habe eingewilligt, Jakob nichts zu erzählen. Als er dir Akira weggenommen hat, brach es mir das Herz. Ich wusste, dass du sie nicht vernachlässigt hast. Aber ich wollte die Abmachung mit Thomas nicht unnötig gefährden, nichts aufwühlen. Hätte ich doch nur die Wahrheit gekannt, ich ... das ist keine Ausrede. Es tut mir leid.«

»Du hast dir dein Schweigen von ihm bezahlen lassen?«

»Wir wollten Jakob genauso wenig verletzen.«

»Dein Ernst, Mama?« Ich gebe ein bitteres Lachen von mir. »Habt ihr euch jemals Gedanken darüber gemacht, dass er etwas ahnt? Jakob hat mir am Telefon gesagt, dass er nicht begreift, wieso Thomas ihn über alle Maßen bevorzugt. Deshalb ist er ausgerastet. Er wollte eine Konsequenz provozieren.«

»Es gab Momente, in denen wir es ihm sagen wollten ... aber unser

Reiseunternehmen lief immer schlechter und Thomas unterstützte uns. Ohne seine Hilfe sind wir pleite.« Papa presst die Lippen zusammen. »Wir konnten uns die Wahrheit einfach nicht leisten. Wie scheiße das ist, wissen wir selbst.«

Ich hasse diese Situation und ich hasse meine Eltern. Dafür, was sie Jakob jahrelang angetan haben. Gott, dagegen ist meine Lüge lachhaft. »Ich verlange, dass ihr es Jakob sagt. Ich –«

»Das ist nicht nötig.« Jakobs Stimme zu hören fühlt sich an wie ein Messer, das mir erst in den Brustkorb gerammt und danach rumgedreht wird. »Die Tür stand offen, aber ich hätte auch einen Schlüssel gehabt ...«

Mein Herz krampft sich zusammen, als ich sehe, wie Jakob den Schlüssel geräuschlos auf den Boden legt. Vielleicht ist es der Schock, der ihn gerade in die Knie zwingt. Seine Haare stehen zerzaust von seinem Kopf ab und seine Augen sind genauso rot und verquollen wie die von meiner Mutter und mir.

»Aber den brauche ich jetzt nicht mehr, weil ich ja offensichtlich ... nicht zu dieser Familie gehöre.« Jakob sackt in sich zusammen, doch er streckt sofort die Arme vor sich aus, auf eine Art, die deutlich macht, dass er Abstand zu uns will. Zu uns allen. So verharrt er einige Sekunden, bis es umschlägt und ihm Tränen über die Wangen laufen, die er sofort wegwischt.

»Jakob, bitte ...« Mama sieht aus, als würde sie jede Sekunde das Bewusstsein verlieren. Sie läuft auf Jakob zu, doch er dreht sich weg und lässt sie ins Leere greifen. »Bitte verzeih mir, ich ... es tut mir unfassbar leid. Du ...« Mama bricht ab, setzt wieder zum Reden an, schnappt nur nach Luft und gibt schließlich auf.

Jakob verzieht das Gesicht. »Wie viel bin ich dir in Zahlen wert, Papa? Was hätte ich dir geben müssen, dass du es mir sagst? Was kostet mich eure Lüge?«

Jegliches Blut weicht aus Papas Gesicht. Ich glaube, er ist zu geschockt, um zu reagieren. Er läuft auf Jakob zu und kurz befürchte ich, er will ihn an den Schultern packen, aber dann schluchzt er laut auf.

»Was kostet mich eure verdammte Lüge?« Jakob sieht unsere Eltern gequält an und ich kann nicht anders, als mich neben ihn zu stellen. Mir erlaubt er Nähe. Ich halte seinen Arm fest. Das lässt Hoffnung in mir aufkeimen. Dass Jakob zumindest mich an sich ranlässt. Und wir klarkommen. Wenn es nicht anders geht, dann auch nur noch zu zweit. *Halb*bruder. Es ist nur ein Wort. Es ändert nichts an den Erinnerungen, die ich mit Jakob teile, und auch nicht an meiner Liebe für ihn.

»Jakob?«, flüstere ich, woraufhin mein Bruder schwer den Atem ausstößt. Vielleicht ist es nur dumme Hoffnung, aber ich will ihm auf diese Weise versprechen, dass ich auf seiner Seite stehe. Das Ganze ist ein riesiger Schock für uns beide. Das eint uns. Für immer.

»Wir wissen, dass wir mit euch hätten reden müssen. Aber es ist nicht so einfach, versteht ihr das? Wir wollten nichts zerstören, was ... gut funktioniert hat. Weshalb hätten wir euch Schutz und Geborgenheit wegnehmen sollen? Ich meine, was wollt ihr denn jetzt tun?« Mama zieht eine Grimasse. »Was willst du tun, Jakob?«

Jakob erstarrt für einen Moment, dann reißt er sich von mir los. Er hebt den Schlüssel auf und gibt ihn mir. Daran werde ich ganz sicher zerbrechen. Er schließt mich genauso aus. Ich darf nicht auf seiner Seite stehen, er schiebt mich automatisch auf die unserer Eltern.

»So wie es aussieht, müsst ihr niemandem etwas wegnehmen, weil ich freiwillig weggehe. Ich kann damit umgehen, keine Sorge. Wahrscheinlich sollte ich froh sein, dass ihr mich durchgefüttert habt, bis ich achtzehn bin. Danke dafür ... und, Leni?« Damit wendet er sich an mich. »Ich schätze, du kannst dir jetzt endlich ein Stück von deinem Traum holen. Geh zu einer dieser Auditions. Ich steh dir nicht mehr im Weg. Also ... viel Spaß euch als Familie. Das war's für mich.«

»Was?« Ich stelle mich Jakob in den Weg. »Du kannst das nicht … Jakob!«

Er schiebt mich zur Seite, dann nickt er. »Doch, Leni, das kann ich.«

HANNAH

(WATERCOLOR PORTRAIT, 2017)

Edward

Ich war in meinem ganzen Leben noch nie so aufgeregt.

SustainAppility wurde nur einen Tag nach unserem Gespräch Sponsor für die L. A. Squirrels. Ich habe ein privates Sponsoring abgelehnt und Mr Pace ein paar Bedingungen genannt, mit denen er glücklicherweise einverstanden war. Was wir seitdem auf die Beine gestellt haben, macht mich dennoch sprachlos.

SustainAppility x Hannah Meyer leuchtet mir als Schriftzug von den riesigen LED-Leinwänden rund um das Spielfeld entgegen. Abwechselnd werden Fotos einiger Skizzen und Bilder aufgeblendet, die ich im Vorfeld der Veranstaltung ausgewählt habe. Die Kampagne wirkt wie die eines Sportschuh-Herstellers, nur dass *Sustain-Appility* Hannahs Kunst in den Mittelpunkt stellt.

Es macht mich absurd glücklich, dass ich Hannah so dabei helfe, sich ein Stück von ihrem Traum dorthin zu holen, wo auch immer sie jetzt ist. Ich verspüre Trost bei dieser Vorstellung, weil ich weiß, dass die Kooperation nur das erste von sehr, sehr vielen Stücken ist.

»Und … aufgeregt?« Simon ist zu mir an den Spielfeldrand gekommen und klopft mir auf die Schulter. »Wird schon schiefgehen.«

Aus den Lautsprecherboxen dröhnt *Eye of the Tiger* und dazu wird mein Spielerfoto eingeblendet, das ein paarmal aufblinkt und sich dann wie ein Kreisel dreht, ehe ein neuer Schriftzug auftaucht: *SustainAppility* präsentiert *Halftime Country Madness*.

»Ich wusste nicht, dass du so auf Countrymusik stehst.« Simon löst seinen Blick von der LED-Wand, wo jetzt wieder Hannahs Name steht. »Aber ich bin froh, dass ihr wieder vereint sind.«

Ich ziehe die Augenbrauen zusammen. »Noch hat es nicht geklappt.«

SustainAppility und mein Trainer waren damit einverstanden, dass wir die Halbzeitshow nach meinen Vorstellungen ein klein wenig umgestalten. Olivia hat mich auf die Idee gebracht, indem sie Anfang der Woche ein Video von Taylor Swift in den Gruppenchat gestellt hat, in dem sie gemeinsam mit den Chiefs-Fans tanzt. Ich kann nicht fassen, dass ich das wirklich vor meinem alten Team tun werde, das in diesem Augenblick unter Buhrufen unserer Fans die Halle betritt.

Ich kenne die Spieler nicht, aber ich weiß, wer ihr Co-Trainer ist. Keith, der frühere Mannschaftskapitän der San Diego Rabbits, von dem ich annehme, dass er das Bild ins Netz gestellt hat. Beweisen lässt es sich nicht. Aber Leni und meine Hoffnung, sie mit der peinlichsten Aktion der Welt von mir überzeugen zu können, bringen mich dazu, mich vor ihnen allen zum Affen zu machen.

Mittlerweile haben sie das Bild von der Website genommen und ein Anwalt achtet darauf, dass es nirgendwo mehr auftaucht. Hannahs Name wird in Zukunft nur noch in Verbindung mit ihrer Kunst genannt werden. Im besten Fall überall auf der Welt. Denn das hat sie verdient. Und ich werde nach dieser Halbzeitshow wohl auch für immer in Erinnerung bleiben. Wenn ich Glück habe, interessiert sich ja ein Team aus Texas für mich.

»Ich meine dein Herz, Edward. Ich bin froh, dass du es in Deutschland wiedergefunden hast.«

»Halt die Klappe.« Doch ich kann mir ein Grinsen nicht verkneifen, weil ich jetzt an die UNO-Karte denke, die in meiner Socke steckt.

Es kommt, wie es kommt, und hoffentlich kommt es diesmal genau richtig.

»Jungs, schaut mal her!«

Unser Trainer gibt uns ein Zeichen, die Köpfe zusammenzustecken.

»Wir scheitern gemeinsam, wir stehen gemeinsam wieder auf. Der *Big Dance* lief dieses Jahr mies, aber in der letzten Woche habt ihr bewiesen, dass ihr alles in euch habt, was ein Team ausmacht. Ihr feiert euch und ihr zieht euch gegenseitig aus der Scheiße, nicht nur nach jedem Spiel, sondern vor allem zwischen den Games. Ihr seid eine Familie! Wir sind eine Mannschaft! Squirrels!«

»Squirrels!«, brüllen wir unisono, ehe sich Winston räuspert.

»Captain?«, fragt er in meine Richtung, was mich überrascht. »Du hättest dich nach dem Fehlkorb nicht so für mich einsetzen müssen, aber du hast es mit allem getan, was du hast. Ich schätze an dir, dass du immer fokussiert bist, uns alles abverlangst und gleichzeitig ein gutes Herz hast. Es ist mir eine Ehre, dich als Captain zu haben. Danke.«

»Fuck«, sage ich gedehnt, woraufhin das Team loslacht. »Du bringst mich zum Heulen. Ihr alle bringt das Beste in mir zum Vorschein. Squirrels!«, brülle ich abschließend.

»Familie!«, kommt es von den anderen zurück.

Ich schlage erst Winston, dann Simon und ein paar anderen auf die Schultern, ehe wir uns alle unter dem Jubel unserer Fans aufs Spielfeld begeben. Dass wir einen so großen Sponsor von uns begeistern konnten, hat auch sie von einer zweiten Chance überzeugt. Sie tragen Fanschals und ich bin un-fucking-fassbar glücklich, dass Hannahs Name in wenigen Wochen auf unseren Trikots und dem Merch stehen wird.

Manchmal sieht man die offensichtlichsten Dinge nicht, denn erst jetzt habe ich begriffen, dass die Squirrels meine Familie sind. Sie sind etwas Beständiges in meinem Leben und ja, verdammt, vielleicht hat Hannah mir genau diesen Weg vorgemalt, damit ich ihn für sie, für mich, für uns gehen kann. Das Foto habe ich zum

Anlass genommen, vor allen die Wahrheit über sie und mich offenzulegen. Keine Geheimnisse mehr.

In wenigen Minuten hole ich mir die Person zurück, wegen der ich es jetzt alles so sehen kann.

Und Scheiße, ja, das ist doch alles ein verdammter Plan des Schicksals.

ICH BRAUCHE KEINEN BEWEIS, DASS WIR ZWEI UNS VERSTEHEN. DU MUSST MIR EINFACH GLAUBEN. ICH MAG DICH GANZ GENAU SO, WIE DU BIST. ICH FINDE, ES LÄUFT DOCH …

Leni

Jakob ist nicht mein Bruder. Seit dem Gespräch bei meinen Eltern gestern Abend kann ich ihn nicht erreichen, habe es aber auch nicht ernsthaft versucht. Es ist Jakobs Entscheidung. Ich kann ihn dabei unterstützen, was auch immer er tun will, aber nur er hat das Recht, vorzugeben, wann, wo, wie und ob das passiert. Jetzt sitze ich gemeinsam mit Charlie, Levy, Otis und Ella beim Abendessen in unserer WG. Sie sind heute Morgen zurückgekommen, worüber ich mehr als froh bin, weil sie mich davon abhalten, ständig aufs Handy zu starren, in der Hoffnung, dass sich wenigstens Edward wider Erwarten doch bei mir meldet. Er wird es nicht tun. Entweder er fand meine Antwort auf seine Notbremsennachricht beschissen oder …

O Mann. Ich brauche bald Gewissheit.

So lange konzentriere ich mich wieder auf meine Freunde und den Fahrtenplan, den Papa mir vorhin geschickt hat. Ich bin mir bewusst, dass wir uns irgendwann als Familie mit der Sache auseinandersetzen müssen und Jakob von mir verlangen darf, Stellung zu beziehen, aber bis es so weit ist, bin ich einfach nur froh zu wissen, dass es irgendwie weitergeht. Und für Papa gilt wohl dasselbe.

Trotzdem ist mir seit dem Aufstehen schlecht. Am liebsten möchte ich mich übergeben, aber wahrscheinlich ist da nur ein

*JA, ES LÄUFT DOCH IRGENDWIE GANZ GUT.

Phantomschmerz in meinem Magen, denn das eigentliche Problem ist mein Herz. Es zieht sich schmerzhaft zusammen, wenn ich an meine Familie denke und auch wegen Edward.

Als ich seufze und mein Handy hervorhole, bringt mich eine Nachricht von Maria zum Schmunzeln. Darin beantwortet sie Olivias Video von vor ein paar Tagen von Taylor Swift in einem Footballstadion mit der Frage, wer das in dem Video sein soll.

Könnte sein, dass unser Busfahrer bald Urlaub einreicht, um zu Maria nach Texas zu fliegen. Ich weiß, dass er und Maria sich täglich schreiben. Ich habe ihn seit Langem nicht mehr so zufrieden und glücklich gesehen.

»Ich weiß nicht, Charlie, sie starrt schon seit Minuten auf ihren Handybildschirm.«

Als ich Levys Stimme höre, schaue ich auf. Er und Otis hocken mir gegenüber. »Sorry«, murmle ich. Es ist ungewohnt, wie voll die Küche jetzt wieder ist. »Ich muss mich erst daran gewöhnen, dass ihr nicht mehr in Irland seid.«

Ella steht neben Charlie am Tresen und kocht für alle Tee. Eigentlich wollte ich ihnen nichts von dem verpatzten Wiedersehen mit Edward erzählen, aber als Ella und Charlie heute Morgen mit ihren Koffern durch die Wohnungstür gepoltert sind und meine verheulten Augen gesehen haben, ist alles aus mir herausgebrochen.

»Schon okay.« Charlie schenkt mir ein Lächeln und während Ella gerade heißes Wasser in eine Thermoskanne füllt, stehe ich auf, um Tassen aus dem Schrank zu holen.

Ich stelle sie auf den Tisch, dann bleibe ich unschlüssig im Raum stehen. Otis starrt unbeholfen auf seine Tasse, was ich eigentlich als Zeichen interpretieren will, dass er keine große Lust auf das Geschwister-Thema hat. Doch sein blondes Haar ist zerzaust und erst jetzt merke ich, dass auch Ella ziemlich ... durcheinander wirkt. Ehe ich darüber nachdenken kann, was die beiden in Ellas Zimmer getrieben haben, dreht sich Levy zu mir.

»Wie geht es jetzt weiter?«, fragt er.

Weil ich mit einer so direkten Frage nicht gerechnet habe, antworte ich einfach das Erstbeste, was mir einfällt: »Ich weiß nicht, du arbeitest doch als Social-Media-Coach. Hast du einen Tipp für mich?«

Charlie setzt sich mit ihrer Tasse neben ihren Freund, doch sie schaut zu mir. »Vielleicht muss das alles erst mal sacken. Es war ja sehr viel.«

»Vielleicht … ich weiß es nicht.« Die Wahrheit ist, dass ich wirklich keine Ahnung habe, wie es mit meiner Familie weitergeht. Ob wir lernen werden, damit umzugehen. »Das Ganze ist keine vierundzwanzig Stunden her und noch immer ein totaler Schock.«

»Ihr könnt das durchstehen«, erwidert Otis und drückt sein Haar platt. »Es kostet viel Kraft, Verständnis und Zeit. Aber jüngere Geschwister sind stark. Stärker, als man manchmal wahrhaben will und hin oder wieder sogar als man selbst.«

»Danke, Otis.« Bei seinen Worten spüre ich tatsächlich einen Anflug von Hoffnung.

»Leni?« Ella stellt sich hinter Otis und wuschelt ihm durchs Haar. »Redest du denn mit deinen Eltern?«

Mir wird sofort klar, wie wichtig ihr diese Frage ist, da sie selbst gerade erst damit anfängt, ihren Vater zurück in ihr Leben zu lassen. Sie lassen sich die Zeit, die sie brauchen. Und ich schätze, damit ist sie mir ein ganz gutes Vorbild.

»Ja, ganz bestimmt«, verspreche ich und blinzle die Tränen weg. »Aber können wir fürs Erste das Thema wechseln?«

»Was tun wir wegen Edward?« Ella trinkt ihren Tee aus und stellt die Tasse in die Spüle. »Gibt es nicht etwas, das wir machen können, um seine Aufmerksamkeit auf Leni zu lenken?«

Levy dreht sich zu ihr. »Wenn ihr mich fragt, ist Edward an der Reihe …«

»Es geht doch nicht darum, irgendetwas gegeneinander aufzuwiegen.« Auch wenn ich das so in meiner Nachricht geschrieben habe ... aber das war nur aus Frust, Wut und Hilflosigkeit. »Ach ... ich weiß auch nicht.«

Ella lächelt und tritt neben mich. »Ich bin Team Happy End, aber das weißt du ja.«

»Müsste er mir dafür nicht zumindest mal eine Nachricht schreiben?« Ich höre, wie jämmerlich ich klinge.

»Ach, Leni ... manche Geschichten enden mit einem tränenreichen Abschied, aber die schönsten, das sage ich meinen Kids jedes Mal –«

»Die enden mit einem Kuss«, ergänze ich und jetzt muss ich schon wieder weinen. »Aber wir haben uns doch schon geküsst, Ella. Ganz, ganz oft. Und es war wunderschön. Einen tränenreichen Abschied gab es auch. Ich habe mir auf der Flughafentoilette die Augen ausgeheult und ... und ... Was ist, wenn unsere Geschichte zu Ende erzählt ist? Wenn es das war?«

Ella schließt mich von hinten in die Arme und hält mich fest. »Das glaube ich nicht.« Ihr Griff um meine Schultern wird fester. Sie drückt mich an sich und streichelt mir sanft über das Haar. »Es wird alles wieder gut«, flüstert sie.

Dann taucht auch Charlie neben mir auf und schiebt ihren Arm zwischen meinen Rücken und die Stuhllehne. »Und wenn alles schiefläuft, dann haben wir immer noch die Nummer aus *Tatsächlich... Liebe*, die Levy am Flughafen durchgezogen hat.«

Ich stimme halbherzig in ihr Lachen ein, bis das Klingeln meines Handys es zerreißt. »Mein Vater«, sage ich und starre auf den Bildschirm, während es in unserer Küche ganz still wird. Ich weiß gar nicht, wieso ich die Stille so bedrohlich finde. Mein Handy klingelt noch immer.

»Willst du nicht rangehen?«, fragt Charlie.

Doch ich warte, bis das Klingeln aufhört. Sekunden später vibriert das Gerät. Mein Vater hat eine Nachricht geschickt.

Charlie beugt sich über mein Telefon und als sie zusammenzuckt, will ich aufstehen und wegrennen.

»Leni«, sagt sie mit einem Zittern in der Stimme, das verrät, dass etwas Schreckliches passiert sein muss.

Jakob. Mein Bruder. Ich weiß es in meinem tiefsten Inneren. Das darf nicht die Realität sein, ich muss es irgendwie verhindern. Doch das geht nicht.

»Dein Bruder ist im Krankenhaus.«

* * *

»Familie Lück?«

Nach zwei Stunden kommt endlich eine Ärztin auf uns zu. Sie reicht jedem die Hand und stellt sich als Dr. Schneider vor, ehe sie meine Mutter darüber aufklärt, was passiert ist. »Kreuzbandriss. Ihr Sohn war joggen und ist auf unebenem Waldboden unglücklich über eine Wurzel gestolpert. Dabei ist das vordere Kreuzband gerissen. Wir haben das verletzte Knie bereits untersucht und zur Absicherung ein MRT beantragt, das für morgen angesetzt ist. Hierbei wollen wir weitere knöcherne Veränderungen wie Brüche ausschließen und feststellen, ob das Band teilweise oder vollständig gerissen ist. Für heute wird Ihr Sohn also im Krankenhaus bleiben.«

»Dann möchten wir zu ihm.«

»Ihr Sohn hat darum gebeten, nur mit seiner Schwester zu sprechen.« Dr. Schneider lächelt mir freundlich zu. »Leni Lück?«

Ich nicke und während ich der Ärztin durch den Flur folge, donnert mein Herz. Ein Kreuzbandriss könnte Jakobs Karriereende bedeuten, oder? Und er will ausschließlich mit mir reden, obwohl er mich gestern gemeinsam mit meinen Eltern aus seinem Leben ausgeschlossen hat. Ich weiß nicht, woher der Wunsch plötzlich kommt, aber es wäre schön, wenn Edward jetzt hier wäre, um mir Halt zu geben.

Mein Puls rast, als die Ärztin mich mit einem Kopfnicken vor Jakobs Tür alleine lässt. Unschlüssig starre ich auf die Klinke, ehe ich sie nach unten drücke und gleichzeitig klopfe.

»Jakob?«

»Hey, Leni ...«

Seine Stimme zu hören lässt meine Knie weich werden. Ich öffne die Tür einen Spalt und als ich Jakob im Krankenhausbett liegen sehe, wird mir schwer ums Herz. Das Bett neben ihm ist frei.

»Komm schon rein, du Angsthase!« Jakob lacht heiser. »Hier ist nirgendwo Blut rumgespritzt oder so. Wobei ... das Geräusch, als das Band gerissen ist ... gruselig.«

»Jakob!« Ich schlüpfe durch die Tür und schließe sie hinter mir. »Wie geht es dir denn? Hast du Schmerzen?«

»Mir ist schwindelig, aber sie haben mir genug Schmerzmittel gegeben.« Jakob lächelt, was ihm nur halb gelingt. »Das war's dann wohl mit der Fußballkarriere. Ist er deshalb schon ausgerastet?« Mit gequältem Gesicht senkt Jakob den Kopf und wischt sich über die Augen. »Fuck, ich kann nicht mal mehr *Papa* sagen.«

»Unsere Eltern sind beide geschockt und besorgt.« Ich halte mich an Jakobs Bett fest, traue mich aber nicht, ihn anzufassen. »Ich bin froh, dass es dir so weit gut geht. Als der Anruf kam, ist mein Herz stehen geblieben.«

»Entschuldigung.« Jakob streckt seinen Arm aus und ich lege sofort meine Hand in seine. So schweigen wir einen Moment, bis der Druck in meinem Brustkorb so unangenehm wird, dass ich irgendetwas sagen muss. »Jakob ... ich verstehe es, wenn du Zeit brauchst. Nimm sie dir. Wir sind alle für dich da, wie auch immer es jetzt mit deinem Bein oder dem Fußball weitergeht, und ich bleibe an deiner Seite, auch wenn du denkst, dass du ohne uns besser klarkommst. Du musst mich ja nicht anrufen oder mir schreiben, aber du sollst wissen, dass du es jederzeit tun kannst. Meine Unterstützung, also ... ich verlange keine Gegenleistung dafür. Ich liebe dich, Jakob.«

Meine Stimme bricht und als mir Tränen in die Augen steigen, drückt Jakob meine Hand fester. Wahrscheinlich ist es diese kleine Geste, wegen der ich kurz davor bin zusammenzubrechen. Doch dazu habe ich gar kein Recht.

Deshalb befreie ich mich vorsichtig aus Jakobs Griff, gehe zwei Schritte zurück und wische mir über die Wangen. Ich hole tief Luft und dränge die Tränen zurück, die sich schon wieder unter meinen Wimpern sammeln wollen. »Du bist mein Bruder. Daran wird niemand jemals etwas ändern können. Ich pass immer auf dich auf.« Meine Gedanken stolpern, weil das heute ja mal so was von gar nicht geklappt hat. Jetzt bin ich ganz durcheinander und weiß nicht, was ich noch sagen soll. Das merkt wohl auch Jakob.

»Das ist nicht deine Aufgabe.«

Was? Was meint er? Auf ihn aufzupassen? Für ihn da zu sein? Oder ... denkt er, dass das nicht mehr mein Job ist, weil wir nur Halbgeschwister sind? Mir wird schlecht. Während ich Jakob verständnislos anstarre, grinst er.

»Was ich gestern erfahren habe, ändert einiges, aber nicht die Tatsache, dass du meine Schwester bist.«

Ich schlucke. »Ja, das ... okay.«

»Eine andere Sache hingegen sollte sich verändern ...«

»Ich versuche es zu verstehen, wirklich ... ich bin dir auch nicht böse, was immer es ist. Mir ist klar, dass es nicht einfach so weitergehen wird, weil ... weil uns das Wissen jetzt niemand mehr nehmen kann, wenn ich mir es auch noch so sehr wünsche.«

»Ich möchte dich offiziell aus einigen deiner Pflichten als große Schwester befreien, auch wenn du sie dir alle selbst auferlegt hast.«

»Ich ...« Meine Stimme zittert so sehr, dass ich mich mehrfach räuspern muss, bevor ich mehr herauskriege. »Was meinst du damit? Jakob, ich kann nicht einfach so aufhören, für dich da zu sein.«

»Sei doch mal still! Ich will, dass du nicht mehr alles für mich zurückstellst, was dir etwas bedeutet. Ich mache mir schon länger Gedanken darüber, also denk nicht daran, es auf die Schmerzmittel zu schieben. Es ist strategisch gesehen nicht die klügste Entscheidung unserer Mutter gewesen, vor dem Gespräch die Fremdgeh-Bombe hochgehen zu lassen, aber nun ist es passiert und ich hoffe, du kapierst, dass mein Wunsch nichts mit unserer Beziehung zueinander zu tun hat. Denn an der wird sich dadurch ganz und gar nichts ändern.«

»Okay, das ... ist gut, oder?«

Jakob zögert für einen Moment, dann gibt er mir ein Zeichen, zu ihm ans Bett zu treten. »Ich möchte, dass du zur nächsten Audition, oder wie auch immer ihr das nennt, nach Hamburg fährst und die Leute dort mit deinem Talent umwirfst. Vielleicht ist das gerade so ein sentimentales Ding, aber Träume können manchmal innerhalb von Sekunden platzen. Ein Schritt über eine hervorragende Wurzel und – zack – alles kaputt. Dafür sollte niemand irgendetwas aufgeben müssen. Okay?«

Meine Augen brennen. Wann zur Hölle ist mein kleiner Bruder so erwachsen und reif geworden? Beinahe hätte ich gelacht, weil ich anscheinend richtig beschissen darin bin, solche Veränderungen wahrzunehmen. Bei mir selbst war es ja genauso.

»Okay«, sage ich und in diesem einen Wort liegt so viel Hoffnung, dass das Schluchzen nun doch aus mir herausbricht. Weil sich alles, was ich seit gestern weiß, so schrecklich falsch anfühlt und ich gleichzeitig Wärme in meinem Inneren spüre. Ich fange an hemmungslos zu weinen, bis Jakob mich irgendwann an sich zieht.

»Ich bin froh, dass ich dich habe, Leni.«

Es dauert einen Moment, bis ich es hinkriege, ihm zu antworten. »Ich bin auch froh. Ich verspreche dir, zur Audition zu gehen. Aber du versprichst mir, dass du deinen Traum nicht aufgibst.«

»Leni ... ich weiß noch nicht mal, ob Fußball mich noch immer so glücklich macht wie zu Beginn. Ich verspreche dir, dass ich die Auszeit nutze, um darauf eine Antwort –«

Er wird von meinem Handy unterbrochen, das plötzlich losschrillt.

»Oh … sorry …« Ich ziehe das Gerät aus meiner Hosentasche und will eigentlich nur den Anrufer wegdrücken, aber … auf dem Display steht etwas, das mein Herz zum Rasen bringt: *Videoanruf von Edward*.

FRIENDS AND FAMILY

(PRELIMINARY SKETCHES)

Edward

Zur Pause steht es unentschieden. Nach der Ansprache des Trainers in der Umkleidekabine gehe ich unter dem Jubel der Fans ein paar Minuten vor den anderen zurück aufs Spielfeld, wo mich der Pressemanager aller Sportteams unseres Colleges sofort zur Seite nimmt. Ich blicke über die Zuschauerreihe, ein Meer aus bunten Farben. Hin und wieder blitzt eine Eins aus Schaumstoff aus der Menge heraus, in der hinteren Reihe entdecke ich eine Flagge mit dem Logo des Teams – ein Eichhörnchen. Vielleicht sollte ich in Zukunft mehr auf solche Zeichen achten. Wer weiß, wer sie mir schickt ...

»Der DJ startet den Song an der passenden Stelle auf dein Zeichen. Außerdem haben wir dein Handy an die LED-Wände angeschlossen, der Videochat sollte also problemlos auf die Geräte übertragen werden.« Immer wieder streicht er beim Reden sein helles Haar zurück und jetzt lächelt er aufmunternd. »Bist du bereit?«

Ich nicke. Als auf beiden Leinwänden ein Countdown eingeblendet wird, schlägt mein Herz schneller.

In zwanzig Sekunden wird jemand Lenis Nummer antippen. Dem, was für die Fans, die gerade den Countdown runterzählen, so wirkt, als wäre alles spontan, geht eine tagelange Planung voraus. In diesem Augenblick sollte Lenis Handy klingeln und wenn sie den Anruf annimmt, baut sich ihr Bild in zehn Sekunden auf den riesigen LED-Wänden vor und hinter mir auf. Die Zuschauer zählen immer lauter.

Fünf, vier, drei ...

Ich denke nichts mehr. Gar nichts. Meine Hände verschränken sich ganz von allein vor meiner Brust. Wird schon schiefgehen.

Zwei, eins ...

Das Livebild erscheint unter frenetischen Jubelschreien. Leni. Sie hat den Anruf angenommen. Mein Herz setzt zum Sturzflug an, nur um wie ein Basketball am Boden aufzuschlagen, zurückzufliegen und mir bis in den Hals zu pochen. Leni blinzelt total irritiert in die Kamera, ehe sie sich dreht und ... war das ein Krankenbett? Scheiße. Ist Leni im Krankenhaus? Sie knetet die Hände, ihr Gesicht ist verzerrt und die Leitung nicht stabil. Immer wieder bleibt das Bild hängen.

»Leni Lück aus Berlin, Deutschland«, liest der Pressemanager vor. »Die Verbindung ist mies. Wollen wir es trotzdem versuchen?«

»J-ja.« Meine Stimme zittert vor Aufregung, als ich Leni zuvorkomme.

»Ich muss nur ...« Kurz wird das Bild schwarz und Leni sagt etwas auf Deutsch, ehe sie wieder erscheint. Der Hintergrund hat gewechselt, sie steht jetzt vor einer Fliesenwand. »Äh, ich bin im Krankenhaus.«

»Dann sollten wir hier vielleicht abbrechen ...«, kommentiert der Pressemanager in meine Richtung und kassiert dafür Buhrufe aus dem Publikum.

»Alles okay!« Diesmal ist Leni schneller. »Bin ich gerade live?«

»Ja.« Ich blinzle und dann konzentriere ich mich nur noch auf Leni, bis ich nichts und niemanden mehr wahrnehme außer sie. Irgendwer brüllt etwas, aber das ist mir jetzt egal. »Du wolltest mich auf der Arbeit besuchen«, sage ich, »und das hier ist sozusagen mein Job.«

Leni lächelt ganz leicht. »Okay, äh, danke?« Sie schaut mich weiter an, ihre Lippen formen ein stilles *What the fuck?*, das die Zuschauer zum Johlen bringt.

Danach ist es still in der Halle. Alle Blicke sind wie gebannt auf den Bildschirm und damit auf Leni gerichtet, deren Brustkorb sich so schnell hebt und senkt, als wäre sie vor dem Gespräch einen Marathon gelaufen.

»Mach schon, Meyer«, kommt es aus einer Ecke hinter mir. Ich drehe mich ruckartig um, weil ich die Stimme kenne. Sie löst eine Lawine an Emotionen in mir aus: Wut, Hass, Hilflosigkeit, Verzweiflung ... Am Spielfeldrand steht der Kapitän meines ehemaligen Basketballteams. Mittlerweile hat er sein Trikot gegen eine Fleecejacke getauscht und unterstützt den Coach der San Diego Rabbits an der Seitenlinie. »Warum beeilst du dich nicht ein bisschen? Wir wollen hier alle Basketball spielen und drehen keine *Barbie*-Fortsetzung mit dir in der Hauptrolle.«

Niemand lacht. Ich weiß nicht, was ich fühlen soll. Ich bin wie erstarrt, schaffe es aber trotzdem, den Kopf zurück zu Leni zu drehen. Sie stößt einen Fluch aus, ehe sie die Hände hochhebt. »Ey, respektloser Arsch«, sagt sie an Keith gewandt. »Gut gemeinter Ratschlag: Halt die Fresse.«

Sie zeigt ihm den Mittelfinger und um mich herum fangen alle an lauthals zu lachen. Der DJ hat den Witz anscheinend auch verstanden, denn für ein paar Sekunden tönt *I'm Just Ken* durch die Halle.

»Du machst dich ganz schön zum Affen«, kommt es erneut von Keith. »Pass auf, dass du nicht wieder heulst und wir deine Schwester holen müssen.«

Ich schlucke, dann drehe ich den Kopf zu ihm. »Weinen ist keine Schwäche, Keith. Im Gegensatz dazu, andere zu erniedrigen. Das ist schwach und peinlich. Es ist außerdem unangebracht, mich so anzugehen, wenn eine Anti-Mobbing-Organisation das Event sponsert, findest du nicht?«

Auf den LED-Wänden wird für einen Moment *Betterplace* eingeblendet, dann erscheint wieder Hannahs Name. Ich lege den Kopf für einen Sekundenbruchteil in den Nacken und lächle. Ich weiß, dass sie mir zusieht, und gleich wird sie Augen machen, denn das, was jetzt passiert, hätte ich mir im Traum nicht ausdenken können. Es passt weder zum Sternzeichen Waage noch zu dem Teenager, der Hannah so oft in den Wahnsinn getrieben hat. Aber dafür zu dem Mann, der ich dank meiner Schwester sein darf. Auf den sie stolz sein kann. Ich gebe dem DJ ein Zeichen und wende mich ans Publikum, während im Hintergrund eine eingängige Gitarrenmelodie das Lied einleitet.

»Ist das Taylor Swift?«, brüllt Keith.

Das Publikum stöhnt.

»Größte Green Flag, wenn ein Kerl Taylor Swift hört!«, schreit eine Frauenstimme dazwischen und erntet dafür hauptsächlich weibliche Zustimmung. Mein Kopf schießt in ihre Richtung. Olivia und Liam springen von ihren Sitzen und reißen ihre Arme in die Höhe. »Squirrels!«, brüllt Liam und klatscht dann im Takt der Musik.

»Was macht ihr denn da?«, höre ich Leni perplex fragen, doch es bleibt keine Zeit, ihr diese Frage zu beantworten, denn während Olivia und Liam aufs Spielfeld gelassen werden, teilt sich der Screen auf den LED-Wänden und Imogens Gesicht erscheint.

»Liebe Grüße aus New York«, sagt sie, ehe ich Maria aus den Augenwinkeln auf mich zulaufen sehe. Sie klatscht gemeinsam mit dem Publikum und keine zwei Sekunden später steht sie neben mir und legt ihren Arm um meine Hüften.

»Bereit?«, flüstert sie und ich nicke.

»Danke, dass du extra hierfür hergekommen bist …«

Maria grinst. »Für Freunde tut man so etwas, Edward. Und außerdem habe ich doch eh nichts zu tun.«

Und dann legen wir in derselben Sekunde unsere Hände an die Hüften, drehen den rechten Fuß im Rhythmus der Musik zur Seite und wieder nach vorn.

»Kommt schon!«, fordert Maria das Publikum auf, »es ist ein simpler Cowboy Hustle. Ich bin mir sicher, dass ihr den draufhabt.«

Ich könnte heulen, weil fast alle im Publikum aufstehen und die Hände an die Hüften legen, und nach zwei Runden klappt es. Schreiend und johlend tippe ich mit Maria neben mir den Fuß auf den Boden, ziehe mein Bein zurück und brülle: »Yee-haw!« Sogar ein paar Spieler aus San Diego machen mit. Das machen wir alle gemeinsam so lange, bis der Song ruhiger wird.

You belong with me. Have you ever thought just maybe, you belong with me?

Ich bin mir nicht sicher, ob ich wirklich aufschauen soll. Aber dann tue ich es und ich sehe dieses Lächeln, das mir vor vier Jahren den verdammten Kopf so schlimm verdreht hat, dass ich vor jemandem, der mir vor Jahren das Leben zur Hölle gemacht und es erst vor wenigen Tagen erneut versucht hat, zu Taylor Swift einen Linedance im Basketballtrikot tanze. In meinem Brustkorb ist gar kein Platz für so viele Gefühle.

Das Lied ist vorbei und ich muss ebenso lächeln, weil das Publikum lacht, pfeift und johlt – ich glaube, so ausgelassen war die Stimmung noch nie. In Lenis Augen spiegelt sich dasselbe Glück, das sich gerade mit Widerhaken in jeder Faser meines Körpers festsetzt.

»Edward?« Ihre Augen nehmen jeden Zentimeter von mir auf. »Was zur Hölle war das?«

Ohne zu antworten, beuge ich mich runter und hole die UNO-Karte aus meiner Socke. »Ist es okay für dich, wenn ich die hier ein für alle Mal zerreiße? Keine Geheimnisse mehr, okay?«

Es wird so still, dass selbst Lenis geflüsterte Zustimmung laut durch die Halle dröhnt.

»Es tut mir leid, dass ich einfach abgehauen bin.«

Leni grinst. »Scheint unser Ding zu sein.«

Als Antwort geht ein Lachen durch die Reihen, woraufhin der

Pressemanager mir einen Ball in die Hand drückt. »Sag es ihr schon!« Das ist Winstons Stimme.

»Mein Herz schlägt gerade so schnell, dass ich glaube, du kannst es bis nach Los Angeles spüren.« Sie stößt den Atem aus. »Zerreiß diese Karte und sag es!«

Ich klemme mir den Ball zwischen die Beine und halte die Karte hoch. »Ich habe gelesen, dass Reverse auf Deutsch auch Rückschlag bedeuten kann, und zur Hölle, Leni, ich will nur noch nach vorn schauen. Mit dir.«

»Sag es!«-Rufe schallen durch die Halle. Ich muss lachen und dann zerreiße ich die Karte, ehe ich den Ball in die Hände nehme und den Blick auf Leni richte. »Wenn ich treffe, versuchen wir es noch mal. Deal?«

»Du triffst immer, Edward.«

Ich zwinkere ihr zu. »Ich weiß.«

»Deal.«

Ich werfe den Ball auf den Korb und ein gleitendes Geräusch verrät mir noch vor dem Jubel, dass ich getroffen habe. »Ich liebe dich, Leni.«

»Und ich liebe dich, Edward.«

EPILOG

Leni

»Ich habe hierfür extra meinen Termin bei Mr Franklin verschoben.«

Ich nicke, lasse die Finger aber am Lenkrad des Wagens meiner Eltern und weigere mich auszusteigen. Normalerweise hat Edward jeden Mittwoch eine Onlinesitzung mit seinem Therapeuten. Damit er mich zum Pferdestall begleiten kann, hat er sie auf Freitag verschoben. Seit ein paar Tagen ist er zurück in Deutschland, um die Semesterferien mit mir zu verbringen.

»Es ist nicht so einfach«, gebe ich zu.

»Dafür hast du ja mich dabei.« Jakob lächelt und schiebt seinen Kopf zwischen Fahrer- und Beifahrersitz. »Das hier ist mein erster größerer Ausflug nach der OP. Enttäusch mich nicht.«

Edward dreht sich zu ihm. »Wann beginnt deine Reha?«

»In drei Wochen, aber das wird eh nicht viel –«

»Es ist wichtig, dass du hingehst.«

Seit Edward in Berlin ist, quatschen er und mein Bruder fast täglich. Ich glaube, es tut Jakob gut, mit einem anderen Sportler zu reden, der seine Situation besser nachvollziehen kann als ich. Meinen Eltern hat Jakob noch nicht verziehen und auch mir fällt es im Moment noch schwer, mein Elternhaus zu betreten, obwohl mein Vater sofort Konsequenzen aus der Situation gezogen hat.

Thomas ist mittlerweile nicht mehr Teil unseres Reiseunternehmens, was verdammt hart für meinen Vater war, das weiß ich. Denn der Finanzberater sieht keinen anderen Ausweg als einen Verkauf. Seitdem versuchen wir alles, um das Familienerbe zu retten. Meine

Eltern und ich haben unser ganzes Leben auf das Unternehmen ausgerichtet, weshalb es uns nicht leichtfällt, es einfach herzugeben. Meinem Vater ist es unfassbar wichtig, irgendwie Stabilität für die Firma zu erreichen, wofür er sehr hart arbeitet. Und auch wenn mein Bruder es nicht hören will, können meine Eltern nicht von heute auf morgen alles hinschmeißen. Ich glaube nicht, dass sie jemals eine Entscheidung getroffen haben, ohne sich die Konsequenzen für das Reiseunternehmen durch den Kopf gehen zu lassen.

Trotzdem geht Papa auf meinen Bruder zu. Er möchte für ihn da sein und seine Wünsche ernst nehmen, was, glaube ich, ein sehr guter Anfang ist. Und Papa unterstützt meine Ambitionen, langfristig an meinem Gesangstalent zu arbeiten. Im Moment braucht meine Familie mich. Deshalb will ich für sie da sein. Denn mittlerweile habe ich begriffen, dass es kein Entweder-oder ist. Ich darf meine Träume verfolgen und trotzdem in der aktuellen Situation frei entscheiden, lieber für meine Familie da zu sein. Das ist keine Niederlage, ganz im Gegenteil. Ich habe gelernt, wie wichtig es ist, das zu tun, was ich möchte. Und nicht davor wegzulaufen.

Ich könnte gehen. Ich will es aber nicht.

Das Wichtigste ist für mich, dass zwischen Jakob und mir alles wieder in Ordnung ist. Und das ist es. Für meinen Bruder ist die Situation alles andere als leicht, aber dass Edward so viel Zeit in ihn investiert, macht mich unfassbar glücklich. Deswegen liebe ich ihn nur noch mehr.

»Lass uns aussteigen«, sagt Edward und seine Hand landet dabei so energisch am Türgriff, dass ich lächeln muss. »Ich bin ziemlich gespannt auf dein Pferd.« Seine braunen Augen strahlen in der Sonne, als er mich ansieht.

Es fällt mir immer noch schwer zu begreifen, dass Edward gerade wirklich hier bei mir ist. Dass er zur Therapie geht, um über seine Schwester zu sprechen und darüber, was ihn alles triggert. Anfangs war er skeptisch, doch mittlerweile weiß er, dass man Probleme nicht mit Countrymusik und Taylor Swift lösen kann. Zumindest nicht alle.

Obwohl Edwards öffentliches Liebesgeständnis ordentlich Staub aufgewirbelt hat, nachdem es jemand online gestellt hat. Das Video ist in Basketballplattformen und auf einigen Klatschseiten aufgetaucht. Doch entgegen meinen Befürchtungen hat Edwards Aktion seine Karriere nur vorangetrieben. Es hat sich herausgestellt, dass NBA-Basketballteams heutzutage sportliche Leistung zwar sehr wichtig ist, aber Charakter und ein gutes Herz mindestens genauso wertvoll sind. Auf den Listen einiger Mannschaften steht Edwards Name daher nun ganz weit oben. Trotzdem konzentriert er sich im Moment ausschließlich auf sein Studium und die Zusammenarbeit mit *SustainAppility*.

Das nachhaltige Unternehmen wird über den anstehenden Sommer eine riesige Kampagne in Hannahs Namen starten. Gemeinsam mit Edward produzieren sie Werbeclips, womit er das künstlerische Erbe seiner Schwester weiterführt. Und das hat ihn Frieden mit Hannah schließen lassen. Er hatte seine Trauer vorher auch schon irgendwie unter Kontrolle, aber die Zusammenarbeit mit *SustainAppility* hat etwas in Gang gesetzt. Langsam befreit sich Edward von den Schuldgefühlen und findet wieder Vertrauen in sich und sein Leben. Dass Hannah frei über sich entschieden hat, bewirkt viel in ihm. Und auch in mir. Ich erinnere mich jeden Tag daran, meinem Bruder ausreichend Freiheiten zu geben. Ich glaube, Hannah wäre auf uns alle stolz. Aber vor allem auf ihren kleinen Bruder. Edward habe ich noch nie so glücklich gesehen wie im Moment. Und dass ich daran einen großen Anteil habe, sagt er mir jeden Tag.

»Los geht's!« Jakob stößt die Hintertür auf und ich springe sofort aus dem Auto, um ihm zu helfen. Als ich mit ausgestreckten Armen vor ihm stehe, merke ich es selbst.

Jakob hält mir trotzdem seine Hand hin. Mit einem Lächeln nickt er mir zu. »Komm, mach dein Große-Schwester-Ding.«

Ich helfe ihm aus dem Wagen und obwohl ich weiß, dass er seinen eigenen Weg gehen muss, liebe ich es, wenn er mir, wie jetzt, vertraut und zulässt, dass ich für ihn da bin.

»Du hast Beth also eine Nachricht geschrieben und sie darum gebeten, Akira sehen zu dürfen?« Edward greift meinem Bruder unter die Arme, damit Jakob sich an ihm stützen kann, während ich den Rollstuhl aus dem Kofferraum hole und ihn aufklappe.

»Papa wollte das eigentlich übernehmen, aber ich will nicht weiter vor meinen Ängsten weglaufen. Deshalb habe ich mir ihre Nummer geben lassen und es selbst in die Hand genommen. Sie hat einem Treffen sofort zugestimmt.«

»Ich bin stolz auf dich.« Edward hilft Jakob in den Rollstuhl.

»Wird er ... also ...«

»Nein«, unterbreche ich meinen Bruder sanft und schiebe ihn in Richtung des Pferdestalls. »Aber Beth wartet auf uns.«

»Hattest du gesagt, ja.«

Ich bin irritiert, weil Jakob sich anhört, als müsste er sich ein Grinsen verkneifen. Eigentlich habe ich mir wegen ihres Zusammentreffens während der Fahrt hierher den Kopf zerbrochen. Wir haben uns heute Morgen beim gemeinsamen WG-Frühstück darauf verständigt, dass wir es Thomas überlassen, mit Beth über alles zu reden, falls er das nicht eh schon getan hat. Jakob hat zwar mein vollstes Vertrauen, aber ich bin mir nicht sicher, ob er nicht im Affekt etwas zu Beth sagt. Die beiden haben sich so lange nicht gesehen. Und jetzt weiß Jakob etwas, von dem Beth womöglich nichts ahnt. Kurz lenkt mich seine merkwürdige Reaktion von meiner Panik ab, doch dann kommt sie mit einem Mal zurück.

»Vielleicht ist das keine gute Idee ...«, lenke ich ein, »mit dem geliehenen Rollstuhl über den Matsch ... seht ihr hier irgendwo jemanden ... ich meine nur, nicht dass wir noch rausgeschmissen werden ... auf dem Parkplatz sind gar keine anderen Autos, oder ... lasst uns einfach wieder zurück –«

»Leni, atme tief durch.« Edward unterbricht mich, indem er mich an sich zieht und jedes bisschen Angst mit seinem Mund erstickt. Als ich merke, wie er mit der Zungenspitze sanft gegen meine geschlossenen Lippen stößt, vergesse ich komplett, dass wir auf dem Reiterhof stehen, wo Akira untergebracht ist. Aber Jakobs genervtes Stöhnen erinnert mich daran. Nur widerwillig lasse ich Edward los.

Auf dem Weg zu einem Gebäude mit ausgeblichenem rotem Dach lasse ich Edward trotzdem lieber den Vortritt. Es tut gut, dass er dabei ist und mir Zuversicht und Halt spendet.

Auf der rechten Seite kommen wir an einem Sandplatz mit Hindernisparcours vorbei und dahinter ist eine sorgsam gemähte Grünfläche. Es hat sich nichts verändert. Deshalb kostet mich jeder Schritt riesige Überwindung.

»Der Geruch ...«, flüstere ich mehr zu mir selbst. Nach frischem Heu und Pferd. Ich liebe ihn und er weckt eintausend Erinnerungen. Gute Erinnerungen. Tief durchatmend schaue ich umher, aber ich nehme die junge Frau mit braunem, hochgestecktem Haar, die mit einer Schubkarre voll Heu auf uns zukommt, nur durch einen Schleier wahr. Zu der schwarzen Reithose trägt sie ein weißes T-Shirt, an dem sie sich die Hände abputzt, ehe sie vor uns stehen bleibt.

»Da seid ihr ja!«

»Hi, Babette.«

Beth verzieht das Gesicht. »Oh, Jake, du lernst es nie, oder?«

»Solange du mich noch immer Jake nennst.«

Beth wirft ihm einen gespielt genervten Blick zu. »Und so jemand ist ... mal mein bester Freund gewesen.«

Schnell schließe ich den Mund, den ich schon hektisch geöffnet hatte, um Beth notfalls zu unterbrechen. Doch sie hat keine Ahnung. Ich beiße die Zähne zusammen und deute auf den Stall. »Ist Akira da …?«

Sie lächelt. »Ja! Geh einfach bis hinten durch. Ich habe eine Kleinigkeit vorbereitet. Es ist noch nicht ganz fertig, aber ich finde, dass es so einfach besser passt.«

»Möchtest du alleine sein?« Mit einer Hand streicht sich Edward lose Haarsträhnen aus der Stirn, bevor er mich wieder an sich zieht und mir einen Kuss auf die Wange gibt. »Oder soll ich mitkommen?«

»Alleine.« Nervös hole ich mir Jakobs Zustimmung, dann gehe ich angespannt in den Stall. Eine Weile höre ich noch die Stimmen der anderen, doch irgendwann gerate ich in einen Tunnel. An den Boxen sind überall Namensschilder angebracht, die ich nur verschwommen wahrnehme. Ich höre leises Geraschel und hin und wieder ein von Stroh gedämpftes Trampeln. Mit klopfendem Herzen gehe ich die Reihe ab, bis zur letzten Box. Hier ist es ziemlich dunkel und auch kühler.

Ich blinzle und wische mir die Haare von der Stirn. Dabei muss ich mich zwingen, meinen Blick auf das Namensschild zu richten, das an der Box hängt. Akira. Unter dem Namen wurde ein weiteres Schild entfernt, weshalb nun ein Loch dort klafft, wo eigentlich Beths Name stehen müsste. Als ob … o Gott, will Beth, dass dort ab heute wieder mein Name steht?

Ich nähere mich den Stäben und spähe hindurch. Akira steht mit ihrem Hinterteil zu mir ganz hinten in der Box. »Hey«, flüstere ich behutsam, um sie nicht zu erschrecken. »Akira, vielleicht erkennst du mich nicht mehr wieder, aber ich bin's … Leni.«

Doch sie reagiert sofort. Sie hebt den Kopf und spitzt ihre Ohren. Nur eines dreht sie auch zu mir, so wie sie es früher getan hat. Pferde können ihre Ohren getrennt voneinander bewegen, was ich schon immer total faszinierend fand. Als sie sich zu mir dreht und mich ansieht, schluchze ich leise. Es ist vielleicht lachhaft, aber der weiße Fleck zwischen ihren Nüstern auf ihrem ansonsten komplett schwarzen Fell berührt mich viel mehr, als er sollte. Er ist nicht verschwunden, natürlich nicht. Ich weiß nicht, wieso es ausgerechnet dieses winzige Detail ist, das mich so aus der Fassung bringt.

Akira versteht mich sofort. Sie bewegt sich auf mich zu und ich stelle mich auf meine Zehenspitzen, um besser an sie ranzukommen. Sie senkt nicht den Kopf, hat den Blick immer fest auf mich gerichtet. Wieder schluchze ich, lauter diesmal. Die Tränen brennen auf meinen Wangen. Ich wische sie nicht fort.

»Akira?«, wiederhole ich.

Als Antwort schnaubt sie leise. Ich erkenne ein Glitzern in ihren Augen.

»Ich habe dich so vermisst.« Kaum habe ich es ausgesprochen, fange ich wieder an zu schluchzen. Meine Schultern beben. Ich gehe einen Schritt zurück, warne Akira aber vorher, weil ich weiß, dass sie keine Überraschungen mag. Und auch sie scheint sich daran zu erinnern, wie sehr ich es liebe, wenn sie ihren Kopf an meiner Schulter reibt, während ich beide Arme um ihren Hals lege. Das haben wir früher immer so gemacht, bevor wir losgeritten sind.

Akira stößt ihren Kopf sanft gegen die Stäbe, woraufhin ich das Tor öffne und sie gemütlich neben mich trabt. Sie tut dabei so, als würde sie das alles kaum interessieren ... und ich liebe sie dafür. Sie ist einfach das perfekte Pferd für mich. Mehrmals gibt sie ein sanftes Schnauben von sich, als ich sie umarme.

»Danke«, flüstere ich, »danke, Akira. Schau ...« Ich halte ihr vorsichtig das Armband hin und sie stößt mit den Lippen dagegen. »Ich lasse dich nie mehr im Stich.«

Ich rede immer weiter und schütte Akira mein ganzes Herz aus, weil es mir dabei hilft, meine Gedanken zu sortieren und mich zu beruhigen. »Meinst du, also, bist du bereit, jemanden kennenzulernen, der mir sehr viel bedeutet?«

Sanft reibt Akira ihren Kopf an meiner Wange. Daraufhin hole ich mein Handy aus der Tasche und öffne die Kamera-App. Ich strecke den Arm aus, so weit es geht, um ein Selfie von uns zu machen. Erst da begreife ich so richtig, was dieser Moment bedeutet. Akira zurückzuhaben ist wie der Anfang einer neuen Geschichte. Meiner Geschichte. Von mir erzählt und nicht von meinen Eltern oder dem, was mit Thomas passiert ist.

Das Foto ist lustig. Akiras Kopf verdeckt meinen fast vollständig und eigentlich sieht man nur ihre Nüstern. Das reicht mir. Ich schicke Edward das Bild mit der Aufforderung, zu mir in den Stall zu kommen.

Draußen ertönt kurz der Titelsong aus *Mamma Mia!*.

Kurz darauf höre ich sein Räuspern. »Zwingst du mich jetzt dazu, mit dir auf dem Teil in den Sonnenuntergang zu reiten, damit Ella zufrieden ist?«

Ich muss lachen. »Wenn du das möchtest?«

»Auf keinen Fall.«

»Warum *Mamma Mia!*?«, frage ich.

»Weil ich es da wusste, Leni.« Edward lächelt. »In diesem Moment war mir klar, dass ich mit allem, was ich habe, um dich kämpfen muss.«

»Du hast mich wenige Tage später am Flughafen versetzt, du Blödmann.«

Ohne auf mich einzugehen, deutet Edward auf Akira und kommt zögernd näher. »Also, was soll ich hier? Ich finde Pferde noch immer gewöhnungsbedürftig.«

»Hmmm …« Ich halte inne und kaue auf meiner Unterlippe. »Eigentlich wollte ich diesen Moment einfach nur mit dir zusammen genießen. Akira tut dir nichts, versprochen.« Ich schnappe mir seine Hand und ziehe ihn zu ihr. Sie hebt neugierig den Kopf und schnuppert an ihm.

»Leni«, sagt er zweifelnd.

Ich halte Edwards Hand fester. »Ich schwöre es dir hoch und heilig.«

Vorsichtig streichelt er über Akiras Fell, bis sie ihren Kopf sanft gegen seine Schulter drückt.

Er zuckt zurück. »O Mann …«, sagt er und lacht, als Akira das Interesse verliert und zurück in ihre Box trabt. »Sorry, Akira.«

»Das wird schon noch«, muntere ich ihn auf und will zu ihr gehen, doch Edward hält mich an der Hand zurück und zieht mich an sich. Ich bin so überrascht, dass ich gegen ihn falle und den Atem anhalte. Er küsst mich nicht sofort, aber sein Gesicht ist meinem so nah, dass ich seinen Atem spüre.

»Keine Geheimnisse mehr, richtig?«

Ich nicke. »Richtig.«

»Es ist völlig unangebracht …« Edward windet sich. »Als du auf Rügen in diesem Stall gegen mich gestoßen bist, ich … also … es war nur für eine winzige Sekunde, aber am liebsten hätte ich dir schon in diesem provisorischen Stall die Kleider vom Leib gerissen.«

»O Gott, und ich dachte, nur bei mir war es so.« Ich puste lachend den Atem aus. »Aber dann haben wir über so wichtige Dinge gesprochen und ich habe ständig versucht nicht zu heulen.«

»Ging mir auch so …« Er hält mich fest. Ich spüre den Druck seiner Hände zuerst auf meinen Schultern, von wo aus sie vorsichtig entlang meiner Wirbelsäule bis zum Po wandern. »In der Therapie habe ich gelernt, dass ich die Dinge offener ansprechen muss. Ich hätte dich am Flughafen nicht alleinelassen sollen. Mir war bewusst, dass ich dich damit verletze und alles aufs Spiel setze. Es war ziemlich egoistisch von mir, mich der Situation nicht zu stellen. Ich habe nicht einmal eine richtige Entschuldigung dafür, außer dass ich es in diesem Moment einfach nicht konnte.«

»Das ist okay«, widerspreche ich ihm. »Es ist okay, wenn mal nicht alles auf Anhieb funktioniert. Ein Schritt nach dem anderen, richtig? Das könnte zum Motto unserer Beziehung werden.«

»Ich wäre in den nächsten Flieger zurück nach Deutschland gestiegen und hätte dich jeden Tag aufs Neue gefragt, wenn du mich nach diesem Linedance nicht zurückgenommen hättest.«

»Wie dieser Stalker-Vampir, ich wusste es.«

Doch dann umfasst Edward mein Gesicht mit den Händen. Seine Lippen berühren meine Mundwinkel. »Wenn du damit sagen willst, dass ich dir mein Herz vor die Füße werfe, bis du es endlich aufhebst und festhältst, dann hast du recht.«

»Meinst du das ernst?«

»Ja.« Er seufzt und presst seine Lippen auf meinen Mund. »Wie bequem sind Strohballen?« Wieder küsst er mich. Sein Mund ist so fordernd, dass mir schwindelig wird. Nur kurz tippt seine Zungenspitze gegen meine Unterlippe, ehe er ganz in mich dringt. O Gott.

»Edward«, keuche ich, »die anderen ...«

Er lacht, was sich an meinen Lippen prickelnd warm anfühlt. »Allmählich befürchte ich, du nutzt es als Ausrede, um mich nicht zu küssen.«

»Sei schon still.«

Sanft sauge ich an Edwards Lippen, erlaube ihm mit meiner Zunge zu spielen, ehe er mich behutsam gegen das Gatter einer leeren Box drängt. Ich stöhne auf, als ich es in meinem Rücken spüre, weil der Kuss immer intensiver wird. Mein Puls rast, während ich mit den Händen unter sein Shirt wandere, ihn auf diese Weise ertaste. Seine Haut ist rau von der Gänsehaut, die sich überall bildet, wo ich mit meiner Fingerspitze entlangfahre.

»Edward«, stöhne ich. Er hat sich zu mir vorgebeugt und seine Lippen saugen nun an meinem Hals. Dann spüre ich seine Zähne. Ich keuche, weil es in meinem Schoß anfängt zu prickeln.

»Fuck, ist es okay, wenn unser erstes Mal in einem Pferdestall stattfindet?«

Edwards Frage verstärkt das Kribbeln, bis ich es kaum mehr aushalte. Das Blut rauscht durch meinen Körper. Wir haben uns bis jetzt noch nicht richtig geliebt und eigentlich male ich mir seit

Wochen den perfekten Ort aus. Ein Pferdestall kam in meinen Fantasien nicht vor. Doch als Edward seine Hand unter mein Shirt schiebt und mit zwei Fingern unter meinen BH fährt, ändert sich das.

»Ja!« Ich stöhne auf und Edward streicht über meine harte Brustwarze, was alle restlichen Bedenken auslöscht. »Es ist okay.« Weil ich Edward so sehr will.

»Gut«, sagt er, bevor er seine Hand zurückzieht. Ich gebe ein frustriertes Stöhnen von mir und blicke auf. Sogar hier im Stall, wo kaum Licht durch das Dach fällt, erkenne ich das Strahlen in seinen Augen. »Dann weiß ich ja, womit ich dich in Zukunft rumkriege.«

»Was? Hey ... du kannst doch jetzt nicht aufhören!«

»Denk an die anderen, Leni.«

»Du ...!« Doch dann muss ich lachen, weil ich weiß, dass Edward recht hat. Auch wenn ich mich hier und jetzt in ihn fallen lassen möchte, richte ich mich auf. »Nur wenn du mir versprichst, dass wir irgendwann in diesem Stall Sex haben und ...«, ich grinse, »... gemeinsam auf Akira in den Sonnenuntergang reiten.«

»Versprochen.«

Er greift nach meiner Hand und legt sie auf seine Brust, sodass ich spüren kann, wie sein Herz schlägt. Er gibt mir einen Kuss auf die Stirn und ich fühle mich unendlich leicht.

Weil es so schwer war, damals allein nach San Diego zu fliegen. Weil Edward alles viel einfacher gemacht hat. Weil seit seinem Besuch in Deutschland *mein* Leben völlig neu begonnen hat und *seines* endlich in die richtige Richtung verläuft. Ich liebe dieses Leben. Denn Edward kommt darin vor.

»Ich werde dich nie wieder loslassen«, sage ich irgendwann. »Aber eine Frage habe ich noch an dich.«

»Welche?« Wieder küsst er mich.

»Ist alles okay bei dir?«

Edward lacht. »Ja.« Er hält mich fester. »Jetzt ist alles endlich okay. Und bei dir? Gibt es irgendwelche Probleme, die wir dem Tourguide melden sollten?«

»Nope«, sage ich und lache, »ab heute gibt es nur noch Fleißsternchen für dich.«

»Es ist wirklich alles okay, oder?«

Ich nicke.

»Okay ist perfekt, weil es für uns ausreicht, aber immer noch ganz, ganz viel Platz für alles lässt, was wir ab heute gemeinsam erleben werden. Und Leni?«

Ich beäuge ihn mit gespieltem Zweifel. »Ja?«

»Der Trick mit der falschen Handynummer hat wohl nicht geklappt.« Er grinst.

»Es war ein Versehen!«, wiederhole ich das gefühlt hundertste Mal, seit Edward mich vor zwei Tagen danach gefragt hat.

»Die UNO-Karte ist auch Geschichte und selbst dein Armband hat nicht mehr dieselbe Bedeutung wie vor vier Jahren, jetzt, wo du Akira zurückhast. Ich schätze, wenn du gehen möchtest, dann werde ich dich mit nichts aufhalten können.«

»Ich weiß, dass ich jederzeit gehen kann, Edward.« Ich küsse ihn. »Ich will es nur nicht mehr.«

TRIGGERWARNUNG

Diese Geschichte enthält folgende sensitive Themen:
Tod und Verlust
Herzinfarkt
Autounfall
Diabetes
Mobbing
Sexuelle Übergriffigkeit (angedeutet)

LIEBE WIRD AUS MUT GEMACHT

– DIE FESTIVAL-SERIE –

Ivy Leagh
FESTIVAL-SERIE BAND 1:
WHERE SUMMER STAYS
Klappenbroschur
464 Seiten
ISBN 978-3-551-58505-9
Auch als E-Book erhältlich

WEGRENNEN, UND ZWAR GANZ WEIT WEG. Das ist Charlies einziger Wunsch, als sie während ihres Klassikradio-Praktikums auf ein riesiges Rockfestival geschickt wird. Am liebsten würde sie sich die kommenden vier Tage einfach im Zelt verstecken, vor all dem Lärm und den Menschenmassen, die sie so sehr überfordern. Doch dann trifft sie auf Levy mit seiner faszinierend charismatischen Art, dem Eyeliner und den unzähligen Tattoos – und plötzlich fühlt sie sich wie im freien Fall. Er macht Charlie mutig, in seiner Nähe fühlt sie sich sicher. Aber dann fallen ihr Verhaltensweisen an Levy auf, die sie nicht begreift. Er scheint ein ganz anderer Mensch zu sein, als er vorgibt, und zurück im Alltag wendet Levy sich plötzlich von ihr ab – ohne zu wissen, dass ihr Herz in seiner Nähe immer schneller schlägt ...

WWW.CARLSEN.DE

CARLSEN